以太 | 著

天地出版社 | TIANDI PRESS

目 录
Contents

引 子 … 1

第一章 坠落 … 5

第二章 五行杀人案 … 35

第三章 重访杀人现场 … 81

第四章 曙光 … 109

第五章 轮回重启 … 131

第六章　真正的火　　　　　　　169

第七章　密室杀人　　　　　　　207

第八章　又见密室杀人　　　　　237

第九章　故梦　　　　　　　　　283

第十章　正面交锋　　　　　　　315

第十一章　土和水的终章　　　　359

第十二章　再见　　　　　　　　401

引子

"是我把死亡释放到了人间。"

他默念着，痛苦地蜷缩在黑夜里，偏偏这个冬季的黑夜又特别漫长，以至于他常常怀疑自己还能不能等来第二天的阳光。

其实白天也不能让他快乐，但至少还有光，有喧闹的人声，有色彩，有熙攘的人群。他可以躲藏在阳光下的阴影中，蜷缩着，潜伏着，像是种见不得光的小兽，默默观察周围的人充满喜怒哀乐的一天。当他感到焦躁时，他就跳动起来，还是那头小兽，穿梭在毫无感情的皮鞋、运动鞋、高跟鞋或者雪地靴中，在交替的光与暗里重复着并没有新意的一天，就好像自己还活着一样。

而黑夜却不一样，这里空空荡荡，什么都没有。安静、静谧、寂静、死寂，从最初的安详到最后的绝望，仿佛只是一瞬间。

如今，他躺在床上，却无法入睡。听觉仿佛被剥夺，他只能凝视着天花板，企图从黑暗手中讨回一点儿视觉，尽管以往的经验告诉他，这只会让他更痛苦，但他控制不住自己。他干瞪着眼睛，一动不动地和黑暗对峙着。终于，满目的黑淡去了一点儿，有深浅不一的棕色开始在其中流动，他获胜般地眨了眨眼睛。天花板上开始呈现他白天所见到的一切，都是流动的棕色幻化成的巨大的广告牌，安静的图书馆，流泻音符的吉他，行将腐烂的葡萄，不知疲倦的蚂蚁，还有隔壁窗台上的一盆虎皮兰。这让他更加珍视白天，毕竟他要借此度过漫长的黑夜。当然，画面并不总是完美的，有时候会有一些扭曲，比如那群蚂蚁出现的时候，它们窸窸窣窣的，差点儿就组合成了他心中的那头小兽，幸好画面飞快地掠过了。

　　他的心里真的有一头小兽，一头在八年前也曾恣意驰骋、纵横天地的小兽，如今却被捆绑住了四肢，动弹不得。他感到痛，那种痛并不来自肌肤，有时是那头小兽压住了他的心脏，那倒还好，他只是喘不过气来；有时是那头小兽啃噬他的心脏，因为四肢受限而用獠牙或者背刺泄愤般地拱动他的脏器，那时他就只能徒劳地流着眼泪蜷缩身体，祈祷一切快些结束。无论有多痛苦，他从不呐喊，这点倒和小兽很像，它也从不嚎叫。从最开始的时候他就知道，自己无法与那头小兽对抗，毕竟，有谁可以对抗自己的内心呢？

　　他偶尔也会想起他是怎么走到这一步的，但他会立刻强迫自己转移注意力，他宁愿继续凝视天花板上旋涡般的黑洞，就算因此被一点点吸走灵魂，也不愿再去回想八年前的一切。他的身体瑟瑟发抖，他的心脏怦怦直跳，或许是那头小兽在挣扎，痉挛，口吐白沫，濒临死亡。

　　"就要结束了。"

　　他必须说服自己，毕竟这又是一个不眠夜。好在这次他没有等很久，和天气预报说的一样，"轰"的一声，外面打起了雷，紧接着"哗哗"的雨声连接天地，周围终于有了声音。

　　"终于结束了。"

　　床上的人还在喃喃着，不知道他说的是这令人绝望的寂静，这漫长阴冷的冬季，还是别的什么。如果天气预报一如既往地准确，那么这声春雷过后，会有长达一周的阴雨天，然后，每个人都期盼的春天就到了。

　　这会是这么多年来最美的一个春天。

第一章 坠落

一

　　2008年的新年钟声已经敲过，申奥成功以来，所有人都在期待这必将辉煌的一年，整个世界沉浸在欢愉的气氛中，仿佛过去的一切都已经过去，不会再来叨扰他们，而即将到来的均是希望。这新的一年对人们来说，欢笑喜悦显然还在延续，悲伤痛苦已经全都随风飘散，不复存在。

　　秋田市也夹杂在这股狂欢的浪潮中蓬勃生长，低矮的民居开始向城市外围让步，高楼大厦呼之欲出，乡间小路被沥青混凝土覆盖，这座城市的第一座高架桥挺立在城市的中心区域，旧秩序在飞扬的尘土中渐渐消散，新未来在缓缓打开。首都刚刚建成的鸟巢已经落户四环，秋田市的居民对高架桥这个庞然大物也就越发期待——这让他们觉得自己离首都又近了一步。一期工程正在收尾，按照本地新闻里那个光鲜亮丽的女主播的说法，新建的快速路网体系将会满足市区绝大部分区域未来十年的城市发展和交通出行需求，美好的蓝图就在眼前，这个以旅游业为重心的海滨小城即将迎来自己的高光时刻。

　　3月5日，星期三，刚好是惊蛰。准确地说，惊蛰将在中午十二点五十八分到来，但其实春雷在两天前就响过了。那之后，像是为了应景，淅淅沥沥的春雨就没有停过。或许这雨不能被称为春雨，因为天气还是极其阴冷，温度甚至比年初更低，让人缩手缩脚地不想动弹。不过好在总有盼头，毕竟季节不等人，惊蛰过后，春暖花开常常是一瞬间的事情，可能人还没缓过神来，春衣就要上身了。被唤醒的不光是僵硬的肢体，还有冬眠中的动物，它们也要苏醒了。

冬季并不是临海的秋田市的旅游旺季，因为太冷了。零度上下的天气虽不至于冻结海面，但呼啸的海风可不是闹着玩儿的，没有游客会在这时去海边自讨苦吃。新上任的市长很是高瞻远瞩，准备在旅游区周边开发人工温泉弥补冬季旅游项目的空缺，不过一切尚在规划中，幻想中游人如织的场面或许还要经过五六年的运作才能出现。如今路上很是冷清，靠近高架桥外围的地方更是一片荒芜，大片大片的土地闲置在那里，任由植物和动物野蛮生长，几乎看不见人影。

当然，只是"几乎"看不见，因为如果你再仔细看一眼，就会发现似乎有一辆汽车正停在尚未修建完成的高架桥上，可能是某位工程负责人的座驾。隐约还能听到汽车里播放着王菲的《百年孤寂》，这应该是八年前的老歌了，歌声时而婉转时而铿锵，歌曲里不知是无奈还是洒脱的情绪，时隔八年仍然令人沉迷。在这种人人都缩着脖子躲在办公室的日子里，这个负责人还能到施工现场巡查，敬业精神不禁令人赞叹。可过了好一会儿，都没见有人下车，高架桥上空空落落的也不见人影，让人不由心生疑虑。还好，这种情况没有持续很久，车前灯突然亮了，丝丝缕缕的细雨在灯光下失去了水的柔软，仿佛变成了坚硬细密的银针，穿透惨白的灯光，消失在黑暗里。然后，车子起步了。起初速度并不快，仿佛在寻找什么东西。渐渐地，车速在雨帘中越来越快，你能感觉到车子的主人正毫不松懈地踩着油门，即使是在空无一人的高架桥上，这种速度也有些胡闹，因为尚未修建好的断口就在前方。到了此刻，你应该知道之前的认知错了，这个车主定然不是什么工程负责人，更像是一个赛车运动爱好者。这该死的天气成了他最好的掩护，他大概会在断口前来一个极限漂移三百六十度转弯，车尾的雨滴在惯性的作用下被甩落开去，形成一道漂亮的抛物线。于是你停下脚步屏住呼吸观看这场表演，可是你又错了。断口越来越近，司机完全没有减速的意思，也没有掉转方向，这辆汽车以极其肯定的姿态冲了出去，没有丝毫的犹豫。它在空中像个所向披靡的战士般高歌猛进，这种自由落体大约持续了一秒钟，然后被一棵枝繁叶茂的大树阻挡了去路，当然这种停顿只持续了一瞬间，这棵大树立刻被拦腰撞断，断裂的枝丫划过车底的油箱，一声轰鸣过后，熊熊火光照亮了这块荒芜而阴暗的土地。

无论那辆车里曾经有过什么，等警察赶到现场的时候，都只是一堆灰烬了。消防队在雨水的帮助下迅速扑灭了零星的火苗，还没等地面的余温下降，等在一旁的警察们就迫不及待地冲进了这片焦黑的土地中。车架已经被烧得面目全非，车祸发生时车里应该没有别的乘客，只有主驾驶座位上有一具被烧焦的遗骸。几名警察不敢擅动，只好围着车身转了一圈，除了看出这是一辆三厢车，没有发现任何有价值的线索。于是他们合力用一块塑料布将整个车身盖了起来，车子里的证据需要更专业的人来处理。但不幸中的万幸是，一些碎片在先前的爆炸中被崩裂出去，没有受到火焰波及，他们又迅速地在汽车周边翻查起来。

不远处湿软的泥土里插着一块银色金属碎片，像是车门的组成部分，说明这可能是一辆银色汽车。可是这个信息并没什么作用，因为这种颜色太普通了，完全无法起到筛选作用。但雨中的警察们没有放弃，都佝偻着身子，以汽车为中心继续向外围筛查。

"嘿！你们看！"

郑元浩背后传来激动的叫声，他知道有人找到线索了，连忙转过身问道："找到什么了？"

"成了！郑队，有半块车牌！"不远处他们队的林凯挥舞着手里的战利品站了起来，其他人听到消息也松了口气，纷纷朝发现车牌的地方走去，开始寻找与之匹配的另半块。

"今天的运气真是不错啊。"郑元浩没有立刻跟着其他人走过去，而是直起腰来，抬头看了看天，自言自语道。雨小了很多，但厚重的乌云仍然没有散去，空气中弥漫着潮湿的水汽，看起来一时半会儿雨都不会停。这将给他们的搜查增加不小的难度，不过万事开头难，而他们已经有了个不错的开端——对警察来说，被幸运眷顾实在是太重要了。郑元浩吁了口气，习惯性地在雨衣上擦了擦手，又背过手去捶了捶腰，这才走向人群。今天，幸运之神似乎站在了他们这边，他还没走两步，面前一棵常青树上晃过一个黑影，紧接着那个黑影"咚"的一声落在了他面前。郑元浩捡起掉落在地的金属板，再看看仍埋头在荒草间努力的同事们，觉得有些好笑。他们一直只顾低头在泥里翻找，竟然没有人想到要抬头看看天空，可偏偏这半块被遗落的车牌就这样轻易地掉落在他面前，像是冥冥之中的安排。

"别找啦，在我这儿！"郑元浩挥了挥刚到手的战利品朝不远处的同事喊道。

"郑队威武！"小林拿着另外半块车牌迫不及待地跑了过来，受害人的身份就要揭晓。尽管刚刚才被幸运女神眷顾过，郑元浩却突然有一种不好的预感——似乎有些太幸运了。

他的预感没有错，根本不需要用到交通部门的信息检索系统，车牌被拼好的瞬间，他就知道了车子的主人是谁。他几乎每个月都会抽空去一间农家乐喝茶、钓鱼，倒不是因为那里的茶水特别甘洌或者鱼儿特别肥美，只是因为那里的主人教会了他太多。那个残破的车牌在他眼前晃动起来，郑元浩搭住了另一个同事的肩膀才勉强站稳。

"不可能的。"郑元浩下意识地否定了自己看到的内容。

"郑队，你没事吧？"被搭住肩膀的同事诧异地回过头来，敏锐地捕捉到了郑元浩眼里的不安。

"我没事。"他合了合眼稳住心神，不再多说。

"郑队你……认识这个车主？"林凯也看出了郑元浩的异常，他猜测道。

郑元浩没有回答，只是点了点头。

"也有可能是小偷，或者……"还拿着车牌的林凯徒劳地搜寻着别的可能性，想要安慰自己的队长，但其他同事朝他摇了摇头，制止了他的多此一举。现场的所有证据都将这场不幸指向了自杀，他们还有一个目击证人；没有谁会在自杀前费力去偷一辆汽车。

"可是不可能啊，不可能是他……"尽管这样，郑元浩还是不相信，他又回头看了看已经被塑料遮雨布盖起来的车子，抱着最后一丝希望拿出自己的手机拨通了熟悉的号码。

手机在他耳边持续着"嘟嘟"的响声，此刻在他听来像是机械零件在对他尖叫。"接电话啊，快接电话啊。"郑元浩在心中默念着，就在他几乎绝望时，尖叫竟然停止了，电话那头发出"咯噔"一声，有人接起了电话。

"小郑啊，怎么这时候给我打电话啊？"

"堃哥？"虽然他一直盼着电话接通，可当对面真的传来希望中的声音时，郑元浩突然不知道该说些什么。

"怎么了？"电话那头的人一时间也有些疑惑，"是小郑吧？"

"是我。"郑元浩抬手看了一下手表，还没到两点，"堃哥，不好意思，你还在午休吧，我等会儿再找你。"他说完立刻挂断电话，不给对方反应的时间。

"郑队，这人是……车主？"林凯看着自己的队长。电话接通了，应该是个好消息，但在郑元浩脸上完全看不到一丝一毫的放松。

"马上联系技术科，最短时间内查出车主身份。"他没有理会林凯的问题，只是再次向焦炭似的汽车走去。

"收到。"林凯身边一个瘦高个儿说完，立刻跟上了郑元浩的脚步。但郑元浩的表现还是让林凯充满了疑惑，他忍不住又问道："郑队，事故车的车主到底是谁啊？"

郑元浩还是没有回答，他已经来到了车边，将主驾驶座边的挡雨布掀开一点儿，钻进去仔细地观察起来。跟上来的几个年轻人一时间都有些手足无措，不知能帮什么忙。还好，这种情况没有持续很久，郑元浩突然皱起了眉头，他眼睛一亮，锁定了什么东西。

"小林，再给我一副手套。"

郑元浩换上一副干净的手套，蹲下身子，小心翼翼地在座椅下方的缝隙中摸出了两片碧绿的玉石碎片，摊在手心上拼成了一个圆。

"这个图案好奇怪啊。"林凯伸长脖子打量着郑元浩手里的玉佩。

"是鱼化龙。"郑元浩的脸色变得更加凝重,"反面应该是祥云如意。"他说着,就将碎片翻了过来,果然,玉佩另一面的花纹和他说的分毫不差。

"郑队……"

郑元浩身边那个瘦高个儿警员似乎还想问些什么,但马上被他打断了:"邹堃,车主是邹堃,这个尸体……好像是他的儿子。"

除了还在实习期的小林,其他几个人都不由得瞪大了眼睛,他们你看看我,我看看你,同时倒吸了一口凉气。

二

一声惊雷毫无预兆地在天边炸响，正要敲门的郑元浩被吓了一跳。紧接着雷声隆隆，雨势忽地又大了起来，可他没有心思抱怨这该死的天气，全部心神都集中在即将宣之于口的那个消息上。

门没有关上，这并不奇怪，这间民宿的大门常常都是虚掩着，静静地等待它的客人。郑元浩没有急着推门，像是在酝酿情绪，他再次抬头看了看大门上的牌匾——"一蓑烟雨"，他已经好久没有注意过这个牌匾了，如今看来，苍劲雄浑的四个字里竟透露出一丝孤凉。

眼前的这间民宿原是郊区山脚下环抱在一起的几间农宅，早年就被废弃了。八年前，邹堃突然辞职，离开省城来到了这个地方，迅速和村里签了协议，将废弃的农宅承包下来。近一年的时间里，他在这里修葺老房，翻地种菜，培育绿植，几乎与世隔绝，把这里改造成了当时还十分少见的民宿。老同事们没有人看好这个项目，一时间谣言四起，所有人都认为他疯了，但事实证明，真正有本事的人无论在哪个领域都能独领风骚。之后几年的时间里，他帮助村民修整了几十亩油菜花，在山上摸索了几条适合徒步的山道，又承包了屋后的一个小鱼塘，甚至还和当地政府一起修建了一条繁花步道，每年三月份开始，山陌复春，花随风起，云蒸霞蔚，美不胜收。随着秋田市旅游业逐渐红火，这间小有名气的网红民宿常常一房难求，即使是在旅游淡季的冬天也不冷清，因为早樱就要开了，很多周边城市的踏春客已经蠢蠢欲动。

郑元浩推开了门，跨过一个大约二十厘米高的门槛石，却没能把烦心事抛在屋外。他再次叹了一口气，独自走进了大门。大门正对着入住登记处，之间隔着一个院子，因为下雨的关系，院子里并没有人，郑元浩没有心情观赏院子里的景色，他径直朝着邹堃的房间走去。民宿的一楼有六间屋子，邹堃特意给自己在朝南的位置留了一间最大的，他和儿子邹骋平时就住在这里。可这次，门推不开了，郑元浩"咦"了一声，重新敲了敲门，门内还是没有回应。

"郑队啊？"

郑元浩正准备拿出手机，背后突然传来了一个女人疑问的声音，他连忙回过头。这间民宿负责打扫的清洁工阿姨正站在院子里歪着头看他，他连忙打了个招呼："哎，王姐。"

"我看着背影像你。"王姐热情地向他走了过来，寒暄了两句，"有一阵子没见到你了，工作挺忙的吧？我看你在屋外站了一会儿了，找邹老板？"

"是啊，"要是平时，郑元浩会与她聊上一会儿，可现在他实在没有这个心情，"堃哥不在家吗？"

"去后院了，连着几天下雨，他不放心刚搭的棚子。"王姐说着，向院子西南角指了指，那里有个漆黑的通向后院的小门，"你去看看，要是找不到的话估计就在后山上，那你可就得等一会儿啦。"

"谢谢，我这就去看看。"郑元浩说着急急忙忙就向后院走去，连王姐后面的一句"客气了"都没来得及听到，就已经迈出了那扇漆黑的小门。

"怎么急成这样？"王姐一个人咕哝着，目送郑元浩的背影消失。不过这只是她今天经历的一个小插曲，随雨而落，随风而逝，轻飘飘地就被抛却了。可对门外的邹堃来说，即将发生的事却会改变他人生的走向，或者说这件事已经发生了。

来到门外的郑元浩一眼就看到了邹堃，风疏雨骤，春寒料峭，缥缈云烟中唯有一人头戴斗笠，身披蓑衣，正俯身在田间劳作，缓慢却坚定地在泥泞的土地上留下一串串温热的脚印。老屋静谧古朴，檐下落水灵韵，劳作的人哼着不成曲的调子在风雨声中乐而忘归。如果不是郑元浩心头牵挂着开不了口的事，一定会在这如画的风景中沉醉一番，可现在，这一幅风雅的水墨画在他眼里只是失去了生机的黑白一片。

"堃哥。"他站在门后屋檐下对着田间怡然自乐的那个人喊道。也许是雨声扰人，也许是田间的人太过专注，这一声呼喊并没有起到什么作用，于是郑元浩往雨中跑了几步再次喊道："堃哥，堃哥！"

那个身影停顿了一下，继而直起身回过头朝郑元浩的方向看过来，雨丝阻碍了他的视线，他眯着眼睛，一时没能认出白墙黑瓦前的那个人是谁。

"堃哥，是我啊，小郑！"郑元浩扯着嗓子又喊了一声，还忍不住挥了挥手。

"哦，小郑啊，你怎么还赶过来了？"邹堃这下认清了，他一边一瘸一拐地朝房子走来，一边解释道，"本来想拖到天晴的，可看天气预报，后面还得连着下几天雨，再不来地里看看是不行喽。"

"是啊,今年的天气不知道怎么回事,这雨一下就不停了。"郑元浩应承着,自然而然地退后一步,给邹堃让出了个位置。

邹堃摘下斗笠挂到墙上的一个挂钩上,又拍了拍身上的水,脱下了棕榈皮编织的蓑衣:"小骋买的,说是要匹配民宿的风格,我觉得好玩就试了试,你别说,还真不错,确实能防风防水。"

郑元浩本来还想再应承两句,但邹骋的名字让他实在说不出话来,甚至连神情都变得尴尬了。

"怎么了?"邹堃此时正背对着郑元浩整理挂在墙上的衣服,他看不到郑元浩的表情,但半晌没听到回答也让他觉得有些奇怪。联想到刚刚没头没尾的电话,他终于认真起来,转过身看向了郑元浩:"你刚刚打电话来也没说明白,什么事这么急,还非得要你大雨天赶过来啊?"

"堃哥,你知道你的车在哪儿吗?"

"我的车?就在门口的专用停车场里啊,你刚刚停车的时候没看到吗?"邹堃疑惑地看着郑元浩,有些摸不着头脑。

郑元浩不知道要怎么回答,只是无力地摇了摇头。

"怎么可能?现在住客又不多,停车场里一共就那几辆车,就算下雨阻挡视线,也不至于看不到吧。"邹堃有些打趣地说道,"小郑你今年也四十五六了,该不会老花了吧?"

"堃哥,我进来的时候停车场一共就三辆车,我特意看过。"邹堃的语气越轻松,郑元浩就越沉重。

"到底怎么了,我的车被偷了啊?"邹堃说着就要推门去停车场看个究竟。

"不是的,堃哥,"郑元浩的话又止住了他的脚步,"小骋他……"

"小骋开我的车出去了？他是不是闯祸了？这孩子不是胡闹吗，他那驾照还没考下来呢！"邹堃有些着急了。

"小骋他在哪儿，你知道吗？"

"他逃逸了？"邹堃急得直跺脚，"对方有事吗，你先带我去医院瞧瞧，等小骋回来，我立刻带人去警局自首！"

"堃哥，你听我说……"郑元浩不得不打断邹堃喋喋不休的猜测，他把手机拿出来，翻到下午刚拍的照片递给了邹堃，"我们下午接到报警，有一辆车从高架桥上冲了下去，油箱受到严重撞击引发了爆炸，驾驶员当场死亡。这是事后我们拍的现场照片，初步搜查已经结束，应该是……应该是你的车。"

"你说驾驶员怎么了？"邹堃有些回过味儿来，但他显然不愿相信自己的耳朵。

郑元浩知道邹堃已经想到了，于是他选择了沉默。

"到底发生了什么？！"

"要不我们去屋里说。"

"不，就在这儿说，到底怎么了？"邹堃一改刚刚热衷于家长里短的普通老人形象，谈吐间竟有了些咄咄逼人的气势。

"我们怀疑死者是你的儿子——邹骋。"即使再艰难，郑元浩还是说出了口。

"放屁！"邹堃忍不住斥责道，他把手机扔给郑元浩，怒气冲冲地向院子里走去。

"堃哥，堃哥！"郑元浩连忙追了上去，他连拉了两下邹堃的胳膊，都被甩开了。

一阵狂风吹过，雨势更大了，连绵不绝的潮湿阴郁让人想要咆哮，邹堃就这样大踏步地在雨中走着，郑元浩穿着碍事的雨衣，一时竟无法让他停下。在几个客人好奇的目光中,两人一前一后穿过了院子,来到外面的停车场。

正如郑元浩所说,停车场里稀稀拉拉只停了几辆车,情况一目了然,但郑元浩说不出"我早就和你说过了"这种话。

"有没有可能是偷车贼?"邹堃紧握着双拳,在雨中一动不动,他仿佛是在问郑元浩,又仿佛只是在说服自己。

郑元浩无奈地摇了摇头。

"为什么这么确定是小骋?"邹堃目光如炬,"最近有没有失踪人口上报?"

"准确的身份还要法医证实,但这个……"郑元浩说着,从衣兜里掏出了先前发现的玉佩碎片,摊在手掌上伸到了邹堃眼前,"这个玉佩,是在尸体脚下发现的。"

"一定是有人绑架了小骋,把这个玉佩扔在现场误导你们!"邹堃一把推开了郑元浩,玉佩掉到地上,彻底四分五裂,可他看都不看,"我来给小骋打电话,你们给我定位,立刻定位!"

"说不通的堃哥,绑匪要的是钱,为什么要误导我们人质死了?"郑元浩被推得跟跄了两步,还是坚持说道,"而且那个尸体是谁?"

"一定还有别的解释!"邹堃猛地回过头,一把抓住郑元浩的衣领将他推到墙边,重重抵到墙上,"一定还有别的解释!你给我说!"

猛烈的撞击让郑元浩一下子失去了平衡,天边的炸雷让他耳朵嗡嗡作响,一股血气直冲到喉间,他咳了好几声才缓过来,紧接着后脑勺的钝痛占据了他的思维。面前是一个赤红着双眼、面目狰狞的男人,他无法直视,也无法反击,只好无奈地闭上了眼睛："对不起，堃哥，对不起，小骋他可能走了。"

良久，他觉得脖子上的压迫感突然消失了，不再有急促的呼吸喷到他的脸上，眼前的男人喝醉了似的一摇一晃退后了好几步，几次都仿佛要摔倒，最后却又站住了。

"堃哥，我带你去警局……"郑元浩看他似乎冷静下来了，试探着说道。

"要认人吗？"邹堃的声音轻轻柔柔，仿佛飘在风里。

"人都……"郑元浩犹豫着，但又不得不说，"只能做DNA比对了。"

"先带我去看看他。"

"人……应该还在现场，这样过去……不太方便。"

"带我去吧。"邹堃的声音还是那样，轻柔，平静，却不容置疑。

三

汽车从雨中呼啸而来,一声急刹之后停在了被公安人员团团围住的荒草地边,随后一高一矮两个男人迅速从车厢里跳了出来。走在后面拿着雨伞一路小跑的是他们的郑队,林凯认得出来。郑队一直努力把雨伞前倾,想要为前面的人遮挡风雨,可大踏步走在前面的那个男人毫不领情,反而继续加快脚步朝现场走来。林凯并不认识这个人,不过他从没见过郑队对谁如此殷勤,他猜测这人就是大家口中的"邹垫",于是连忙迎了上去。

"郑队!"他远远地喊了一声,可郑元浩并没有应他,反倒用没打伞的那只手疯狂地给他打着手势。

"什么意思?"林凯停住了脚步,回过头求助道。

"哎呀,这小子怎么一点儿灵性都没有,你往后边点儿。"站在林凯身后的同事一把把他拨到旁边,朝着来人前进了两步,有意无意地拦住了邹垫的去路,"邹老师,那边……不太方便。"

落后了一步的郑元浩这时也跟了上来,一把拉住邹垫的胳膊:"垫哥,就在这儿吧,不能再过去了。"

这次邹垫并没有让他们为难,他定定地站在原地,看着焦黑的土地、变形的车身和忙碌的人群出神,随后他又转身向身后的高架桥看了过去。

"同事们验过了,没有刹车痕迹。"像是知道他在想什么,刚刚拦住他的那个警员主动说道,"根据高架桥的高度和坠落地点之间的距离,初步判断失事时车速超过每小时一百二十公里,车辆行驶的轨迹是一条笔直的直线,没有任何挣扎或者打斗的迹象。"

"应该是自杀。"郑元浩硬着头皮补充道,"具体原因后续我们还会展开全面调查。"

"不可能。"邹堃想也没想就否认道,"小骋不可能自杀。"

"要不,你先回去休息一下,明天我再来接你。"长时间的安静后,郑元浩知道这样僵持下去不是办法,他给出了调解方案。

"别碰他!"邹堃并没有接受郑元浩的方案,甚至没有看一眼郑元浩,他的视线越过周围的人群,重新回到了事故现场。

"什么?"郑元浩一时没有反应过来。

"别碰他,放开他!"邹堃突然咆哮着猛地向前冲去,郑元浩这才发现,技术科的工作人员已经在转移尸体了。

"拦住他,快拦住他!"

很多人还没意识到发生了什么,邹堃已经越过好几个工作人员冲到了草坪上。混乱中不知道是谁先发出了指令,五六个人同时向着邹堃的身前跑去,有人被撞倒了,有人被推开,但更多的人聚拢过来。失去了理智的邹堃一边咆哮着,一边不管不顾地横冲直撞。他只是想离自己的儿子再近一点儿,可最终还是落魄得如同一只困兽,痛苦地蜷缩着身体,跪倒在漫天大雨中。

"让我再看看他……"

他终于意识到,他再一次失去了自己的孩子,而这一次,是永远地失去了。

没有人上前扶起这位痛苦的父亲,即使见惯了生离死别的场面,刚刚那样撕心裂肺的哭喊还是让在场所有人心酸,尤其是,这位父亲还曾是他们许多人的偶像。一群中年男人面对这样的场面都有些手足无措，他们一边还震慑于邹堃刚刚爆发出的悲痛，一边又不得不开始考虑即将展开的工作，反倒是实习生林凯站了出来，他俯身朝向跪倒的男人，小心翼翼地扶住了对方垂在身侧的右臂："叔叔，我先扶你站起来吧。"

邹堃的头缓缓地转了过来，雨水顺着他额前几缕碎发蜿蜒在他脸上的皱纹里，沿着他的鬓角在下颚处形成好几条溪流，还有些挂在他挺立的眼睫毛上，挡住了他大部分的视线，他只模模糊糊地看到一个年轻男人的影子，仿佛和他儿子一般年纪。

小林还在等着，几个平时抓贼断案都冲在他前面的师兄全都不说话，只用期待的眼神看着他，尽管忐忑，他还是又进了一步："叔叔，要不按郑队说的，我们先送你回去吧。天气太冷了，你这样淋雨会生病的，你现在可不能倒下。"

"我想直接去局里。"邹堃说着，在小林的搀扶下站了起来，朝着来时停车的地方走了过去。起初还走得平稳，两三步后突然脚下一软，整个身体都向左侧倾倒过去。一直默默关注着他的郑元浩一个箭步冲了上去，和小林两个人一左一右，几乎是架着这个伤心欲绝的父亲，重新回到了车上。

"这个方向不对。"汽车行驶了好一会儿，一直沉默着邹堃终于开口了。

"堃哥，你这样子，至少先回家换身衣服吧。"郑元浩为自己的自作主张解释着。

"小骋和我说今天要回以前的学校一趟，我都没问问他为什么，就让他走了。"

"这种事，料不到的，你不能都揽在自己身上。"郑元浩一边开车一边安慰着,"学校的事,我们一定会查清楚。"

"为什么那么肯定是自杀?那一带那么荒凉,根本没有监控,仅仅凭车胎痕迹吗?"

"还有一个目击证人。"

"这么巧?"邹堃突然从之前的颓丧中恢复了一点儿精神,敏锐地捕捉到了疑点,像是濒死的人抓住了救命稻草,"那个地方很少有路人吧。"

"是他报的警,已经初步登记过了,明天我会亲自帮他做笔录,把细节都弄清楚。"

"我能不能旁听?"

"堃哥,你知道这样不合规矩。"郑元浩有些为难地皱了皱眉头。

"我就坐在外面,不会影响你们办案。"

"我知道,唉……"郑元浩无奈地叹了一口气,将车子缓缓地停在路边,邹堃的民宿已经到了,他郑重其事地看着邹堃说道,"小骋就像我亲侄子,这个案子我一定会亲自跟进,查个明明白白,现在我先送你进去休息一下,洗个热水澡,就像小林说的,这个时候你可千万不能倒下,明天看看我能做些什么吧。"

"送到这里就行了。"邹堃说着,自己推开车门下了车,连一句"再见"都没有说。

"唉。"郑元浩看着消失在门后的身影,又叹了一口气。

"郑队,原来你们说的邹堃就是'一蓑烟雨'的老板啊,我知道这间民宿,挺有名的,我好几个大学同学来秋田玩的时候都想订这里,有时候要提前好几个月才有房源呢。"小林也看着消失的背影发出了感慨,不过他的感慨更多来自圆形拱门上方的几个大字,"原来是个大老板啊,唉,可惜白发人送黑发人,太可怜了。"

郑元浩本来要掉头返回了,听到这话忍不住歪过头用看白痴的眼光看着林凯:"你真的读过警校吗?"

"读过啊,怎么了郑队?"林凯从突然转变的气氛中感到了不安,他赶紧正襟危坐,快速地回想着自己刚刚说过的话中有无冒犯的内容。

"1984年的'绿地公园案'知不知道?"

"郑队,那时候我还没出生呢。"林凯小心翼翼地看了郑元浩一眼。

"你今年多大了?"郑元浩无可奈何地问道。

"二十三岁。"

"呵,邹堃带队破这个案子的时候,也没比你现在大几岁。"

"刚刚那个男人,他是警察?"这下林凯彻底震惊了。

"现在不是了。"林凯的反应让郑元浩的心情好了一点儿,"还有1990年的'金湖村灭门案',1994年的'农场尸体案',1996年的'双胞胎绑架案',2000年的时候他还带队运用最新的DNA比对技术把二十年前的一宗未结的强奸案给破了。"

林凯的眼睛越瞪越大:"有些案件课上讲过,这些案子都是他破的啊?"

"当然不是他一个人的努力,但他的团队破案效率之高,在整个刑侦界都是绝无仅有的。1998年的'海岸线屠夫'你总知道吧?"

"这个我当然知道,当时秋田市人心惶惶,老师、家长再三关照我们注意安全,不能单独行动,大家都不敢去海边玩了,这个案子也是他破的?"

"嗯，案件拖了一个多月后成立了专案组，他就是空降下来的专案组组长，我们就是那时候认识的。他的观察力，行动力，对犯罪现场的分析，对刑侦学的熟悉，对人格心理的把控，还有对工作毫无保留的奉献精神，都给当时的我带来了极大的震撼。"郑元浩说着，仿佛又回到了和邹塱并肩作战的那些日子，"他是第一代喝过洋墨水的刑侦专家，省城的刑侦队队长。你如果早几年上警校的话，应该还能听到他的犯罪心理或者刑侦科学讲座。"

"怪不得我刚刚听到师兄叫他'邹老师'，那他为什么跑去开民宿了啊？"林凯疑惑地问道，这其实也是所有人的疑惑。从郑元浩的描述来看，这个男人不仅热爱刑侦工作，也具备在刑侦领域开疆拓土的能力，怎么看都是前途无量的。任谁都想问上一句，这样一个人，为什么突然放弃了自己热爱的工作，甚至离开了省城，离开了城市，隐居乡间，过上了田野牧歌的生活？

"很多人都问过，但他从没回答过。"汽车平稳地从乡间小路驶上了柏油马路，郑元浩盯着前方在雨刮器间摇晃的世界说道，"2000年他破了那起悬案后，在媒体上引起了很大的轰动，二十年了，所有人都以为那是个死案，连受害者家属都已经放弃了。当时的他四十出头，正当壮年，有学识又有能力，要被提拔的消息传得沸沸扬扬，大家都等着去恭喜他。可谁都没想到，他突然就辞职了，对外只说是身体不好，有几个月的时间简直消失得无影无踪，直到他在这儿开起民宿，我才知道他离开省城了。"

"他身体怎么了？"

"八年了，没人知道。"

四

"王先生，真的很感谢你能来为我们提供信息。"第二天一大早，郑元浩就坐到了问询室里。他要问询的就是昨天报警的市民，同时也是案件的目击证人，从昨晚的背景调查来看，坐在他面前的这个中年男子只是一个循规蹈矩的普通人而已，并没有什么可疑之处，但按照规范，他还是带上了实习期的林凯。为了满足正在等候室的邹堃的请求，他还偷偷打开了监听设备。

"没什么，应该的。"这位王先生言辞貌似轻松，身体语言却走向完全不同的方向。他坐在椅子边缘紧绷双腿，肩膀不自然地耸起，双手紧握着面前的纸杯，时不时地用拇指的指背摩擦一下自己的嘴唇，看起来十分紧张。

"没事的，王先生，只是按照惯例问一些问题，你如实告诉我们就行了，不用紧张。"郑元浩准备先稳定证人的情绪。

"对不起，我知道。"被人发现自己的紧张让王先生有些窘迫，但他还是努力解释道，"我第一次来这种地方，有些不适应。"

"不用道歉，毕竟不是人人都有这种经历的。"郑元浩笑了笑，企图缓解问询室冷冰冰的气氛，"这间屋子确实有些压抑，你准备好了的话，我们就开始了。"

"好的。"对面的人点了点头，示意可以开始了。

"能先说说你昨天为什么会去高架桥那里吗？"郑元浩开始了

提问。

"我带了照相机来。"像是为了证明自己之后所言的可信度，王先生首先拿出了自己的相机摆到桌上，"这不是我第一次去那里了，我是个业余摄影爱好者，正在做一组摄影作品，主题是'城市森林里的二十四节气变换'，这已经是我的第八张照片了，你可以看看之前的照片，都是同一地点拍的。"

"昨天刚好是惊蛰。"郑元浩替他补充道。

"是的。"王先生感到了郑元浩的理解，他应该在这件事上投入了极大的热情，一说起自己的摄影计划，很明显地放松了下来，"具体来说，惊蛰开始时间是昨天中午十二点五十八分，所以我不到十二点半就到高架桥那里了。"

"不好意思打断你一下，王先生，我能问问你为什么选择了那个地方吗？毕竟那里看起来，不像是有什么美丽风景的地方。"

"那个地方刚好是一条分界线，高架桥在那边突然截断，荒野正在变成城市，森林被规划成公园，新旧交替有了实质化的体现，你不觉得很有趣吗？这恰好符合我的主题——'城市森林'。"

"王先生这么一说确实有了点儿意趣，我们不搞摄影的人真是想不到这么多深意啊。"郑元浩奉承了两句，又进入了正题，"那你给我们说说你看到了什么吧。"

"因为要提前准备设备，我到的时候离五十八分还有一会儿，那辆车那时候就已经停在那儿了。其实开始我也没注意到，等我准备好器械开始找角度的时候，突然在取景框里看到了那辆车。因为之前没听到什么引擎声，所以我觉得车子应该一早就在那儿了，我当时还以为车里的人是工程队的负责人之类的。"

"为什么不会是空车呢？"郑元浩貌似随意地问道。

被打断的王先生并没有在意，只是笑了笑回答道："噢，我们的镜头都是长变焦的，即使在高架桥下我也能看到车里坐着的人。"

"哈哈，不好意思，你继续。"郑元浩立刻接受了他的说法，示意他继续。

"可看清车里的人后，我意识到这个人过于年轻了，他的衣着打扮也就二十岁出头的样子，应该不会是工程队的负责人。我完全想不通一个年轻人为什么会出现在雨天的断桥上，当时我猜测他可能是和我一样搞摄影的吧。"

"你能描述一下他的打扮吗？"

"很普通，黑色运动款的羽绒服，羽绒服里面也是件灰黑色调的毛衣，下半身就看不清了。"

"如果让你认人的话，你有没有把握认出来？"郑元浩充满希望地问道。

"有点儿难度，因为我看到的只是个侧面，还隔着雨雾和模糊的车窗。"

"那么，你观察了他多久？"

"一直到那件事发生。"王先生喝了口水，显然那起事故让他已经放松的心情又紧张了起来，"你知道我在等十二点五十八分的到来吧，准确的惊蛰时间。他的车子刚好停在我要取景的那个角度里，所以我一直都没有挪开镜头。"

"他有没有什么异常？"

"你这么说起来确实有点儿，差不多二十分钟的时间里，他几乎没有动过。"

听到这个回答，郑元浩忍不住有些激动："什么意思，你是指他那时候可能已经昏迷或者失去意识了?"

"不是的,不是的,"王先生连忙摆手否认道,"我可没这个意思,只是,他好像在休息。"

"那你能确定他还清醒着吗?"郑元浩连忙追问道。

"这……我不太明白你是什么意思,不过车子启动前他还起身调节了一下控制面板,像是在调收音机或者切歌什么的,应该是清醒的吧。"

王先生斟酌着用词,回答得非常谨慎。但这个回答并不能让郑元浩满意,他有些失望地点点头,示意目击证人继续。

"车子一直都没有启动,我本来担心他会影响到我画面的完整性,谁知道就在快到五十八分的时候,车子突然动了。车速提升得极快,完全没有刹车,一眨眼的工夫就到了断桥边,然后一头冲了出去,接着就发生了爆炸。一切都发生得太快了,我几乎没有反应的时间,但是我拍到了那个画面。"

"那种时候王先生还能记得拍照?"

"当然不是了,我设置的定时,就怕错过了时间。"王先生说着,把相机调到了那几张照片处,照片的右下角明明白白地显示着拍摄的时间——"2008-03-05,12:58:48"。"你看,后面还有几张,我设置的是每隔五秒自动拍摄。"

郑元浩看着相机屏幕不再说话,照片上一辆汽车正飞跃在空中,它似乎想要向上腾起,飞向天堂,却最终在地心引力的作用下被迫撞击了地面,粉身碎骨——可除了天堂,还有什么地方需要用这样一种方式到达呢?

"到底发生了什么?"郑元浩握着相机在心里反复问着自己,而此刻坐在休息室里的邹堃也紧握着双拳,追问着同样的问题。

"我，我可以走了吗？"王先生又等了一会儿，终于忍不住问道。

"当然可以，不过你这些照片能不能提供给我们一个副本？"郑元浩用商量的口吻说着不容置疑的话。

"当然，当然。"王先生忙不迭地答应了。

"等等，"郑元浩像是想起了什么似的，突然又问道，"还有最后一个问题，你这个系列照片有没有发表过？"

"在摄影家协会的会刊上发表过，这个系列后续也都会发表在这本会刊上。"

"太感谢了，你的证词对我们帮助很大。"郑元浩站了起来，他的心里还牵挂着另外一个人，"小林，你带王先生去把剩下的手续办一下吧，我还有事。"

"王先生，这边请。"

郑元浩目送两人离开，立刻走到了休息室。

"堃哥……"

他剩下的话没来得及说出口，就被邹堃打断了："我都听到了，小骋不会自杀，不可能的，我不相信。"

此刻的邹堃颓然地坐在沙发上，还在做着无意义的抵抗。他的妻子在生下邹骋不久后就因病去世了，他和儿子相依为命二十五年，他本能地拒绝相信眼前的情况。突如其来的剧痛已经过去，但伤害并没有结束，从现在开始，将会有一阵接着一阵永无止境的悲伤，波浪般将他的余生淹没。

"对不起，堃哥。"郑元浩看着明显衰老的偶像，除了道歉想不到别的安慰方法。

"他昨天上午还剪了几段虎皮兰，你知道吗？他窗台上的虎皮兰，因为积水烂根了，他才修剪了叶子说要重新扦插。怎么可能？你告诉我是不是不可能？一个要自杀的人怎么可能还会去在意一株植物？"邹堃还在努力地说服着郑元浩，仿佛只要他点头了，自己的儿子就能回来。

"堃哥……"郑元浩最后的声音叹息般消失在空气中。

"为什么？"邹堃终于忍不住了，抱着头呜咽起来，不知道是在问郑元浩，还是在叩问已经消失不见的孩子。

"堃哥，你也别太难过了。"郑元浩犹豫了一下，还是不得已地问道，"小骋他……有没有留下什么东西？"

"你是指遗书吗？"尽管郑元浩问得很委婉，但所有人都知道，他在寻找些什么，"没有，他什么都没留下，他的手机也不在家里。"

如果不在家里的话，最大的可能就是在车上随着那场爆炸灰飞烟灭了，郑元浩只好硬着头皮继续问道："那他最近有没有什么异常？"

"没有。"邹堃完全没有回想，仿佛这样就能逃避往事的侵袭。

"他最近有没有什么新朋友，或者联系过什么人？任何可疑的方向都有可能帮我们了解到底发生了什么。"

"没有，小骋不爱出门，你知道的。"邹堃还是摇了摇头，"都是我不好，小骋他从小跳级，一直比身边同学年龄小，没什么朋友，我又……一心扑在工作上不会带孩子，也不带他去认识同龄人。"

"他……会不会谈恋爱了？"

邹堃终于抬起了头，他皱着眉头看向郑元浩："你什么意思？"

"没有，我就随便问问，现在的孩子都特别开放。"郑元浩立刻转移了话题,"我身边这个年纪的孩子都在忙着谈恋爱,就昨天你见过的小林,这两天一直忙着准备妇女节的礼物呢。对了,他现在正在处理照片的事情,等会儿你要不要去看一眼?"

"你二十五岁的时候都做父亲了吧,可不比他们保守。"邹堃没有被糊弄过去,"小郑,你是不是发现了什么?"

"我本来想查清楚了再和你说的,"郑元浩知道自己瞒不住邹堃,干脆不再隐瞒,"我们初步排查了一下,小骋的信用卡最近有一笔消费,在城中一家叫'伊甸园'的花店,他订了一束花,在3月8日那天寄给一个女孩儿,还留了三个字……"

"这是不是可以减少他自杀的可能性?那女孩儿叫什么名字?"邹堃急切地问道。

"叫汪乐宁。"郑元浩说完,不知道是不是自己的错觉,他感觉邹堃的神色似乎在一瞬间变得有些狰狞,但当他仔细观察,想从对方脸上看出什么的时候,一切又恢复了正常,在他面前的只是那个沉浸在悲伤中的父亲,"堃哥,你是不是想起什么了?"

"呵,我的儿子都谈恋爱了,可我却什么都不知道。"邹堃重新低下了头,盯着自己的脚尖,让人看不清他的表情,"我还以为经过这几年的时间,我已经是个合格的父亲了。"

"堃哥,你不能都揽在自己身上……"

"你说他还留了三个字,"邹堃没有等郑元浩说完,"那三个字是什么?"

"'对不起'。"

邹堃再次抬起了头,世界旋转着,巨大的黑幕从舞台的四面八方落下,灯熄灭了……郑元浩从他眼睛里只看到了一片浓重的黑暗。

第二章 五行杀人案

五

无论邹堃怎么想,对秋田市的人来说,这宗意外已经盖棺论定了。少年天才戏剧化的陨落在之后好几天里成了城中人们的谈资,大部分人的第一反应都是惋惜,毕竟新闻将邹骋曾经的经历捧得天花乱坠,因此这场惨剧就显得更令人痛心。可几天后舆论就转向"忽视了心理健康的教育制度",甚至有些人借题发挥,转而抨击现行教育制度下那些所谓"高分低能"的孩子。郑元浩一度很担心邹堃的心理状态,还好,这种热度只持续了三四天,一个明星的婚外恋立刻转移了人们的注意力,真正受伤的人这才被允许在安静中获得疗愈。

但此刻,与秋田市相隔不远的省城仍暗流汹涌,年初才成立的专案组一刻都不得清闲,人人都忙得像陀螺似的。从2008年起,已经出了整整四条人命,隐匿在黑暗中的凶手有条不紊地收割着无辜的性命。由于至今都没有找到受害者之间的联系,案件进度几乎停滞——没有联系就没有动机,没有动机就没有嫌疑人,专案组掌握的所有线索都像一粒粒精美的琉璃珠,缺少了那一条丝线,空有色泽流转,却永远没法连接成最初的项链。每次犯案后,凶手都有半个月的冷静期,不知道是在回味上次的案件,还是在物色下个人选。最近的一起案子发生在2月19日,今天已经是3月9日了,按照凶手的作案习惯,下一起凶案最晚会在明天凌晨前发生，眼看日期越来越近，可他们一点儿头绪都没有，这给了专案组极大的压力。

目前看来，这个凶手始终按照"五行相克"的顺序选用凶器制造谋杀案，像是怕警察发现不了似的，这个自大的凶手还在每个尸体旁留下了对应的文字。

最初，也就是1月1日的那起凶案对应的是"金"，虽然他们到现在还没找到凶器，但是根据受害者致命伤的形状和伤口残留的颗粒，技术人员推测出凶器是一个铜制锥状物，凶手用受害者的鲜血在她白色外套的一角写了一个"金"字，这件外套叠得整整齐齐，垫在受害者的脑袋下面。这是凶手最初的记号。

金克木，然后就是"木"。凶手这次用的是草乌，一种块根植物。若不是在受害者上衣口袋里塞着一张写有"木"的字条，第一次出警的派出所差点儿把这起谋杀案归类为心脏病突发导致的意外，犯罪现场也因此被破坏得七零八落，无法为破案提供更多有用的线索。

木克土，接着就是"土"。受害者被发现的时候，半截身子都被埋在了土里，一块锋利的碎瓷片割断了他的喉咙。之所以知道是瓷片，是因为在尸体旁边湿润的土地上还用瓷片写了一个"土"字，这一次凶手把凶器都留给了他们，可惜凶器上没有留下任何凶手的痕迹。

土克水，最近一起是"水"，受害者的家属刚报了失踪没多久，那具溺亡的尸体就在城郊的一个湿地公园里被发现了。凶手一定也曾留下了有关"水"的线索，不过都消失在夜半的池塘里了，直到法医发现受害者肺部积水的主要成分与池塘水不符后，这宗案件才被列入了连环谋杀案中。还好这时警方已经对这系列案子产生了警觉，大部分证据都被保留了下来。

水克火，没有头绪的专案组一直被动地等待着，可惜2月19日那一案后，整个城市平静得仿佛一杯白开水，连普通的失火都没有，可大家都知道，这是暴风雨之前的宁静。如果他们估计的犯案模式没有错，这个案子终于走到了轮回的最后一关，它必须在今天终结。火，太容易转化成致命的凶器，但也太显眼，太容易被发现，这是专案组最后的希望。如今离截止时间还有四个小时，整个城市的警力倾巢出动，埋伏在各个角落，现在留给大家的，就只是等待了。

这个案子最后要以这样的方式结束，毕衍很不甘心，可是也没有其他办法，至少，一切都要结束了。此刻他正在一辆巡逻车里，一边留心街边行人，一边协调布控工作。他已经整整两天没有合眼了，可他却丝毫不觉得困顿，相反他的大脑运转得异常活跃——今晚，绝不能再有无辜的人丧生。

一张看不见的网已经撒下，可时间一分一秒过去，毕衍没有收到任何可以收网的消息，他巡逻的街道也是一片风平浪静。他的眼皮跳了几跳，有些不好的预感：我们是不是错过了什么？

像是为了印证他的猜想，接下来的几个小时，对讲机里始终没有传来任何好消息。寂静的黑夜像是一只巨兽，在城市里逐渐膨胀，一点点挤压抢夺掉他们赖以生存的氧气，不安占据了毕衍的内心。

"收队。"十二点的钟声已经响过很久，毕衍对着对讲机下达了最后的命令。

"头儿，不再等等吗？"大家为了这个案子起早贪黑了大半个月，谁都不想就这样放弃。

"不用了，他不会出现了。"毕衍语气笃定，又充满了失望。

"是不是因为我们逼得太紧了？"有人猜测道。

"我觉得不是，这种连环杀手都有一定的强迫症，一旦启动了谋杀，即使知道危险，也无法拒绝杀人的诱惑，必须按照固定的模式继续下去。"毕衍眯着眼睛倚靠在驾驶座椅上说出了自己的判断。危机暂时解除，疲倦加倍袭来，他紧绷的神经无法再继续工作："至少今天没有人受伤，也算是个好消息，大家辛苦了，回去洗个热水澡好好休息吧。"

虽然这样说着，毕衍却没有丝毫开心，他的第六感告诉他——案件已经发生了。而对于这些不好的事情，他的第六感一向该死地准确。他重新看了一眼手表，心下有了主意，不过这个时间点不该去打扰任何人了，就同这个城市一起享受一晚的安眠吧。毕衍掉转车头朝家里开去，就像他自己之前交代同事的那样，先回去洗个热水澡，然后好好休息，明天还有一场硬仗要打。当然在真正入睡前，他还是没忘记给专案组的信息联络员周青发一条信息："醒了记得帮我在系统里查一下周边城市这一周与火灾或者爆炸有关的案件，特别是引起死亡的。"

第六感果然没有欺骗他，第二天，当毕衍带着黑眼圈拖着沉重的步伐来到办公室时，周青已经在等他了。

"我是不是又让美女久等了？"毕衍没正经地说道，他半弯着身体，一只手接过周青捧在怀里的文件，另一只手则在桌子抽屉里摸索着什么。

"找咖啡啊，我刚刚在楼下便利店买早餐的时候顺便多买了一罐。"周青手里的材料被拿走，掩盖在底下的罐装咖啡露了出来。

毕衍立刻把伸在桌肚里的手抽出来，站直身子，一把捞过咖啡,整套动作一气呵成,刚刚的疲态一扫而空:"还是青青最好了,等案子破了请你吃大餐。"

"少喝点儿吧,早晚咖啡因中毒。"周青皱着眉头,仿佛忘记了毕衍手里的咖啡是自己提供的,言语间充满了关心,"昨晚没休息吗,这么累?"

"连着几天没休息了,睡一晚上没法改善的,这叫'延时疲惫',不充分的休息只会导致更加劳累。"毕衍迫不及待地拧开瓶盖喝了一口,满意地咕哝了一下,然后打开手里的文件,"甜了点儿,可能是因为青青的心意太甜了。"

"油嘴滑舌,不过说起来你确实欠我一顿饭,但不是因为咖啡。你看到了吧,"周青说着又往毕衍身边走了两步,两个脑袋一同凑到了文件前,像是怕毕衍看不到似的,周青特意指了指文件上的几个段落,"3月5日,刚好在我们这个凶手的作案时间段内,这起车祸引发了巨大的爆炸,车毁人亡,现场照片十分惨烈,很像他之前的风格。而且秋田市离我们这里很近,虽然当地警方以自杀结案了,但是受害者的家属似乎并不认可。"

"嗯。"毕衍没有立刻下结论,他听着周青的叙述点了点头。

"你觉得是不是这个啊?"周青似乎对这个推论充满了信心,不过她还在征求毕衍的认同,"这一周我们逼得太紧了,凶手确实没有犯案空间,为了完成他的变态计划,不得不朝周边城市伸手。"

"我之前叫你查和'火'相关的案子也是这个意思,但还有一点说不通,或者说我们之前的调查思路就是错的。"虽然一直想了解的信息已经放在了面前,毕衍还在矛盾中思考着。

"什么啊?"周青完全跟不上毕衍的思路。

"一般的连环杀人案，受害者应该都是有关联的，如果因为我们逼得紧他就去别的城市找个替代品，那就说明……"

"说明受害者的关联不在于他们的社会关系，而是性格、行事或者其他方面的共同点，所以凶手可以在半个月的时间里物色到新的受害者，而不受我们突击行动的限制。"周青终于抓到了毕衍想要表达的点。

"我同意。除了这个案子，还有别的吗？"一说起正事，毕衍就像变了个人似的，他的目光始终没有从文件上离开过，逐字逐句地阅读着档案，眉头越锁越紧。

"周边地区暂时没有发现，庆山市倒是有一起火灾，但是没有人员伤亡，应该就是普通的操作失误，没有可疑之处。"

毕衍没有说话，他还是目不转睛地盯着周青拿来的那份档案，手指逐行下滑，然后停在了一个人名处，思索了一阵后不自觉地点了点。

"邹堃？受害者的父亲？"周青跟着毕衍办案有一段时间，已经熟悉了他的风格，她知道这个名字让毕衍想到了什么。但是毕衍思考问题时周围的所有声音都是被屏蔽的，所以她虽然好奇，还是静静地等待毕衍想通后，再来为她解开这个谜题。

"这个名字你不觉得熟悉？"终于，毕衍开口了。

"不，这名字挺生僻的，如果我看过一定会记得。"周青再次看了下那个名字，还是没有什么印象，"怎么了？"

"你是哪个警校毕业的啊？"

"我……我不是科班生。"周青有些不情愿地答道。

"怪不得。"

"怎么了，我虽然不是科班生，但也是笔试、面试、体能测试过五关斩六将考进来的，不就是个名字吗？凭什么小瞧人！"被否定的感觉让周青无法再维持装出来的成熟，流露出了些二十三四岁女性特有的娇俏，"说不定还是重名呢！"

"你们这些小年轻啊……你自己刚刚说过，这名字挺生僻，所以说重名的概率是很低的。"毕衍说着把文件合起来放到一边，再次喝了一口咖啡，又回到了早上玩世不恭的样子，"我刚刚回忆了一下之前的四个受害人，我可能知道这个凶手选择受害者的共同点了，如果猜得没错，最后一个受害人确实就是他——邹骋。"

"什么特征？"要是平时，周青肯定要反驳"小年轻"的称呼了，可她现在没心思追究，只想知道毕衍口中的共同特征是什么。

"总觉得有些荒谬，我还不确定，等我去一趟秋田市再告诉你。"

六

和省城的风声鹤唳不同,这两天秋田市一直风平浪静,连续的阴雨天才结束,阳光就立刻主宰了这座城市。温度上升得很快,和煦春光过处,枯黄的草地弥漫出绿意,干瘪的枝头孕育出花苞,蓝天白云下有蜜蜂嗡嗡起舞,走在路上竟有了些"吹面不寒杨柳风"的意思。在阳光的加持下,秋田市的绝大多数居民度过了一个愉快的周末,这让新到来的一周也显得格外可爱。

对郑元浩来说,邹骋的自杀让他的上一周过得比阴雨连绵的天气还糟糕,现在终于结案,可以放下这起案子,他的心情也像此时的天气一般拨开了阴霾。他从办公桌前站起来,踱到窗边,先是将百叶窗彻底拉到顶端,让阳光可以毫无保留地进入室内,然后眯着眼睛面向太阳,深深地吸了一口气。暖意瞬间充满他的四肢百骸——希望这个春日也可以逐渐抚平其他人心里的伤痛吧,郑元浩仍然有些忧伤地盼望着。

"郑队,刚接到电话,说是省城那起'五行杀人案'的专案组组长下午会来队里了解些情况。"林凯急匆匆地走进了办公室,打断了郑元浩的沉思。

"省城的连环谋杀案怎么到我们这儿来了解情况?问过具体是什么事了吗?"郑元浩回过头,注意力立刻集中到了工作上,"我们要不要提前做些准备?"

"问了。"林凯吞吞吐吐,只回答了一半的问题。

"问了?问了那就说呀,还在磨蹭什么?"林凯的态度让郑元浩隐隐约约有了些不好的预感,心里有些不耐烦了。

"他们想了解的……是上周那宗自杀案。"

"胡闹!"郑元浩的脸色一下变得铁青,"你问清楚了吗?都已经结案了他们还来凑什么热闹?!"

"我也问了,但是对方说电话里一时半会儿解释不清楚,下午会来亲自拜会。"

"胡闹,胡闹!"郑元浩无意义地重复着这两个字,手握成拳快速而又用力地敲击着桌面,他停顿了好一会儿,随后嘱咐林凯道,"你给我把那起连环谋杀案的材料找来,我得搞清楚到底发生了什么事。"

"材料不多,我已经……已经找到一部分了。"

郑元浩这才看到林凯手里拿着的文件夹,他意识到自己态度出现了问题,因为突如其来的变故而暴躁起来的情绪缓和了许多:"放下吧,做得很好。"

"郑队,还有件事。"林凯见他心情好了一些,又硬着头皮说道。

郑元浩耐着性子问道:"什么事啊?一次性说了吧。"

"对方说想一起见见邹老师。"林凯说完,大气都不敢喘一下,默默地站在原地假装自己是透明人。可奇怪的是,与他预想中即将到来的暴风雨不同,这次郑元浩没有发怒,他只是沉默了一会儿,紧接着问道:"还有别的事吗?"

"没有了。"林凯快速地回答道。

"那你出去吧,"郑元浩挥了挥刚到手的文件夹,看着林凯离开的背影又补充了一句,"不要和任何人说起这件事。"

看着林凯一边点头一边溜出去的身影,郑元浩揉了揉太阳穴,坐回自己的办公桌前。他没有立刻翻开面前的材料,而是心事重重地摆弄着手机,有几次他几乎就要拨出那个号码了,最后却还是按下了取消键。邹堃不仅是他的朋友,更是他的引路导师,有时候他真的分不清隐瞒或坦诚哪个更伤人。他想起邹堃经常和他说的话:"永远不要和你案件的受害者家属成为朋友,当你直视他的眼睛,有的人能看到真相,而你只能看到泪水。"

"唉。"郑元浩重重地叹了一口气,打起精神开始梳理资料,他决定等看完案件报告后再做决定。一场空欢喜可能只会给人留下遗憾,或许还多几分念想,旧事重提却会撕扯开静待愈合的伤口。逝者已矣,逃不开的生者才是最大的受害人。

谋杀还是自杀?虽然郑元浩听到这个消息的第一反应是"胡闹",但他内心知道无风不起浪,省城的专案组不会无缘无故关注到市里的一宗意外,一定有什么信息被遗漏了。可当他看完全部档案思考再三后,还是看不出这宗意外和在查的连环谋杀案有什么必然联系,甚至连出事地点都挨不上边,前四个死者都在省城遇害——除了最后一个受害者应该死于"火"这个因素。

"这样也太牵强了吧?"郑元浩自言自语着。案件有限的信息已经不能给他提供更多的线索,他决定先不让邹堃知道这件事,转而研究起专案组组长的简历。

"毕衍,男,三十二岁,中共党员,毕业于首都刑侦大学……"

"真是漂亮的档案。"郑元浩啧啧称赞着,他越往下看越觉得熟悉,"后于美国马里兰大学进修犯罪心理专业,毕业后就职于省城刑侦大队，接连破获大案，六年时间实现三级跳，现任省城刑侦大队队长，工作能力堪称前无古人后无来者。"

"首都刑侦大学、马里兰大学、省城刑侦队队长，是不是'后无来者'我不知道，但一定'前有古人'了。"郑元浩关闭了搜索页面，靠着椅背陷入了沉思，他感觉自己即将见到一个年轻版的邹堃。

可是他错了，见到毕衍的第一眼，郑元浩就知道自己之前的猜测全错了。虽然有着相似的成长经历，身高体貌也相差不大，但眼前这个人的气场和邹堃却有着天壤之别——郑元浩从未在邹堃脸上见到过这种笑容，明亮的，热烈的，露出六颗牙齿，带着门外的春风和暖阳的微笑，让郑元浩本想绷起来的脸都有些绷不住了。邹堃待人客气，但一向不苟言笑，即使是微笑，也是带着克制和距离的。郑元浩以为这是成功刑警必备的条件，他们不该对生活投入太多感情，所有的喜怒哀乐都是浪费，如果有多余的力气，再去现场看一看，再去和旁观者聊一聊，再多往前想一想，而这也是他无法成为一个好"侦探"的原因——他太容易囿于私人感情而迈不出关键的一步。

"郑队，久仰大名，今天能和您探讨工作真是太荣幸了。"郑元浩还在想着，毕衍已经走到他面前，林凯在后面跟着。

"客气了。"郑元浩不咸不淡地回了一句，"小林，你先出去吧，我和毕队聊聊就行了。"

"我这次来主要是想了解一下这起案子。"毕衍说着就要把手里的材料递给郑元浩看。

"不急，"郑元浩并没有接过材料，而是朝着一旁放热水瓶的矮柜走去，"先坐吧，喝点儿什么？"

毕衍吃了个软钉子，但没有放在心上，还是很开朗地回答道：

"不知道郑队这里有没有咖啡呢？"

郑元浩回过头有些诧异地看了看坐在会客椅上的年轻人——真的一点儿都不一样。邹堃从来不会提出让人为难的要求，他理智、清醒、自持，看似温和实则冷硬，有序地保持着与他人之间的距离。而这个毕衍，他应该是知道这里没有咖啡的，却故意提出了这个要求。郑元浩摇了摇头，还是回答道："那是年轻人的玩意儿了，我这红茶劲儿也挺大的，要不试试？"

"郑队推荐一定不会错的，那就红茶。"毕衍还是乐呵呵的。

热气腾腾的茶水端到了桌上，毕衍顺手拿起来喝了一口："哇，真烫。"

郑元浩看着他夸张的表情，几乎就要把舌头也伸出来扇扇风了："忘记提醒你了，这红茶要用滚水泡才好喝，要不我给你去弄瓶矿泉水？"

"不用了，不用了，"毕衍连忙站起来拦住了作势要离开的郑元浩，"水可以等等再喝，不过那个案子，我可真等不了了，要不我们先聊聊这起杀人案吧。"

"是一起自杀案。"郑元浩态度强硬地说道。

"服毒、溺水、上吊、割腕、煤气中毒或者爆炸，其实所有的自杀都有可能是制造出来的。据我所知这起案件的受害者邹骋，他没有留下任何遗言，而他的家属也一口咬定他没有自杀倾向，为什么郑队这么肯定他是自杀呢？"毕衍已经做好了功课，显然不是能被随意打发的人。

"我们有目击证人，他能证明在车祸发生前，车主独自在车上，他自主启动了车辆引擎，开下了断桥。"

"我看过那些照片和证词，这只能说明案发时是车主在开车，但我觉得车主的精神状态并不正常。"

"自杀的人精神状态能有多正常？！"郑元浩没好气地说道，他因为简历而对毕衍产生的一点点好感已经所剩无几了，现在他感觉自己面对的只是一个空有文凭、盲目自大还急于邀功的年轻人而已，"我知道你急着破那起连环谋杀案，但是也不能牵强附会，强行把一桩不相关的案子扯进去，你知道这样会对受害者的家属产生多大的伤害吗？"

"哈哈，郑队您别生气，可能是我没表达清楚，"毕衍并没有因为郑元浩的指责而翻脸，反而笑了笑，重新拿起茶杯喝了一口茶，企图缓解紧绷的气氛，"心急喝不了好茶啊，郑队推荐的确实不错，入口不刺激，回味还悠长，我回去也要试试。"毕衍说完，又晃了晃茶杯，像是十分享受的样子，但他也没停止解释："有没有可能邹骋当时处在被人威胁的状态，不得不开车跃下高架桥，又或者他意识并不清醒，受到了某种暗示？"

郑元浩有些摸不清面前的人了，像是受到诱导，汪乐宁的名字突然在他脑海中闪过，但立刻又被他否认。郑元浩的注意力重新转移到面前这个人的身上，他本以为自己的指责会让毕衍翻脸，至少也要流露出些尴尬的神情，谁知道他喝了口茶，竟然完全不在意的样子。他看着毕衍貌似随意地放下茶杯，但茶杯后探究的眼神却像是在观察着他。

"我们查过邹骋最近一段时间的通信记录，没有什么不妥，至于你说的意识并不清醒，你的意思是他被操控了吗？"郑元浩摇了摇头，"这种事情只能拍拍电影，太天方夜谭了。"

"或许他有两部手机呢？而且这个案子里还牵扯到一位心理医生吧？"毕衍步步紧逼，"现在车毁人亡，手机的事情没法确定了，但是意识是否清醒并不难证实，您也知道的，验尸就行了。"

"不可能。"在郑元浩还没意识到发生了什么之前，否定的话就脱口而出。随后他觉得有点儿不妥，又画蛇添足地解释道："没必要，你说的这种可能性太低了，人都已经……人都已经那样了，让他早点儿入土为安不好吗？"

"入土不一定能安，只有查出真相，死者和生者才能找到真正的安宁。"毕衍也知道自己提出的要求违背了国人的传统观念，但他不得不说，"郑队，您和死者的父亲，也就是邹堃，关系很好吧？"

郑元浩听出他话里有话，于是保持了沉默，他垂下眼睑不表态，只是等待毕衍继续说下去。

"邹老师也是我的前辈，我的学长，我职业道路上的引路人。他比我们任何人都更早接触刑侦科学，我相信他会同意我的看法——尸体会告诉我们答案。"

郑元浩还是没有说话，他刚刚才觉得毕衍和邹堃有着天壤之别，现在又觉得他们的形象重叠在了一起。

"我知道郑队的疑虑，邹骋和前面一系列受害者似乎没有关联，但连环杀人案的受害者之间的联系不一定是表面的社会关系。我看过档案，邹骋和他们有相似的人物画像。"

"是什么？"郑元浩眯起了眼睛。

"我想先见见邹老师，"毕衍直视着郑元浩的眼睛，"我在来之前就和……和那个刚走出去的小伙子，叫小林吧，说过我想见见邹老师，有些事还需要当面确认。"

"我不确定现在能不能联络上他。"郑元浩终于松口了。

"我可以等。"

七

一周之内,郑元浩第二次来到了"一蓑烟雨"。

上一次他来的时候凄风苦雨,不过这里的主人悠闲自在地在田里忙活;这一次已是春暖花开,但这里的主人却仿佛被埋葬在那个逝去的冬天了。

郑元浩在圆形拱门前踌躇,落日正越过东边的山头,白墙黑瓦没有一点儿变化,墙内已经物是人非。五天前他告诉邹堃"你的儿子自杀了",而如今,他要带来的消息是"你的儿子可能是被谋杀的",他不知道哪个消息更让邹堃痛苦,命运的离奇多变让他只想苦笑。

"进去吧。"或许是他在门口站的时间太长了,毕衍出言提醒道。郑元浩点了点头,企图振作起来,两人才迈开步子,拱门就从里面被打开了。邹堃站在门后,已经不见之前悲伤潦倒的模样,他的目光越过郑元浩看向远方,中间似乎在毕衍身上停留了一下,淡淡地说了一句:"来了。"然后也不多招呼,自顾自地转过身朝里面走去。

"走吧。"郑元浩看着前方渐行渐远的背影,拍了拍毕衍,跟上了邹堃一瘸一拐的步伐。

邹堃没有走向自己房间,而是把他们带到了正对院门的住客登记大厅。不知道是不是时间关系,这里空空荡荡,连工作人员都不见踪影。邹堃独自站在茶几旁并没有立刻坐下,他将几个合盖在桌面上的小茶杯翻过来,满上了茶水,才对跟上来的两个人说了一声:"坐。"

郑元浩给毕衍使了个眼色,一起坐到邹堃对面,他一口气干掉了茶水,又给自己续了一点儿:"不看到茶杯都不觉得渴,堃哥,你的膝盖又犯病了?"

"整个冬天都没这么疼过了。"邹堃揉了揉自己的左腿膝盖,话语间带着几分无奈。

"没再去医院看看哪?配点儿止疼药。"

"膏药都贴出抗药性了,我一个人也懒得去医院。"

"我们那儿三院的运动损伤科挺有名的,主任刚好是我老师的同学,要不哪天我陪您去看看?"毕衍不留痕迹地搭上了话。

"中医西医都看过,不折腾了,和平共处吧。"邹堃不软不硬地挡了回去。

"堃哥,今天人怎么这么少啊?"郑元浩见状连忙转移了话题。

"好几个订了房的客人都退了单,我也乐得清闲。"退单的原因大家心知肚明,邹堃不用说,另外两人也知道。郑元浩直怪自己说话不过脑子。不过还好,邹堃似乎没有放在心上,紧接着又问道:"你们这次找我,是因为小骋的死还有疑点吧?"

"也不能算是疑点,我电话里和你介绍过,这是省城刑侦大队的毕队,他们觉得这个事故可能和在办的案子有些牵连,所以来了解下情况。"郑元浩尽量婉转地回答道,同时用胳膊肘悄悄推了推毕衍,示意他可以开始说了。

毕衍并没有立刻说话,他从最开始就在观察着眼前的人,起初距离太远，只觉得是个普通的五十岁男人，穿着打扮并不讲究，头发中掺杂着些灰白颜色却不显老，腿脚不方便但做起事来干脆利落，谈吐行事间颇有些云淡风轻的味道，仿佛儿子的死已经放下。但坐下后毕衍才发现痛苦并未真正放过邹堃——红血丝在他眼睛里游荡，浓重的阴影渲染着眼圈，血色从抿紧的嘴唇处逃离，下巴已经被青色胡楂儿占据，这是一个把伤痛都压到了内心深处的男人。

"是'五行杀人案'吧。"邹堃拿起面前的茶杯晃了晃，轻飘飘地抢先说了一句。

"你……你怎么知道？"郑元浩惊讶地说道，他怀疑毕衍提前越过自己联系了邹堃，于是转过头看了看毕衍，后者也是一脸不可思议。

不过毕衍只惊讶了一瞬，很快就回过神来。他想到对方的身份，即使不是警察了，要知道警方正在追查的案子也不是难题。"没想到邹队都提前了解过了，倒省了我这办案的好多工夫，我这次来主要是想了解一下您儿子的社会关系，以及事发前他的异常动态。"

"我早不是邹队了，你要不嫌我老的话，就随小郑叫我堃哥吧。"

"好的，谢谢堃哥。"毕衍毫不推辞，直接就叫上了，他又貌似不好意思地朝郑元浩一笑，"这下我可和郑队平辈了。"

"我没提前打探过你的案子，"邹堃没头没脑地对毕衍说道，但接下来的话却唤醒了两个人的注意力，"是小骋调查的。"

"您是说邹骋死前在调查'五行杀人案'？"毕衍难以置信地眨了眨眼睛，邹堃提供的这个信息打乱了他所有准备好的提问。

"对。"像是为了佐证自己的说辞,邹堃指了指门外对郑元浩说道,"你帮我去下小骋的书房吧,把他书桌上的笔记本电脑拿来。"

郑元浩看了看坐着的两个人,咽下心中的疑问,走了出去。他的背影一消失,毕衍就迫不及待地问道:"笔记本里有什么,调查记录吗?"

"算是吧,"邹堃没有立刻肯定,"大部分是搜索记录,还有个文档标记了一些时间线,你看到就明白了。"

"我听说邹骋是秋田市有名的少年天才,十五岁就考上大学,二十岁已经拿到计算机硕士学位,实际水平应该远远不只文凭描述的那样。之后他拒绝了很多企业的邀约,选择做一名自由职业者,您觉得他会不会有自闭症之类的精神疾病啊?"笔记本暂时还没到,毕衍在这等待的时间里根据刚刚得到的信息重新整理了想了解的内容,他怕这个问题冒犯到邹堃,又做了补充说明,"我没有别的意思,主要是天才似乎都有些和常人不一样的地方。"

"他确实不太喜欢与人交流,但只是怕麻烦,不是不会。我问过他,他就是觉得计算机比人类更真实、更好沟通而已。"

"我查过,他目前跟进的几个项目都很顺利,生活环境又……"毕衍看了看四周,像是在找合适的形容词,"舒适清净,花草环绕,非常疗愈,不易激发情绪问题,更别提是那种严重到导致自杀的问题了。"

邹堃摸了摸下巴,认同地点了点头。

"他有段时间同时帮好几个网络公司做系统测试,会不会惹上了什么商业保密问题或者金钱纠纷?"

"我认为不会。他和那几家公司合作得很好,本来就是第三方测评,都有严格的保密协议,你要是不放心的话也可以查一查。"邹堃并没有把这条路完全堵死,反倒有点儿鼓励毕衍去试试的意思。

毕衍的想法和邹堃是一致的,他们查案本来就是一点点排除可能性的过程,就像福尔摩斯的那句名言:"当你排除一切不可能的情况,剩下的,不管多难以置信,那都是事实。"

"我会通知同事去查,不过现在看来最可疑的还是他电脑上的搜索记录。"

"还有那个文档。"邹堃补充道。

"他……不会把凶手找出来了吧?"对方毕竟是少年天才,听到邹堃的强调,毕衍一时间被自己的猜测吓了一跳。

"没有。"邹堃从喉咙里发出了两声浑浊的笑声,像是觉得毕衍一惊一乍的样子很有趣。当然,这点儿笑意远不足以抹平他眉间的忧愁,片刻后他给毕衍的茶杯满上了水:"邓局说你和我年轻时很像。"

"那邓局可真是抬爱了,堃哥一直是警界传奇,睿智、干练,还平易近人,我只能努力向堃哥看齐。"毕衍一副真心实意的样子。

"别像我,你这样挺好。"邹堃淡淡地说完,不等毕衍反应,就别过头朝门外看去。郑元浩的脚步声已经传来了,邹堃说:"麻烦你了。"

郑元浩把笔记本递给邹堃,也不回自己的位置,迫不及待地挨着邹堃坐下:"到底怎么回事啊?"

邹堃并不回答,取而代之的是打开了笔记本电脑,他挥了挥手示意毕衍站到自己身边,一阵熟悉的开机音乐后,邹骋的秘密花园在他们面前徐徐展开。电脑桌面十分干净,但不像是被清理过，也没有设定开机密码，倒是十分符合主人效率优先的风格，也从侧面可以看出邹骋对他身边人的信任。邹堃熟练地打开了浏览器，翻查到浏览记录里的收藏夹，映入眼帘的竟然全是"五行杀人案"相关的报道。

"我平常不会碰他的电脑，他出事后就更没有动过，也是接到小郑电话后我才发现的。"

为了避免不必要的恐慌，杜绝模仿者的出现，也为了不让连环杀手产生与警察竞赛的畸形心理甚至自豪感，乃至为了博取眼球、展现力量而制造更多的案件，在毕衍的要求下，这起连环杀人案并没有被大规模地报道。毕衍看着页面上的浏览记录，发现邹骋对这个案子的关心已经到了痴迷的程度。他利用自己的专业知识，在全网搜索所有与这个案子有关联的关键词，哪怕是一些小小的论坛信息也做了标记。随着这些页面的开合，那些曾经发生的谋杀案，一桩一件地重现在毕衍脑中，他的脸色越来越差，手不受控制地握紧了椅背上的横杠。有一个人一直躲在屏幕后窥伺着警察的一举一动，若不是邹骋已经死了，毕衍几乎就要觉得这个人是凶手了，而从现在的情况来看，这个人也看到了凶手的动作。

"那个文档呢？"眼前的画面肆无忌惮地嘲笑着毕衍的无能，他闭了闭眼，想要赶走脑海中不断变换的受害人的脸庞，把注意力重新集中到案件上来。

邹堃闻言将铺满屏幕的浏览器缩小到了最下方，然后打开了毕衍一直期待着的那个文档。

"这是……？"毕衍刚开始还有些不确定，但随着页面的下拉，他一把夺过了放在桌上的电脑，不可置信地看着出现在眼前的文档,"这是警方的案件记录?"

"怎么可能?"郑元浩下意识地反驳了一句,随后觉得气氛不对,他看看毕衍,又转过头看看邹堃,内心挣扎着不知道该不该相信这荒谬的话,"这是警方的保密文件?"

"小骋真的很关心这个案子。"邹堃没有正面回答,但两个人都听出了他的言外之意。

"他……黑了警方的档案系统?"毕衍联想到邹骋的工作,面前的材料出现得不可思议,却又理所应当。这些档案他已经看过无数遍了,每次都想从中找出些突破口,可每次收获的却都是失望。他机械式地继续下滑,几乎闭着眼睛就能知道对应的内容,直到文件来到了最后一页。不对,毕衍眉头一皱,这应该是文件的最后一页了,可进度条却还没有走到尽头。他不会记错,唯一的可能就是……毕衍想着,把文件拉到了最新的一页,果然,邹骋把自己的分析加入了这份档案。档案的最后一页,写着几个受害人的名字,而把他们连起来的,是他昨天才想通的事情,就是这几个受害者的共同点——他们都是"好人"。

八

对,"好人"是那几个受害者唯一的共同特征。帮助失足人群的居委会主任,为弱势群体发声的记者,公益慈善团体的大学生志愿者,还有一个捐助了好几个山区孩子的大学教授,都是社会认可度极高的好人。而邹骋,毕衍之前曾认为凶手匆忙之间没有找到最合适的替代品,所以最终选择杀害了一个好人的儿子,他的死是受累于他的父亲,可现在看来,邹骋遇害的原因更有可能是他已经触及了隐匿在黑暗中的凶手。

但是一个秋田市的计算机从业者是怎么对省城的连环谋杀案产生兴趣的呢?毕衍终于收起嘴角一直挂着的笑容,板着脸孔陷入了沉思。

"你觉得他的推测怎么样?"邹堃叩了叩桌面,电脑拿在毕衍手里,邹堃和郑元浩都看不到文件的内容,但凭借毕衍的表情,邹堃知道他已经看到最后一页了。

"我不知道该怎么说。"毕衍终于把目光从电脑上挪开,他看着已经转过身重新拿起茶杯的邹堃,总觉得自己遗漏了什么,"这些材料您都看过了?"

"什么推测?"没等邹堃回答,郑元浩先站了起来,急性子的他已经受不了两人的哑谜了,但他也没指望从两人口中听到什么有用的内容,干脆起身绕到毕衍身后,企图从屏幕上获得一星半点儿的信息，可没想到毕衍竟然"砰"的一声合上了电脑。

"你什么意思？"这下，被排斥在外的感觉让郑元浩真的生气了。

"啊，不好意思。"毕衍一副如梦初醒的样子，仿佛完全没注意到郑元浩刚刚的动作，但他也并没有因此把电脑重新打开，只是再次问道，"堃哥，这些材料您也看过了吗？"

"都坐吧。"邹堃拉了拉郑元浩，示意他坐回位置上，然后才慢悠悠地说道，"我都看过了，我同意小骋的看法，所有的连环杀手都会有固定喜好，而你们面对的是一个极度仇恨'道德'的人。"

"你们的意思是，省城'五行杀人案'的受害者都是道德楷模？"郑元浩也有些回过味儿来了，"这不可能啊，我见过误伤好人的，但没见过逮着好人害的啊，会不会哪里搞错了，他们没有别的关联了吗？"

"受害者年龄最小的才二十出头，大学还没毕业，最大的已经快六十了，临近退休，从年龄上来看没有相似性。性别不同，职业不同，生活轨迹没有相交，互不相识。但经过前期排查，发现他们都是在生活中非常热心的好人，周围人或多或少受到过他们的恩惠，得知他们的死讯都很难过，而且他们本身从事的工作也多少带些公益性质。"案件受害者的身份毕衍已经倒背如流，他简明扼要地回答了郑元浩的疑问。

"按照五行顺序杀人，本来就带有邪教的色彩，而选择对象又都是道德感极强的人，会不会是什么宗教仪式？"郑元浩到底是有二十年工作经验的老刑警了，他迅速就从之前的怀疑中脱离出来，给出了合理的猜测，"据我所知，很多古老的宗教活动选取祭品,都会选择那种纯洁无瑕的人。"

"是的,我们要找的罪犯极有可能是一个非常危险的宗教狂热人士,他借助五行的力量杀人,以期完成某种轮回。技术组的同事们针对这个特性做了大范围的搜索,包括警方的数据库、网络和各种社交媒体,确实发现了一些涉及这种仪式的宗教教派,但……都是键盘侠的小打小闹,成不了这种气候。"毕衍说。

毕衍和郑元浩你一句我一句地讨论着,坐在一旁的邹堃却在此刻摸着下巴摇了摇头,毕衍立刻发现了这一细微的举动,对正在进行中的对话按下了暂停键:"堃哥,您有不同的想法?"

"我还没去犯罪现场看过,但是图片也是有情绪的,"邹堃说着,将合起的电脑重新打开,朝向对面两个人,"你们看这些照片,充满了仇恨,但完全没有处理完任务,逐渐完成仪式的快感。而被极端宗教控制或者说有恶魔信仰的人,会相信他们是在执行某种更高的旨意,他们是能从杀戮中获得快感和成就感的。"

说到这里,邹堃停顿了一下,他看了看还在仔细感受现场照片的毕衍,喝了一口水接着往下说:"而且凶器的选择很微妙,'金'那一案,你们至今还没找到凶器,但如果是宗教仪式,现场没有和'金'相关的物品,岂不是个很大的漏洞?然后是'木',凶手选择了草本毒药,你们在他的引导下觉得这种杀人手法确实与'木'相关,但其实这并不符合宗教仪式的特点——选用最具有象征意义的凶器。"

"对,用乌头碱来表示'木',反倒有些……"毕衍在邹堃的提示下逐渐看清了案件里隐藏的脉络,但一时想不起该怎么形容这种感觉,于是换了种说法,"受极端宗教驱动的谋杀案应该更加简单粗暴、一目了然,他们会更注重凶器的功能性和代表性,削尖的树枝会是更好的选择。"

"是诗意。"邹堃帮毕衍给出了他前半句的答案。

虽然毕衍觉得用"诗意"来形容一桩谋杀案有些不妥，但又找不到更合适的词替代，他只能点了点头。

"然后就是'土'，如果我是个失去了理智的邪教徒，我会使用活埋，而不是瓷器。"毕衍渐入佳境，"所以这可能不是一桩涉及邪教的案件，他所挑选的凶器，留下的文字，只是为了迷惑我们。"

邹堃点了点头："这是我的结论。"

"但这样就不能解释他为什么会针对这些好人了啊。"郑元浩刚刚想到的合理解释一会儿工夫就被推翻了，他有些不服气。

"如果这些人是伪君子呢？"邹堃给出了他的猜测，"会激发出这种狩猎式的杀戮行为，最大的可能就是原有的美好认知被打破。比如发现一向敬重的长辈竟然有恋童的癖好，一直暗恋的清纯女孩儿竟然被人包养，这种破坏会使一个人迅速产生自我怀疑。如果这个人性格偏激，并且这种破坏反差太大而对他的人生产生了实质性的影响，就很容易使他从怀疑自我走向怀疑社会，继而产生报复心理。"

"对，我最初也曾这样想过！"邹堃话音刚落，毕衍立刻激动地接上了话，"为了了解这些人被害的原因，我前期也翻看过他们的档案，可惜经过初步判断发现他们言行一致，并没有隐藏起来的不良嗜好或者不为人知的黑暗面，所以……这种推测就被搁置了。"

邹堃扯了扯嘴角："所以邓局说我们很像啊。"

谈话突然从案件中脱离出来，毕衍有些不适应，但他立刻就找回了状态:"看来这次回去一定得请邓局吃饭了,不过当务之急还是先从头梳理一下这几个人的关系,看看他们到底是伪君子还是真好人。谢谢堃哥了,听君一席话,胜读十年书。"

"倒也不必,"邹堃摆了摆手,"我说的话其实你早就想过了,这些推测完全基于文字图片出发,都是纸上谈兵。如果能去现场看看的话,倒是可能有些新发现。"

"光从这些档案里就能读到这么多,堃哥真不愧是刑侦界的传说。"毕衍看似真心实意地称赞着对面的人,仿佛没有听懂邹堃的言外之意。

郑元浩见他们的分析进入尾声,两人又开始打太极,于是拍拍毕衍示意他起身:"我看案情都分析得差不多了,快回去破案吧。"

"还不行,还没聊到正题呢。"邹堃却叫住了他们,已经站起身的郑元浩愣了一愣,他看看邹堃的脸色,有些无措地坐回了原位。

"堃哥觉得,小骋的死是因为他追踪到了凶手的线索,还是因为他符合凶手的杀人模式?"毕衍也不再打太极,选择直接出击。

"这个应该你来告诉我。"邹堃也很直接地回答道。

"你们总说小骋是被谋杀的,可还有一个问题没有解决,如果小骋不是自杀,那凶手的杀人手法是什么?"虽然百般不愿,郑元浩还是提出了自己的疑问,"有人拍到了小骋驾车跃下高架的全过程啊。"

"你说过小骋出事前给一个女人订了一束花,还留了'对不起'三个字,你查过那个女人吗?"邹堃问道。

郑元浩不说话了,过了很久他才苦口婆心地劝说道:"她是小骋的心理医生，堃哥，其实小骋有很多事你都不知道，我也……我也不知道该怎么和你说。对小骋来说，'少年天才'这个头衔是美誉也是枷锁，他有很大的心理压力，一直以来都在接受心理辅导，可最后他还是选择了离开，这也许就是他给自己的心理医生留下那三个字的原因。"

"对啊，她是一个心理医生。"邹堃没有理会郑元浩大段的解释，只是慢悠悠地接住了那四个字——心理医生。

"您的意思是，邹骋在出事前心智被控制了？"不知道是不是巧合，这个可能性毕衍刚刚才和郑元浩提过。

"你没有这样想过吗？"邹堃反问道，"偏僻荒芜的地方那么多，可小骋偏偏选择了一个有最可靠的目击证人的地方去自杀，太巧合了吧？我查过，那个摄影师的'二十四节气'项目已经刊登过两期了，第一期登上摄影爱好者会刊的时候，杂志还对这个项目做了详尽的介绍，包括拍照的准确时间和地点。"

"如果真的是心智受控的话，我怀疑会有药物辅助，这一点我之前也和郑队提过。堃哥，您介不介意再对小骋的遗体进行一次尸检？"

这一次，毕衍等了很久都没有等到回答，他也不催促，只是静静地等待着。邹堃的目光已经不在室内，他转过头正凝望着窗台，毕衍也顺着他的目光朝窗外望去。院内一片风和日丽，生机盎然，几株玉兰光秃秃的枝干上冒出了粉色的花苞，苔藓的绿意蔓延在青石板上，石缝间已经有鲜嫩的绿芽破土而出，毕衍的视野里看不到樱树，但几朵早樱的花瓣在风中飞舞着越过了院墙，有些还飘飘荡荡落在了他面前的木质窗台上。他这才注意到邹堃真正在看的东西，是窗台上正沐浴在阳光中的一盆小绿植，确切地说,是一盆泥土,上面扦插着几段被剪断的虎皮兰。

"这是小骋出事前才栽下的。"

邹堃的话唤回了毕衍的思绪,他的目光重新回到屋内,看着眼前年至半百却痛失爱子的男人。对他来说,他们刚刚讨论的只是一连串谋杀案,而对这个男人来说,却是在一遍遍回顾儿子死亡那天痛苦的一切。毕衍知道,很多时候,刑警是没有办法去想那些已经死掉的人的,他们只能把一具具尸体抽象成符号,串联成线索。能引领他们走下去的,是想要救下那些还活着的人的决心。话语在此刻变得无力,但他还是想说些什么:"堃哥您放心,我一定会帮小骋找出凶手的。"

"那你就去做吧。"邹堃不再招呼他们,独自转身离开了。

九

最初，毕衍来秋田市的目的是了解一下邹堃和他的儿子，以期获得新的线索。当他从"一蓑烟雨"离开的时候，新的线索确实出现了，原来已经断了的线索也突然从四面八方涌了过来，可他的疑惑反而更多了。他想，他至少还要再见一个人才能离开，那个传说中的心理医生，让邹骋留下"对不起"三个字的女人。

"郑队，我还想见见你们刚提到的汪乐宁。"

"我可没提过，是堃哥提的。"郑元浩显然还在为之前毕衍合起电脑的事情生气，他感觉自从见到这个毕衍后，原本就不顺畅的事情似乎变得更麻烦了。

"堃哥怎么知道的，一定也是郑队先调查出来的啊。"毕衍习惯了郑元浩有些抵触的态度，一点儿都不生气，反而再次问道，"其实这点儿小事根本就不用麻烦郑队，你们告诉我她在哪里，我自己去就行了。"

"我已经通知小林提前联系了。"秋田市一池春水般的日子被搅乱，郑元浩难免懊恼，但他并没有真的迁怒于毕衍。毕衍在油腔滑调中隐藏的真心，郑元浩都能感受得到，从"一蓑烟雨"出来的路上他已经猜到了毕衍的下一步，并为他做好了安排，但又不愿显得太主动，于是继续粗声粗气地说道："上次我们去汪小姐那儿的时候他也去了，这次刚好由他陪同，我就不去了。"

毕衍本以为还要费些口舌，没想到郑元浩已经为自己打点好了一切，一时竟有些词穷，犹豫了半天只说了一声"谢谢"。之后的一段小径上，两人虽然并肩走着，但不免各怀心事，没有再交流，直到汽车引擎的发动声打破了他们之间的沉默。

"你住在哪儿，我送你回去吧。"郑元浩一边驾驶着车辆掉头，一边不经意地问道。

"对了，我还没订住宿呢，本来以为今天就能回去的。"毕衍如梦初醒，随后制止了郑元浩开车的动作，"等等，郑队，这儿不就是民宿吗？你说我住这儿不会打扰他吧？"

"会。"郑元浩毫不犹豫地说道，并没有因为毕衍的话而踩下刹车，"局旁边就有个招待所，那里适合你，我顺路带你过去。这儿太贵了，你们专案组经费很足吗？"

"我自费，我自费！"毕衍急急忙忙地喊道，嘴上卖着乖，双手却几乎就要去抢司机的方向盘了，"郑队，就让我体验一下有钱人的生活吧！"

郑元浩怒视了毕衍一眼，到底还是停了车，毕衍急急忙忙地跳下车，仿佛稍慢一步就会被重新抓回车上，郑元浩只来得及对着他的背影交代了一句："住店就住店，好好休息，别烦堃哥！"

"知道了！"毕衍挥挥手，头也不回地朝来时的路走去。其实毕衍也不知道自己为什么要再回到"一蓑烟雨"，他与邹堃的那番交谈已经结束，新的线索将会指引他走向真相还是背离真相，他总要踏上新的道路才知道。他不应该再去打扰那位独自疗伤的父亲，但那扇圆形拱门后的世界对他有着致命的吸引力，那种吸引力甚至比真相更让他着迷——他并没告诉邹堃，二十岁那年，他曾坐在首都刑侦大学的报告厅里，仰望着讲台上那个旁征博引、幽默儒雅的客座教授。彼时，他正处在对自己能力的深深怀疑之中，渐渐消沉、怨天尤人，甚至想要放弃。可那个讲座改变了一切，那是他真正爱上刑侦的起点，也是他坎坷大学生活里的转折。

后来，他疯狂地学习，买邹堃的书，听邹堃的讲座，看邹堃推荐的电影，去邹堃去过的大学，甚至在邹堃工作过的地方工作，可惜，邹堃已经离开了。尽管他从未对人说过，但他一直在追随着邹堃的步伐——成为更好的人。

门被推开，毕衍的思绪戛然而止，门里走出来一个四五十岁的女人，她打量着毕衍，似乎觉得眼生，不确定地问道："你是新来的客人？"

"现在还不是，不过我确实想住几天。"毕衍客客气气地回答道。

"你来得可真不巧，我们最近不接待新客了，你到附近看看吧，"这个女人说着，又往外走了两步，虽然是在撵他离开，语气却十分热情，"我正要出去，要不我给你介绍几家吧，都是这里的村民开的，环境挺好。我可不是'黄牛'啊，你要是不信也可以自己去找。"

"哪儿的话，"毕衍听出了对方的淳朴和关心，连忙解释道，"我刚刚来过，郑队带我来的。"

"郑队啊，"女人的声音一下子明亮起来，显然和郑元浩十分熟悉，但随后似乎又被什么不好的回忆牵制了心神，心情低落地叹了口气，"唉，你是郑队的朋友啊，那我带你进去找老板吧。"

"不麻烦了，我自己进去就行。"毕衍知道自己算不上郑元浩的朋友，但也不想透露身份，他知道对方突然心情低落的原因，只好打着哈哈，"您去忙吧，不用管我。"

"我刚出来的时候看到邹老板回屋了,"女人也不再客气,往门内跨了一步,向院子的右侧指了指,"就那屋,你去找他吧。"

"多谢了。"毕衍连忙道谢,等那个女人离开后,他没有急着朝右手边走去,而是真像个游客一般,先在院中的木质秋千上坐了下来。坐在大厅里的时候他没发现,院中除了几棵高大的树木,还精心种植着许多多肉植物,圆滚滚、胖嘟嘟,色泽十分艳丽,他叫不出名字来,但经常在单位女同事的办公桌上看到。当然,他眼前的这些可比白炽灯下奄奄一息的植物们粗壮多了,毕衍看着好奇,干脆站起身走近点儿拍了几张照片,准备回去给周青对标找差。院子里很静,静得能听见他自己对焦时的呼吸声,这让他又想起了汽车飞跃在空中的那几张照片。毕衍合了合眼,太阳悬挂在山头将落未落,炊烟升起,饭菜飘香,已经到了归家的时候。他的目光再次在院中转了一圈,还是回到了放着虎皮兰的窗台上。邹骋的尸检已经安排下去,但邹堃最后的话语和神情还是缠绕在他心头,原来再静谧的环境也安定不了人心。

他这才向院子右侧的小屋走去,敲了敲门。

"堃哥。"

"进来吧,"再次看到毕衍,邹堃并没有惊讶的样子,他往屋内退了一步,给毕衍让开了一个空间,"我刚做好菜,一起吃晚饭吧。"

"谢谢堃哥,蹭了这顿饭,我还想借宿一晚。"毕衍厚着脸皮走进了屋内。

"好啊,空着的屋子挺多,吃完了饭我带你过去。"邹堃一口答应下来,他带着毕衍走到一张放着两菜一汤的餐桌前坐下,又问道,"喝点儿酒吗?自家酿的米酒。"

"不了,看着度数挺高的,我明天还得去见汪乐宁。"毕衍假装不经意地说道,顺便打量起屋内的摆设。屋子显然没有经过华丽的装修,陈设十分简单,家具都是原木色系,北欧极简风,不像"一蓑烟雨"白墙黑瓦的民国风情,应该是邹骋选的。客厅转角处还有一个落地书架,一眼看过去,密密麻麻几乎全是与计算机相关的书籍。倒是餐厅的墙上突兀地挂着一幅山水画,山峦映带,草木泽生,素雅苍茫,气象万千,与整个房间的装饰格格不入,那似乎才是邹堃的喜好。他的目光又回到眼前,桌上的菜品也很简单,一碗鲜绿的豆苗,一碗看起来像是中午剩下的红烧肉,一碗紫菜蛋汤,还有一碟花生米放在邹堃手边。

邹堃仿佛没有听出毕衍的试探,自顾自满上了面前的小酒盅:"年轻人,有这份自制是最好的,以前小骋不工作的时候,我们爷儿俩也会喝点儿。等以后你没任务的时候我们再喝两杯。"

"好啊。"毕衍爽快地答应了,随后又忍不住问道,"邹骋看心理医生的事,您一点儿都不知道?"

邹堃并没有立刻回答,他拿起酒杯又重新放下,像是想压下自己翻腾的思绪:"这次……他走之后,我翻看他的东西,才发现很多事我都不知道。不知道他在看心理医生,不知道他在追查'五行杀人案',甚至不知道他平时都和哪些人打交道,忙什么工作,有哪些朋友。他不说,我就不问,我一直不想给他任何压力,充分尊重他的选择和自由,我以为这是正确的教育方式,他那么聪明,又有什么是需要我管教的呢?"

"邹骋已经二十五岁了,又是个电脑高手,如果他要瞒着您,您也没有办法。"毕衍实事求是地安慰着。

可这番话对邹堃没有任何作用,他无奈地摇了摇头,自嘲道:

"呵，我读了那么多年犯罪心理，破了那么多案子，救了那么多边缘人，却发现不了自己儿子的问题。"

毕衍看着他低沉的样子，心里也觉得难过，他知道只有与案情有关的讨论才能让邹堃重新投入起来，于是想办法转换了话题："之前您和我提到汪乐宁，您真觉得这一系列恶性事件与一个女性心理医生有关？"

"你是怀疑女性还是怀疑心理医生？"邹堃反问道。

"其实我也不知道，但总觉得蹊跷，除了最后一起案子，前面四起都发生在省城，如果凶手是汪乐宁的话，不符合连环作案的特点，但单独看最后一起案子，她又确实可疑。"在邹堃面前，毕衍不想隐瞒，他将想法和盘托出，"这一系列案件涉及暴力犯罪、转移尸体、布置现场，而且受害人中还有青壮年男子，不是一个女性可以独自完成的，除非汪乐宁还有帮手。"

"那你就是在怀疑她的性别。"邹堃帮毕衍做了总结，"但对于她的职业，你觉得反而增加了她的嫌疑。"

毕衍不好意思地笑了笑："我可没有歧视女性的意思啊。"

"不必这么拘谨，我懂你的意思。"邹堃的态度比刚见面时和缓了许多，"在现有社会语境下，男性更多代表着力量，或者说鲁莽、好斗、易怒等这些最容易与暴力犯罪联系上的词，而女性的形象则更容易让人想到柔弱、保守、需要被保护，即使是犯罪，也更多处于从属地位，而不会主动出击。不过你自己也说了，她可能还有帮手。事实上，受过良好教育的女性在实施犯罪时，更具迷惑性，她们通常会结合自身特点选取犯罪方式。汪乐宁是个心理医生，必然会有一些全心全意信任她的病人，在本来就有心理问题的情况下，这些人非常容易被操控，而她恰巧具有操纵人内心的专业技能。我想经过明天的调查，你会有更多的发现。"

"很难想象堃哥已经离开刑侦工作八年了。"毕衍夹了一块红烧肉，嘴里还不忘拍着马屁。

"哈哈，"邹堃接受了他的夸奖，"吃饭吧，等会儿我带你去休息。"

饭桌变得安静下来，毕衍想重新找个话题，没想到邹堃却先抬起了头："明天是你第一次见汪乐宁吧？"

"是啊。"毕衍不明其意，但还是点了点头。

"总不能空着手去见一位女士吧，"邹堃又低下了头，注意力重新回到餐桌上，边吃边说，"如果需要的话，院子里的小植物，随便拿一盆当伴手礼吧。"

"哦，还是堃哥想得周到。"毕衍赞许地说道。

十

虽然表面看来,郑元浩对毕衍并不待见,但毕衍的行程,郑元浩还是安排得十分妥帖。第二天清晨毕衍收拾好东西去和邹堃告别时,林凯已经坐在大厅里等他了。

"小林?"虽然只有一面之缘,毕衍还是认出了这个背影。

"毕队,你起来啦。"大厅里的男子回过头来,一脸笑容,果然就是昨天接待他的林凯,"郑队让我来这儿等你,带你去见汪小姐。"

"感谢感谢。"毕衍说着往大厅走来,"听说你们已经去过一次了?"

"是啊,车祸发生后第二天我们就去过了,不过当时去的是汪小姐家,今天我们得去她的工作室了,她早上还要接待一个客人。"林凯含含糊糊地说着,他正在解决面前的一盘煎饺。

"小伙子,一起吃早饭啊。"

熟悉的声音在耳边响起,是昨晚才见过的中年妇女,毕衍这才想起还没问过她该怎么称呼,但食物的香气让他顾不得这么多了:"我刚好还没吃早饭,谢谢阿姨。"

他说着就在林凯对面坐了下来,欣然接受了面前的美食。吃完了整整一碟煎饺,他才想起来问道:"对了,堃哥去哪儿了?"

"我刚到就见他出去了,说是去镇上采购东西。他嘱咐过不用等他回来,自己随意吧。他还给了你一盆花,说是叫'双子贝瑞',放那儿了。"林凯一边说着,一边从食物中腾出空来朝屋外的石桌上指了指,果然有一盆精致的多肉植物正放在那里,粉红色的叶片,莲座状的株形,恰好两个花座挨挨挤挤凑在一块儿,小巧玲珑,晶莹剔透,煞是可爱,"不过邹老师说,你要是不喜欢也可以换别的。"

"不用了,堃哥挑的不会有错。"毕衍只往外看了一眼,就继续狼吞虎咽起来,丝毫不把这个礼物放在心上。

林凯的早餐已经接近尾声了,他抹了抹嘴,有些好奇地问道:"毕队,你为什么也叫邹老师'堃哥'啊,你应该比他小好多吧,你们认识?"

"随便叫叫,那你呢,上过邹老师的课?"

"倒也没……"林凯有些尴尬,摸摸头不再说话。

吃完早饭,时钟已经指向九点,毕衍本来想帮忙洗完碗再走,结果被王阿姨赶了出来,这才坐上林凯的车,一起向着今天的目的地进发。

等坐到车上,林凯又和毕衍聊了起来。他天生嘴巴闲不住,一路上叽叽喳喳和毕衍聊了许多,再加上毕衍有心打探,等到目的地的时候,汪乐宁的基本情况毕衍已经掌握得差不多了。

和林凯说的一样,汪乐宁早上就有一个客人,但还好,毕衍和林凯没等很久,一位长下巴的中年男子就从她办公室里走了出来,脸上带着轻松的微笑,一边向外走,一边还回头说着什么。他的身后,不远不近地跟着一位穿着正装的年轻女子,她戴着眼镜,化着淡妆,一头长发扎了个低马尾垂在背后,看起来十分干练,高跟鞋有节奏地碰撞着地板,发出"噔噔"的响声。

毕衍抢先林凯一步迎了上去："汪小姐，你好。"

"你好，"刚结束与客人交谈的汪乐宁朝声音传来的方向转过头来，见到眼前的陌生人一点儿都不诧异，语气肯定地说道，"你就是毕警官吧？"

"汪小姐。"林凯也在这时走了过来，朝着汪乐宁点头示意。

"汪医生，既然你还有客人，我就不打扰了，下周见。"

"好啊，周先生，今天有些忙，就不送你了，再见。"汪乐宁先送完客人，才重新回过头招呼起办公室前的两个人，"两位警官，里面请。"

毕衍毫不客气地走了进去："汪小姐和我刚刚听到的不太一样。"

"是吗，不知道这是不是好事。"汪乐宁也不在意，指了指落地窗前的沙发，示意他们坐下，"上次和林警官见面的时候是在家里，穿着打扮要休闲许多。"

"汪小姐的眼镜……"

"是平光镜，毕警官真是观察入微。"汪乐宁不等毕衍说完就摘下了架在鼻梁上的眼镜，"一些客人更容易相信穿着打扮专业一些的心理医生，我在这一行还太年轻，不得不依靠一些小配件。"

"原来是这样。"毕衍像是如梦初醒般点了点头。他再次打量起面前的女人，去掉了眼镜的汪乐宁看起来并没有二十九岁，反倒比林凯还要年轻一些，目光温柔，嘴角带着笑意，和他想象中充满气场的成熟职业女性不同。不过她很敏锐，自己才刚刚开口就被她察觉到了意图，谈吐充满说服力，不愧为心理医生。

"初次见面，准备了一个小礼品，希望你喜欢。"毕衍并没有立刻坐下，而是靠近两步递上了邹堃为他准备的"双子贝瑞"，顺便又看了看她的工作室。整间屋子色调温暖，让人心安，装饰十分简洁，显出主人干练的态度。办公桌上有几个或趴或立的小猫手办，憨态可掬，充满女性气息。汪乐宁的背后，还有一排书柜靠墙放着，上面的书籍几乎已经排满了。阳光从向南的落地窗间穿行到室内，这间办公室采光很好，周边又坐落着许多写字楼，看起来租金不便宜，汪乐宁的这份工作应该很成功。

"这是什么？"汪乐宁接过毕衍手里的那盆小型多肉植物，仔细打量了一番，还放在鼻尖嗅了嗅，与刚刚成熟严谨的模样判若两人，显得一派天真，"我很喜欢，谢谢。"

"不客气，'双子贝瑞'。"

"啊？"汪乐宁像是没听明白，表情有些奇怪。

"'双子贝瑞'，我说这盆植物的名字。"毕衍怕说不清楚，又用手指了指汪乐宁拿着的盆栽。

汪乐宁这才反应过来，她咬了咬嘴唇，看向毕衍的眼神多了一份探究："这样啊，真巧，我的英文名就叫Berry，或者这不是巧合？"

这盆植物是邹堃选给他的，毕衍心里有些异样的感觉。但眼前这个女人与邹堃儿子的死有着千丝万缕的联系，对邹堃来说，查清她的底细不过是一种本能，所以毕衍很快把心底的疑惑压了下去，笑着说道："早知道这样，我就换一盆了，本来觉得它粉粉嫩嫩、小巧玲珑，一定能讨女孩子欢心，可现在一对比，这个Berry就逊色多了。"

汪乐宁笑着摇了摇头，顺手把那盆和自己同名的礼物放到办公桌最右侧沐浴在阳光中的位置上，又倒了两杯茶递给已经坐在沙发上的两个人，这才继续说道："毕警官的危机处理能力真强。"

"哈哈，叫我毕衍就行了。汪小姐，你应该已经知道，我们今天来主要还是想了解一下你的病人——邹骋。"寒暄客套结束,毕衍进入了正题。

"嗯,既然还要聊一会儿,也不要一直叫我汪小姐吧,听着挺奇怪的,我叫汪乐宁,或者叫我 Berry,你知道的。"汪乐宁说着打趣似的朝毕衍挑了挑眉,然后在沙发对面的一张环抱式靠背椅上坐下,"不过你也应该知道,我们心理咨询师都要遵守行业伦理规则,如非必要不能透露病人的隐私。"

"嗯,我当然知道。"毕衍并没有勉强,一副很好沟通的样子,"其实邹骋在心理咨询方面的事我听林凯说得差不多了,他因为情绪问题在你这里治疗快两年了,也就是说你的私人诊所刚开业他就来了,在此之前你们认识吗?"

"不认识,他是我的一个客人介绍来的。"

"方便问下是哪个客人吗?"毕衍并没有轻易放过这个问题。

"一家网络公司的中层,是我在研究生导师的诊所工作时的客人。"

毕衍点点头表示理解:"那邹骋在你之前有看过心理医生吗?"

"据我所知没有。"汪乐宁不假思索,毕衍却觉得她答得十分谨慎。

"最近这段时间,你一直在秋田市吗?"

汪乐宁歪过头想了想才回答道:"年初的时候,我外出参加过一个心理学研讨会,其余时间都在市内。"

"该不会恰好在省城吧?"毕衍挑了挑眉,"那个研讨会。"

"大型行业聚会一般都在省城。"汪乐宁微笑着点点头,顺势调整了一下坐姿。

"那3月5日下午你也在这儿工作吗?"

"是啊,我客人的预约时间一般都是固定的,3月5日是周三,那天是王先生夫妇的婚姻咨询。"

"这样啊,"毕衍用手指在面前的茶几上点了点,不再追问汪乐宁的行程,开始询问起邹骋的事情,"就你观察,邹骋是个什么样的人?"

"他很压抑,沉默寡言,虽然近两年来一直保持着半个月一次的频率来我这儿做谈话治疗,但他其实并没有对我敞开心扉。他的情绪其实是稳定的,状态起伏不大,行事温和而不激烈,自控能力强,聪明,我觉得他应该明白自己的问题,来我这儿只是想找个人聊聊天,他不可能产生危害自己生命的行为。"汪乐宁说着低下了头,"得知这个消息我真的很难过,这是我的失职。"

"他最后给你留了'对不起'三个字,应该就是不想要你自责。"坐在一旁全程没有说话的林凯见不得汪乐宁情绪低落的样子,连忙安慰道。

汪乐宁虽然难过,但仍保持着理性的思考,她不接受这种说法:"我觉得他不是这个意思,他是个非常独立自主、不愿意麻烦别人的人,应该是料到这件事后会有警察找我,所以才给我留了那个字条。"

如果不是那个字条,警察根本就不会找你……毕衍心想,越发觉得那三个字可疑,但他没有提出来,反而换了另外一个问题:"听说邹骋和你聊的大多是他的梦境,你觉得那些意象里有没有其他人的影子,或者,是否存在加害者与受害者的关系?"

"你说的梦境是睡梦中产生的意象,在心理学上更像是情绪反应,一种人对现实生活的情绪转换。我们通过梦境能看出一个人的压力、焦虑或者健康状态,但梦境本身并不具备映射具体现实的能力。实际上,邹骋和我描述的梦境太过真实,我觉得不像是睡眠产生的梦境，而是他虚拟化的现实。"

"你的意思是他在编故事？"

"可以这么说，有一段时间我曾怀疑他有妄想症，但他的梦境绚丽多变，充满意趣，又不像是偏执型人格会有的幻想，总之，他很神秘。"

"即使对一个心理学家来说也是吗？"毕衍追问道。

汪乐宁笑了笑："人的心理千变万化、高深莫测，有时候完全相同的心境产生的选择却有着天壤之别，越接近越觉得神秘，何况我只是个入门者，不过是管中窥豹而已。"

"我倒觉得邹骋像是特意编故事哄你。"毕衍半开玩笑地说着，他嘴角带笑，始终观察着汪乐宁的表情，"我听说心理医生和病人的关系都特别紧密。"

汪乐宁听出了毕衍话里的意思，她没有生气，相反还带着同样的笑意瞥了毕衍一眼，不慌不忙地解释道："我明白你的意思，可惜我只是个心理咨询师，邹骋也只是我的客人，我不会和客人谈恋爱，这是我的职业操守。而就我对邹骋的了解来看，他也绝对不会喜欢我。"

汪乐宁回答得十分坦荡，毕衍一时半会儿也听不出有什么不妥，只好继续把话题推进下去："我这一圈听下来，邹骋完全没有理由突然自杀啊。"

"虽然不如你们专业，但我其实也学过一点儿犯罪心理，"汪乐宁没有正面回答毕衍的问题，"犯罪心理形成的模式有两种，除了渐变式，还有突变式，情绪崩溃其实也是这样。"

"确实，是我没有考虑周全。"毕衍含糊地说着，不知道是没有考虑到汪乐宁学过犯罪心理，还是没有考虑到邹骋情绪的突变式崩溃。

"不是你没有考虑周全,而是考虑得太周全了,毕队这次来问的这些问题,是在调查他杀吧?"

"不过是排除各种可能性而已。"毕衍不自觉地拿起水杯喝了一口茶,他的视线先是躲闪了一下,随后和汪乐宁对上。汪乐宁的眼神让他脊背一凉,他面上还是不动声色,心里却警惕起来——汪乐宁始终在观察着他,或许是职业特性,但这让他感觉有些不舒服,于是他转移了话题:"汪小姐看的书挺杂的。"

"什么?"话题转换太过突兀,汪乐宁的节奏被打乱,有些狼狈地重新问道。

"书,"毕衍指了指她的书柜,又站起身走到她的办公桌前,拿起了似乎是她正在看的一本书,"不介意我看一下吧?"

"请便。"汪乐宁说着再次调整了坐姿,原本完全靠在椅背上的放松姿势消失不见,双手环抱到了胸前。

"怪不得汪小姐对犯罪心理也这么了解,"毕衍放下手上的书,又来到了书柜前赞叹道,"这么多犯罪学的书籍,还有侦探悬疑小说。"

"我对这方面确实挺感兴趣的。"汪乐宁毫不避讳,"毕队看起来也很喜欢看书啊。"

"一般吧,这本不错,就是人名太难记,我看了几遍才捋清楚脉络。"毕衍说着回过头来,手里拿着一本《无人生还》。

"是啊,我当时是特意做了笔记对照着看的。"汪乐宁也站起身,来到毕衍身边,话里流露出送客的意思,"毕队还有什么要了解的吗?"

"没了。"毕衍摇摇头,把书放回原位,"汪小姐最近都在秋田市吧?没别的意思,只是觉得有空还可以交流交流。"

"随时恭候,这是我的名片。"

毕衍毕恭毕敬地接过名片,放进兜里,和汪乐宁道过"再见"准备离开,已经要走出门口了,突然又回头问道:"汪小姐对宗教杀手怎么看?"

汪乐宁愣了一愣,但还是给出了答案:"犯罪都是为了满足心理需要,宗教杀手不是因为常见的金钱、权力或者性欲,而是为了满足信仰,通过杀人的手段来实施审判或者拯救。这种人会合理化自己的犯罪行为,更加冷静、条理清晰、没有负罪感,不会觉得自己在犯罪。"

"谢谢,今天收获很大。"毕衍说着,不再停留。

"毕队,有什么收获吗?"走出办公楼,全程只开过一次口的林凯忍不住问起毕衍刚刚的情况,按郑队的吩咐,他回去后还要就今天的谈话做一次汇报呢。

"可能要进行一次验尸,格里芬夫人。"

"什么?"林凯用奇怪的眼神看着毕衍,觉得他神神道道的。

"你没看过吗?汪乐宁办公桌上的书,《盲刺客》第一页,女主的妹妹开着车从正在维修的桥上飞跃而下,直接死亡,耳熟吗?"毕衍挑眉看着林凯。

"什么?"这次林凯的语气里震惊取代了疑惑,这种死法简直和邹骋一模一样,让他不得不产生怀疑,"那女主的妹妹是不是自杀?"

"自己看吧。"毕衍不再多说,摆摆手走开了,一边走一边还不由自主地哼唱起一段旋律,"那里湖面总是澄清,那里空气充满宁静,雪白明月照在大地,藏着你最深处的秘密……"

第二章 重访杀人现场

十一

一转眼又到了周五，毕衍离开秋田市三天了。这期间他弄清楚了汪乐宁的行程，从现有证据看来，她并不值得怀疑，大部分时间她都在秋田市，而且死者和她都没有可见的联系。可好巧不巧，1月1日第一起"金字杀人案"发生时，汪乐宁刚好在省城参加心理学研讨会，这让毕衍心里总有些疙瘩解不开。当然，现在最让毕衍烦心的并不是汪乐宁，他看着面前的一大堆人物背景资料叹了一口气。

在秋田市和邹堃的那番交谈给了他很多新的思路，受害者都是好人，但没有谁能好得面面俱到，过分的善良常常意味着软弱与不公。这三天的调查让他发现了许多新的嫌疑人，可线索并没有因此变得清晰，反而更加混乱起来。毕衍一个人在办公室对着档案急得上火，周青此刻传来的声音无异于火上浇油："毕队，有人找你。"

"谁啊？"毕衍很少在工作时展现出这样不耐烦的态度，他有些烦躁地抓抓头发，眼都没抬，"没看我正忙着吗？"

"可是你自己前两天才找过人家，"周青对顶头上司的态度一贯算不上尊重，她不太服气地解释道，"那我劝他走吧。"

"等等，谁啊，我找过谁？"毕衍的心思还在面前的资料上，一时没反应过来。

"邹堃啊。"

"什么？"毕衍的脑袋终于从档案中露了出来，两三天没打理的下巴上冒出了一层青色的胡楂儿，和眼眶下两个半月形的黑眼圈相映成趣，"你怎么不早说，他人在哪儿？"

"你也没给我机会说啊，"这下轮到周青假装不耐烦了，她噘着嘴向会客室走去，"那我带他过来。"

来人果然是邹堃，他穿着黑色皮夹克和藏青牛仔裤，头发像是染过色，不再灰扑扑的，走路也不再一瘸一拐，看起来比前几天精神了许多，毕衍连忙起身迎接："堃哥，你怎么来了？"

"好久没来，路都摸不清了。"邹堃说着回头看了看，确定给他带路的周青离开了才继续说道，"后面两天就是周末了，我想让你陪我去几个案发现场走一走。"

毕衍没有立刻回答，他其实非常犹豫。虽然他们俩都默契地没有再次提到那台笔记本电脑，但邹堃手里有完整的案卷资料这件事他心知肚明，即使他现在拒绝也不会影响邹堃的行动；甚至，他内心有些希望可以和邹堃一起重访一次这个连环杀人案的现场，与他并肩作战。毕衍垂下眼看着桌面挣扎了好久，像是要抵抗对自己有着致命吸引力的念头，随便找了个绝不会错的借口："你知道，这样做是违规的。"

邹堃显然也看出了毕衍的犹豫不决，他换了种说法又将毕衍往前推了一步："八年啦，重回旧地，物也非人也非，好多地方都不认识了。我听说毕队做事一向不拘小节，不过是休息日带我到处逛逛而已，怎么会违规呢？"

如果邹堃的儿子没有牵扯在这宗案子里，毕衍一定会顺台阶而下，他很乐意多一个前辈帮他厘清迷局，但现在情况却要复杂得多，毕衍还是无法做出选择。

"明天七点我会去乔松路。"邹堃没有强求，而是以退为进，给出这个信息后他也不再多说，直接转身离开，"我先走了，不打扰毕队工作。"

他的身后，毕衍皱着眉头没有挽留，但他已经知道自己明天是逃不掉了，因为乔松路就是第一起凶杀案中尸体被发现的地方。

案情回顾

乔松路就隐藏在一条人流涌动的商业街后面，说是路，其实不过是一条小巷子，一边是民居和一些民居改造的小商铺，一边则是一条小水沟。这里离市中心不近，位置稍显偏僻，好几年前，托周围几所大学的福，那条商业街也曾店铺林立、人来人往、十分繁华，这条小巷因此也得了个带着书卷气的名字——乔松路。那时邹堃还是省城刑侦队队长，他们队的小伙子常来这儿的溜冰场，他对这儿原本十分熟悉。可近几年，随着城市规划改变，大学陆续搬迁，商业街人气渐渐低落，商场档次没法提升，楼宇老旧，反倒变成了假冒伪劣商品的聚集地，连带着乔松路也破败起来，卫生条件急剧下降，原本流水叮咚的小水沟不时发出阵阵恶臭，路人越来越少，毕竟谁都不愿意捏着鼻子、踮着脚尖走过一条三百米左右的阴森小巷。

今天是2008年1月1日，元旦，卢心怡和房产中介商量好了来送老房子的钥匙。她是大学老师，为了上下班方便已经在新学校旁购置了房产，经过一年多的装修、通风，去年年底终于入住，以前的老房子也搬空了，于是联系了中介准备出手。那家中介刚好就在商业街东头，她送完钥匙，突然有些不舍。周围熟悉的景色、声音，甚至是气味都让她感到不舍，她想起好久没有逛逛这里的商店了，于是放松心情沿街慢慢走着，边走边逛，再次回味一下她已经习惯了十几年的生活节奏。虽然近几年这里日渐冷清，但或许因为今天是元旦，路上又恢复了一点儿往日的热闹，原本门可罗雀的商铺张灯结彩，门前人来人往，玻璃展示窗里那些过时的女装也在灯光照耀下显得时髦了起来。很多店铺都在打折，卢心怡被一些衣服和鞋子吸引，忍不住走进了一家店铺，紧接着就走进了第二家、第三家，她就这样从东走到了西。

原本就闷闷不乐的太阳彻底失去热情，打了个哈欠准备退场，华灯初上，暮色似雾气，从脚底升腾而起，昏黄的灯光在夜色纠缠中显得暧昧不明，卢心怡的脚步也停住了。

"哎，堃哥。"一只手搭上了邹堃的肩膀，扑面而来的还有一股萝卜丝包子的味道，"我就知道你会先来这儿。"

"毕……毕队。"邹堃还沉浸在刚刚构建出来的黑暗中，好一会儿才反应过来。周围的场景迅速后退，黄昏变成黎明，喧哗恢复寂静，人来人往的街道一瞬间空空荡荡，站在街道中央的邹堃被寒风吹得一个激灵，刚刚呼之欲出的感觉被打断，他有些遗憾地叹了口气："你怎么来了？"

"不是你暗示我来的吗？看起来我们得相处好一阵子了，我都叫你堃哥了，你就叫我小毕吧。"早起并没有让毕衍失去活力，他将手里的另外一份早饭递给邹堃，眨了眨眼开心地说着，"你还没吃早饭吧，给，一边吃一边看。"

"谢谢。"邹堃也不推辞，接过包子吃了起来。

"堃哥，你已经逛了一会儿了？"毕衍也不磨叽，迅速进入办案状态，"有什么发现？"

"和案卷信息差不多，"邹堃咬了一口包子，"但我总觉得有些地方连不上。"

"疑点是，为什么卢心怡会走进那条小巷子。"毕衍朝旁一指，说出了邹堃的疑问。

邹堃看了毕衍一眼，点了点头："你确定乔松路是第一案发现场？"

"从技术科的报告来看是这样的，尸体没被挪动过，血液喷溅的痕迹和受害人的伤口完全吻合。"

"走，去巷子里看看。"站在巷口空谈对破案并没有帮助，邹堃不再迟疑，大踏步地向着案发现场走去。

案情回顾

卢心怡不知道想起了什么，她没有按照原计划在道路尽头的公交站台等车，而是右拐绕进了人烟稀少的乔松路。刚跨进这条路，一股股恶心的味道就从左手边的小水沟里传了出来，路边还有一些摆放厨余垃圾的专用垃圾桶。不知是垃圾桶已经装满了，还是有人图方便，一些垃圾被扔在了地上，黑黄的油渍顺着路牙流淌，令人作呕。一盏路灯已经坏了，但又坏得不彻底，明灭闪烁更显诡异。卢心怡捏住自己的鼻子，裹了裹身上的羽绒服，不由自主地加快了步伐。不知道为什么，这条平时一贯冷清的路迎来了它的第二位客人，沉重的脚步声在卢心怡身后响起，她心里不由得害怕起来。现在看来，她的害怕不是没来由的，因为几十秒后，这个脚步声就来到她身后，一个鬼魅的影子投射到她面前的道路上,她甚至来不及尖叫,影子手里的尖刀就高高举起又重重落下,从她的后脖颈处刺入她的身体。由于运动的惯性,她身体前倾,面朝下倒在了地面上,依靠求生的本能挣扎着向前爬行了几米,血迹在她身后蜿蜒,行凶者没有追击,而是好整以暇地站在原地等待着他的猎物迎来生命的终结。寒风带走卢心怡的余温,不知是因为疼痛、恐惧还是寒冷,她一直在剧烈地抽搐,被鲜血倒灌的喉咙发不出半点儿声音。时间一分一秒流逝,血迹凝固在狰狞的伤口,行凶者用脚尖踢了踢不再起伏的躯体,蹲下身子,粗暴地脱下她的外套。戴着手套的指尖拂过血痕,在外套的一角留下了一个"金"字,然后行凶者将外套叠好,他的动作轻柔得仿佛变了一个人,他抬起卢心怡已经快要僵硬的头颈,将外套垫在下方,卢心怡可能至死都没能看到行凶者的相貌。

一辆环卫车开进了小巷,毕衍拉着沉思的邹堃往路边挪了挪,给小车让出一条路来,紧接着一个环卫工人跳下车开始处理路边的垃圾桶。

"这些垃圾桶?"邹堃看着忙碌的环卫工人,企图把在头脑里乱窜的碎片拼凑起来。

"是专门为前面商业街上的饭店准备的,我问过,他们一般会在午市和夜市结束后统一将后厨的垃圾扔过来,每天会有环卫工人统一回收。"

"我知道,我看过案卷,但是行凶者为什么不把尸体扔到垃圾桶里呢,或者推进这条小水沟?"邹堃往水沟边走了两步,仿佛闻不到令人反胃的气味,蹲下来一边观察一边问道,"一方面破坏尸体上留存的证据,另一方面延长尸体被人发现的时间,可以有效妨碍侦查行动。"

"我觉得他并不想隐藏尸体，相反，他急切地想把这一切展示给警察看，从他选择受害者的方式来看，他就是一个穷凶极恶、挑战社会公义的罪犯。并且这是一起有预谋的杀人案，凶手事先已经做好了充分的准备，他并不担心会在现场留下任何暴露自己身份的信息，也就没有必要移动尸体。"

"又或许，这是一起临时起意的谋杀，犯案后凶手惊慌失措，没有足够的时间思索该怎么处理，急匆匆地逃离了现场。"邹堃给出了完全不同的解释。

"卢心怡出现在她不该出现的地方，身上没有多余的伤口，现场没有指纹、凶器、目击者，而且凶手使用的圆锥形凶器非常少见，怎么看都不像是临时起意。"毕衍并不认同，他提醒道，"你别忘了，现场还留下了一个'金'字。"

"是啊，确实有许多疑点。"邹堃喃喃自语着，随后又指了指右侧一排住房，"离开太久啦，这里现在都闲置了吗？"

"这里的房子以前主要是附近的教职工和周边商业街的店员们居住，也有一些租给对学校住宿不满意的学生。不过现在年轻人搬得差不多了，主要是附近的打工仔租住，还有一些不愿意搬走的老人。这一带都算是老新村了，没有监控，治安一直不算好。这栋楼更是因为前有商业街太吵，后有臭水沟味儿太大，不剩几户人家，而且我们询问过，他们都不记得见过什么奇怪的事。"

邹堃一边听着一边仔细打量周边地形，确定没有遗漏了，才收回目光对毕衍说道："行啊，再看下去也看不出什么线索，要不我们去下个地点吧。"

十二

说来也巧,他们下个目的地是建安大学,就在新建的大学城里,死者是一名临近毕业的在校大学生,叫曹谦。他课余时间在一个公益慈善团体里当志愿者,死于毒杀,是一个差点儿被遗漏的受害者。

时间已经过了八点半,开始不慌不忙地向九点进军。不过由于是周末的缘故,路上车并不多,毕衍开着自己新买的轿车快速而又平稳地向城郊驶去。当然,一路上两个人也没闲着,邹堃见缝插针地问着他所接触不到的新资料。

"上次见面我们谈过作案动机,说这些受害者可能是伪君子,你重新查过他们吗?卢心怡是个大学老师,不知道有没有压榨学生、学术不端或者师生恋之类的事。"

"没有。"毕衍毫不犹豫地答道,"我的同事重新排查过卢心怡的人际关系,包括她的家人、同事和学生。她家是非常普通的知识分子家庭,她丈夫也是大学教授,儿子今年高二,家庭关系和睦。听她的同事描述,她不是个很有事业心的人,对待工作就是完成任务的态度,所以同事之间也鲜有摩擦。对学生……怎么说呢,她教的是思想道德修养,虽然是大学的必修课,但都是大班教学,所以她对学生十分宽容,只要到课率合格,学生基本不会挂科。至于师生恋……这年纪确实也差得有点儿多。"

"她捐助了好几个贫困学生，会不会在这方面产生了畸形的依赖关系？"

"也查过了，她是通过公益团体捐款的，和被捐助人互相不认识。另外，这个公益团体和曹谦所服务的公益慈善团体没有关系。"

"是吗？"邹堃低头看着手上翻开的档案，总觉得遗漏了什么，"太巧了，你不觉得吗？"

毕衍观察了一下后视镜，变到了左拐弯道上，在信号灯前缓缓停下才回答道："是啊，但是证据确实闭合不到一起。一个大学教师，一个大学生，又都是公益爱好者，但偏偏找不到交集。"

"公益方面呢，两个人会不会是钻了空子？"

"我们查过卢心怡的收入支出，她是真金白银给出来了，执行是公益团体的事，她那里肯定没有问题。至于曹谦，他虽然是志愿者，但只在很外围的地带活动，触及不到资金。而且他主要涉及的两个项目，一个是保护蒙新河狸的，一个是帮助抗战老兵的，都是运行了好几年的成熟项目，公益资金公开透明，没有问题。"

本来想从背景调查中找出些线索，可两个案子都一样，越推敲越是进入死胡同。两人都有些挫败，毕衍把注意力重新集中到眼前的道路上，邹堃则不再说话。

"就是这儿了。"到了目的地，毕衍才重新开口，他停稳车对邹堃说道，"你先下吧，我去对面停车场停个车，顺便买杯咖啡，你喝什么？"

"我不用了。"邹堃解开安全带，一只脚跨出了车门。

"放心吧，我不会让饮料离开我的视线的。"像是为了活跃气氛，毕衍一边说一边还挤了挤眼睛，"我请客。"

邹堃知道他暗示的是这一起投毒杀人案。他当然不是害怕被投毒，只是并不渴，但不想再次拂了毕衍的心意，于是选择了最安全的回答："和你一样。"

时间已经过了九点，邹堃说完话就彻底跨出了车门，眼前的景色瞬间变换。他来到了一条林荫小道，差不多四米宽的水泥路面，路两旁种着常绿的大型灌木，像是女贞树，靠西一侧每隔五米有一张长椅，石头材质。若是夏天，毒辣的日头定会被这茂密的树冠遮挡得严严实实，丝丝清凉的地气从泥土里逃逸到空气中来，这实在是个纳凉歇息的好地方。

案情回顾

但现在不是夏天，今天是2008年1月17日，周四，软绵绵的阳光穿过稀疏的绿叶在路面上留下斑驳的光影。下午两点，大部分学生正在教学区上课，但这条林荫小道却不像一般书中描绘的那般清静，相反，这里人来人往，喧哗热闹，不时有欢笑声或怒吼声传来，若顺着声音传来的方向看去，你会发现这一切都得益于路旁一大片用铁丝网分隔开的篮球场。曹谦已经大四了，没有新的课程，他此刻正和室友们在这片篮球场上挥汗如雨。敌我双方势均力敌，你来我往打了差不多半小时，所有人的注意力都集中在那只旋转跳跃的橙黄色皮球上，曹谦也不例外。好久不运动，这场球赛让他有些体力透支了，于是他打了个暂停的手势准备离开，室友高明庆追了过来，说还有些论文数据需要曹谦帮忙补充。不过比赛没有停止，走了两个人，场边跃跃欲试的观众立刻补充进来，球场上还是一片热闹，没有人注意到正在离开的曹谦和高明庆。现在的大学生，熬夜看剧打游戏，保温杯里泡枸杞，曹谦也不例外。他把脱下来的外套挽在肘间,来到场边拿起自己的保温杯猛喝了几口水,又依依不舍地充当了几分钟观众,才和高明庆有说有笑地离开。

球场西面靠近林荫小道的地方有个小铁门,他俩直接穿过铁门准备回宿舍,可走了没几步曹谦就觉得不舒服,可能是刚刚运动得太激烈了,他和高明庆说着话,总觉得有些喘不过气来。高明庆提议他休息一下,路边就有现成的长椅,再补充些水分,可曹谦拒绝了。运动过后的热量在一月的寒风中渐渐消散,他把外套一股脑儿穿上身,又依照高明庆的建议小口小口地抿了点儿水,放缓了脚步。"慢些走就行了,让我老化的心脏恢复一下。"他忍着不适和自己的室友开着玩笑。但几分钟后,他连玩笑都开不动了,心脏纠成一团闷在他的胸口,每次呼吸都要用尽全身的力气,手脚不听使唤,紧接着他眼前一黑倒了下去。

"曹谦!"

高明庆在喊他的名字,还有几个路过的学生在搬动他的身体,这是曹谦生命终结前接收到的最后的外界信息。之后还有从篮球场聚拢过来的人群,匆忙赶来的辅导员,不知所措的校医,轰鸣的救护车以及宣判死亡的沉重声调——急性心脏病,但这一切他都不知道了。他的保温杯摔在地上,在手忙脚乱的人群中艰难求生,最后滚到了一个装在支架上的垃圾桶下边的空隙里,躲藏了起来,成了这起谋杀案保留下来的仅有的两件物证之一,另一件就是曹谦上衣口袋里写着"木"字的字条。

"三分!"激动的声调将邹堃从谋杀案现场唤回,他再次看了看周围,球场上已经热闹起来,精力过剩的小伙子们又跑又跳,两个月前那起谋杀案的阴影消散得无影无踪。

人类的记忆其实不比金鱼更长久,这或许是一件好事。邹堃叹了一口气,转过头避开那些和他儿子相似的身影,今天的日光还是有些晃眼。

"堃哥,等急了吧?"毕衍人还没到,声音已经传了过来,"咖啡实在是大学校园里的畅销品,等了好几拨人才轮到我,这杯给你。我的是美式,你的是拿铁,怕你不习惯。"

"谢了。"邹堃明白毕衍的意思,他这个年纪的人大多不喝咖啡,但他不一样,"小骋写程序经常熬夜,他买了个咖啡机,每次煮咖啡的时候都不会少了我那一份。"

人类的记忆有时候能延续到海枯石烂,不知道这是不是好事。邹堃接过咖啡喝了一口,毕衍的情商其实比大部分人要高,但此刻也不知道该如何安慰,只好保持沉默,一边唾弃着自己的多嘴,一边一口接一口地灌着他的美式。

"高明庆没有问题吧?"邹堃打破了沉默,显然整个案件中最有嫌疑的就是这个陪同曹谦一起离开的室友。

"没有,他和曹谦关系很好,没有杀人动机,而且也不符合犯罪心理。如果高明庆是下毒的人,他完全可以再打一会儿球,避开曹谦出事的时间。"

"或许他想看着曹谦出事,有些杀人犯沉迷于受害者临死前的挣扎。"

"确实有这种可能,"毕衍并没直接否认邹堃的解读,"但我和高明庆聊过,他性格外向开朗,在这次案件中体现出来的关心不是假的。最重要的一点是,第一起凶案发生时,他正在和社团朋友们聚餐,从五点到七点,七点左右聚餐结束后又去了KTV玩到十二点，不可能分身去乔松路杀人。"

"根据记录，曹谦的保温杯就放在这个位置，"邹堃看了看档案上的照片，又指了指篮球场边的一个角落，那里堆放着几件外套和一些水杯，上方的柱子上安装着一个摄像头，那是案件发生后学校新装的，"也就是说任何人都有机会下毒，且不会被发现。"

毕衍无奈地点了点头："不仅如此，案件发生后大量往来人群将现场破坏严重，我们没法获得什么有效信息，包括那张写着'木'字的纸条，上面全是派出所民警的指纹。"

"至少保温杯留下来了。"邹堃意味深长地看着毕衍。

毕衍顺着小道往前走，想要带邹堃去曹谦最后倒下的地方，但渐渐地他回过味儿来："保温杯是被刻意保留下来的？你的意思是凶手当时在现场？"

"对，他在确保这次死亡不会被当成意外处理。"邹堃来到了那个曾经成为保温杯避风港的垃圾桶前，蹲下来看了看，垃圾桶安装在一个绿色支架上，与地面之间的空隙差不多刚好能容纳一个倒下的保温杯，"报告中说校医在帮曹谦急救时脱下了他的外套，有没有人提醒他这样做呢？那个字条正是在那时从外套中滑落被警察发现的，大学生外套中装着一些演算纸十分平常，他却偏偏没有忽视，甚至打开来看了看，会不会有别的原因呢？"

毕衍脊背一凉，觉得仿佛有一双眼睛正在黑暗中盯着他，而他环顾四周，除了邹堃只有那些一直在篮球场上奔跑的大学生："你的意思是，凶手就是这个学校里的人？"

"你们没有这样想过吗？"邹堃反问道，"草乌很容易得到，但要提取乌头碱，没有专业的化学仪器应该做不到吧。"

"我们确实以此为方向搜查过，但是没有收获。"毕衍回答得有些保留,"而且你不觉得奇怪吗?这起案子和第一起完全不同,在这起案件中凶手非常谨慎,采取的杀人手法十分内敛,没有丝毫嗜血的暴力特征。所以我们判断凶手与受害者并不相识,受害者只是被选中的祭品。"

"我同意你的说法,凶手与受害者并不相识,但他们可能享有共同的身份——学生,所以在这一系列案件中,凶手只对曹谦显示出了悲悯,他为曹谦选择了相对体面的死亡方式。"邹堃做出了总结。

"看来我得通知组员们再去找校医和那个发现字条的警察聊一聊了。"

十三

凤凰岭坐落在省城城北与秋田市交界的地方，老一辈的故事里，这座山中曾经住着个樵夫，樵夫有个女儿，她心地善良，花容月貌。一日在山中采茶时，她救了落难的书生。这书生日后成了国之栋梁，他拒绝了朝廷的赐婚，赶回山中寻到了当日的采茶女，一段良缘就此谱写。在旧时的思想里，这姑娘是飞上枝头变凤凰，所以这座山就得名"凤凰岭"。可还有一种说法是，这里曾经发生过一场惨绝人寰的屠杀，无数生命在此消逝，因戾气怨念太重，一只凤凰便飞到此地，以自己的精魂度化亡魂，久而久之，凤凰的身躯化成了一座山，故名"凤凰陵"，原本是陵墓的意思，人们口口相传中，把这个"陵"字错传成了"岭"。

无论传说是欢喜还是悲伤，现在的凤凰岭，早就成了一座荒山。几年前曾经有开发商想要将凤凰岭开发成高端别墅区，无奈做地质灾害调查的时候发现，这里竟然有好几处地方有山体滑坡的危险，考虑到修建费用和后期要承担的风险，这一设想最终流产。自那之后就鲜有关于开发凤凰岭的消息，这一带也因为交通不便，彻底荒凉下来。

案情回顾

周西平会出现在这儿并不奇怪，他是一个记者，天南地北到处跑，哪里有新闻，哪里就会有他的足迹。2月4日，本来不是个特殊的日子，但大前年的今天，他和相恋多年的女友结婚了，这让这个平常的日子在他生命中熠熠生辉。下午两点多，他在办公室接到一通电话后就匆匆忙忙地离开了，走之前办公室的同事还和他打趣，说他这么早就急着回家给老婆准备惊喜，周西平笑笑，没有多做解释。他确实和老婆有约会，不过是在六点，约在城中的豪华西餐厅，现在还早着呢。这通电话是一个男性打来的，与他正在调查的一个新闻有关，以他的推测，这件事应该能在五点前结束，他完全赶得及回到城中与妻子度过一个浪漫的夜晚，所以他放心地去了，并没有和妻子提及可能会迟到的事。

凤凰岭虽然成了荒山，但还是有一些人工修建的小径。周西平沿着东面的台阶拾级而上，不时地回头看看，确认有无跟踪者。毕竟两个人约在这个偏僻的地方，免不了有些不可告人的秘密。不知是为了早点儿知道消息，还是想快些结束回去赴约，周西平走得很快。今天天气不好，上午刚下过雨，这会儿太阳还躲在云层背后不肯露面，山风吹得他直哆嗦。台阶上的雨水没干，他脚下一滑差点儿摔倒，幸好攀住了路边的一棵歪脖子树。但因为下滑的力道太大，羽绒服被树枝剐破了一角，细密的绒毛当下就从破口处探出头来，这件衣服算是报废了。周西平心中烦躁，又往上走了两步，才感觉到手掌火辣辣地疼，低头一看，果然有丝丝血痕，伤口不深，应该是刚刚在歪脖子树上蹭破的。

"可真够倒霉的。"

周西平一边埋怨着，一边无可奈何地往上爬，他要见的这个爆料者掌握的资料让他无法抗拒。

刚刚的小事故减缓了他爬山的速度，随着手掌伤口疼痛的加剧，连脚踝也不舒服起来，好在半山腰就在眼前了，他看到了约定见面的那个小凉亭。

"没人跟着吧？"

周西平还没见到爆料者，就先听到了声音，看着羽绒服上的破洞，他没好气地回答道："放心吧，鬼地方加上鬼天气，一路爬上来连只鸟都没遇到，别说人了。"

"哼。"对方不知是从喉咙还是鼻腔里发出了一声无意义的声音，周西平的回答似乎让他不甚满意。

不过周西平管不了这么多了，他的任务可不是取悦眼前这个人，他的包里有两千块钱，这是他们谈好的价码——一手交钱一手交货。他在凉亭边一圈长椅上找了个地方掸了掸灰，然后一屁股坐下，跷起了二郎腿，这地方太破败了，他一分钟都不想多停留。周西平想着，又低头看了看手掌上蹭破的地方，迫不及待地说道："可以说了吧。"

对方没有像他料想中那样开始诉说，反倒陷入了沉默，山风从凉亭中穿过，确实如他所言，周围连只鸟都没有，整座山中只余下树叶在风中挣扎的"唰唰"声。等了好久都没有回音，周西平觉得有些奇怪，他抬起头想看看对方在犹豫些什么，可他只看到高大的身体像一堵墙般直立在自己面前，以至于他不得不高高扬起脑袋才能看到对方的表情。紧接着一个白色的影子飞速划过他眼前，速度之快，以至于他至死都没想明白自己到底看到了什么——是一把折叠刀、一把钥匙还是别的什么。鲜血从他的喉咙飞溅出来，喷了对方一身，他这才发现对方穿着一次性雨衣。

"为什么？"周西平还想问一问，他仍然保持着伸长脖子的姿势，没明白到底发生了什么。随后他担心起晚上的约会，妻子将会在那间豪华的西餐厅空等一个晚上,然后愤怒地走出大门,一边走一边不停地拨打着他的手机。恐惧在担忧之后袭来,伴随着彻骨的寒冷——"我就要死了吗?这个鬼地方加上这个鬼天气,我就这样成了鬼?"

失去意识的那一秒,周西平甚至觉得有点儿好笑。

如果人真的有灵魂的话,接下来他会飘荡在半空中,看着他原来寄宿的那具身体被人摆布着埋进一个半米深的泥坑里。然后对方又往他右手边挪了两步,用一个碎瓷片在雨后湿润的土地上划拉了一个"土"字。他并不明白这是什么意思,或许是什么仪式吧,他想。除此之外他还发现了一些有意义的事情,比如说,那个在泥地上留下字迹的瓷片沾染着他的鲜血,他终于明白了谋杀他的是什么凶器。

"周西平的妻子当天晚上就报了警,他们关系很好,周西平从来没有失联过,况且那天还是结婚纪念日。"毕衍看着陷入沉思的邹堃,补充道,"尸体是在第二天早上被发现的,你应该也从档案上看到了。这里虽然偏僻,很少有人,但附近国土资源管理所经常会对山上的地质灾害点进行巡查,由于2月4日下过雨,有山体滑坡的风险,所以5号所里组织了工作人员循例维护,就在那时发现了死者。"

"除了留在那棵树上的布条和树枝上的血迹,还有什么证据能证明他活动的轨迹吗?"

"他停在山下的汽车,其他就没有了,"毕衍摇摇头,"好几个路口的监控都能看到车上只有周西平一个人,他独自来到了山下。"

"他和前面两个受害者又有些不同,"邹堃见现场环境已经排查得差不多了，关注点转移到了受害者身上，"记者，这个行业太容易得罪人了。"

"还是一个坚定地站在弱势群体一边，勇于揭露社会阴暗面的记者，他得罪过的人能从这儿排到山脚下。"

"这样不好吗？至少给你们提供了足够多的嫌疑人。"

"堃哥，别开玩笑了，谁都可能是嫌疑人，也就意味着没有嫌疑人。"毕衍无奈地给出了判断，"在公用电话亭打电话给周西平的是一个身高一米八左右的男性，这是我们唯一的线索，最好的结果是我们可以把他得罪的女性从嫌疑人中剔除掉。"

"最好的结果？"邹堃反问道。

"是啊，他最近的一篇报道是关于宝马女车主的，这篇报道导致事主被公司开除，而这个女车主的男朋友身形体貌恰好与电话亭的监控录像相符。不过事发那天是周一，两个人都有充分的不在场证明。但他得罪过的其他女性的男朋友也有可能来复仇，所以我们还是得把他得罪的女性算上。"

邹堃走出了凉亭，来到埋葬了受害者的那个土坑前，这次的作案模式又变了。杀人手法和"金字杀人案"相似，都是将受害者诱骗到荒无人迹的地方，然后用利器杀害，但事后凶手大费周章地布置了凶案现场，使得这一系列案子的宗教仪式感越来越强，这明显和前两次不一样。

是凶手进化了吗？

有什么东西不对，邹堃皱着眉头，可他一时又说不上来。

毕衍也跟上了邹堃的脚步，和他并排蹲在了那个"土"字前，语气轻松地说道："堃哥，这次和你一起出来看现场，我学到了一点儿新东西。"

"什么?"毕衍的话让邹堃已经走到死胡同的思绪回到了眼前的案子上,他的目光从泥土上离开,转向毕衍。

"换个角度看问题啊,"毕衍指了指邹堃,"每到一个案发现场,你都要蹲下看一会儿。第一次,你蹲在臭水沟边,第二次是垃圾桶边,这次是土坑边……"

"不对!"

毕衍轻松的话语突然被打断,他吓了一跳,随后意识到邹堃有了新发现,立即严肃起来:"怎么了堃哥,你发现什么了?"

"'木字杀人案'里,凶器是保温杯,我们推测凶手本来能拿走那个保温杯,但他故意把保温杯藏到了垃圾桶下等我们发现。而这次'土字杀人案',凶手有这么多的时间布置现场,必然也能带走凶器,而他再次故意将凶器留给了我们。"

"可'金字杀人案'的凶器,我们到现在还没找到。"毕衍明白了邹堃的意思,他接着推理道,"只有一种可能,这个凶器会暴露凶手的身份,所以他将凶器带走了。"

邹堃非常肯定地点了点头:"就像我之前说的,第一起杀人案是临时起意的谋杀,凶手用的是随身物件。"

这一次,毕衍同意了邹堃的看法:"看来,我们得找出新的理由来解释第一个案件中的疑点了,比如卢心怡为什么会进入那条小巷,又比如凶手为什么留下那个'金'字。"

"对,我们得回到第一宗案件中去,对于这种无差别的连环杀人案,我们很难搞清现状,也料不到结局,追问开头经常是唯一的办法——是什么触发了凶手开始谋划这一系列谋杀案。"

"那我们抓紧时间跑一遍新城湿地公园吧。"毕衍迫不及待地提议道。

十四

顾名思义，新城湿地公园坐落在省城近两年新开发的产城融合型开发区内。这里以前甚是荒凉，风中卷着细碎的沙砾，电线杆上挂着各色塑料袋，低矮破旧的农屋匍匐在路边，大片废弃的泥地上堆满了违规倾倒的建筑垃圾，整片区域连条像样的道路都没有。可现在不一样了，随着高架桥的建成，许多事都改变了，交通变得方便，政府机构也搬迁到了这里，于是商业办公、商业服务、住宅、教育迅速扎根，连带着原来的小荒地也沾了光，一大片地势低洼的鱼塘水沟被修成了时下流行的湿地公园，一跃成为周边小区人们休闲娱乐的新去处。

从凤凰岭到新城湿地公园要穿过整个市区，毕衍从凤凰岭离开的时候已经快三点了，他一路紧赶慢赶，终于在四点前来到了目的地。太阳暖洋洋地斜照着芦苇荡，美人蕉的身姿在余晖中更显婀娜，许多家长正带着孩子在公园里玩耍，流水叮咚，微风轻拂，欢声笑语，一派和谐。

邹堃并没有在人群中多停留，他径直朝发现尸体的那个河塘走去。这个河塘在公园的西北角，是被太阳遗漏的地方，平时就很少有人过来，即使是现在整个公园人气正旺的时候也显得冷冷清清。一条木栈道延伸到洼地中间，栈道两边的栏杆高有一米二三的样子，十分安全，不会有失足落水的风险，河塘中稀稀拉拉矗立着枯黄的芦苇秆。站在栈道的尽头，隔着挨挨挤挤的灌木丛，已经能看到毗邻公园的柏油马路了。

"我们排查过停车场和公园里的监控，都没有发现凶手的痕迹，推测他应该是从那儿把尸体搬进来的。"毕衍说着，指了指隔开公园与马路的灌木丛，那里确实有一道缺口，但应该不是凶手造成的，倒像是周边居民日积月累踩出来的。

邹堃并没有立刻认同这一看法，灌木丛中的夹缝看起来有些狭窄，一人通过尚且要侧着身子，更何况凶手还带着一具尸体，很难不留下蛛丝马迹，他摸了摸下巴问道："你试过吗？"

"试过，组里找了个一米八的小伙子试过一次，有些困难，但并不是办不到。"

"可是你们在缺口处没有找到任何证据，大半夜在漆黑的环境中搬动一具尸体穿过树丛，却没有留下任何证据，这种概率太低了。"

"当然会遗留下一些证据，衣服上的纤维之类的，但只要有时间，都可以清除。至于脚印，这里来来去去的人不少，无法分辨清楚。当然，这些都只是推测，主要是从监控上看，几条必经的道路上当晚都没有人经过，也就是说这个缺口是唯一的可能。"

"那么马路上的监控拍到什么了吗？"

"这里以前是乡村，周边支路太多了，很多路上并没有监控，排查很不顺利。"毕衍无奈地说道，"凶手应该对周边地形很熟悉，我们怀疑他就住在这一带，但范围还是太大了。"

"住在这一带，在大学工作或者读书，专业跟化学有关，而且这个大学还是近两年从乔松路那儿搬迁过来的。"邹堃补充道。

"能确保有足够的时间谋划杀人，大概率是单身男性，不需要花费大量时间在恋爱等社交活动上。有一定经济基础，独居，有房有车，所以有作案空间。"毕衍跟随着邹堃的思路继续说下去，嫌疑人的范围被进一步缩小，"好几个受害者都愿意和他单独相处，第二起案件目击者都没有觉察到可疑人物，他应该有较强的社交能力，至少表面看来温和无害，不引人注目。"

"看来，这一趟你的收获也不小。"邹堃的视线终于从灌木丛的缺口处离开，回到了毕衍身上，不过只停留了一瞬间，最终还是定格在平静的水面上。

案情回顾

2月20日，那天气温很低，太阳还没露面，公园里雾气弥漫，负责这个片区的环卫工人一大早就开始工作了。他边哼着歌边打扫着本就不算脏的路面，慢慢来到了这个西北角的湖边。往常他是不会注意这里的，因为来的人实在太少，可今天湖面有一层薄冰，红色的光从冰下层层折射上来，起初他还以为是个废弃塑料袋，可走近一看，他吓得跌倒在地，尖叫起来——河塘冰层中浮现出一张模糊的人脸，这个人头上戴着红色的帽子。

与前面几起案件不同，没有人知道宋芳芳遇害前具体的生活轨迹，她的同事最后一次见到她是2月19日中午，她和大家一起吃了午饭，可到下午茶时，她已经不见了，但这并没有引起任何人的重视。今年五十二岁的宋芳芳是社区居委会主任，热心干练，很少坐在办公桌前喝茶看报，大部分时间都在处理家长里短，走访是她工作的重心，同事已经对她的突然消失习以为常。直到晚上六点多，宋芳芳还没有到家，也不接电话，她的老伴儿才察觉到异常，在子女的陪同下到附近派出所报案。宋芳芳在当地算是个熟面孔，派出所并没有以失踪时间不够为由拒绝提供帮助，而是组织值班人员进行巡逻，可惜并没有发现她的踪影。所以第二天环卫工人一报警，尸体直接对上了号。

"档案上说宋芳芳肺部积水经化验不含藻类，与这个水塘水样不同，相反含有少量氯离子，怀疑是自来水，"邹堃回忆着烂熟于胸的内容，"也就是说凶手应该施计诱骗她到了自己家，然后在浴缸等蓄水设备中将她溺毙，再趁夜深人静时来此处抛尸。"

"我也是这么想的，可惜，新建住宅太多了，排查工作就像大海捞针，"这次没等邹堃蹲下来，毕衍先他一步有些沮丧地蹲在了水塘边，"但是依据我们先前的推测，凶手在进化，他越来越注重杀人的宗教仪式感，按理不会放任那个'水'字消失在水中啊。"

"确实有些奇怪，他有足够的时间清理缺口处的痕迹，却没能留下一个'水'字。"邹堃也觉得奇怪，但随后他又补充道，"当然，还有一种可能，水本来就是指向性很明显的物体，就像火一样，即使不留下字迹，警方也能立刻联系上这一系列案件。毕竟这一次，他的凶器就是水。"

毕衍找不到更好的解释，只好暂且认同这种说法，但心口始终有个解不开的疙瘩。太阳就要落山，公园里的光线越来越暗，他跟着邹堃往来时的方向走去，准备离开，湿地公园的这一趟行程一无所获，让他不免有些沮丧。

一对中年夫妇推着轮椅和他们朝相同的方向走去，一路上有说有笑，应该也是准备回家了，轮椅上的老人裹着围巾，戴着针织帽，完全看不出样貌，邹堃和毕衍两个人同时停了下来。

"他没有从缺口处进来!"

"他用了轮椅!"

两个人几乎同时喊了出来,一旁的中年夫妇有些诧异地看了看他们俩,迅速离开了。一切都对上了,毕衍几乎想对着那对夫妇的背影说一声"谢谢"。

"看来,你离破案不远了。"邹堃笑着看看毕衍,他知道毕衍和他想到了同样的方法。这一次,凶手并没有利用黑夜,他利用了人们习以为常而造成的视线盲点。天气寒冷,只要给已经死亡的宋芳芳戴上帽子,裹上围巾,再搬上轮椅,他就可以光明正大地推着这位"老人"来公园晒太阳,没有人会意识到这个男人正在搬运一具尸体。这个地方本来就很少有人,他只要趁着没人的时候将轮椅轻轻一抬,抛尸水中,然后自己坐上轮椅,或者将轮椅折叠起来,就可以神不知鬼不觉地离开。这也是他没有留下"水"字的原因,没有夜色的掩护,多停留一秒都是危险的,他不得不放弃给这起案子增添这一抹神秘的色彩。

"这也进一步印证了你的猜想。"毕衍双手合拢放在胸口,笃定地说道,"那些字迹并不重要,这不是'五行杀人案',所谓的'金木水火土'都是故弄玄虚,他只是为了杀人,采用的手法不过是迷惑我们侦查的手段罢了。"

"我同意,所以还是要回到第一起案件中。我们已经推测出这起案件是凶手在突然的刺激下进行的没有预谋的杀人,他拿走了凶器,却为什么会留下那个'金'字?他不可能在意外杀人后突然就谋划好了后面的一系列案件。"邹堃一边说一边摸着下巴。

毕衍也忍不住摸了摸下巴,他发现自己一天都情不自禁地模仿着邹堃的动作,跟随着邹堃的思路,这个发现让他不好意思地挠了挠头。随后,一个想法闪电般在他脑中被点亮。

"我们会先入为主地认为那个'金'字是凶手留下的,就是因为那个外套被叠放在受害人头下,但有可能……那个'金'字是卢心怡留下的,或者至少一部分是她留下的,她想告诉我们凶手的信息,而凶手将那个字加工成了现在的样子!"

邹堃有些恍然大悟的样子:"对!这么简单,可我们竟然一直没有发现,那个字从来就不是凶手的本意!根本就没有什么'五行杀人案',后来所有案子刻意留下的线索,都只是凶手想要误导我们。卢心怡认识凶手,或者说至少在1月1日见过他,所以她才会放心和凶手一起进入小巷,而那个'金'字,极有可能是商业街上某间女装店店名里的字!"

"尽管他一直在模仿无条理反社会人格的作案手法,企图混淆视听,但却无法模仿无条理凶犯凶残暴虐的作案特征。我们面对的,是一个极其聪明的条理型反社会人格者,他不会停手。"

第四章

曙光

十五

罪孽、吝啬、谬误以及愚蠢，
纷纷占据我们的灵魂，折磨我们的肉体。
犹如乞丐养活他们身上的虱子，
我们居然哺育我们可爱的悔恨。

——波德莱尔

毕衍一个人挨过了周六蠢蠢欲动的夜晚，但他实在等不到周一了。周日上午八点，专案组全员集合，案件开始朝新的方向侦破。

"我们现在已经知道，凶手鄙视道德，他的目的就是杀害社会评价高的好人，他之前所有杀人手法和刻意留下的现场证据都是为了迷惑我们侦查的烟幕弹。我们必须假设他已经知道我们发现他的意图了，也就是说之后的杀人案不会再拘泥于时间、地点、杀人凶器，他甚至会进化，加快作案，我们的每一次拖延都有可能导致更多的伤亡。"毕衍将最新发现与组员们做了分享，聆听过其他组员意见，发现大家想法都比较统一后，就开始依次安排任务，"高弋峰和乔茜一组，你们再去和第二起案件中的高明庆聊一聊，主要了解案发时有没有过于热心的路人。记住，这个人很有可能是在校师生，他的出现顺其自然又理所应当，很容易被忽视。

还有负责急救的校医和那个发现字条的警察，特别提醒他们回忆一下当时为什么给死者脱下外套，以及如何发现的字条。"

"收到。"毕衍对面一男一女两个人异口同声地应道，行为举止十分默契，应该是老搭档了。男的人如其名，身材像峰峦般健硕；女的一头利落短发，身姿挺拔，双目炯炯有神，一看就知道是办案的好手。

"对了，把第三宗案件里电话亭监控拍到的图像带去，说不定能帮助他们回忆出些什么。"毕衍补充道，"刘哥，你去新区支队找个外援，重新梳理一下新城湿地公园的监控，时间往前移到中午十二点。不用聚焦在停车场了，换到公园内可以通往那个抛尸池塘的道路上，我们怀疑凶手用轮椅运送尸体，抛尸后自己坐轮椅出来，也有可能拿着折叠轮椅离开，主要排查符合这类特点的人。"

"了解。"一个看起来四十岁左右的男警员微微点了点头。

"王珂，"毕衍随即又转向坐在周青旁边的小伙子，他是局里的信息技术人才，在专案组里担任技术支持工作，年龄看起来和林凯相仿，戴着眼镜正襟危坐，一股子学生气，"你比对一下各地近期的失踪或伤亡未结案，把相似的案子整理给我。另外还得麻烦你和秋田市的刑侦队联系一下，要一份邹骋最新的尸检报告，如果有异常的话第一时间通知我。"

"嗯。"王珂乖巧地点着头。

"那我呢？"还没等到自己任务的周青忍不住了。

"别急。"分配完组员的任务，毕衍又交代起自己的行程，"昨天和邹老师重访现场，我发现我们忽视最多的还是第一起案子，太多的证据被遗漏，卢心恰是勾起凶手杀戮欲望的第一人，也是最有可能揭示他身份的人。所以麻烦你出趟外勤,和我一起再走一遍卢心怡那天晚上走过的路,从商业街到乔松路,一定要弄清楚她走进那条小巷子前发生了什么。"

"收到。"很少出外勤的联络员周青毫无怨言,开心地接下了这个任务。

会议室很快又恢复了安静,周青跳上毕衍的车,满心期待地朝目的地进发。窗外,柳树正在发芽,护城河懒懒地流淌,属于周末的早晨姗姗来迟。他们从卢心怡去过的房产中介公司出发,这一带还没到商业街的中心区域,商住混杂,环境十分混乱。中介公司对面是一家连锁快餐店,稀稀拉拉坐着些用餐的人,再往前一家美容院正对着理发店,似乎都没到营业时间,只有三色灯不知疲倦地旋转着。毕衍又往前看了看,一家五金店和一个卖烟酒的便利店共享着狭窄的门面,还有几间小吃店、文具店、代购店,零乱的商铺间,一个大型药店显得尤为气派。再往前,一些廉价旅馆朝西面延伸开去,那应该是以前周边的大学生们常去的地方。不过,这些店铺都不像是卢心怡会涉足的地方,毕衍直接排除了往西的可能性,沿街向东往乔松路走去。

起初,他以为带上一个女孩儿一起逛街会让任务进行得更顺利些,毕竟逛街是她们的天赋,可事实上这个任务进行得并不顺利,在商业街东边的第一家玉兰花女装店才逛了一半儿,毕衍就忍无可忍地把周青拉出了店门。

"你知道我们现在是在干什么吗?"毕衍看着一脸警惕的周青问道。

"办案啊。"周青回答得理所应当,随后又看看毕衍,"怎么,我们的伪装被发现了?"

毕衍有些气不过，压低着声音说道："你一点儿都没发现吗？现在的问题不是我们太像警察，而是你太像扒手了。"

"怎么一定是我的问题？"周青不高兴了，"明知道是出来逛街，你也穿得太不像样了。"

"难道穿着西装去凶案现场吗？"毕衍恨铁不成钢，要不是一个男人逛女装店太可疑，他真想扔下周青自己去，"你一直贼眉鼠眼地看什么呢？逛街，我们在逛街，这不是你们女人的天赋吗？"

"毕队，我怀疑你性别歧视。"周青彻底停下了脚步，仰着头不满地皱着眉，"我一向不喜欢逛街。"

毕衍被她的话噎住，竟不知道该怎么回答："行了行了，等会儿进去就请你勉为其难地好好逛街，把注意力集中到衣服、鞋子、化妆品上，尽量吸引住店员的注意力，给我打掩护。别再东张西望，小心被店主撵出来。"

"嗯。"周青勉强从鼻子里发出了个音，表示同意。

"算了算了，先休息一会儿吧。"毕衍看着周青的样子，像是和男朋友闹别扭的小女生，比刚刚更加引人注意了，于是决定先缓一缓，"占用了周小姐周末休息的时间，为表歉意请允许我请您喝杯咖啡吧。"

"是你自己想喝吧。"

"那你到底喝不喝呢？"毕衍不想再同她多废话，只是习惯性地挑了挑眉，气定神闲地问道。

"喝！"周青说着带头向不远处的咖啡店走去，顺便还追加了要求，"还要加个蛋糕，不吃白不吃。"

"行嘞，你去点吧，我买单。"毕衍说着，并没有急着跟上去，而是不慌不忙地打量着路边依次排列的商店店名——"伊人""星群""天空城堡",还有一两个英文名,自"玉兰花"之后,暂时没有发现与"金"契合的内容。毕衍知道线索不会这么容易就被发现,摇摇头有些失望地收回了视线。他正要踏进咖啡店时,一个熟悉的身影让他不由得停下了脚步——披散的长发点缀着温柔的侧脸,咖色的大衣包裹着修长的身躯,汪乐宁正坐在店内的休闲椅上,仿佛静待他的光临。

"汪小姐,好巧。"毕衍快步走了过去,心里说不出是什么感觉。

汪乐宁正低着头拨弄手机,突然出现的男声打断了她的思绪,她抬起头来愣了几秒:"毕队,你怎么在这儿?"

"随便逛逛。"毕衍随口带过自己的来意,但却不愿轻易放过汪乐宁,"我记得汪小姐和我说过,最近都会在秋田市。"

"怎么,毕队在查我的行踪?"汪乐宁收起手机倒扣在桌上,似笑非笑地应付着毕衍的问题。

"怎么会……"毕衍的话才说了一半儿,就被身后传来的声音打断了。

"喂,在那儿磨磨蹭蹭干吗呢,你不会是想赖账吧?"

"原来毕队陪女朋友逛街啊,"汪乐宁拿起面前的饮料喝了一口,目光在柜台前站立的周青身上游离了一下,"我是来见朋友的。"

毕衍也不解释有关"女朋友"的误会,他并不急着离开,反倒继续和汪乐宁攀谈:"汪小姐以前在这儿读书?"

"是啊。"

"你朋友还没来,不介意拼桌吧?"

汪乐宁笑了笑,不置可否,毕衍自然就厚着脸皮当她同意了。

很快，咖啡和甜品就被端到了桌上，毕衍和周青也在桌前坐下，三个人愣是把一张圆桌坐成了等边三角形。

"你好，我是毕衍的同事。"周青拿起一块芝士蛋糕放到汪乐宁面前，先做了自我介绍，她不知道自己已经变成了毕衍的女朋友，自然也摸不清毕衍和眼前这位的关系，于是有些拘谨地补充道，"这是我们毕队给你点的。"

"谢了。"或许是经常接触陌生人的关系，汪乐宁显得大方随和许多，"你们在工作？"

"哦，不是……"周青求助似的看向毕衍，可他显然没有救场的意思，自顾自喝着手里的咖啡，仿佛没听到汪乐宁的提问，周青只能自己想办法圆了回来，"毕队欠我好几次人情了，今天刚好遇到，就让他兑现了。"

"我也是刚好在这儿等人，遇到了你们毕队，今天可真太巧了。"汪乐宁一派天真地尝了尝面前的蛋糕，仿佛相信了周青的话，笑得十分友好。但周青知道自己的理由实在牵强附会，只好干笑着推了推毕衍，企图让他救场。

毕衍这才放下咖啡，把注意力集中到两人的对话上来，不着痕迹地拉起了家常："你经常回来吗？"

"省城倒是常来，不过都是因为工作，所以反倒没时间来学校这儿。"汪乐宁也一五一十地交代着，末了还随口问了一句，"你呢？"

"我倒是常来，这里治安不好，哈哈……"毕衍意有所指地笑了笑，"变化挺大的吧？"

"其实还好，学校那一片变化很大，整个地界像是被夷为平地彻底重生了，可一走到这里，又好像穿越回了那几年，虽然好多商店都换人经营了,但整条街的味道丝毫没变。"

"你读书的时候常来这儿?"毕衍有点儿惊讶地挑了挑眉。

汪乐宁侧过头来,一缕头发从耳后飘落,在脸颊边调皮地舞动,整个人平添了几分活泼:"很奇怪吗?"

"总觉得,你的气质和这儿不太符合。"

"哈哈,"汪乐宁重新把头发拨回耳后,"没想到毕队的直觉也不怎么样嘛,我以前经常和社团的朋友来这里逛街、聚餐或者找个咖啡店打发时间。"

"我确实不太了解汪小姐。"毕衍说得意味深长。

汪乐宁仿佛听不出毕衍话里的意思,沉默着又尝了一口蛋糕,突然提议道:"还有些时间,干坐着也无聊,我这儿有个小谜题,或许可以帮助我们互相了解,你们有没有兴趣听一听?"

"好啊好啊。"周青正在一旁坐得无聊,听到有谜题,终于打起了精神,显得十分感兴趣,毕衍却警惕起来。

"不用紧张,"汪乐宁注意到了毕衍一瞬间的变化,缓了口气说道,"小明要参加一次重要的面试,他的父亲开车把他送到考场门口,两人正准备下车,小明的手机铃声突然响了……"

"你这案件不真实啊,小明总让我出戏。"毕衍抗议道。

"别打岔!"周青不满地敲了敲桌子,支棱着耳朵正在倾听,毕衍只能举起手表示投降。

汪乐宁见他安静下来,继续说了下去:"来电的人是公安局局长,他只说了四个字:'加油,儿子。'为什么?"

"他……他打错了?"周青说完自己也觉得牵强,不好意思地笑了笑,然后又看向毕衍,"为什么呀,你不是能耐吗?你说。"

毕衍皱着眉头,一筹莫展,他努力思考了很久,甚至学着邹堃的样子摸了摸下巴，灵感还是没有找上门来，他不确定地说道："真不知道，这是脑筋急转弯吧，因为……他们是同性恋人？"

"这倒也能勉强说得通，如果你不存在针对女性的刻板印象的话，其实有个更合理的答案，既然你都想到他们是恋人关系了，为什么公安局局长不能是小明的母亲？"

答案十分简单，周青也回过味儿来，指着毕衍说道："我就说你歧视女性！"

"你不是也没答出来吗？"毕衍不理会周青的指责，眯着眼睛重新打量起汪乐宁，"汪小姐的意思是，我小瞧你了。"

"一个游戏罢了，"汪乐宁说着站了起来，重新整理了一下腰间的系带，咖啡色的大衣衣角从桌面上拂过，她指了指落地窗外，"我朋友来了，你们慢用。"

十六

白昼渐渐长了，日光唤醒冬眠中的城市，也唤起毕衍心中的怀疑。目前所掌握的证据拼凑出来的凶手都不可能是汪乐宁，但她桌上的书、与邹骋的关系、出现的时机，甚至是她的一颦一笑，都笼罩在巨大的谜团中，让人放不下心来。即使她就坐在毕衍对面，可毕衍看过去，还是隔着重重叠叠的迷雾，看不清晰。他望着汪乐宁离开的背影，咖啡厅外确实有个正在招手的女人，显然就是汪乐宁要见的朋友，可毕衍心中还是响起了警铃——这一切真的只是巧合？

"我们也继续？"周青看着毕衍，她自然想不到刚刚离开的女人与自己今天在查的案子有着怎样的关系，只是本能地感觉到毕衍有些奇怪，"初恋情人啊？"

"怎么今天都急着给我攀姻缘？"毕衍收回心神，忍不住翻了个白眼，"你们都是女人，凭你的直觉，她心情怎么样？"

"什么意思？出来玩心情当然挺好的啦。"周青心不在焉地答道，她不太喜欢毕衍把心神都专注在汪乐宁身上的样子。

"可我怎么总觉得她有些忧伤呢。"毕衍不知道该怎么形容这种感觉，虽然这才是第二次见面，可毕衍总觉得这个看似成熟外向的心理医生背后有着一抹悲伤的底色。

"忧伤？可能是遇到你了吧。"这下轮到周青翻白眼了。

"没大没小的。"周青没好气的回答彻底浇熄了毕衍探究下去的欲望,他拿起还没喝完的咖啡率先走了出去,"跟上,等会儿放松点儿,按我交代你的做,做不到就放假回家吧。"

或许是毕衍教导有方,又或许是周青天资过人,总之后面几家店铺的巡查十分顺利,与"金"字有关的店铺说多不多,说少不少,他们旁敲侧击,但结果却不尽如人意,最初满怀信心的毕衍不可避免地产生了自我怀疑——或许我们又走错了方向?

"'王小姐的店'……"周青抬头搜索着街道两边的店名,不由自主地读了出来,"是不是就比你刚刚遇到的汪小姐少了个三点水?"

说者无心,听者有意,毕衍停下了脚步。这是一家女鞋买手店,与刚刚路过的几家明显以学生为目标群体的休闲运动风格不同,这家鞋店鞋子式样优雅时尚,适合更成熟的女性,看起来确实是卢心怡会光顾的地方,而且——

"'王小姐的店'。"毕衍又重复了一遍,他的直觉亮起了红灯,有戏,"王"这个字太容易被改造成"金"了,"进去看看。"

毕衍朝台阶上走过去,暗红色的牌匾上镶嵌着金色的艺术字体店名,脚下的黑色马赛克砖显示出这家店的与众不同,店里已经有几个顾客在挑选商品了。他想想还是不放心,回头又交代了周青一句:"见机行事。"

尽管室外阳光普照,但因为店主的刻意装饰,店内光线并不充足,唯有一盏盏小射灯照着展台上的商品,橘黄色调的光晕在玻璃展台上晕染开来,让人看不真切,却又心生渴望。周青已经去看鞋了,尽管店里的高跟鞋与她脚上的运动鞋格格不入,但她还是一副乐在其中的样子,与先前判若两人。一股淡淡的香气始终萦绕鼻尖，说不清是什么味道，毕衍揉了揉鼻子，坐在试鞋的小皮凳上假装随意地环顾四周，寻找店中的"王小姐"。

"先生不习惯这个味道吗？"

一个男声突兀地在背后响起，毕衍连忙回过头去，来人很高，差不多一米八的样子，毕衍眼睛一亮。可真的看清来人后他又有些恍惚，面前的人高高瘦瘦，十分白净，穿着打扮介于男孩儿与男人之间，一笑起来还有两个梨涡，煞是讨人喜欢，实在不像是穷凶极恶的连环杀手。无害的外貌不足以让毕衍完全放松警惕，他顺着来人的问题说了下去："有一些，你是这里的店员？"

"算是吧，这是我姐姐的店，今天周末我刚好过来帮帮忙。"男子有些腼腆地笑了笑，"这种香味儿是我们自己用橙花油、五月玫瑰和留香草调制的，都是天然的味道，一般不会过敏，你如果不习惯可以坐到那里，味道会小一些。"男子说着指了指靠近窗边的一排小椅子。

"谢了，我没事，可能是刚进来的缘故，现在觉得好多了。"毕衍说着摆摆手，又假装有些惊讶地问道，"你还会调香水啊？"

"嗯，会一点儿，我姐姐喜欢各种香味儿，但又害怕市面上的香水化学成分太多，所以就学着自己做了。"

男子三句话不离姐姐，毕衍顺着他的目光看去，指了指正在给周青介绍鞋子的一个年长女性问道："那位是你姐姐？"

"不是。"男子摇了摇头不再多说，似乎准备离开。

毕衍自然不肯放过他，于是假装抱怨道："旁边那个是我女朋友，今天周末，本来准备去市里逛逛的，结果她一时兴起非说要来读书时候常逛的地方回忆过去，这一路走过来，也就你们店看起来还舒服一些。"

"我们刚翻新过，不过总的格调还是没变。"毕衍的话明显让面前的男人放松下来，"你女朋友以前也在这儿上学？"

"是啊，建安大学，你呢？"毕衍说的是第二名死者曹谦生前就读的学校，他死死盯着男子的面部神情，可却没找到一丝一毫的不安。

"我是众信学院的，还没搬迁呢，不过建安大学好像搬到新的大学城去了。"

"是啊。"毕衍随口应付着，大脑却飞速运转起来，总觉得男子最后这一句有着画蛇添足的味道。现在大学生自主性很强，学校有没有搬迁并不重要。重要的是他们店铺刚翻新过，也就是说，他会有许多获取铜制作案凶器的途径，而他又会制作香水，这就有可能对一些中药有研究，这使得他的嫌疑越来越高。可是，这些相似的巧合并不能当作证据，必须找到真正能将他与死者联系起来的东西。比如，这个大学生和生前做老师的卢心怡之间的关系，但卢心怡不是众信学院的老师。毕衍的思路陷入了停滞。

门口有新的客人进来，男子很自然地走过去招呼新客人了，毕衍也没有挽留的理由，只能眼睁睁看着男子离开。他站了起来，再留下去只会引起对方警觉，他准备叫上周青一起离开，然后对男子做个全面的身份调查——杀人总要有理由，他现在缺少的就是一份合理而有力的动机。

他们俩刚走到门口，毕衍就停下了脚步。这一次周青也察觉到了异常，她站在毕衍身侧，压低声音说了一句："轮椅。"

就在他们面前，一个看起来二十多岁的女人正坐着轮椅缓慢地移动着，她的目的地显然就是毕衍他们刚走出来的这家店。

"姐姐。"刚刚还在店里和毕衍交谈的男子快速迎了出来，他来到坐着轮椅的女人身后,自然而然地推起轮椅,减轻了女人的负担。女人转过头朝他说了几句话,毕衍他们听不清,但任谁都看得出这是对亲姐弟,因为她带着笑意的嘴边,一对梨涡几乎闪闪发光。

"看来我们找到王小姐了。"毕衍虽然这样说着,却不得不重新迈开了步伐,现在重回店里显得太刻意了,他笑着对这对姐弟点了点头,擦肩而过的那一刻心里只觉得郁闷,没想到周青的声音适时响了起来:"Honey(甜心),你最近是不是还有什么节日礼物没给我准备呀?"

毕衍瞬间明白了她的想法,有些欣喜地看了周青一眼,故意说道:"除了清明节,最近还有什么节日吗?"

"3月14号也是情人节啊!每个月的14号都是情人节。"周青挽着毕衍的手臂,语气娇嗔,还跺了跺脚。

"过了过了,"毕衍先是压低声音表示抗议,随后又提高了嗓门,"行了行了,你看上哪双鞋了,给你买还不行吗?"

"虽然和我一贯的风格不同,但是真的很好看。"周青已经拉着毕衍往回走了,"我刚刚犹豫了很久,不买的话这个月心情都会不好的。"

已经越过他们走到店门口的姐弟俩回过头来,坐着轮椅的姐姐笑意盈盈地说道:"还是今天的第一单生意呢,小姐真心喜欢的话,就给你们打个八八折吧。"

"真的啊,太谢谢啦。"周青甩开毕衍跑上前去,主动推起了轮椅,扔下两个男人就往店里走去,"还是小姐姐爽快,我来吧。"

"呵。"毕衍假装无奈地笑着摇了摇头,敏锐地察觉到弟弟脸上闪过一丝不满的神色,他加快步伐走上前与男子并排站立。凶手是从元旦那天开始犯案的,整个事件必然有一个触发点,毕衍见男子的视线始终不离开他的姐姐,试探着问道:"你姐姐的腿怎么了,最近装修的时候受的伤?"

"怎么了?"男子含含糊糊地反问道,看向毕衍的视线里多了一丝警惕。

"我没别的意思,"毕衍连忙摆摆手,知道自己必须抓住机会赢回男子的信任,"虽然我不懂女鞋,但我觉得这家店,这些设计,应该是非常喜欢鞋子的人才能打造出来的地方。开一家买手店要走街串巷,非常辛苦,所以随口一问。我以前膝盖也受过伤,如果是因为走路太多半月板损伤导致积液的话,可以去三院的运动损伤科试试,效果不错。"

"谢啦,我姐其实并不严重,只是需要静养。"男子态度明显缓和了,但还是有所保留。

毕衍知道问不出什么,他不再勉强,朝店里面看去,只见周青和店主相谈甚欢。不知道她那儿有没有什么线索,毕衍心里这样想着,嘴上却说道:"该进去刷卡了,不然又要耍小性子了。"

男子再次腼腆地笑了笑,点点头表示理解。

十七

"毕队,这鞋能报销不?"他们并肩走出店门,没等毕衍发问,周青倒是小心翼翼地率先提出了问题。

"不能。"毕衍摇了摇头。

"啊,那怎么办?"周青有些夸张地叹了一口气,"这鞋根本不是我的style(风格),难道过两天再退回去?"

"刷我的卡,难道还能让你还钱吗?"毕衍倒是一点儿都不在意,他的全部心思都在刚刚那个男人身上,"问到什么了吗?"

"没有,那个姐姐一直都表现得很热情,就和普通店老板一样,我提到她受伤的事也没有异常反应。"

"没有问到她是怎么受伤的吗?"

"没有,不过这也很正常,我只是和她有一面之缘的顾客而已。"周青并不觉得可疑,"毕队,你怀疑那个男孩子?白白净净怪好看的,我觉得不像。通常这种帅哥的成长环境都会充满温暖的善意,社会不会给他重击,相反还会特别优待他,这种人是不会演化出这么变态的杀人欲望的。"

周青的话并没有改变毕衍的想法,他遏制住自己想要回头再看一眼的冲动,对周青说道:"太多巧合了。现在还缺少一个作案动机,回去查一下那个女人的就诊记录,看看她到底是因为什么受伤的。"

"你觉得……"

"我怎么觉得都不作数，重要的是证据，"毕衍打断了周青，"走吧，还有半条街没逛呢。"

接下来的路程他们丝毫没有放松，拎着购物袋的潜在客户周青让店主们更加热心，毕衍自然也有了更自由的时间观察，但都没有再遇到让他觉得可疑的人。吃过午饭后，两个人准备踏上归途。

"方向不对吧？"乘坐的车子朝着预想之外的方向开去，周青忍不住开口问道。

"先不回，再去一趟新区支队，刘哥那边找到线索了。"毕衍的状态调整得很快，只要一从工作状态中抽离出来，他就像完全变了个人。此刻的他点着头哼着歌，乐乐呵呵，让人一点儿都想不到这个人几分钟前还专注地观察着路人，敏锐地捕捉着每个店员潜在的犯案可能性："对了，等会儿到前面咖啡店你下去买四份下午茶，人家支队同事帮我们忙活了一天，可不能空着手去。"

此刻正值正午，街上行人依然不少，毕衍也不着急，驾驶着汽车在商业街旁的临时停车位上缓缓停下，等待周青。好巧不巧，车刚好就停在"王小姐的店"门外，他没有摇下车窗，但还是忍不住隔着车窗向店里看去。像有心灵感应般，他想观察的那个男人正站在姐姐身旁，捧着刚从高处取下的一个鞋盒递到姐姐手里，然后无意识地朝落地窗外看，而窗外阳光实在耀眼，他看不到窗外正盯着他的毕衍。

熙攘的万物在那一秒定格，就是他了，毕衍的直觉从来没有这么强烈过，以至于周青在路边敲响车玻璃的一瞬间，时间突然恢复，毕衍甚至分不清是他的车子在后退，还是人流在前进。

证据就在新区支队，毕衍笃定地踩下了油门。

"毕队，你来啦？"毕衍刚跳下车，等在门口的刘辉就迎了上来，满脸喜色，"你说的不错，找到了。"

"太好了！"来的路上毕衍倒也不心急，但越靠近目的地他就越兴奋，如今更是来不及招呼背后的周青，把手中装着咖啡蛋糕的塑料袋往刘辉手里一塞，急匆匆地就往屋里走，"走，快去看看。"

录像片段已经准备好了，毕衍和另外两个同志点了点头，也不多寒暄，就在食物的香味儿中开始观看。

这是一条被修竹围绕的小路，春夏时节应该颇有几分意趣，可如今竹叶稀疏，泛着枯黄的寒意。树根下、泥地上飘散着腐烂的枝叶，还有些动物粪便，连带着整条小路都显得脏兮兮的，让人不愿踏足。不过幸好南方冬天的气温通常不会太低，所以路旁的竹子虽然不再青翠，但枝条还算挺拔有力，也因此挡住了斜阳的余晖。公园里的照明灯要六点才会亮起，此刻，这条小路黑黢黢的，一个人影也没有。和他们期待的一样，不一会儿屏幕上果然出现了一个推着轮椅的身影，虽然他弯着身子，但毕衍还是一眼就能看出，这个人和之前在公用电话亭打电话的男子体貌十分相似，不过那个轮椅似乎和毕衍上午在商店里看到的那辆不同——这很正常，男子显然不会笨到用自己姐姐的轮椅作案。何况那时候，他的姐姐应该正在店里上班。

毕衍看了看屏幕的右下角，时间刚过五点，暮霭已经侵入这座公园。上班族急着回家，玩耍过后的孩子开始与作业搏斗，老人则在家中准备一家老小的晚餐，晚风带着寒气将本就不多的年轻情侣赶进四季如春的商店饭馆里，这是一天中公园最冷清的时候。男子显然不是随机选择的时间，在作案之前，他谋划了很久——可是这些受害者到底做错了什么呢？这个和蔼可亲的居委会阿姨，热心敬业，家庭幸福，她实在没有什么能触及别人利益的可能，难道她在不经意间发现了罪犯的身份？这是一个一直困扰着毕衍的问题，可是录像不会等他，他只能摇了摇头，暂且搁置占据着他大脑的疑问，继续看下去。

男子出现在道路的尽头，他戴着黑色鸭舌帽，刻意低着头，和公用电话亭的监控情况一样，屏幕上无法看到他的样貌。他推着轮椅走得不慌不忙，仿佛真是带着长辈在公园里散步，即使有人和他迎面走过，也不会产生怀疑。而轮椅上的人戴着一顶红色绒线帽，黑白相间的围巾层层叠叠地环绕在她脖子上，遮住了她大半张脸，没人能分辨出她是睡着了还是已经失去了生命。毕衍记得这顶帽子，虽然在黑暗中再鲜艳的颜色都会黯淡，但第二天清晨，掩盖在薄冰下的尸体被发现时，首先引起环卫工人注意的就是这顶颜色鲜艳的帽子。当时家属就辨认过，这顶帽子和其他衣服裤子一样，都是死者自己的东西，并不能帮到毕衍他们什么忙。但如今，那条围巾引起了大家的重视。

"这里停一下。"毕衍做出了指示。

食物没有拖慢刘辉的思考速度，他显然知道毕衍叫停的原因，连忙咽下嘴里咬了一半儿的蛋糕，有些含糊地说道："宋芳芳被发现时并没有戴着围巾，为了找到和'水'有关的线索，同事们在池塘及周边地区都搜索过，这条围巾应该被嫌疑人带走了，它极有可能是他自己的东西。"

"对，和第一起案子的凶器一样，是能显示罪犯身份的东西。能不能再放大一点儿？"毕衍眯着眼睛凑近了屏幕，"你看这些垂下来的是什么?"

周青闻言也凑了过来,看着毕衍指尖处的画面。公园监控的分辨率不高,但确实能看到一些穗状物从围巾上垂下来,周青有些不确定地说道:"这是流苏吧?"

"对,就是流苏。"一经提醒,毕衍倒是显得很肯定,今天上午才遇到的那个身影又在他眼前晃动,"这是一条女式围巾,也就是说我们的嫌疑人极有可能有一个亲密的女性伙伴。"

"那么我们之前的推断就错了,嫌疑人并不是一个单身男性。"刘辉不再管手里的食物,而是专注地盯着屏幕补充道。

"那倒不一定,冷静耐心,有足够的时间和空间犯案,我仍然认为嫌疑人是单身,知识分子,年龄介于二十五岁到三十五岁之间。"毕衍的目光离开屏幕,站直身体活动了一下有些僵硬的脖子,"不过他可能有一个关系紧密的女性亲属,比如一个姐姐。"

"毕队,你早上是不是查到什么了?"刘辉敏锐地发现了毕衍话里未尽的意思。

毕衍挑了挑眉头,有些得意地说道:"是啊,发现了一个与推断相当符合的嫌疑人,不过目前的证据还不够,我们先看下去。"

屏幕再次活动起来,男子不紧不慢地向着小路另一边的池塘走去,不知道是他运气好还是前期准备得充分,总之直到男子的身影消失,屏幕上也没有出现第二个人。

"这条路直接通向那个池塘,遗憾的是那里没有监控。"刘辉解释道,"录像前后时间段我们都筛查过了,这段时间没有人经过这里,也就是说全程没有目击证人。"

昏暗的光线,冷清的小径,刻意打扮的凶犯,即使有目击证人也不一定能提供什么有利线索,毕衍并没有失望,他点点头问道:"有拍到他怎么离开的吗?"

"也没有,"刘辉耸了耸肩,"我们还在找,不过没有抱太大希望,没有了尸体这个累赘,他可以从任何地方离开,我们很难重新捕捉到他。"

"不用找了,以他对这个地方的熟悉程度,即使找到他离开公园的路径,也会很快失去他的踪迹,没什么意义。这一步,我们能确定他搬运尸体的方法已经很好了。"毕衍显然对目前为止的收获很满意,他这才从放下午茶的袋子里拿出最后一杯咖啡心满意足地喝了一口,然后拍了拍操作视频的小伙子的肩膀说道,"多谢二位了,我们还有些情况要核实,得回队里一趟,就不多打扰了。"

道过再见,时钟已经指向三点,毕衍马不停蹄地朝队里赶去,不过这次车里只有他一个人。周青和刘辉已经完成了今天的工作,接下来的任务无须他们在场,毕衍批准他们回家享受周末最后的时光了。

清明前的天气总是多变,他在秋田市那两天还阳光和煦,春意盎然,仿佛冬天终于舍得离开了,可这两天风又大了起来,阳光在云层间时隐时现,春天探了个头立刻缩回了脖子,人们刚脱下的冬衣再次被裹到了身上。好在寒风并不会打搅毕衍现在的好心情,他悠闲地握着方向盘,开着空调喝着咖啡,车里暖洋洋的,正放着他熟悉的音乐,高架桥上车不多,他就这样沉浸在自己的小世界里,向着案件的终点驶去。

在新城湿地公园时邹堃对他说的话在耳边回荡:"看来,你离破案不远了。"

第五章 轮回重启

十八

毕衍刚下高架桥，手机突然响了起来。

"谁啊？"他默念着用眼角余光扫了一眼手机，随着屏幕上来电姓名的闪烁，那个乖巧的身影立刻出现在他眼前，"王珂？难道这小子查到什么了？"

高架桥下不知是不是出了车祸，路况非常拥挤，信号灯前好几辆车来不及变道拦在路上准备加塞儿，堵得后面的车更加寸步难行，毕衍心里一阵烦躁。反正也快到了，等会儿直接去找他吧，毕衍不想分心，于是挂断了电话，专心致志地开车，可他还没来得及驶到下个路口，铃声又响了起来。

"怎么了？"毕衍觉得有些奇怪，这不是王珂第一次在他分管的案件中担任技术支持了，这个小伙子做事一向不急不躁，有时甚至给人慢腾腾的错觉，《疯狂动物城》热播后还得了个外号叫"Flash"（闪电），到底是什么事让他这么着急？毕衍想不明白，但考虑到自己安排给他的事——是邹骋的尸检报告出了问题，还是他找到了被遗漏的案件？不好的预感突然袭击了毕衍正在被成功的曙光笼罩的大脑，他立刻接通了电话。

"毕队，不好了！"毕衍还没来得及说话，电话那头已经传来了王珂略带慌张的声音，"又出现了一起'金字杀人案'！"

"你找到了，在哪儿？"毕衍下意识地问道。他还沉浸在之前的猜测中，看来近期的失踪或伤亡未结案里果然有他们遗漏的线索。卢心怡被谋杀虽然是整个系列案件的开端，但也显然是其中的败笔，一片狼藉的现场、不得不带走的凶器、冲动下难以掩饰的作案特征，都使得这起谋杀案与之后的四起割裂开来。根据他们的推测，凶手是个冷静、聪明又极度变态的完美主义者，他如同构思散文、诗歌般构思他即将创造的每起杀人案，那么他最有可能需要重建的杀人现场就是"金字杀人案"现场。毕衍认为，和邹骋的死亡一样，有一起发生在周边城市的谋杀被他们忽视了，可王珂接下来的话打破了他的猜想。

"在锦华小区，高弋峰和乔茜已经赶过去了。"

"什么？锦华小区？"毕衍刚刚陷入倦怠期的大脑一时无法消化这个信息，他下意识地重复着王珂的话，企图让重新投入工作的大脑获得缓冲，"锦华小区发生了'金字杀人案'？"

"对，我们也是刚刚接到报案，轮回又开始了。"

电话那头传来王珂清晰的声音，开着暖气的车厢里瞬间冰冷如三九寒冬——轮回又开始了。

这几个字砸得毕衍眼冒金星，今天上午的收获在此刻看来仿佛一个笑话，回程路上的好心情烟消云散，又有一条人命消逝了，而他们却还没掌握任何确切的证据。

"告诉高弋峰，我立刻过去。"毕衍不知道还能说些什么，他挂断了电话，一脚油门绕过拥堵的车流，重新驶上了高架桥——这次的杀人案发生在城南。

毕衍在脑海中重构了一张地图，除了因为被逼得太紧而在秋田市犯下的那宗爆炸案仍属于疑似案件，这个杀人犯的运动轨迹主要偏向城北片区。乔松路在城西，新的大学城在城东，凤凰岭和新城湿地公园在城北，严格说来秋田市其实也在省城北面，按照大部分连环杀人犯一贯的三角形安全区模式，毕衍他们划定了凶犯可能的作案范围。可这起新发生的杀人案彻底打破了他们的预测，凶犯明目张胆地向警方宣告，他的狩猎范围没有边界。

他为什么突然改变了作案间隔？他在向警方宣战吗？这次的受害者是什么身份？轮回真的开始了吗？仅凭一通电话，毕衍什么都不能确定，就在这种反复不定的猜测中，他终于到达了目的地。

这个小区不新不旧，自第一批住户入住以来，差不多有七八个年头了。不过因为小区整体设计偏欧式风格，华丽的拱门、浓烈的色彩、精美的造型，红砖白墙掩映在高低错落的绿荫之间，对比鲜明，所以现在看来还是十分新颖。但毕衍没有心情欣赏这一切，他随意在路边找了个空地把车子停好，飞快地跳下车朝着案发现场走去。王珂已经把具体地点发到了他手机上，可他几乎不需要寻找，一眼就看到了自己的目的地——在一排联排别墅的最中间，几个派出所民警拉起了警戒线，却仍然阻碍不了大门口忙着看热闹的人群。

"让一让，让一让！"高弋峰他们已经到了，远远地发现了毕衍的身影，他费力拨开人群，把毕衍迎了进来，"没什么好看的，都散了吧！"

显然，这些话早先抵达的民警也说过无数回了，却起不到半点儿作用，人们把生命突然消逝的悲剧当成无聊周末下午的一项娱乐活动，远比逛街、看电影来得有趣。他们聚在一起猜测着、讨论着，有几个年轻人甚至不顾警察阻拦，在案发现场外围有限的空间内拍照、录像，显然想把这一悲剧当成素材与他人分享，这让已经见证了五起谋杀案的毕衍心里涌起一阵寒意。

他走到正站在警戒线边缘阻止人群靠近的民警身边，说道："注意点儿，凶手随时会返回现场观察他制造出来的混乱，我们推测他已经到了崩溃边缘，需要特别防范他突然对围观人群下手，还有，我们很担心他会从围观群众中寻找下一个目标。"

毕衍的声音不大，刚好能若隐若现地传到周围几个居民耳中，像是一条鲇鱼混入了沙丁鱼群中，正在交头接耳的居民突然不安地移动起来，没用多长时间，围观的人群就三三两两地散开了。

"你们到了多久？"毕衍重新朝高弋峰走去。

"就比你早了五分钟，乔茜已经进去了。"高弋峰有些无奈地看了看散去的人群，搭着毕衍的肩膀往屋里走去，他想表现得轻松一点儿，可僵硬的肢体还是出卖了他的心情，"今天上午刚说过凶手不会停手，没想到下午就应验了。但从时间上看，他提前启动了第二轮谋杀，不知道是他被逼急了，还是之前的一系列案件让他越来越自信。如果是后者，再不抓住他，案件的间隔会越来越短，整个省城都会陷入人人自危的恐慌。"

"暂时不好确定，可能两者皆有之，先进去看看吧。"从听到消息起，毕衍皱着的眉头就没有松开过，"死者是什么人？"

"跟我同姓，高冉，保险公司区域经理，男性，二十九岁，身份信息已经发给王珂了。说是区域经理，其实也就是个普通员工，保险业所有的业务员都会带上'经理''店长'之类的名称，方便工作。"高弋峰把前期了解的情况一五一十地向毕衍介绍道，"不过暂时还没发现他身上有哪些特别耀眼的'好人'特点。"

"没有？"毕衍脚步顿了顿，这不符合一直以来凶犯选择受害人的条件，但他没有深究。案发突然，很多信息还没有浮出水面，他们现在对受害人的了解必然比不上认真做了准备的凶犯,"这一片房价不低吧,一个普通的保险公司员工也能买得起别墅?"

"是他父亲替他买的婚房,报案人也是他父亲,建筑公司副总,刚刚陪他母亲去医院了,心脏病发。"

"他父母一起来的?"

"不是,老爷子先来的,一到现场就吓呆了,还好稳得住,什么都没动,知道先报警。报警后没有通知自己有心脏病的妻子,你知道,老两口儿都五十多了,这是独子,肯定受不了这个打击,可架不住热心的邻居……"

"这样啊。"高弋峰话没说完,但毕衍已经动了,他点点头边走边问,"小区有没有监控?"

"没有,2000年的小区了,即使有监控现在也都坏得差不多了。不过以防万一,我已经通知派出所,让他们排查一下周围有没有私人安装的监控。"

"行。"毕衍只是随口一问,这个凶犯一贯谨慎,他已经预料到了这个结果,脚步不停,往屋里走去。

进口处的大门上贴着一个"囍"字,屋内淡淡的油漆味儿和崭新的家具都透露出这是一幢刚装修不久的别墅。毕衍站在门口看过去,客厅里沙发、茶几排列整齐,不像发生过搏斗的样子,地面上一尘不染没有血迹,凶杀案的痕迹并没有弥漫到这里。毕衍转过身向二楼走去,他才踏上台阶,血腥气已经萦绕在鼻端——一具尸体面朝下倒在楼梯的顶端,他的身下,血迹在昂贵的实木地板上晕开,应该在他们来之前就渗透进了地板下的水泥地里。

"尸体动过了吗?"毕衍尽量绕开血迹走上二楼,看到乔茜正在楼梯的尽头等他。

"法医动过了，这是之前的照片。"乔茜说着，朝一个小伙子招招手，从他手中接过相机，指着屏幕对毕衍说道，"死者是倒伏的，应该是从卧室挣扎着跑出来，再次被凶手按倒，最后死在这里。"

毕衍顺着地面的血迹看过去，确实，血迹消失在一间卧室门口："法医判断出大致的死亡时间了吗？"

"这点不需要法医，"乔茜显然已经掌握了现场展现出来的大部分证据，她利落地回答道，"因为约了装修工人来装防盗窗，死者于十二点左右结束和未婚妻用餐后单独来到这里，装修工人两点的时候和他联系过，确认他在家，才带了材料赶过来准备干活儿。他们是三点到的，因为联系不上死者，所以联系了死者的父亲，他也住在这个小区，备用电话填的就是他的。父亲以为儿子正在午睡，于是步行过来给装修工人们开门，没想到一上二楼就发现儿子已经倒在血泊中了。"

"也就是说死亡时间在两点到三点之间。"高弋峰补充道。

"没错。"二楼朝南有三间卧室，乔茜说着又往中间的一间走去，并示意毕衍他们跟上，"这里才是第一案发现场，根据血迹分布，凶手应该是趁死者午休时发动了攻击，但死者身上只有一处刀伤，从右胸第二、三根肋骨间插入，致使死者丧失了反抗能力，但暂时不能确定是不是他死亡的最终原因。"

毕衍看着床单上一大片血迹，没有说话，倒是高弋峰先开了口："什么意思，只有一处刀伤，却不能确定是不是致命伤？"

"你去看看死者的脖子。"毕衍抢先乔茜一步回答了他，高弋峰有些迷惑地走到尸体面前，刚刚在车里被蒸腾得晕乎乎的大脑一下子清醒过来，一条深红色的勒痕明晃晃地出现在死者颈间。

"不对啊，明明已经用了刀，为什么不一鼓作气，反倒弄个窒息死亡？"

高弋峰的疑问也是毕衍正在思考的问题，他在小小的卧室里来回查看，除了喷溅的血迹和高冉跑出门时留下的血痕，室内没有任何搏斗的痕迹。防盗窗还没有装，而从一楼几扇窗的情况来看，高冉并没有养成随手锁窗的习惯，有心之徒很容易进到屋内。这个凶手显然是在高冉午休时发动的突然袭击，也就是说他具备将高冉一击毙命的能力，又为什么要放他跑出卧室多生事端？即使到了楼梯口，他再次制伏了高冉，就像高弋峰说的，他应该继续使用刀具攻击，为什么又改成了勒死？

毕衍又观察了一遍卧室，一时想不到答案，他只能用问题帮自己厘清思路："为什么说这是'五行杀人案'的后续？"

确实，光从现场来看，除了死者身上有刀伤，并不能找到与"金"字有关的线索，甚至刀伤的位置与第一名死者卢心怡的也完全不同，时间不对、地点不对、受害人类型不对、杀人方式也不对，毕衍有些疑惑。

"是辖区警队联系我们的，你看，"乔茜说着，将一张已经放在证物袋里的纸递到了毕衍手里，"他向我们宣战了。"

十九

亲爱的老板：

  我不断听说警方认为案件已经结束了，我担心他们因此放慢抓捕我的节奏，于是我只能加快自己的节奏，来帮助他们获取破案所需要的线索。我不得不说，这是第二个轮回，我不会停止，我要不断攻击那些自以为是的好人，那些是非不分的愚者，那些自认善良却不过是为虎作伥的蠢货，直到我真的被抓住为止。

  我喜欢上一个作品，尽管它难免有些瑕疵，可艺术不都是不够完美的吗？所以我得重启我的工作，不过这次，我会向着更完美的作品努力，我不要再隐藏在黑暗中，我要发出我的宣言，我迫切地希望迎接这个社会因我而产生的改变。不要再试图掩饰我的作品，不要再试图蒙蔽无知者的双眼，联系媒体吧，否则我会加快我的进程。

  这次的开端让我十分满意，之前我没给那个女教师发出任何声音的机会，可这次，无助、挣扎、哭泣、求饶，甚至还有一些如同神来之笔的小意外，我得到了上次失去的一切。我的匕首是如此精致而锋利，可厨房里一尘不染的刀具看上去更加诱人，是我让它们染上了鲜血。

同时奉上这柄匕首,请快些抓到我,如果你们可以的话。

祝您好运。

您诚挚的黄泉使者

"亲爱的老板"——毕衍反复看着这五个字,像是一盆冰水兜头浇下,大脑像豆腐般软绵绵地晃荡,他失去了行动能力。

在连环杀人犯的黑暗世界中,有一个所有人都绕不开的案子,历史上最著名的连环杀人案——"白教堂连环杀人案"。这个名字或许听起来并不那么熟悉,但提起这个案件的凶手,却无人不知无人不晓——"开膛手杰克"。它几乎就是"魔鬼"的另一种称号,"邪恶"的代名词。在那个总是雾气缭绕的伦敦东区,在被昏黄而扭曲的煤油灯晕染的夜晚,他用极其残忍的手段在极短时间内连续杀害了一连串边缘女性,尽管当时伦敦警方花费了大量的人力、物力,最终仍然一无所获。案件吸引了无数"开膛手杰克"研究者前赴后继的努力,几乎所有的刑侦学爱好者都不可避免地在这个案子上耗费心神,但直到今天,"开膛手杰克"的身份仍然未被揭晓。"亲爱的老板"这五个字是他第一次试图与世界沟通时所用的称谓,也是在这封信中,他给自己起名"开膛手杰克"。今年正是"开膛手杰克"犯案一百二十周年,毕衍觉得头皮一阵发麻。

"最初那个父亲以为这是他的某个员工干的,因为开头是'亲爱的老板',和他的身份相符,但出警的民警看到信后知道事情没那么简单,第一时间就联系了我们。"乔茜理解毕衍难以置信的表情,她也是刚刚才从震惊中缓过神来,"你怎么看?我觉得是'开膛手'的模仿者。"

"不对。"短暂的恐惧之后,毕衍恢复了思考,"太多地方都无法匹配。"

"为什么?"高弋峰也看完了信件,他和乔茜一样有不好的预感,"都是闪电式突袭,手段凶残且具有仪式感,死者面部没有受到过多伤害。给警方留下信件,最重要的是这样就可以解释死者颈部的一圈勒痕,'开膛手杰克'总是试图割下受害者的头。"

"或者和之前的'金木水火土'一样,这一切又是迷惑我们的手段。"毕衍没有被说动,他还是坚持自己的判断,"一个世纪前的那宗谋杀案,充满暴力和性意味,所有受害者都是酗酒的妓女,凶犯显然是一个无条理型的孤独者,作案区域很小。而我们面对的是能与社会进行良好沟通的条理型罪犯,个人有限的现实成就与他内心宏大的使命感产生了不可调和的矛盾,促使他计划了这一连串案件。你别忘了,'开膛手杰克'的那封信至今仍存在争议,大量专家认为非他本人所为,我也同意这一点,一个精神临近崩溃的人是没有办法写出如此清晰流畅的文字的。"

"但这个凶手至少是他的追随者,'开膛手'的第二封信开头便是'来自深渊',而这封信的落款恰好又是'黄泉使者',实在无法不让人产生联想。"高弋峰据理力争,"我不认为这一切都是巧合。"

"这些信息你也知道,凶手只要研究过刑侦学或者犯罪心理,都能用这些信息来犯案,或者误导我们。"毕衍抚了抚下巴,不过和邹堃相处了一天,他已经彻底爱上这个动作了。他看了看墙边用作装饰的书柜,里面还空空如也,不知道为什么,在汪乐宁办公室书架上看到的那些关于犯罪心理的专业书籍出现在他眼前。

高弋峰和乔茜都不说话了,毕衍描绘了一个充分了解刑侦知识的凶手，敏锐、自信、冷静而残酷，平日里衣冠楚楚、充满魅力，可没人知道他其实来自地狱。他将一切高尚扭曲——"自以为是的好人""是非不分的愚者""自认善良却不过是为虎作伥的蠢货"。任何不经意的善举都会诱发他失控，卸下伪装，变成猛兽，露出獠牙，夺取无辜的生命。可他从不冲动，他总是谋划好所有的一切才行动，犯案后及时抽身，隐匿回黑暗中。甚至，他就站在阳光之下，站在他们面前，身披伪装欣赏着自己的杰作，陶醉于因他而起的混乱，却没人能发现。一想到面对着这样一个对手，两个人不约而同地打了一个寒战。

"先回队吧，今天得加班了。"

下午五点五十分，专案组再次集合在了警局的会议室里。和上午的踌躇满志不同，一场新的谋杀案打了所有人一个措手不及，凶手留下的信件明目张胆地嘲笑着警方的无能，可毫无头绪的专案组成员们却只能沉默地坐在会议室里，看着投影仪上的现场照片发呆，挫败感笼罩着每一个人。

"好了，都打起精神来，还没到认输的时候。"毕衍站起身拍了拍手，企图鼓舞士气，"别忘了，凶手还会继续犯案，我们现在能做的就是从死者身上找到线索，拯救更多的生者。王珂，你先给我们介绍一下死者的情况。"

得到毕衍的指示，一直坐在角落毫无存在感的小伙子按了几下鼠标，把高冉的简历投放到了投影屏上。

"这是高冉求职时的简历。"王珂解释着，没有人知道他是怎么获取这些奇奇怪怪的材料的，"他毕业于科技大学，是数一数二的高等学府，读计算机专业，在学校时成绩一般，但参加课外活动十分活跃，人缘好，是他们那一届的系学生会主席。1996年入学，2000年毕业，毕业后没有选择读研，而是直接到了目前工作的这家保险公司就职。从他的网络痕迹来看，除了几条抱怨公司业务指标太苛刻的消息，并没有什么人际纠纷。他的未婚妻……"

"不用介绍了，没有疑点的话我们就过，这种无差别攻击的模式大概率排除身边人作案。"毕衍打断了王珂的介绍，"但我们还是不能忽略'亲爱的老板'这一称谓，虽然凶手旨在模仿'开膛手'，但也可能一语双关，别忘了我们之前怀疑的那起案子，凶手杀害的是老刑侦队队长邹堃的儿子，他极有可能通过这种杀害儿子的方式来惩罚父亲。"

"他父亲叫高建国，白手起家做到了建筑公司的副总，他们那代人不太使用网络，所以我能获取的信息有限。"王珂有些遗憾地解释道，"不过有两点值得一提，高冉有一个匿名账户，从2000年开始一直在资助一个身患白血病的孩子，这可能是他被害的原因。"

"匿名账户？"毕衍皱着眉头，显然觉得有些可疑，"还有一点呢？"

"他和第五个案子的死者邹骋是校友，而且同一专业。"

"什么？我竟然忘了！"毕衍吸了口冷气，他一直记着这个少年天才十五岁就被大学特招，却忽略了是哪所大学，其他人应该也和他一样，会议室里响起一片翻查资料的"唰唰"声。

"邹骋是1998年入学，2003年毕业，不过是研究生毕业，我查到他们俩在校期间有交集，邹骋也是系学生会成员。"王珂一板一眼地说着，他把邹骋的资料也投到投影仪上，节省了大家翻查材料的时间。

"会不会是巧合？"没到过最新案发现场而是直接赶过来整理

资料的周青试探着问道,"毕竟前面几个受害人都没有什么交集。"

"不能下定论,别忘了还有两名死者,卢心怡是大学老师,曹谦是大学生,可能真有什么我们遗漏了的交集,"乔茜并不赞同周青的看法,"还有一点我和毕队一样觉得很可疑,资助患病儿童并不是需要隐瞒的事情,为什么要用匿名账户?"

"对,这件事就交给你了,"毕衍用笔在本子上敲了两下,然后指了指王珂,"查一下那个孩子的身份。"

王珂认真地点了点头。

"下面我来介绍一下案发现场的情况。"毕衍见大家的状态都调整过来了,示意王珂重新把投影调到案发现场的照片上,开始讲解,"就像大家所看到的,第一次伤害行为发生在卧室,凶器是死者家厨房里的一把剔骨刀,现场没有发现任何指纹,也没有搏斗痕迹,推测凶手戴着手套,趁死者午睡时发动的突袭。但这一击并没有让死者直接毙命,刚刚接到法医通知,死者最终死因是窒息。"

画面上出现了死者颈部的特写,紫红淤血环绕颈间,夺去了死者最后的呼吸,王珂不由自主地避开了眼神。

毕衍环顾一圈,继续说道:"这是第二次伤害,发生在二楼通往一楼的楼梯口,凶手在这里重新制伏了死者,并且用一条软绳之类的东西勒死了他。他留下了三个模糊的血脚印,能看出他穿着鞋套,鞋码在四十二码左右。不过考虑到鞋套,实际鞋码可能更小。"

毕衍说着停了一停,红外线笔在屏幕上三个脚印间依次点过:"这里我们要注意,凶手在信中提到了一个小意外,如果他说的是这件事的话,那么勒死死者的凶器就是皮带之类的随身之物,考虑到凶手留下了剔骨刀和本来打算用来作案的匕首,但现场却没发现任何符合颈部淤伤痕迹的凶器,我们判断这个物件可能会暴露凶手的身份,所以被带走了。"

"已经有警员在附近的绿地、垃圾桶等地方搜索了。"高弋峰显然在现场就接到了命令,立刻回答道。

"很好,虽然是大海捞针,可我们现在可以期待的就只有周边住户自装的监控和这个凶器了。"

"我们今天不是锁定了一个嫌疑人吗,那个弟弟?"周青立刻提醒道。

毕衍显然没有遗漏这一线索,但情况并不乐观:"本来是锁定了,但刚刚我让那一片的同事去调查过,那个店员今天一下午都在店里,没有离开过,这起案件反而成了他的不在场证明。"

周青的脸瞬间垮了下来。

"不要沮丧,卢心怡和凶手的关系、电话亭的影像资料还有这次的信件,我们已经掌握了足够的线索,就像乔茜说的那样,只是我们自己还没有意识到。拼图的碎片就在我们手中,看我们怎么把它完善成一张图纸。"

"还有一件事,毕队,"乔茜举起了手,她把幻灯片调到凶手留下的信件那一页,一字一句地读道,"'我不要再隐藏在黑暗中,我要发出我的宣言,我迫切地希望迎接这个社会因我而产生的改变,不要再试图掩饰我的作品,不要再试图蒙蔽无知者的双眼,联系媒体吧,否则我会加快我的进程。'我们该怎么做?"

"这件事我会和邓局汇报一下,凶手已经杀了这么多人,我相信他的这个要求不会是空穴来风,我们只能商讨一下以何种方式满足他。另外,我希望大家明白,减少伤亡的最佳途径绝不是和凶犯做交易，只能是抓住他。没问题的话会后大家再整理一下自己掌握的线索，周一上午八点，我们再做一次交流。散会。"

毕衍做了总结，与会众人在笔记本上写完最后几个字就逐渐离开了，倒是王珂从会议桌的角落走到了毕衍身边。

"有事？"毕衍还没打算离开，他正在梳理着资料。

"是邹骋的验尸报告。"王珂将一份材料递给了毕衍，"他身上有车辆翻滚造成的钝器伤，肋骨断裂，全身还有好几处骨折，这些都很正常，没有发现任何精神性药物残留。但他左手手腕处还有螺旋形骨折，报告指出这种伤害必须是手腕被强力扭转才会产生，一般不可能出现在车祸中，给我报告的王医生说，你有问题随时可以联系他。"

"他在出事前与人发生过激烈的冲突！"毕衍猛地站了起来，汪乐宁的身影再次出现在他的脑海中。他不知道一个女性有没有可能在一个男性身上造成这种伤痕，但今天她从咖啡馆离开时的场景拖曳着他超负荷运转的大脑——她重新整理了一下腰间的系带，咖啡色的大衣衣角从桌面上拂过——腰间的系带、脖子上的血痕。

上午的那个脑筋急转弯仿佛一个预言，如果来电的公安局局长是一个女性，那么举起屠刀的人呢？

二十

"当、当、当……"毕衍跟随着在办公室回响的清脆声音在心中默数着,八声过后,桌上的小闹钟停止了鸣叫。

"八点了,时间过得真快啊。"

这一晚上显然没什么成果,但毕衍不准备继续耗下去了。他从椅子上起身,拿起搭在椅背上的外套,本想挂在肘上离开的,可朝窗外望了望,婆娑的树影在夜风吹拂下更显鬼魅,晚间才起的寒风把白天的点滴温暖吹尽,寒冷露出它狰狞的面目——要下雨了,毕衍想了想,还是把衣服穿在身上。

想到白天在"王小姐的店"里灵光乍现的激动,他忍不住有些沮丧,但又不能表现出来,特别是刚刚在会议室里的时候,所有人都陷入低迷的情绪中,他不得不强迫自己兴奋起来,把大家重新带入工作状态。可现在,他独自走在取车的路上,周围空无一人,唯有孤单的脚步声与他为伴,他终于流露出垂头丧气的神情,肩膀也垮了下来。可偏偏连脚下的道路都要与他开玩笑,不知是谁在路边留下了半块碎砖,毕衍还沉浸在案件中没有看到,被绊了一个趔趄。

"唉,'大道如青天,我独不得出。'"

他叹了一口气,随后又觉得可笑,自己什么时候竟也这么伤春悲秋了。可这个念头刚冒出来,周青的声音又在他耳边回响着:

"我就说你歧视女性!"随后汪乐宁也不甘落后地冒了出来:"如果你不存在针对女性的刻板印象的话,……为什么公安局局长不能是小明的母亲?"

太可怕了,毕衍打了个寒战,赶紧摇摇头把这混乱的景象从头脑中甩出去。

"都说人在疲劳的时候会特别容易伤感,看来我确实需要休息一下了。"毕衍想着,不再纠结于一连串尚无头绪的谋杀案,快步朝着自己的车走去。他想放松绷紧的神经,让自己发烫的脑袋彻底松弛下来,现在唯一能给他提供这种安全感和隐秘感的地方就是眼前这辆车了。可他没能如愿,车棚昏黄的灯光下,一个人影正站在他车边,显然已经在此恭候多时了。

"堃哥?"毕衍的声音里带着些犹疑。

"你下班啦。"阴影中的人影往外走了两步,他的样貌在明暗交错间显现出来,确实是邹堃。

"堃哥,你怎么来了?"毕衍确定了来人,但确定不了他的动机,"怎么不进去等我?"

"不能总打扰你们工作,"邹堃似乎有些拘谨地笑了一笑,"一起走走吗?"

"啊?"突如其来的邀请让毕衍有些措手不及。

"还是去喝杯咖啡吧,外面有些冷。"邹堃换了个更符合当下环境的提议,"这附近的咖啡店你应该很熟悉吧。"

毕衍也笑了一笑,他知道,邹堃一定已经知道下午发生的那起案件了,昨天的合作加上今日的受挫,让他迫切地希望与邹堃谈一谈:"是个好主意。"

春天翻起脸来比夏天还快,气温下降迅速,已经有牛毛般的细雨飘散下来，在路灯照耀下像泛着橙黄光泽的蚕丝，抚在脸上如法兰绒般细腻。冷雨打消了他们步行的念头，两个人开车来到了毕衍常光顾的一家咖啡店。之所以只是简单地提到"一家咖啡店"，倒不是因为咖啡店太小以至于邹堃没有留意它的店名，相反，这家咖啡店有上下两层，十分宽敞，在周边沉寂的夜色中显得灯火通明，主要是因为店名确实就叫"一家咖啡店"。

邹堃在店门口巨大的招牌前顿足仰视，有些失笑地摇了摇头，跟着毕衍走了进去。因为要聊天，他们选了二楼靠近角落的位置，一人要了一杯拿铁面对面坐了下来。

"不愧是省城，秋田还没有这种规模的咖啡店呢。"服务员还没走，邹堃照例寒暄着。

"还是因为大学生多，这些人是新生事物的消费主力，我们只是享受红利罢了。"店里正放着时下流行的音乐，服务员终于走远去准备咖啡了，毕衍迫不及待地问道，"你都知道啦？"

"本地论坛上热度已经很高了，不过都是些谣传，房子外围封锁的照片加上一大段胡编乱造的故事，捉奸在床、父子相残、灭门惨案，什么都有。"邹堃说着摇了摇头，他掏出手机翻查了一会儿，指着一张照片给毕衍看，"这是你吧，那可不是你的辖区，普通案件应该不会吸引你去那儿。"

"原来是这样。"毕衍叹了一口气，不知道该从何处说起，"又开始了，那个杀人案。"

"是'金'还是'火'？"邹堃急切地问道，这将决定邹骋真正的死因。

"'金'，凶器是死者家厨房的刀具，凶手自己还备了把匕首，不过是很常见的防身刀具，网上都能买到，暂时没法从这里得到线索。"

服务员从不远处走来，手里的托盘上放着他们刚刚点的拿铁，毕衍不再说话。邹堃则屏住了呼吸，他一直低头看着桌面，仿佛在思考着什么，又仿佛只是在发呆，直到拿铁被放到了他面前。

"谢谢。"不知道是对服务员还是对毕衍说的，邹堃整个人都塌缩下来，他靠到椅背上，竟有些如释重负的样子，"如果这起案子是'金'的话，那说明'火'已经结束了，就是小骋的案子。"

毕衍心里还有疑问，但他找不到适合的解释，于是有些勉强地点了点头："不过，这起案件比前几起极端了许多，凶犯直接和我们对话了，甚至要求媒体报道他的所作所为。"

"可能是他进化了。"邹堃的第一反应和毕衍相同。

"不仅如此，"毕衍吞吞吐吐，不知道该不该说，但最后对邹堃的信任与崇拜还是战胜了理智，"那封信，开头是'亲爱的老板'，落款是'黄泉使者'，信件内容……"

"'开膛手杰克'。"显然，任何一个刑侦人员都不会忽视毕衍话里的信息，邹堃脸色立刻变了，"他在模仿'开膛手杰克'？"

毕衍又陷入了沉默，不过这次是不知道该怎么说，他只好先把自己看到的案发现场大致描述一下，然后解释道："我的同事都认为是这样，但我觉得不是。和卢心怡那个案子一样，一次刺入性伤害，拖曳的血痕，没有任何多余的刀伤，凶手显然极其冷静克制，这应该是'金木水火土'之后他用来迷惑我们的另一手段。不过很奇怪，我一直想不通为什么这次死者会是死于窒息。"

"是啊。"邹堃也陷入了沉思，"在居民区里杀人，还选用这种耗时耗力的方法，会造成极大的变数，与他一贯的手法都不相同。"

"目前唯一合理的解释就是凶手有强迫症,他只能在死者身上留下一处刀伤,一次不成之后,他不得不选用其他方法结束被害人的性命。"毕衍耸了耸肩。

"那么这个'一处刀伤'就应该是对他很重要的东西,有不可替代的象征意义,但是毒杀曹谦、溺毙宋芳芳,还有最后的爆炸……"提及自己儿子的离去,邹堃不得不用一小段停顿稳定情绪,"这些案件现场都没有发现刀伤,周西平的割伤也和卢心怡的刺入性刀伤完全不同,就是说凶手并不在意这些。"

毕衍不得不承认邹堃说得很对,他叹了一口气:"所以唯一的解释也被推翻了。"

"抛开这一点不谈,这次凶手提出了要联系媒体,他想和公众有联系,那么与其说他在模仿'开膛手杰克',我倒觉得他的条理性和大胆的手法更像'黄道十二宫杀手',通过信件,他的杀人动机应该已经显露了。"

"是的,'自以为是的好人''是非不分的愚者''自认善良却不过是为虎作伥的蠢货',"毕衍复述着信件的内容,"义务警察,不过是更加黑暗的那一种,我觉得他是某个善举的受害者,不过这种事隐蔽性太高了。我们现在都知道是卢心怡引发了这一系列变态行为,所以打算重新筛查她出事前的行为轨迹。"

"这是一个办法,商业街上的店名呢,你今天应该已经去看过了吧?"邹堃了解毕衍的办事效率,他一定不会放过这个线索。

"对,"说起这件事,毕衍刚刚回暖的心情如外面天气般迅速降温,蒙蒙细雨洒落心间,失望中夹杂着不甘,"刚发现了嫌疑人,下午的案子就帮他洗脱了嫌疑,绝对完美的不在场证明。"

"这样啊,"邹堃摸了摸下巴,似乎并没有被这件事困扰,"你还记得之前说的模仿作案吗?"

毕衍不可置信地眨眨眼睛,他原本以为在这件事上邹堃是站在他这一边的:"你也觉得他是为了模仿'开膛手杰克'?"

"不是,换个思路,为什么最新的受害者会是窒息死亡?"邹堃摇了摇头,他的视线终于从眼前的拿铁上移开,讳莫如深地盯着毕衍的眼睛。

见毕衍还是沉默着不说话,邹堃又补充道:"明明用刀就能解决问题,但凶手宁愿冒险也要勒死受害者,很明显,刀并没有满足他的需求,那根皮带或者别的什么类似的凶器,才是他真正的目的。"

"他在模仿'五行杀人案'!"

毕衍差点儿从椅子上跳起来,一切都说得通了,这个凶手想要模仿之前的"五行连环杀手",但他显然没法从条理型犯罪中感受到杀戮的快感,他需要满足自己变态的心理需求,填补施虐欲望,所以勒死了受害人。他和"五行连环杀手"有着本质的区别,前者所有多余的行为都是为了掩盖自己的真实身份,而后者的多余行为才是他犯罪的真正目的,他可能是一个性欲倒错障碍患者。

邹堃知道毕衍已经想到了,他继续循循善诱:"你别忘了那封信,那可不是随便一个模仿者能写出来的,至少他直接指出了前一轮受害者的共同特征和凶手的目的,这些事连我们都只是隐约猜测到一个轮廓,他怎么会知道呢?"

"很多的模仿犯罪都会得到原罪犯本人的教导。"毕衍也摸了摸下巴,他们俩面对面坐着,仿佛在照镜子。

"也有可能当时真正的'五行连环杀手'就在现场,"邹堃补充道,"这种有性欲倒错障碍的罪犯如果没有人在旁提点,不可能把犯罪现场打理得如此整洁，不留痕迹。"

"可是我找到的最大嫌疑人那时还在商业街。"毕衍已经和邹垫说过一回了，他不相信邹垫遗漏了这个线索。

"你找到的嫌疑人是谁？"邹垫果然没有直接否定毕衍的猜测，而是问起嫌疑人的身份，明显还有别的想法。

"一家鞋店老板的弟弟，店名叫'王小姐的店'，店主坐着轮椅，应该是最近才受的伤。"毕衍刻意强调了"轮椅"两个字，"那个男子身高体貌和之前获得的影像都符合，是众信学院的大学生，而且会调制香水，似乎对化学很在行。"

"确实很可疑，或许应该查查他姐姐是怎么受伤的，筛查卢心怡的行为轨迹，监视这个大学生，寻找他们所有可能的交集。不过这并不影响我的判断。"邹垫说着话锋一转，"'五行连环杀人案'的凶手也好，这次新案件的凶手也好，应该都有心理疾病，他们可能都不是真正的凶手，不过是被凶手握在手里的刀罢了。"

"你的意思是……？"毕衍不说话了，1月1日第一起案件发生时汪乐宁正在省城开研讨会，3月15日第二轮谋杀启动时汪乐宁又在省城和同学聚会，时间线总是如此巧合，让人不得不浮想联翩。还有邹骋诡异的自杀，他对"五行杀人案"神秘的兴趣，他留给汪乐宁的字条，他手腕的螺旋形骨折，这一切都还没有得到解释。

"你其实也怀疑她吧？一个手无缚鸡之力的心理医生，在玩弄人心这件事上，却可能比谁都强大。"

"根据最新报告，邹骋的手腕有螺旋形骨折，这不是车祸可以造成的，也就是说他在死之前曾经与人发生过肢体冲突。"这个信息本不该告诉邹堃,可毕衍还是说了。

邹堃拿起饮料的手停顿了一下,他没有说话,随后一切又恢复了正常,仿佛那个停顿从来没有发生过:"谢谢。"

二十一

"这个案件已经拖得够久了,这是第六条人命,我这么说不是要给你压力,但是你也应该明白,再不破案,我们怎么对公众交代?所有人都可能成为下一个受害者,我们只能告诉他们不要一个人出门,要结伴同行吗?"一个五十岁左右的方脸男人正端坐在沙发上,头发相对年龄来说显得特别浓密,眉毛如利刃,眼神中闪现着精干,棕色的皮肤是早年日晒雨淋遗留下的证据,不过微微凸起的啤酒肚让人知道他离开前线已经有些时日了。他表情严肃,语气也非常严厉。他的对面,毕衍毕恭毕敬地坐着,一言不发。"你现在告诉我,凶手大胆到要求警方联系媒体,神化他这一系列谋杀案,这不是公然挑衅警方吗?"

"邓局,我知道这样做必然会有不好的反响,但……"

"但我们只能寄希望于犯人守信,媒体报道了他的案子,他就停手不再杀人了吗?!""砰"的一声,被称作"邓局"的男人气愤地拍了一下桌子。

毕衍正襟危坐,见到邓局发火好像也没多害怕,反而从沙发前的茶几旁熟门熟路地拿出个热水瓶,给邓局八分满的茶杯里又倒了些水。

"绿茶清火,邓局,消消气。"

"加了第三次了,还加得进去吗?"上一秒还吹胡子瞪眼的邓中原也有些绷不住了,"下次你来,我是不是得专门换个大点儿的杯子?"

"下次我来,一定是凯旋。"毕衍知道他在这起案件上的表现确实不尽如人意,始终像只无头苍蝇般跟在罪犯屁股后面追,若不是邓局顶住压力相保,他可能已经被撤换了。于是他拍拍胸脯立下了军令状:"就这周,再给我一周的时间,一定把犯人带回来。"

"你最好说到做到。"邓中原说完也不看他,挥挥手示意他赶快离开,"还不去办案,看得我心烦。"

"还有最后一件事,说完就走。"毕衍站在局长办公室门口回过头来,"那个媒体的事……"

"好了,我知道了,我会让宣传部门去做,你只要负责破案就好了。"

"在报道中一定要弱化昨天下午的案子,最好描述成是懦弱无能的象征,神化前面的五起,形成对比。如果我们猜得没错的话,最近的这把刀是系列案件中最弱的环节,说不定可以激起他们内讧。"毕衍并没有离开,他继续补充道。

"嗯,邹堃也是这个意思?"

毕衍没想到最后会有这么一问,邓中原显然知道了他和邹堃会面的事,但直到现在才点明,毕衍不知道这是在表达支持,还是在提醒自己不要越界,于是匆匆点了点头就离开了。

"没事吧?"一直等在门外的周青一看到毕衍就立刻迎了上去。

"能有什么事?"毕衍一副"天塌下来有高个子顶着"的样子,"通知所有人去会议室开会吧,我有些新线索要和大家分享。"

众人很快就到了会议室,每个人都带着浓重的黑眼圈,翻开的笔记本上密密麻麻全是本人才看得懂的文字和记号。显然,这系列案件无论是给他们的身体还是心理都带来了极大的负担。

按照昨晚的安排,今天的议程是交流各自梳理过的有效线索,好拼凑出案件的全貌,但毕衍并没有照安排进行。在会议开始前,他就把昨天和邹堃讨论后形成的推论说了出来——这是一起"五行杀人案"的模仿案件,而两个案件的真正凶手可能是一个拥有心理操控能力的心理医生。所有人都陷入了沉默,这个推理不合常理但又很有说服力,王珂崇拜的眼神一直追随着毕衍,搞得脸皮一向很厚的毕衍都有些不好意思起来。毕衍没有说出邹堃的名字,倒不是为了抢功,主要是不想让太多人牵扯到这件事中来——一个案件受害者的父亲参与了案件的推理,需要解释的东西太多了。

"我同意毕队的推理。"乔茜率先发出了声音,"我回去后再三思考过,这起案件和'开膛手杰克'的作案特征相去甚远,不过他们都应该是出于不可疏解的性压抑而作案。一个通过反复刺伤,一个通过绞杀,这些过量伤害都是不必要的,而第一个轮回的那些案件明显不具备这一特征。反复刺伤、勒死这种作案时不必要的行为是无法作假的,凶手如果不是两个人,那他就有多重人格。"

高弋峰点着头:"我们还要考虑一点,幕后操纵者为什么重新选了这样一把刀。相比第一个轮回的冷静克制,这个新选择的凶手显然已经到了无法自控的癫狂状态,或许从心理状态上看他更易操纵,但犯案过程中也更容易露出马脚,牵连到真正的凶手。"

"所以,你觉得是原来的凶手通过一系列案件分裂出了新的人格?"毕衍抬起头认真地思考着这种可能性。

"杀人本来就是极其可怕的事，正常人是无法承受的，何况是这样高频度的连环杀人，一定会对凶手造成难以磨灭的心理影响。"高弋峰将自己的笔记往前翻了两页，"根据之前的调查，嫌疑人很可能是因为自己姐姐受伤而诱发了作案行为，那么我们可以推测，这个嫌疑人对自己姐姐有着变态的保护欲，或许是这种畸形的欲望引发了性欲倒错障碍。"

毕衍一边在笔记本上记录着一边点头："确实，这一点是我遗漏了。大家还有没有别的想法？"

毕衍看了一圈，没有回音，他又等了一会儿，大家都摇摇头不再说话。

"既然这样，那我来分配一下下阶段的任务。即使幕后有操纵者，我们仍然不排除第一起案件受害人是凶犯自主选择的，目前最重要的是找出谋杀动机。王珂，嫌疑人姐姐受伤的原因就交给你了，另外查一下卢心怡那段时间的网络痕迹，对比一下，看看两人之间是否有交集。"毕衍说着，指了指王珂补充道，"你的任务最重要，能不能破案全靠你了。"

王珂正在电脑上认真地记录着，突然被队长点名，有些腼腆地笑了一下："我知道了。"

"高弋峰和乔茜，还是你们俩搭档，在王珂确认资料这段时间里负责去众信学院监视嫌疑人。"毕衍用笔尖有一下没一下地点着桌面，相比昨晚显得自信轻松了许多，"虽然你们的对手看起来只是个文弱书生，但别忘了他手上已经至少有五条人命了，一定要注意隐蔽，互相照看。"

这对老搭档对视了一眼，信心满满地点了点头。

"刘哥，这次你带一下周青，你们继续跟进这起杀人案。这个凶手条理性要差很多，现场周边极有可能存在被遗漏的线索。"毕衍说完特意看了一眼周青，"但他更加残暴，难以自控，危险性很高，有线索可以联系辖区民警支援，千万不要单独行动。"

"那你要单独行动吗？"所有人的任务都分配完了，周青忍不住问道。

"我要去秋田市一趟。"毕衍合起了面前的笔记本，随后又补充道，"还是得麻烦你帮我联系一下那边的郑队，我要再去会会汪乐宁。"

"好的，什么时候出发？"周青要和对方确定具体联系的时间。

"下午吧，我吃过午饭就过去。"毕衍说着，他隐约记得昨天邹堃说过，今天下午要返回秋田。不知道为什么，他总有一种预感，今天下午他们会在郑元浩的办公室相遇："那就散会吧，大家辛苦了。"

毕衍说着，带头往会议室外走去，周青快走两步来到他身边："你真觉得是我们逛街那天见到的那个女人？"

"什么逛街，那是办案。"毕衍避而不答，随后又转换了话题，"说起来，你怎么还穿着运动鞋啊，那天买的新鞋呢，不舍得穿？"

周青抱着材料翻了个白眼："那双鞋子我已经供起来了。"

"倒也不必，以后多给我准备点儿咖啡就好了。"毕衍从会议室里严肃的状态中恢复过来，又变成了一副吊儿郎当的样子。

"你想什么呢？是束之高阁！"周青连白眼都懒得翻了，她比着手势，语气夸张，"那双鞋子的鞋跟这么尖这么细，简直能杀人，我能穿着去杀人案现场吗？直接去创造杀人案现场还差不多……"

毕衍闻言摇着头笑了笑，越过周青往前走了几步，接着突然停了下来，跟在后面的周青来不及停下，一头撞了上去。

"怎么还追尾了呢？"周青的临时搭档刘辉也跟在后面，他比两人年长许多，见状忍不住调侃了一句。

"就是啊，你怎么突然停住了？"周青这一下撞得不轻，她的鼻尖刚好撞到毕衍的肩胛骨上，鼻头一酸几乎要流出眼泪来。

"你刚刚说什么？"毕衍转过身来，表情前所未有地严肃。

刘辉也察觉到了异常，他紧张地问道："毕队，你是不是想到什么了？"

"你刚刚说了什么？"毕衍往前一步，急切得几乎要抱住周青的肩膀。

巨大的阴影兜头罩下，遮住了周青的视线，毕衍的味道充斥鼻端，她紧张得一时间什么都想不起来："我说……我说你为什么突然停住了……"

"因为那双鞋子！"毕衍表情亢奋，不由自主地提高了声音。

"什么鞋子啊？"刘辉就在他们旁边，却完全听不懂毕衍在说什么，不由得也跟着着急起来，"到底怎么了？"

倒是周青仿佛看到了什么，她眼神迷离，只觉得面前一片虚无缥缈的雾气中有金色的利器划过，可她几次三番伸出手去都捕捉不到那虚幻的形状，只能反复默念着刚刚说过的话加强自己的回忆："那双高跟鞋……"

"我们一直找不到的凶器，杀死卢心怡的那个圆锥形器具，分明就是高跟鞋的鞋跟！"

太简单了，可却又超出他们的一贯认知，高跟鞋的鞋跟，怎么可能是杀人凶器，可再想想……刘辉和周青仿佛被人点了穴般定在原地，头皮发麻。他们皱着眉头，想不通整队人当初是怎么遗漏了这个显而易见的可能。良久，周青才喃喃道："对啊，那个鞋店，一切都对上了……"

几秒钟前如获至宝的惊喜淡去，千头万绪一下子涌进毕衍脑海，他一时没法决定接下来该先做哪件事，只好嘱咐还恍在梦中的周青道："先别联系郑队了，我们今天就把第一个轮回结了。"

二十二

"先让高弋峰他们把人带回来吧！"刘辉已经彻底明白了，他迫不及待地提出建议。

"不，先等等。"毕衍没有立刻点头，"我们目前掌握的所有线索都是猜测，动机还没明确，凶器也不知道到底在哪儿，现在抓人只会打草惊蛇。"

"那怎么办，杀人的鞋子可能已经被销毁了，我们就不行动了吗？"好不容易有了些突破却不能付诸行动，周青的急脾气上来了。

"不可能，"毕衍倒是一点儿都不着急，他摇摇头，回答得很有把握，"凶器一定还在，你先帮我去申请一张拘传证、一张搜查证。"

"好。"在执行命令这一点上周青从来都不磨叽，她说干就干，立刻转身消失在两人的视野中。

"那……"刘辉倒有些举棋不定了，"我还是去锦华小区？"

"对，初步估计应该是两个凶手，那边的进度也不可以慢下来，"毕衍说着，又有些不好意思地拍拍刘辉的肩膀，"又要麻烦刘哥单独行动了。"

"哪儿的话，等你的好消息。"刘辉摆了摆手。

"也等你的好消息。"

毕衍说完，就快步朝王珂专用的办公室走去，他不想给这个小伙子压力，但根据现在的情形看，第二个犯人显然已经失控，第一个犯人也不知道会不会就此停手，每晚一秒发现动机，就可能有新的无辜者丧命，他不得不给王珂施压了。

王珂从会议室出来后一秒也没闲着，他理了理思路，立刻投入了工作，键盘的"噼里啪啦"声充满了周围的空间，与他本人的安静内敛形成鲜明对比。数码设备占据了他大部分的桌面，除此之外还有一根度过了一个周末的发黑的香蕉，外加两块苏打饼干。

以前毕衍每次来到他办公室，都会情不自禁地怀念自己那个几乎静音的键盘。王珂那透着一闪一闪的呼吸灯的半透明主机，闪着七彩跑马灯的鼠标，闪着七彩跑马灯的键盘，甚至闪着七彩跑马灯的音响，简直就要给办公室造成光污染了。这些都是王珂自己配置的，一分公家的钱都没花，毕衍自然没有立场指责他这种非主流的爱好。只是偶尔一次和周青聊天时说起这件事，周青带着诡异的微笑给他看了看王珂那些家当在网上的报价，顺便看了一眼毕衍那可怜巴巴的薄膜键盘，从此毕衍再也不觉得王珂非主流了，只觉得眼前这小伙子低调中透露着奢华，连看他的眼光都不一样了。

"怎么样，有消息吗？"毕衍还没走进办公室，声音就先传了进来。

正在认真搜索的王珂回过头，他没想到这次队长来得这么快，有些不确定地核对了一下时间，不过指尖从头到尾都没有停止在键盘上跳跃："基本信息已经有了，嫌疑人叫吴飞宇，稍等，我把材料打出来给你。"

王珂话音刚落，他身旁的打印机里就发出"嗡嗡"的响声，随后几张A4纸从里面传出来。

王珂还在一心一意地工作，毕衍也不打扰他，自己拿过资料看了起来。就像嫌疑人在店里的自我介绍一样，他目前在众信学院读研究生，不过他就读的化学专业此刻看起来格外可疑，毕衍继续向下翻阅着，除此之外一切正常。

"他姐姐吴盼珍，"王珂那里又有了新的资料，"我查到她的住院信息了。"

手上的资料不足以支撑进一步的推断，毕衍迫不及待地走到王珂身后，企图直接在电脑屏幕上获取新的信息："快，给我看看。"

"有些奇怪……"王珂的声音犹豫起来，他知道毕衍就在身后，于是指了指屏幕。

"心理性运动功能障碍？"毕衍一字一句地读着，这个词于他而言有些陌生，但毕衍大致能理解字面意思——吴盼珍极有可能是由于心理原因而坐上了轮椅，这给了姐弟俩需要心理医生的理由，"是什么造成的？"

"爆炸引发的火灾。"王珂放慢了搜索速度，这阵子，"火"这个字眼在他指尖前所未有地敏感起来。

"竟然是火灾……"毕衍也皱起了眉头，"什么时候？"

他们一直单纯地认为案件从"金"字起头，以"火"字结尾，卢心怡是引发一切的导火索，现在看来，事情似乎并不像想象中那么简单。毕衍陷入了沉思，难道这对姐弟才是最初的受害者？

"你看这里，"王珂突然抑制不住地激动起来，"去年三月底，毕队，是这起案子！"

王珂根本不需要多说，这宗人为导致的意外曾在去年轰动一时。可就像几周前天才少年的陨落一样，在这个信息更新换代飞速的年代，永远不会缺少下一个热点，再轰动的新闻也只能维持几天的热度，人们不得不前赴后继地喝下"遗忘药剂"来为更刺激的新闻留下记忆空间。屏幕上的文字图片唤醒了瑟缩在大脑角落里的零星信息，幸好互联网没有忘记，它的记忆力使得它在此刻散发出超越人性的光辉。

毕衍和王珂似乎都听说过发生了什么，但此刻却没有人知道那天真正发生了什么。

"这次不会错了，毕队。"王珂打破了办公室长久的沉默，"作案动机也有了。"

"是啊。"毕衍的回答像是一声叹息，三个月来，他一直在追踪真相，可当最终的真相直逼眼前时，他却闭上了双眼。无数画面在他眼前闪过，他逃避着，却又不得不面对，他知道凶犯一直以来选择这一特定类型受害人的真正原因了——并不是所有的好人好事都会带来好的结果，盲目地同情弱势群体有的时候会带来更大的伤害。可怕的是，等到伤害降临时，没有人会承认是自己的善举带来了这样的恶，他们仍然高尚如初，以至于承受伤害的人甚至连凶手都找不到。本可以避免的悲剧因为一些打着正义旗号的人而横行世间，幸福美满的一家四口一夕之间家破人亡——因为善而造成的恶，该由谁来买单？

"要不，通知乔姐他们抓人吧。"毕衍的表情变了又变，王珂小心翼翼地提出了建议。

"不，"毕衍再次睁开了眼睛，他摇摇头没有同意，"先查查卢心怡有没有针对这件事发表过什么言论。"

"有很多，"王珂重新投入了工作，一段时间后，电脑屏幕上出现了一条条排列整齐的留言信息,他操纵着鼠标点开了一个网站,"这里还有一张照片,看介绍应该是她给那个老人捐款时的合照,你怎么看?"

"我们的方向一直都错了,因为卢心怡捐助了好几个失学儿童,我们便遗漏了她其他方面的公益活动,她根本不是因为捐助那些失学儿童而死。"毕衍久久地注视着那张照片,照片上卢心怡笑得温暖而明亮,她只看到一旁老人眼里的感激,却没看到死亡的阴影已经笼罩在了头顶上方,"她是因为这张照片而死的。"

"太可惜了。"王珂叹了一口气,已经逝去的生命只能永远地定格在图像上,即使见惯凶案的技术人员此刻也不由得悲伤。

"我去通知高弋峰抓人,你把资料都整理一份,等会儿审问的时候用得着。"

毕衍说着往外走去,一边走一边拨通了高弋峰的电话。

"喂,毕队。"电话立刻接通了。

"行动,以协助调查的理由带他回来。"毕衍简洁明了地给出指令,"乔茜先别离开,让她盯着点儿吴盼珍,搜查令还没下来。"

"明白。"一样简短的回答后电话被挂断了。

毕衍捏着电话在原地站了一会儿,困扰了他近三个月的杀人动机就在刚刚浮出水面,可他并不觉得欣喜。就像王珂刚刚的叹息一样,太可惜了,相继遇害的那些受害者可能至死都不知道自己到底做错了什么。可几乎失去了一切的吴飞宇呢,在他举起屠刀前,他又做错了什么?

高弋峰的速度很快,不多久,吴飞宇就坐到了审讯室里。他坐得笔直,头却深深地低垂着,眼睛盯着自己放在膝盖上的手,神情冷漠,从面部表情根本看不出他在思考什么。

"你带他来的时候有没有发现什么异常?"毕衍将刚刚查到的材料递给高弋峰,顺便问了一句。

"嗯。"高弋峰看看玻璃窗后坐着的人,点了点头,"完全没有反抗,正常人多少都会有些紧张害怕,可他一点儿都没有,不知道是成竹在胸还是……已经放弃了。"

"你们找上他的时候他在哪里?"

"在实验室里呢,听同学说,他是个书呆子,学习很认真。这种人在大学里一般不受欢迎,但他愿意帮助同学,你懂吧。"高弋峰说着轻轻撞了下毕衍的肩膀,看了一眼一直保持静止的吴飞宇,又朝着毕衍眨了眨眼睛,"大概就是平时提供作业模板,考试时帮着传传纸条之类的,所以人缘挺不错,我带他走的时候还有同学阻拦呢,问我要证件,还好他自己比较配合。"

"进去吧。"毕衍将握成卷的资料在手掌上敲了敲,带头走进了审讯室。

第六章
真正的火

二十三

吴飞宇一个人坐在空空荡荡的审讯室内，光线有些昏黄，不过对他也没什么影响，他并不想要观察周围的环境，只是一直低着头一动不动地盯着自己的膝盖和放在膝盖上的手指。那个警察站到他实验室门口的一瞬间，他其实想过推开警察夺路而逃，甚至连逃跑路线都在脑海中规划好了，可他最终还是放弃了。

他不能再连累自己的姐姐了，他不想让更多穿着制服的警察骚扰姐姐本来已经被打乱的生活，她的双腿刚刚有了好转。可他还是有些犹豫，他们已经失去了父母，他不知道姐姐能不能再承受一次自己的弟弟因为连环杀人的罪名被抓的打击。可是他又能怎么办呢，如果他不这么做，谁来偿还他们一家失去的幸福呢，指望这些警察吗？

"呵呵。"吴飞宇终于扯动嘴角冷笑了下，这是他被带进这个房间后出现的第一个表情变化。

随后，房间的门被拉开了，有两个人从外面走了进来，伴随着两人身影进入屋内的，还有此刻显得格外强势的一束光。视线突然从黑暗的角落转到明亮的空间，吴飞宇一时有些不适应，他抬起手遮了遮耀眼的光芒，一年之前的记忆伴随着那束令人无法直视的光芒重现。

不知是谁说的，同样让人无法直视的，还有人心。

案情回顾

2007年的冬天并不寒冷，因为雨水不多，连着好几周晴朗的天气让气温稳步上升，不过也使得空气干燥起来，不时有森林火灾的新闻见于报端。当然，报道中的地方大都离省城很远，毕竟以省城的开发程度，早就没什么能造成火灾隐患的大片森林了。不过吴盼珍还是不太放心，他们居住的那幢单元楼有个地下室，说是地下室，其实也有一半儿在地面上，至少有几个窗户开在人们来来去去的小腿和形色各异的鞋子间，可以给这个地下室带去几丝"新鲜"空气。这里原本是个用来停放电瓶车的车库，可最近不知道从哪儿来了个拾荒老人，竟然蚂蚁搬家般将许多硬板纸、废旧报纸和塑料瓶堆放在了车库的角落里，渐渐占据了这一业主们的共有空间。这些可回收垃圾都是易燃物，放对了地方是宝贝，放错了地方却是致命的隐患，再加上电瓶车的锂电池也是个易燃易爆的东西，吴盼珍最近去地下室取车的时候都是战战兢兢的。她和家人抱怨了几次，包括火灾隐患和那个经常蜷缩在黑暗中吓她一跳的老人。

"是啊，我有一次下去停车也被吓了一跳。"她的母亲附和道，"他刚好躺在我们的车位旁边，盖着几张旧报纸根本看不到脸，他突然一翻身，我吓得差点儿叫出声来。"

母亲一边说着一边还拍拍胸脯，一副惊魂未定的模样，连吴盼珍都觉得多了几分夸张，不由笑了笑。

"行了行了，我看你啊，就该去演舞台剧。"坐在沙发上看报纸的父亲忍不住了，他从报纸后面露出一双戴着老花镜的眼睛，也加入了讨论，"不过珍珍说得也对，那些垃圾总堆在地下室也不是个办法，不怕一万就怕万一，真发生火灾就来不及了，晚点儿你去找物业说说，这事他们总该管吧。"

"行，那我明天就去找物业反映反映去。"吴盼珍说着也坐到了沙发上，她从茶几上一盆刚切好的水果里挑出一片橙子，咬了一口说道，"这物业费可不能白交了。"

"算了吧，人家老年人也挺可怜的，这么大年纪还没家没口在外飘零，能自食其力捡破烂儿为生，比那些街头骗人伸手要钱的好多了。"一个清朗的男声传来，刚刚还在书房里忙碌的吴飞宇走进客厅，他显然和家人有着不同的意见，"你们这样，不是要把人逼向死路吗？"

他这话吴盼珍可不爱听，她气呼呼地拍掉吴飞宇企图伸向果盘的手说道："你怎么总帮外人说话，那你去找楼下那个老头儿要水果吃去。"

"唉，别闹啦，"母亲看不下去了，将果盘从茶几上拿起来递到吴飞宇手前，"多吃点儿水果。"

"我说错了吗？他可怜，那天底下可怜的人多了去了，我们管得过来吗？"吴盼珍因为母亲的偏心不满地嘟哝着，"再说了，他会成为可怜人是因为我们的关系吗？"

"一屋不扫，何以扫天下？"吴飞宇一步不让。

"再给你一片橙子，你也多吃水果少说话。"夹在姐弟中间的母亲看到吴盼珍急得从沙发上站了起来，连忙转向她，递上了她最爱的橙子，"小宇啊，你姐姐说的也对，他确实可怜，但万一着了火，可怜人就不止他一个了。"

"对啊，反正我明天要去找物业。"吴盼珍说着，不再和弟弟争辩，拿着一片橙子回自己房间去了。

这本是一件极小的事情，吴盼珍以为一下就能解决，却没想到,竟会发展成一场旷日持久的战争。

物业确实介入了进来,可他们拿这个拾荒老汉一点儿办法都没有。最初他们试着沟通,可这个老人不知是耳背还是装聋作哑,或者是语言不通,总之无论你和他说什么,他都是一副听不懂的样子,半眯着眼睛爱理不理地躺着。几次下来,物业的一个小伙子也有些上火,商量着干脆趁老汉不在的时候把他的家当都给清理了,可最后被经理拦了下来,他可不想在自己的小区闹出不可收拾的矛盾。除此之外还能有什么办法呢?物业想着,这个老汉总是神龙见首不见尾,既然他总往地下室搬东西,那肯定是去附近小区收废品了,于是再三嘱咐门卫,一旦这个拾荒老汉出了小区的门,就不准他再进来了。可这个办法也行不通,先不论这个老汉总能找到门卫的疏忽从外面溜回地下室,就是有一次真被逮住了不让他进门,这老汉立刻往地上一躺又哭又闹,最后把警察都招来了,还是让他如愿回了地下室。那一层阴暗潮湿的车库,竟真成了他和他的宝贝们的家。

可总这样下去也不是办法,不光是吴盼珍一家,小区里好几户人家都陆续向物业提出了不满。于是物业一拍脑袋,想到了城管部门,这事他们应该管吧?想是这样想,可邀请城管的事不该由他们出面,这件事兜兜转转,又找到了吴盼珍。

"我们没有执法权啊,又不能强制赶人,又不能强行扔东西,"物业经理站在吴盼珍家门口愁眉苦脸地解释着,"但是我们去找城管他们肯定不理睬,所以合计着,还是得由你们业主出面向城管举报,我们配合着处理一下这个老头儿的事,你看怎么样?"

"这是又把皮球踢给我们了啊。"

吴盼珍母亲的声音从屋里传来,经理不好意思地苦笑了一下:

"真不是这样,我们主要也是无计可施了。"

物业这段时间的努力吴盼珍都看在眼里,她知道对方也是没有办法了才会出此下策,所以点了点头答应了。经理连声道谢准备离开,恰好吴飞宇也到了家门口,他见到物业经理,就知道一定又是在说楼下那个老人的事,于是没好气地嘀咕了一句:"又在商量什么缺德事啊?"

经理的脸色有些尴尬,倒是吴盼珍真心实意地向他道谢道:"我弟读书把脑子读坏了,你不用理他。这段时间我看到你一直忙前忙后,你能把我们业主的安全放在心上,真是太感谢了。"

"哪里的话。"经理这才转身离开了。

吴盼珍回客厅看都没看弟弟一眼,就回自己房间了,最近因为这个老汉的事,两个人闹得挺僵。

"这俩孩子。"在父亲眼里,孩子永远都是长不大的,吴父叹了口气,转身去厨房帮妻子一起准备晚饭,姐弟俩从小就打打闹闹,但实际上关系一直很好。可他没有想到,乌云悬挂在他们屋顶,一场巨大的风暴正要席卷他美满的家庭。

吴盼珍投到市长信箱的信件很快就被受理了,工作人员联系她说第二天上午会有城管联合物业一起对小区的安全隐患进行清理。不光是他们那一栋楼的问题,整个小区都面临这样的难题,楼道间总被电瓶车、纸箱或者其他垃圾堆满,这将是一次彻底的整治行动,所以吴盼珍第二天没有去店里,她决定留在家里监督城管们的工作。

吴盼珍至今还记得,那是一个阴冷得让人浑身酸疼的早晨。云层很低,整个天空都灰蒙蒙的,风从四面八方吹来,稀疏的雪花打着转飘落,落到水泥地上,迅速变成一小摊水渍,蒸发风干,仿佛从来没有存在过。

吴盼珍站在楼下,第一轮尝试沟通的努力宣告失败,城管正在把废旧纸盒从地下室里搬出来,老人一次次地扑上前去保护自己的财产,又一次次被毫不留情地推开。即使这一切是她自己默默促成的,耳边响起的哭号还是让她心痛,所以当老人再一次发动无意义的攻击时,吴盼珍拦住了他。

"我们会想办法帮你联系政府救助部门的。"吴盼珍和老人解释着,她和另外一名工作人员拉住了老人。绝望的老人朝他们跪了下来,当时并没有人想到,这一画面让她成了当天下午网络暴力的中心人物。

是的,这次行动还没结束,这段视频就开始在网络上疯狂地传播起来,被反复推开的老人,哭喊求饶的老人,跪倒在地的老人……人们看到了他们想要看到的一切——公权力无情地碾压了蝼蚁似的生命尊严,而那个颐指气使的看客,她非但没有伸出援助之手,还逼得老人跪地求饶,一场声势浩大的网络暴力展开了。

起初只是网络上铺天盖地的辱骂,随后,吴盼珍的个人信息就被公开在社交媒体上。这时候辱骂还算是较温和的行为,她之前所有的言行举止都被放到放大镜下接受网友一遍又一遍的检视——没有人是完美无瑕的,于是针对她的人身攻击越来越强烈,手机被拨打到停机,照片被人修成遗照,有人开始威胁她的生命安全,甚至有人往他们家里寄冥纸。

即使这样,看客们仍然不满意,他们终于找到了一个出气筒,可以发泄对生活的所有不满,又怎么会轻易放弃呢?于是吴盼珍全家人的信息都被暴露到了网上。她的父亲,临近退休仍然不过是科员身份的一个公务员,满足了网友最后的想象——查他,他一定不干净,若不是霸道惯了,怎么会有这么飞扬跋扈的女儿?!就这样,她的父亲开始受到来自单位内部的无形压力,领导再三找他谈话提醒他注意个人生活,不要影响单位形象。她的母亲也有些受不了邻居们的指指点点,在家中叹气的时间越来越长,可她还得强打着精神照顾遭受更大打击的女儿。大学校园是八卦信息传播最快的地方,在同学异样的眼神中,吴飞宇甚至怨恨起他的姐姐来,若不是她咄咄逼人,一家人何至于走到今天这个地步。唯有吴盼珍看起来抗压能力最强,她坚持打理自己的鞋店,可不久,店铺的名字也被人曝光了,恶意投诉连日增加,无奈之下她被迫关店。

如果只是这样,吴飞宇不会举起屠刀。时间会洗刷掉周围人的记忆,他们只需要再挨过一周、一个月或者更长一段艰难的忍气吞声的时间,伤痛会留下,但他们一家人还是能重新过上之前那般平淡却温馨的生活。

可这一次,时间并没有给他们这样的机会。审讯室的门被关上了,吴飞宇抬起遮光的手也自然而然地放了下来。他看到了来人,一个是带他来的高警官,他已经认识了,而另一个,他几天前才见过。吴飞宇又自嘲似的笑了笑,原来自以为天衣无缝的行动,早就被识破了。

"是你啊。"他耸耸肩对毕衍说道,确实和高弋峰说的一样,一点儿都没有紧张害怕。

二十四

"又见面了。"毕衍在他对面坐下,仿佛老友重逢,态度十分亲切。

他不动声色地观察着吴飞宇,眼前的人看起来很坦然,警方并没有拘传证,他完全可以拒绝配合,却还是主动前来协助调查。然而这一点并没有使他显得清白,反倒更有嫌疑起来。毕衍觉得,他就像一张白纸,不加修饰地出现在警察面前,表面上沉默不语,其实浑身上下每个细胞都在叫嚣着甚至恳求着——"快来抓我吧"。

"那个女孩儿到底是不是你女朋友啊?"吴飞宇似乎一点儿都不关心自己的现状,他的表情生动起来,甚至直视着毕衍的眼睛,对他们初次见面的情形十分好奇。

高弋峰听不懂吴飞宇在说些什么,但他到底是老同志了,十分沉得住气,丝毫没有被吴飞宇没头没脑的问题打乱阵脚,仍然坐得笔直,目不斜视,不动如山。毕衍摇了摇头,简短地回答道:"工作搭档。"

"你们是什么时候发现的?"和第一个问题时的语气不同,虽然仍然是问句,但提问者的声音变得低沉,他的目光再次回到了自己放在膝盖上的手上,"在你们来我店里之前吗?"

"我就不兜圈子了,"毕衍把手里的资料往桌上一放,其实他走进来的那一瞬间就知道这个半大不小的男孩儿快要被巨大的压力压垮了，只是没想到事情的进展会这么顺利，"为什么要杀那么多人？"

吴飞宇的表情像是有些困惑，随后又觉得这个问题有些可笑："你们不是应该知道了吗？"

"别磨磨蹭蹭，"一想到面前这个文文弱弱的男人竟在过去三个月的时间内残忍地夺走了五条人命，高弋峰就不寒而栗，他毫不留情地呵斥道，"我们要听你自己说！"

刚刚露出了犄角的邪恶灵魂似乎有些惧怕高弋峰，它探了个头，又缩了回去。毕衍不着痕迹地看了高弋峰一眼，示意他不要说话，然后又对着吴飞宇说道："说吧，先说说你是怎么杀害卢心怡的。"

"你知道吗，其实那件事发生的时候我并不在场。"吴飞宇再次恢复了早先自己一个人在审讯室里等待时的状态。

"什么？"尽管有了毕衍的提醒，高弋峰还是没忍住。

"火灾发生的时候，我正在图书馆自习，可什么都学不进去，只觉得心里一阵烦躁，现在想来，很多事情的发生都是有预兆的。"吴飞宇语速缓慢，他重重地呼了一口气，仿佛这样才能继续回忆下去，"如果我最初就支持姐姐的决定，帮助她把那个老头儿赶走，就不会有那场火灾。如果我不介意网上的舆论，那天周末就会回到家里，他们不会一起去地下室取车，也就不会遭遇那一场大火。可等我想通这一切的时候，什么都无法挽回了，这世上根本就没有'如果'！是那些不分青红皂白就网暴我们的网友，那些自以为是的好人，是他们阻止了城管的行动，是他们害我爸妈惨死火场，是他们强迫我姐姐目睹了那样的惨剧而心理受创。你问我是怎么杀害卢心怡的？呵，是她杀害了她自己。"

"自以为是的好人，"毕衍脑海中闪过了信件的片段，他默念着吴飞宇的话，锦华小区那个躺在血泊中的身影和卢心怡重合起来，"他们或许先入为主地站在了老人一边，但因此就要杀掉他们吗？"

"可我父母又做错了什么呢？"吴飞宇抬起头来，他恨恨地瞪着面前的男人，和之前的坦然判若两人，纵横交错的红血丝分布在他的眼球上，连眼眶都变得血红，"如果我不动手，又能指望谁来为他们申冤呢？"

毕衍不知道该怎么回答，他父母的死无疑是一场令人痛心的意外，但对受害者来说，"意外"两个字太轻飘也太沉重了。他们早就预见到了这场意外，甚至付诸了努力去阻挡它，这是一场本来可以避免的意外，却因为种种巧合非但没有停止，还加速爆发了。

吴飞宇的情绪越来越激动，他甚至颤抖了起来，毕衍决定先谈谈之后的几宗案件："如果卢心怡是咎由自取，那么其他人呢？那个学生，和你一样的大学生曹谦，他又做错了什么？"

果然，这个名字让吴飞宇冷静了一些，他的目光再次垂下，逃避着和对面两人的接触。就像邹堃之前推测的那样，在这一系列案件中，凶手只对曹谦显示出了悲悯，为此他为曹谦选择了相对体面的死亡方式。

"是他自己找上我的。"良久，吴飞宇才回答道，像是在为自己的谋杀寻找合理的解释。

"说吧。"高弋峰看他又退缩了，不得不出言推了他一把，"不要再扛着了。"

"我们只见过几次面，校级篮球赛的时候，我是去看舍友比赛的,我不会打球。"吴飞宇说着,还十分学生气地解释了一句。

"那他是怎么找上你的?"毕衍忍不住问道,他确实想不通曹谦做了什么自以为是的好事,以至引来杀身之祸。

"你还记得年初时候的新闻吗?一对年轻夫妇因为经济拮据扔掉了自己刚出生的孩子,"吴飞宇说着又有些激动,特意加重了语气,"他们至少可以把孩子放在福利院门口,可是因为害怕被监控拍到,他们选择了最偏僻的地方,如果不是孩子命大,你们手上又会多一宗谋杀案了。难道因为谋杀未遂你们就不管了吗?还是因为谋杀的是自己的孩子所以就不犯法了?"

毕衍确实记得这个新闻,当时也引起了大范围的讨论,这对父母最后痛哭流涕地接回了孩子,他们解释了很多不得不这样做的原因,一些民间团体还为他们发起了捐款。想到这里,毕衍试探着问道:"曹谦曾为那对夫妇组织募捐?"

"不仅这样,他还为他们寻求法律援助,防止他们因为遗弃婴儿而获罪。我实在看不过去,就在他打篮球时往他的保温杯里加了些料。"吴飞宇冷笑了一声,"不可笑吗?杀人犯法,遗弃婴儿也犯法,如果他能原谅那对父母,那也能原谅我吧。"

高弋峰皱起眉头看了毕衍一眼,吴飞宇的行为已经让他感到不适了:"就因为这样,你就要杀了曹谦?"

"他有什么资格代替那个被遗弃的孩子原谅那对男女?!"吴飞宇大声地质问着,"我爸妈死后,很多人都说这是一场巧合,地下室或者楼道间堆积杂物是很多小区的通病,并不能怪那个老头儿,他们怪物业、怪城管,甚至怪小区构造,怪居民的生活习惯,却偏偏轻描淡写地原谅了那个老头儿,可他们有什么资格说出这声原谅?!"

"可曹谦只是想帮助这个孩子回到父母身边，那对父母甚至比你还年轻，他们确实做错了，可他们也认识到了错误，难道因此就要剥夺他们做父母的权利吗？"高弋峰显然也知道这个旧闻，吴飞宇这次的杀人动机让他觉得不可理喻，"曹谦试图帮助这对父母解决问题，而你在做什么？难道对一个婴儿来说，待在福利院比父母身边更好吗？"

"我也在解决问题，对一个婴儿来说，待在爱他的人身边才是最好的。"这次吴飞宇没有因为高弋峰而退缩，"这对父母今天会因为经济拮据抛弃孩子，明天就会因为吵架、分手、工作忙等一系列鸡毛蒜皮的原因再次抛弃他，或者忽视、打骂、虐待他，当这样的情况再发生时，谁来负责，曹谦吗？还是你们警察？"

"可你杀了曹谦又怎样……"高弋峰突然断了话头，一副如梦初醒的样子。明明做错的是那对父母，他却针对帮助那对父母的曹谦——"自认善良却不过是为虎作伥的蠢货"，和那封信说的一模一样。

"不然呢，我应该杀的人是那对狗男女吗？惩罚他们这件事是你们警察该做的，"吴飞宇嗤笑了一声，仿佛看穿了高弋峰的言外之意，随后又一字一句宣誓般说道，"我杀的，是法律所不能惩治的恶人。"

"你这叫滥杀无辜，抓住你才是我们警方该做的事。"毕衍看了眼高弋峰的脸色，不得不强势地打断了面前这个年轻人的宣言，"说说周西平。"

"谁？"吴飞宇还沉浸在上一幕的癫狂中，随后才反应过来，"那个记者啊，在这几个人中，他做的恶事最多了，是真正的死有余辜。"

"因为那篇宝马女车主的报道?"毕衍已经了解他变态的想法了,他父母的死不仅对他姐姐,对他也造成了巨大的心理创伤。只是在他姐姐身上,那种伤害更加一目了然,她失去了运动能力。而在他身上,这种心理创伤躲在不被人察觉的深处,却直接引发了变态的杀人欲望。

"你也看过了?"吴飞宇上一秒还凶神恶煞的脸上又露出了些天真好奇的神色,连见惯了各色罪犯的毕衍内心也有些发毛,"因为那个快递员跪下了,因为他相比车主更穷一点儿,社会地位更低一点儿,生活压力更大一点儿,所以他剐蹭宝马的行为就变得理所应当,而车主赔偿的要求反倒是无理取闹了吗?"

当然不是,可毕衍没法说,因为这个新闻的后续就是按照吴飞宇的描述进行的。这是在此之前他们唯一查到过的新闻,新闻里涉及的人物他们都走访过,甚至还一度将车主的男友列为嫌疑人。在这起并不严重的车祸中,快递员并不无辜,他在小区送快递时不小心剐蹭了停着的宝马,然后理所当然地逃逸了。车主报警后,警方顺着监控很快找到了快递员,矛盾就发生在商讨赔偿金的时候,快递员跪下乞求女车主的原谅,可女车主坚持要求赔偿,纠缠之间她打了对方一耳光。周西平拍下了这一幕,给新闻起了个吸引人眼球的标题——《惹众怒!跋扈宝马女猛扇快递员耳光》,这个车主当然没能要到赔偿,而且这篇新闻报道后,她还遭遇了和吴盼珍一样的网络暴力,随后被公司开除。

"你怎么把他骗到凤凰岭去的呢?"

"如果你好好查过他的话,就该知道,这不是他第一次发表这样歪屁股的报道了,我可是那起骇人听闻的火灾的受害者,他怎么可能拒绝我的爆料？"吴飞宇看起来颇有些得意。

与前两个受害者不幸撞上门不同，吴飞宇是从这时开始主动寻找受害者的，毕衍怀疑报道中的细节刺激到了他："为什么是他，因为这篇报道中快递员也向女事主跪下了吗？"

"当那些看似弱势的群体犯错时，愚昧的看客总会帮他们寻找理由。当受害者不得不站出来维护自己的合法权益，比如索要赔偿时，看客们总是说那些弱势群体'也挺不容易的'，不可笑吗？"吴飞宇没有直接回答毕衍的问题，而是说道，"可惜我不能杀光看客，我只能惩戒这些是非不分的始作俑者！"

毕衍至今仍记得走访那个女事主时她的痛苦和无奈："我不恨那个快递师傅，但我不会原谅那个记者。如果所有人都只看到弱者的泪水，那谁来保护我们的合法权利呢？难道仅仅因为我为自己赢得了较好的工作环境，穿着还不错的衣服，开着还不错的汽车，我们每天的辛勤劳动就活该低人一等吗？我只想维护自己的合法权益啊，可你看看最终我得到了什么？"毕衍觉得她应该最懂吴飞宇此刻的心情吧。

"那个居委会主任呢？"高弋峰替代了沉默着的毕衍，"她应该和你母亲差不多年纪吧，你怎么也下得去手？"

"她是个好人，"吴飞宇叹了一口气，"可惜，她也是一个自以为是的好人。她滥用职权，把居委会招录的一个社会化用工岗位留给了刚出狱的犯人。"

"她只是想给这个人一个改过自新的机会，这也有错吗？"

"可另外一个本该被录用的人又做错了什么呢？她只是想找一份离家近点儿的工作，好照顾自己得了癌症的老公。一个本该公平竞争的岗位，因为那个居委会主任自以为是的介入，变成了比惨大赛，你觉得他们俩谁惨？"吴飞宇歪着头问道，"是曾经失足的犯人，还是照顾身患重病老公的女人？"

"就算她滥用职权了，你也完全可以举报她，"高弋峰并不跟随他的思路前行，"你杀了宋芳芳，那个女人就能得到工作了吗？"

"因为我停不下来了，我喘不过气，"吴飞宇目光坦诚地看着高弋峰，稍显稚嫩的脸庞上挂着一丝惨笑，"只有亲眼看着这些人痛苦挣扎，亲手将他们的生命一点一滴挤尽，我蜷缩在一起的心才能稍微好受一点点。我若想要片刻安宁，就只能杀人。"

高弋峰一时之间震惊得说不出话来，毕衍却已有了心理准备。走进审讯室的那一瞬间，他就觉得吴飞宇在等待他们抓住他。他在温馨的家庭环境中成长，受过良好的教育，若不是这一场巨变，他也会成为一个正常工作、努力生活的人，可现在，他坐在他们面前，是一个至少夺走了五条人命的连环杀手。但他长久以来确立的价值体系还未完全崩塌，他不想杀人了，可他停不下来，他唯有借助警方的追捕才能停下自己的变态行为。

高弋峰也逐渐想通，看向他的眼神从厌恶变成怜悯："可你有没有想过，你铸成了大错，那些死者的家人怎么办，你的姐姐怎么办？"

可这一切却刺激到了吴飞宇，他突然失控般地喊道："为什么用那种眼神看我？我没有错，我的姐姐一定会懂我！善恶的边界是什么，对错的区别又是什么？如果杀人犯法的话，为什么只有我一个人犯法？如果杀人犯披上善良、美好、高尚的外衣，那他们非但不会受到处罚，还应该被称颂吗？我不同意！如果你们不惩罚他们，那就由我来，由我替天行道！如果我的杀戮也披上替天行道的正义外衣，你们为什么不称颂我？！"

高弋峰不可置信地看着吴飞宇,仿佛在看一个魔鬼,可毕衍不一样,他甚至躲开了吴飞宇的视线,这一刻,他感受到了吴飞宇那颗被深深的绝望和痛楚吞没了的内心。

二十五

"邹骋呢？"毕衍等吴飞宇剧烈起伏的胸口再次恢复平缓，才沉声问道，"他和你一贯选择的受害者没有共通点，因为他发现了你的罪行吗？"

"谁？"这个名字令吴飞宇有些茫然，他皱了皱眉头，侧过头再次确认道，"周骋？他为什么会发现我的罪行，他是警察吗？"

面前的人不像在撒谎，何况也没有撒谎的必要，他已经坦承了大部分罪行，隐瞒其中一起杀人案对他没有任何好处。难道邹骋的死真是意外？可他笔记本里为什么有那么多关于本案的信息呢？他手腕的螺旋形骨折又是怎么造成的呢？

疑点太多了，毕衍只好摇摇头，先把这一茬从脑海里甩出去，重新专注到吴飞宇身上："高冉呢？"

"那个人啊，"吴飞宇再次摇了摇头，他显然已经从新闻上得知了这个人的死讯，"我知道你们怎么想的，可他不是我杀的。"

"你的意思是，宋芳芳是最后一个受害者？"高弋峰不确定地问道。

这一次，吴飞宇毫不犹豫地点点头，回答得十分简短："对。"

尽管心里有了答案，高弋峰还是希望和眼前的人再确认一下："为什么？"

"因为你们的严防死守啊。"吴飞宇毫不在意地耸耸肩，自从他交代完罪行后,整个人就完全放松下来。他仿佛看不到自己即将面临的法律严惩,只觉得彻底卸下了肩上的担子,那些他亲手犯下的暴行快要将他压垮了,如今他终于吐露了出来,不必再独自承担:"而且像是老天爷开了眼,卢心怡偏偏在自己衣服上写了个'王'字,她想要告诉警方我的身份,可恰好就是这个字给了我灵感。从那场火灾开始,按照五行相克的顺序,'火、金、木、土',到'水'结束,一个完美的轮回,我又何必急着开始下一轮呢?"

"那么这个人呢,"毕衍从材料中拿出一张照片,放到吴飞宇眼前,专注地盯着吴飞宇的表情,不放过一丝一毫的变化,"你有没有见过她?"

吴飞宇一直都很配合,他仔细地看了看照片,语气肯定地对毕衍说:"不认识。"

"你再想想,从来没见过吗?你有没有因为姐姐的事找过心理医生?"毕衍换了一张照片,与之前的询问不同,他突然对这个问题执着起来。两张照片上是同一个女人,一头长发披散着,化着淡妆,十分清秀,就是他前两天才见过的汪乐宁,两张照片的区别不过是一张戴着眼镜,另一张没戴罢了。

"没见过,没找过,"不知道是不是因为自己唯一的亲人再次被提起,吴飞宇平复的情绪又波动起来,"她是最新的受害人吗?就算在我头上吧,反正我也杀了这么多,不缺这一个!"

"最后一个问题,"毕衍没有与他再多纠缠,"那天卢心怡去你姐姐的店里购物之后,你是怎么把她拐到乔松路上的?"

"都说是我杀的了,你们还想问什么?"吴飞宇不耐烦起来,整个人突然变得焦躁不安,"那天她从店里离开后,我就一直尾随她。乔松路那么偏僻,我趁她不备把她拖了进去,勾着她的脖子,她小小的个子根本反抗不了!"

毕衍和高弋峰对视了一眼,总觉得不太对,卢心怡是被人从背后袭击的,如果吴飞宇当时勾着她的脖子,不可能造成那样的伤口。难道卢心怡曾经挣脱过他的控制?可是走访附近居民时,他们都说并没有听到过打斗或者呼救声。

这个答案没有让毕衍满意,反而加重了他的疑虑,于是他又问道:"那么宋芳芳呢,她为什么会去你家?"

"不是最后一个问题了吗,到底有完没完?!"吴飞宇彻底抗拒起毕衍的提问,"我不记得了,我只记得把她按在浴缸里,看着她从挣扎到抽搐到彻底平静,我的内心也随着她一起,从痛苦走向平静……"

"那是麻木。"毕衍不愿再多停留,他不知道自己对吴飞宇怀抱着怎样一种态度。一方面,他痛恨吴飞宇的残忍,但另一方面,他知道是什么扭曲了吴飞宇的心理,这让他不能仅仅将这个人看成一个穷凶极恶的杀人犯。毕衍最后面无表情地拿起了桌面上几乎没有翻开过的材料,和高弋峰一起走出了审讯室。

"你怎么看?"长长的走道里,毕衍的声音和两个人错落的脚步声一起回荡着。

"他都交代了,"高弋峰不知道毕衍是什么意思,"邹骋那一起可能真是自杀,或者和高冉的案子是同一凶手,毕竟他们都是科技大学的,我觉得吴飞宇没必要隐瞒这些事。"

"每当问到他是如何控制住卢心怡和宋芳芳这两个死者的时候,他都语焉不详,可对于曹谦和周西平却不是这样。"毕衍始终放不下这一点怀疑。

"毕队，我觉得他这里……"高弋峰指了指自己脑子说道，"已经不正常了，有些细节说不清楚也能理解。"

"可他又是怎么选择卢心怡的呢？在网上谴责他们一家的人那么多，偏偏卢心怡来他家买鞋子，又偏偏被他发现了两者之间的联系？"毕衍很难说服自己这一切都是巧合。

"不是有张合照吗？"高弋峰显然看到了材料里那张照片，"可能吴飞宇也见过，又或许卢心怡买鞋时说了什么。"

"或许是我想多了吧。"毕衍说着，和高弋峰并肩往楼下走去，可就在这时，他心里突然掠过一阵不安，刚刚审讯时吴飞宇几次情绪突然波动，都是因为提到了他姐姐。而且那个凶器——毕衍突然意识到自己遗漏了什么，是高跟鞋，吴飞宇不可能随时带着一只女式鞋子在身上，他们前期筛查卢心怡消费记录的时候也没有发现她那天有购物行为，那么那只杀人的高跟鞋是哪里来的？

"不好！"毕衍彻底停住了脚步。

"怎么了？"突然停住脚步的毕衍让高弋峰摸不着头脑，他也顺势停了下来。

"乔茜在哪儿？"

"应该在监视吴飞宇的姐姐……"

"赶快打电话给她！"毕衍神情焦急地打断了高弋峰的话，"吴飞宇不是单独作案，我们一直忽视了最重要的一点，绝对安全无害的弱者才能轻松地将受害者骗离安全区域！"

"坐在轮椅上的人……"高弋峰也意识到了问题，他的手机在楼道发出声嘶力竭的喊叫，可待命状态的乔茜却迟迟没有接起这通电话，"出事了，我立刻联系辖区警队！"

"快去，首要任务是找到乔茜，绝不能让她受伤！"毕衍猛然醒悟过来，火灾发生时，吴飞宇并不在场，真正目睹自己父母被活活烧死的人是他的姐姐——吴盼珍，她才是这一系列案件的主导者，而吴飞宇不过是出于内疚的共犯罢了。毕衍想着连忙向楼上跑去，可跑了两步又转过身来。吴飞宇看似配合，其实很明显是在拖延时间，他跟高弋峰回来时应该就已经让同学联系了他姐姐，他们下一步要做的……

毕衍不敢想也来不及想，他知道问吴飞宇没有用了，连忙三步并作两步跑下楼。

"快查查，那个老头儿的所有情况，他现在可能在哪里？"毕衍一头冲进了王珂的办公室。

"什么老头儿？"毕衍出现得太突然，正在净水器前接水的王珂差点儿把杯子扔出去。

"那个……"毕衍气喘吁吁，"那个拾荒老头儿，吴飞宇家楼下的……"

"他啊，"王珂快步走到桌边，随着键盘的响声，一份文件从打印机里传了出来，"我之前就查过了，他现在在夕阳红之家，是一家收容没有生活来源的孤寡老人的公益组织创办的福利院。"

"带上笔记本，跟我一起去！"毕衍说着就往楼下停车场跑去，"通知那边的警员，他们应该比我们更快！"

王珂飞快拿起搭在椅背上的外套，甚至来不及穿上身，捞过电脑就小跑着跟了上去，一边走一边搜着夕阳红之家的导航路线。随着汽车油门一阵轰鸣，两个人冲出了大院。

昨天刚下过雨，气温一下子下降了十来度，王珂朝自己的手心里哈了口气，搓搓手问道："问到什么了，毕队？"

"都招了……"毕衍刚准备说下去，手机突然响了起来，他一看是高弋峰来电,连忙接了起来,"怎么样,找到乔茜了吗?"

"找到了,就在吴盼珍店后的公厕里,"高弋峰说,"我还没见到人,不过辖区警员之前接到报案,以为她是身体不适昏倒了。她现在在医院,怀疑是被迷晕了,不知道有没有大碍,我正准备赶过去。"

"好的,你自己也注意安全。"

毕衍说完刚准备挂电话,高弋峰的声音又传了过来:"你那边怎么样了?"

"查到老头儿的地址了,我带了王珂过去,希望还赶得及。"

"还是棋差一着,"高弋峰语气中带着懊恼,"早就该想到这姐弟俩绕了个大圈还是要去找火灾的罪魁祸首,那么多无辜的人他们都不放过,怎么会放过那个老头儿……"

"等等!"高弋峰的话像一串惊雷炸开在毕衍耳边,他心里一颤,知道自己险些再次弄错,这对姐弟并不是这样选择受害人的,"不是那个老头儿,他们没有杀抛弃婴儿的父母、剐蹭逃逸的快递员或者抢夺了工作的人……"

"是那个拍视频的人!"电话那头的高弋峰和副驾驶的王珂几乎同时喊出了声。

"能不能查到最初的来源?"毕衍一边对王珂说,一边又不得不通过电话给高弋峰下达新的指令,"老高你离那里最近,先过去控制现场,根据那个视频,拍摄者应该就住在吴家前面那几栋楼,在王珂查出来之前,挨家挨户排查!乔茜那里,通知周青过去!"

"收到。"

毕衍挂断电话,火急火燎地朝新的目的地驶去。他隐隐觉得,他将面对一场巨大的悲剧。就像吴飞宇一样,吴盼珍已经知道了自己的命运,他们不准备隐瞒,也不再逃避,只想完成最后一搏。这一次,她不光想杀了那个视频拍摄者,她应该还想做出某种宣言,和他同归于尽。

希望还来得及阻止这场悲剧。

二十六

　　吴盼珍仍然记得那个早晨。

　　她已经压抑得太久了，网络上的恶语夹杂着现实中的恶行，像一张从四面八方袭来的网，勒得她喘不过气。其实她的家人也并不好受，父亲被叫停了工作，母亲忍受邻居的排挤，但为了安慰她，他们从不在她面前露出丝毫的疲惫不安，除了她的弟弟。吴飞宇已经好几周没有回家过周末了，但吴盼珍并不怪他，他从一开始就预见到了这场闹剧，想阻止自己冲动鲁莽的举动，可付出的努力却被家人忽视了。今天恰巧是吴飞宇的生日，既然弟弟不愿意回家，她和爸妈决定去学校附近找个小餐馆，给他一个惊喜。所以一大早，她就和爸妈一起到地下室取车，那是一切悲剧的起点。

　　现在看来，其实悲剧的伏笔在更早就已经埋下了。在那些恶言恶语像雪花般埋葬她一直引以为豪的生活时，在那个邻居将视频上传时，在那个老头儿厚着脸皮向她跪下时，在她几次三番联系物业和城管时，在老头儿第一次将废品搬到地下室时……

　　可当时并没人知道。

　　"好冷啊。"吴盼珍坐在天台的扶手外侧，她手边放着一把刀，两条残疾的腿无依无靠地悬在空中，忧郁寡言的气息在她苍白惨淡的脸上暴露无遗。她的身边，一个看起来不过七八岁的小男孩儿正在抽泣,于是吴盼珍有些不耐烦地挥了挥手,两个人的身影在寒风间晃了一晃,小男孩儿哭得更厉害了。

"别哭了,再等一会儿你就什么都不知道了。"

"你不要冲动,什么事都好商量!"

不远处,有个警察似乎比她还紧张,他刚刚告诉了她自己的名字,叫高什么,可她记不清了。他还说能满足她的一切要求,只要她把小男孩儿完好无损地还回来。真可笑啊,吴盼珍想着,我也愿意满足你们的一切要求——把牢底坐穿,死刑,或者现在就让我跳下去——只要你们把我父母完好无损地还回来。

"我想见见他的父母。"吴盼珍说着,她想看看那对男女现在脸上的神色,那种眼睁睁看着自己最爱的人就要死在眼前时的神色,就像她当初在地下室时那样。

"孩子是无辜的,你先回来,你想见的人是孩子的父母,我立刻安排你们好好聊聊,把事情说清楚就好嘛。"高弋峰尽量镇定地回答着,孩子的父母正在楼下小房间里焦急地等待,他不能让那两人出现在天台上,吴盼珍的情绪仿佛被拉扯到极致的琴弦,就要崩断了,受不得任何刺激。

"那谁是该死的呢?不如你告诉我,我该去找谁?"吴盼珍问出了这个一直困扰着她的问题,这是她一直以来被囿于原地无法前进的原因——她失去了一切,可没有人受到惩罚。

"总有些事情会突然脱离轨道,违背我们的意愿,"高弋峰绞尽脑汁寻找着委婉的解释,"悲剧已经发生,我们能做的就是尽量减少后续伤害……"

"为什么不去解决悲剧的源头呢?"

"有些事情是意外……"

"这不是意外!"吴盼珍打断了高弋峰,她的眼睛里藏着某种执拗的疯狂,现在她甚至懒得再去掩饰了,"这是早晚会发生的谋杀,或者用你们的话说——误杀,可误杀就不用付出代价了吗?这不会是最后一次,你还记得最近的报道吗?一些违规在新村道路上摆摊的小商贩,拦住了救护车救人的步伐。其实此前城管已经整治过无数回,可他们最大的阻碍不是商贩本身,而是那些拿着手机一边拍摄一边指责城管冷血的'好人'。可现在人死了,急需抢救的人因来不及抢救而死,这些'好人'会说什么——'这是一场意外',他们的良心甚至不会受到一点儿谴责!"

"我们可以解决这一系列事件的,我们可以一起让那些人认识到他们的无知。是那些人的手上沾着鲜血,而不是这个孩子,对吗?你这么恨那些人,就更不应该变成像他们那样的人,对吗?"高弋峰知道自己不该被她牵着鼻子走,于是重新把谈话拉回到最初的轨道上。

"那个警察还好吧?"她有些突然地问道,没有再纠缠上个问题,像是本来就没有指望得到满意的回答一样。

"什么警察?"高弋峰一时没能反应过来,不过他还是立刻接上话,这种时候,他能做的就是最大限度地吸引吴盼珍的注意力,"上面太冷了,风又大,我实在听不清。"

确实是这样,他的话传到吴盼珍耳里也变得断断续续的,仿佛每个字眼先是被冻僵了才掉到她的耳朵里。

"那个女警,比我高一些,短头发那个。"吴盼珍说着还伸出手比画了一下。

"哦,她啊,"高弋峰意识到吴盼珍在说乔茜,连忙回答道,"她没大碍,不过这会儿正在医院呢,谢谢关心。"

"帮我和她说声对不起。"吴盼珍说着,视线又朝自己晃荡在空中的脚尖看去,"我并不想伤害她的。"

"我还没问你呢,到底发生什么了,照理你可制伏不了那个'母老虎'啊。"高弋峰扯了扯嘴角,尽可能拉近和吴盼珍的距离,他没有把握能说服眼前的女人,但至少要拖到毕衍赶到。

"是东莨菪碱,小宇给我防身用的,"吴盼珍又回过头来,"他被你们的人带走时就找人联系我了,本来我没打算这么快就动手,可是没有时间了。"

那个警察好像又说了什么,似乎是"你为什么能站起来了",但具体字句被风吹走了,落在地上,吴盼珍听不见。她有些后悔出门前没多穿几件衣服,感觉已经快被顶楼的风冻僵了,于是又回忆起过去的日子,每当这时她才会觉得温暖一些。

她曾经拥有多么美好的四口之家啊,慈祥幽默的父亲、乐观爱笑的母亲、才华横溢的弟弟和拥有一份小小事业的自己。当然她也曾经抱怨过自己生活的无聊,早上的白粥油条或者豆腐汤鸡蛋饼,中午的爱心盒饭,还有晚上一家人坐在桌前千篇一律的用餐对话,当时觉得可真是寡淡,可现在看来,每一天都是不可复制的美好,她愿意用余生的所有去换。但在生活中,偏偏有人以打破规则为乐。

平淡、无聊,平淡、无聊,平淡……"轰",一声巨响夺走了一切。

那场爆炸过后,她在网上看到了一些道歉、迟到的理性评论和统一开展的整治行动,可现实中的悲剧并不能用一声"对不起"就一笔勾销。她失去了父母,失去了家,失去了自由行走的能力。

一年了,她隐藏着自己内心最深处的秘密,假装已经从生理和心理的剧痛中痊愈。她重新装修那间小店，好把所有过往都敲碎，然后整合出一个全新的没有痛苦的明天，让自己每天忙得没有时间回忆。她拖着残疾的身躯在看不见头的纷乱喧嚣中喘息，去看医生、吃药、放宽心胸、过作息规律的生活。有时她真的以为自己可以被治愈，可只要一闭上眼睛，熊熊烈火又会回到她的身边。医生说她的腿完好无损，可她没法逃离。

偏偏这时候，卢心怡出现了。吴盼珍并不知道她的名字，至少在她遇害的报道出来之前不知道，可她永远都不会忘记她的容貌。在那个地下室，在她父母惨死的那场火灾中，她看到了那张照片。起先，她只看到卢心怡笑靥如花，依偎着这堆熊熊燃烧的垃圾的主人。然后下一瞬间，这张照片也被点燃了，如花笑颜变得枯叶般焦黄，成了这场火灾的一个小小助力。当照片上的人就这样活生生地出现在她眼前，一脸无辜地试穿着鞋子，吴盼珍以为自己已经忘记了的父母临死前的惨叫又回到了她耳旁，那一刻，她决定要杀了卢心怡。

之后的事情太简单了，她尾随着卢心怡，假装手受伤了，艰难地推动轮椅，这个热心的好人当然自告奋勇送她回家，然后她的手链断了，落到了漆黑的地面上。

"真是太不好意思了，还要麻烦你帮我找手链。"

"没事的……"卢心怡立刻在地上摸索了起来，她毫无防备地蹲在吴盼珍面前，毕竟，谁会担心一个坐在轮椅上的残疾人伤害自己呢？可很快，她就为自己的大意付出了代价，她露出的脆弱脖颈上插着尖锐的鞋跟，鲜血喷溅了出来。

吴盼珍看着卢心怡挣扎着向前爬去的身影，隐秘的快乐从心脏通向四肢百骸。她想要循着黑暗中更显诡异的血迹前行，想要亲眼看着卢心怡一点儿一点儿死去，想要亲口问问她：你知道自己是为何而死吗？于是她从轮椅上站了起来，俯到了濒死的卢心怡耳边，她不知道渐渐失去体温的卢心怡还能不能为自己犯下的罪行忏悔，可她发现，自己能站起来了。

这才是她的症结，那些无用的医生，他们总是劝她放下，可放下并不能使她站起来，杀戮才能。

这一带她实在是太熟悉了，她借助夜色在弄堂里穿梭，并且打电话联系了自己弟弟。是的，杀人的事，她从来没有隐瞒过弟弟，她知道他不会阻止这一切，相反，因为愧疚和自责，她多了一个强大的帮手。从那以后，她就能站起来了，但她没有舍弃轮椅，这是不可多得的保护色，太多的事例让她知道，弱者在这个社会上是可以理直气壮地作恶的。

对于杀人这件事，她当然算不上天赋异禀，可仇恨激发了她的创造力，她从网络、报端或者自己身边寻找合适的受害者，将此前的诸多挣扎与痛苦一次又一次释放出来。她和弟弟一起，一个做饵，一个执行，携手洒下漫天迷雾，让警方像无头苍蝇般完全找不到方向。

可如今她杀了那么多人，却仍然忘不掉那个早晨。

二十七

"是你啊。"吴盼珍再次见到毕衍的第一句话,和吴飞宇一模一样,"我弟弟还好吗?"

"他很好。"毕衍终于赶到了天台,他气喘吁吁,又不敢怠慢吴盼珍的问题,"你不冷吗?要不要弄点儿热的喝喝?"

"不必了,我想见见他。"

"你也知道的,他现在是重要嫌疑人,我得请示下领导。"

"我知道,电视剧里都这么演。"吴盼珍的表情看起来十分轻松,身体却又往边缘移了移,"可说到底其实就是拖延时间,再过一会儿就会有特警从某个地方冒出来,一把把我们拉进屋子,或者击毙我。"

"你别急,万事好商量嘛,你坐的那个地方前后不着岸,特警再怎么厉害也不能飞啊。"毕衍说着,给高弋峰使了个眼色,"我让我同事这就去申请,你给我点儿时间。"

吴盼珍像是默认了他的说法,重新陷入了沉默。

"她情绪不对,你联系局里派人过来,上楼的时候千万不要路过楼前,不要让她看到人。"毕衍转过身,后退两步拉过高弋峰小声交代着,"孩子的父母怎么样,现在谈到哪一步了?"

高弋峰有些沮丧地摇摇头:"吴盼珍这里进展不大,孩子的父母在家里,我没让他们上来,防止刺激到吴盼珍和孩子的情绪。

外围也都控制好了,防止有看热闹的居民或者媒体坏事。"

"做得不错。"毕衍拍拍高弋峰的肩膀,然后目送他的身影消失在楼梯间,这才转过身,专心对付眼前的女子。

"安排下去了,你弟弟马上到,还有别的要求吗?"毕衍说着,看吴盼珍一动不动,又加了一句,"就算你不要吃的,孩子总要吧?我让同事去买点儿奶茶,多少可以焐焐手。"

"先等我弟弟来吧。"吴盼珍一副油盐不进的样子。

"别看你外表柔弱,脾气可真倔。"毕衍挠挠头抱怨着,又往前走了两步,直到吴盼珍目光中透出警觉了,才立刻停了下来,缩着脖子摸了摸冻红的鼻头,干脆陪她一起席地而坐,随口抱怨道,"这鬼天气。"

不一会儿,热奶茶来了,毕衍先是自己拿出一杯猛吸了两口,然后也不问吴盼珍,直接将剩下几杯"咕噜咕噜"滚到了她身边。

"喝吧,安全得很,这么远我也够不到你。"

吴盼珍仿佛没有听到他的话,倒是一旁的孩子哭累了,畏畏缩缩地想伸手。

"拿吧,孩子,没事的,别害怕。"毕衍尽可能温柔地笑着鼓励那个小男孩儿,仿佛他们不是身处凶险的楼顶,而是在春暖花开的草坪或者奇异有趣的动物园里,"姐姐不会伤害你的,她只是在找她的弟弟。"

从毕衍出现开始就仿佛一尊雕像般静止不动的吴盼珍有了反应,淡漠冷凝的表情有了些许温度。

"喝点儿吧,暖暖身子,我还能下药不成?"毕衍继续似真似假地开着玩笑。

今天的天空灰蒙蒙的,就像靠近城市的海,总是蓝得不透彻,带着半吊子的忧郁。吴盼珍仰着头,灰白间透出些青色的云层移动得很快,从她的角度看,很容易让人产生眩晕的感觉,仿佛天地交换了位置,她的不幸就要消失在这翻腾的海水中。她拿起了被栏杆挡住的奶茶,没有喝,只是紧紧地捧在手心,就觉得穿过手指的寒风都变得温柔了,仿佛再次握住了母亲的手。

"有些事我想了很久,不知道要怎么告诉小宇。"吴盼珍的目光消失在遥远的天际。

"他马上就要来了,你还可以想想。"终于得到了回复,毕衍一直绷着的神经略微松弛了一些。

"其实,杀死爸妈的凶手里,我也算一个。"

毕衍刚刚放下的心一下子又提到了嗓子眼儿:"别说胡话,你爸妈的死和你毫无关系,何况你还为他们惩罚了那么多是非不分的人,已经奉献了全部,不应该自责。我看我们还是找个温暖的房间,大家面对面坐下来,把事情捋清楚了再说。"

"你也看新闻了吧,那些明明不在场的记者,却一个个将当时的场景描述得活灵活现,仿佛真的似的,可只有我知道到底发生了什么。"吴盼珍并没有听毕衍的话,她自顾自地说了下去,"那天,地下室的杂物突然自燃,开始只是很小的火苗,我爸并没有当回事,走过去准备踩灭它,可就在这时,一辆临近的电动车突然爆炸,我爸被震飞,当场失去了知觉。我和我妈离爆炸的地方要远一点儿,并没有受到致命伤,只是被吓呆了,可谁都没想到,房梁上的砖石掉落,压住了我妈的腿……"

"别想了,一切都过去了。"眼看吴盼珍就要陷入失控的回忆中,毕衍徒劳地阻止着。

"周围的垃圾迅速燃烧起来,浓烟四起,我的喉咙里充满了烟,所有停着的电动车都变成了潜在的炸弹,可我偏偏搬不起那块石头……"眼泪顺着吴盼珍的双颊流下,又被风干在她的下颚。

"你别无他法,"这个细节让毕衍始料未及,他站了起来,大脑飞速转动,"逃生,你做出了正确的选择,你爸妈也希望你可以活着逃出来。"

"不是的,她叫我救她,我妈她求我救她!我转身往外跑的时候,还听到她在叫我救她!"吴盼珍哭喊着,半个身体都朝外探去,再次拉住了小男孩儿的手,"可是我跑了出去,自己一个人跑了,是我抛弃了我的母亲,是我害死了她!"

一年了,隐藏在内心最深处的秘密终于吐露在阳光下,吴盼珍一时竟不知道自己是什么感觉。悔恨吗?再次经历一切的痛苦和绝望吗?还是如释重负?她想不明白,或许直接跳下去就好了。

吴盼珍又一次低头看着脚下灰扑扑的大地,它并不像大家说的那样像母亲般抚慰她的心灵,倒像是巨兽随时要将她吞噬。她又想起他们一家四口外出旅游的时候,他们一起坐在沙滩上,在似火的骄阳或者似水的月光下,什么都不想,就静静地坐着,看着海浪温柔地舔舐沙滩,在蜿蜒曲折的海岸线上留下星星点点的贝壳,又趁游人不备,重新将它们纳入大海神秘的怀抱。那时,一切都是温柔而安静的,她从未觉得这世间万物如巨兽般可怕。自她抛弃父母苟且偷生以来,一切都变了,她仿佛活在一场永无止境的梦境中,只有杀人的时候才有片刻的清醒。

她闭上眼睛,用力吸了一口空气,寒风吹过,却没有丝毫海浪的气息,他们都回不去了。她变成了天地间一缕幽魂,被可怕的恶魔纠缠,被原始的冲动驱使,她还没来得及衰老就已经死去了。

毕衍没有想到去年的新闻还隐藏着这样的秘密,所以吴盼珍会在火灾后失去行走的能力,不只是因为受惊,还有巨大的内疚和悔恨。

"你父母都会希望你好好活下去,如果这是你当时放弃了那么多才得以延续的生命,那为什么现在又要这样草率地抛弃呢?"

"因为我要他们付出代价。"吴盼珍的眼神渐渐坚定,她说得斩钉截铁,"当我抛弃父母苟且偷生的时候他们在做什么?带着儿子继续在阳台上拍视频吗?我受过的苦,今天就要他们一起受一遍!"

"你别忘了你还有个弟弟,难道你要现在跳下去,死在他面前,让他内疚一辈子吗?!"毕衍一边偷偷向前移动,一边大声呵斥着,"你已经自私过一次了,不要让小宇也因为你的自私再承受一次你受过的痛苦!"

吴盼珍果然再次拉住了栏杆,她向下打量着:"他在哪里,小宇在哪里?"

"就在楼下,"毕衍继续拖延着时间,"我可以马上安排你们见面,他有权利了解事情的真相,不是吗?他必须从你这里了解一切,由你亲口告诉他,而不是从新闻或者别的什么地方。"

吴盼珍再次犹豫了,她东张西望,既想在人群中找到弟弟的身影,又有些害怕。

"你杀这么多人,也是为了执行自己心中的正义。卢心怡、曹谦、周西平、宋芳芳……他们光鲜亮丽的外表下隐藏着是非不明的思想,可除了我们没人知道。你现在带着这孩子一起跳下去,世人会说什么?他们不会知道你为这个世界做了多大的牺牲,只会说你软弱,说你活该,说你被生活压垮,并且将所有过错再次归咎给小宇,你舍得让他一个人背负这么多吗?"

吴盼珍像是在进行激烈的心理斗争,她的胸口大幅度地起伏,紧紧瞪着毕衍的双眼中透露出怀疑:"你可以做什么?"

"我会帮你联系记者,替你报道整个故事,让人们看清这些'好人'的真面目,为你洗刷冤屈。"毕衍说得斩钉截铁,一边说一边试探着还在往前走,"你相信我,人们不是真的愚昧,他们只是需要人来点醒。"

"真的?"吴盼珍的神情看起来十分奇怪,一会儿冷静,一会儿疯狂,一会儿软弱,一会儿倔强,毕衍甚至觉得她并不站在自己面前,而在某个谁都触及不到的角落里,看着芸芸众生,仿佛看着一只只蚂蚁一样,好在她不再抵触毕衍的接近。

"我是警察,我知道整个事件的真相,我会帮你。"毕衍继续强调着,他知道对方的精神状态已经拖不得了,只好硬着头皮一点点磨蹭着来到了栏杆边缘,几乎一伸手就能拉到吴盼珍和那个孩子了。

"那些媒体会听你的吗?"吴盼珍还在追问,她嘴角好像带着冷笑,眼神却变得迷惘。

"多可爱的孩子啊,小宇小时候也这样胖嘟嘟的吗?他现在看起来可瘦了。"毕衍没有回答她的问题,而是弯下身,趁着吴盼珍半梦半醒的间隙,一把将孩子抱了起来,"别调皮,去找那边的哥哥玩。"

孩子一落地就拼命地朝候在一边的警察跑过去,不过警察们并没有大规模变动位置,吴盼珍还在栏杆外面,任何举动都有可能刺激她跳楼。

"别过来!"吴盼珍似乎醒悟了过来,她又后悔了,一只脚再次向空中踩去。

"姐！"凄厉的喊声从毕衍背后传来，吴盼珍明显愣了一下，抬头朝毕衍身后望去，毕衍趁着这个当口，一把抓住吴盼珍的胳膊，站在不远处的几个警察收到信号一拥而上。吴盼珍被按到地上时才看清，刚刚喊她的是一个躲在门后戴着眼镜文质彬彬的小伙子，看起来确实和她弟弟很像，她平静地闭上了眼睛。

一滴热泪落到天台的水泥地上，热量消散，水渍迅速被寒风吹干，仿佛从没到过这个世间，就好像他们一家人的生命一样。

第七章 密室杀人

二十八

"刚刚做得很好。"毕衍拍了拍王珂的肩膀,他急中生智呼唤的那声"姐"挽救了吴盼珍的生命。可现在——

毕衍望着吴盼珍被带走的身影,长长地吁了一口气,只是胸中郁结并没有因此散开,反而比之前更沉重了。尽管理智知道吴盼珍和吴飞宇犯下了滔天罪行,可只要一闭上眼,想起姐弟俩绝望而淡漠的神情,他又忍不住生出同情。如果说可怜之人必有可恨之处,那么那些被杀的可怜人呢,他们又是否有可恨之处呢?

"毕队,小男孩儿的父母想要感谢你。"高弋峰的声音打断了他的思绪,他刚刚把吴飞宇带到,现在又要押送姐弟俩回去了。

"算了吧。"毕衍顺着高弋峰的视线看过去,年轻的母亲正蹲在地上拥抱着自己受惊的孩子,父亲则站在一边,将手里的厚外套囫囵地罩在母子身上,正看向他这边。劫后余生的温情让他们彼此更加贴近,这是一个完美的三口之家,可此刻却只让毕衍觉得刺眼。他们间接毁掉了一个家庭,却自认为是无辜的受害者,自始至终都没有道歉。

吴飞宇歇斯底里的质问又回荡在毕衍耳边:"善恶的边界是什么,对错的区别又是什么?如果杀人犯法的话,为什么只有我一个人犯法?如果杀人犯披上善良、美好、高尚的外衣,那他们非但不会受到处罚,还应该被称颂吗?"

诚然，他没有资格一而再再而三地剥夺别人的生命，可是，谁又有资格先剥夺他父母的生命呢？仅仅是一场意外吗？那把屠刀仅仅是他们姐弟俩合力举起来的吗？

如果不是那些漠视规则的人，一次次用所谓弱势群体的身份掩盖自己的越界，用扭曲的善良去维护潜在的恶意，用自以为是的正确去滋养害人于无形的错误，这个家庭又何至于走到家破人亡这一步？明明是有既定规则的——不要在狭窄的公共区域堆放杂物，不要抛弃自己的孩子，不要在毁坏别人的私有财产后逃逸，不要以权谋私……为什么我们不能在最初就按照规定去生活，而偏偏要想尽方法削尖脑袋为了一点点个人的私利去突破规则，还打着"我是弱者"的名义振振有词、理直气壮呢？

可我又在维护什么？

毕衍回答不了吴飞宇的问题，他改变不了现状，他维护的不是绝对的公平和正义，而是规则和法律。但如果人人都能做到这最基础的部分，不要再有借口，不要再有特例，或许社会学家们也就不用再花心思去探讨公平和正义了。

"走吧。"毕衍最后看了一眼抱在一起的三口之家，独自向自己的车走了过去。"五行杀人案"还没有了结，或者说，才解决了一半儿，即使不算上导致邹骋死亡的爆炸案，还有一宗杀人案等着他们去破解，现在还不是准备庆功宴的时候……

毕衍不由得想到了最新一名死者的身份，他是邹骋的校友，而且同专业，再联想到邹骋死前手腕受过的扭伤，这不得不使他心生疑窦。

"乔茜伤得严重吗？"他摇了摇头，强迫自己暂时抛开像一团乱麻般侵占他大脑的纷繁线索，腾出空来关心一下自己的同事。

"已经没事了,"高弋峰长叹了一口气,"我刚刚接到她的电话,她是被吴盼珍诱骗到女厕迷晕的。吴盼珍又多了一条袭警罪,不过她应该也不在乎。"

毕衍闻言沉默了一会儿,心事重重地交代道:"周青半路被我支去医院,搜查令不知道办得怎么样,那只杀人的高跟鞋一定被收藏在吴盼珍家里,这件案子的后续就交给你跟进,姐弟杀人案到此结案。之后的那起案子……我还得去秋田一趟。"

"知道。"高弋峰干脆地点了点头,"你放心去吧。"

有这样的得力干将帮助,毕衍略微放松了点儿,他朝车子又走了两步,手机突然响了,是一个陌生号码,可他还是接通了。

"喂?"

"小毕吧。"

电话那头传来熟悉却又陌生的声音,毕衍一时不能确定:"堃哥?"

"是我,"一阵压抑的咳嗽之后,邹堃的声音再次传来,"我找到小骋死前去拜访过的那个人了。"

"是谁?"毕衍不由自主地停下了脚步,刚刚还纷繁杂乱的思绪一下子集中起来。这本是他今天的任务,却被突如其来的一系列事件打乱,现在邹堃帮他走回到了这一步,时间并没有耽搁,这让毕衍振奋了精神:"我这就来找你。"

毕衍说着兴奋地朝自己的车子跑了两步,随后又转过身,一把拉过跟在他身后的王珂说道:"这次你得和我一起去,我们要面对的是一个电脑天才想要隐瞒的过去。"

折腾了一上午,饭点都过了,毕衍带着王珂在路边面馆随便胡噜了一碗面条,就踏上了去秋田市的路。差不多两点半,两人终于赶到了"一蓑烟雨"。依旧是白墙黑瓦，依旧是桃红柳绿，几只小鸟在坑坑洼洼的砖石路上觅食，身上白色的羽毛带着蓝边，它们一点儿都不怕人，几乎就要跳到这两个不速之客脚边。王珂还站在门外流连沉醉于山野郊区与众不同的春日景观时，毕衍已经一个箭步冲进了大厅。

"那个人是谁？"在电话里毕衍没有立刻得到答案，这件事纠缠了他一路，所以在见到邹堃的第一眼，他顾不得寒暄，开门见山地问道。

"我猜测是张祥平，他以前的辅导员。"邹堃也没有拖拉，直接给出了答案，随后他看到了跟在毕衍身后的王珂，抬了抬下颚示意道，"坐吧，这个小伙子是……？"

"我们队的技术支持，小王。"

"喝点儿什么？"邹堃拿起了茶杯，似乎并没有把王珂放在心上，"我这儿也有咖啡。"

"谢谢堃哥，"毕衍这才卸下一身风尘，在邹堃对面坐下，自然而然地问道，"你怎么查到的啊？"

"一个老朋友罢了。"邹堃不愿细说，他喝了口茶随口带过，"他帮我查到了小骋出事那天的行程，小骋那天离开时也确实和我说过要去学校一趟，他没有骗我。差不多十点半，他开着我的车到了教师公寓楼下，十一点半过些离开。我想他们在那间公寓楼里发生过争执，这也是导致小骋手腕出现螺旋形骨折的原因，不过从监控镜头里看不到他离开时有什么异常。"

"能确定见的人是张祥平吗？"毕衍皱着眉头追问道。

"没有直接证据，"邹堃实话实说，"可要说起他大学里的老师，和他关系最好的就是这个辅导员了。因为他进大学的时候还小，我担心他的生活自理能力，打点了辅导员几次。"

"嗯，"这个消息对毕衍来说十分正常，他们都不是不食人间烟火的人，以邹堃对儿子的溺爱程度来看，或许还不止是几次，邹骋和这个辅导员的关系应该很密切，"十点半到，十一点半离开，前后也就一小时，他们会聊些什么？最重要的是，他们为什么会发生冲突？"

"我也不知道，小骋毕业后就和之前学校的同学、老师不太联系了，只是偶尔会去图书馆借点儿书。"

"这事你和郑队说了吗？"毕衍说着想起了邹堃的老朋友。

"没有，小郑他不会同意我插手这个案子的。"

"那……"毕衍再次看向邹堃，眼神中透露出一闪而过的不确定，但最后妥协了，"我们去找张祥平聊聊？"

邹堃笑了，像是早就料到了这个答案般说道："我们不能以警察的身份去，我查过，张祥平每天早上八点半会去学校体育馆的游泳池游泳，一小时后上岸，再收拾一下离开，风雨无阻。而游泳馆正式开门时间是十点，他有一把游泳馆的钥匙，也算是用职务之便包场吧。等到十点，其他人进去的时候他已经离开了，我们可以去那儿等他，你看怎么样？"

"堃哥都查好了，我当然同意了。"毕衍耸耸肩，说得十分轻松。

"还是上次的房间，都帮你安排好了，就是不知道你还带了个小朋友来，我再去叫王姐准备一下。"

"没事，两个人住得下，"毕衍连忙叫住了作势准备离开的邹堃，"堃哥，小骋那台电脑能不能借我一晚上？'五行杀人案'破了，凶犯就是那对姐弟，但是邹骋的死亡与他们无关，我们现在无法确定他到底是意外，是第二起模仿杀人案的开头，还是别的情况，他的电脑是最有力的证据了。"

"张祥平才是最有力的证据，"邹堃反驳道，他和蔼可亲的表情出现了裂纹，从里面透出些敌意来，"小骋的电脑里装着他全部的内心世界，他死了，你们已经解剖了他的尸体，我不能让你们再解剖一遍他的大脑。"

"可是……"毕衍还想争取，坐在一旁的王珂却用手肘推了推他，让他没能一鼓作气说下去，他语气不满地问道，"怎么了？"

这次王珂并没有被毕衍的气势吓到，他有不得不打断这串对话的理由，于是立刻递上了手机："你看，刘哥发来的，他担心你还在开车，所以发给我了。"

手机屏幕上，赫然是一条毛呢质地的咖啡色系带，从照片上看不出粗细，但上面有些深浅不一的污渍，可能只是一般的污渍，也可能是血渍。

"这是……？！"毕衍忍住了想要脱口而出的话，他抑制住吃惊，抬头看了一眼对面的邹堃。

"你们聊吧，我去后山逛逛。"不需要两人多话，邹堃从他们的神情中已经知道了该怎么做，除了小骋的事情，他对什么都不关心，于是十分识趣地离开了。

"这是凶器吧，毕队？"王珂颤抖着声音问道，仿佛他拿着的不是手机，而是那条系带本身。

"在哪儿找到的？"

"公共厕所，女厕。"王珂回答得很快，显然刚刚毕衍和邹堃在聊天时他就一直在跟进这件事，"刘哥说昨天大家都把嫌疑人锁定在身强力壮的男性身上，所以忽略了女厕。今天他想到你说的控制杀人，我们看到的男性可能只是凶手的刀，那么持刀人也有可能是女性，所以……"

毕衍不说话了，他眉头紧锁，摩挲着自己的下巴，似乎想到了什么，但又不敢肯定。

"这是凶器吧，毕队？"王珂又一次问道，这次他的眼神不再游移，语气坚定了许多。

毕衍不知道该怎么回答，不过一天前见到汪乐宁的画面又在眼前闪过——她穿着咖啡色的毛呢大衣，腰间系着一条宽约五厘米的系带，衬得她的身材更显妩媚修长。

"看来，这一趟来秋田市，我们还得再见一见汪乐宁。"

二十九

才六点,床头的闹钟就响了,夜间的寒意还未散去,天空已经泛起了鱼肚白,东面山坡上的阴影渐次消散,墨绿、碧绿、嫩绿渐次出现,鸟鸣阵阵,小动物们都活动起来准备迎接朝霞。潮湿的风从海边吹来,拂过山涧,打着卷儿吹散了夜色,也带来了海浪的气息。毕衍推开房间的大门,先是被风吹得打了个激灵,随后猛吸一口气伸了个懒腰,青草香在鼻腔里回荡,多巴胺短暂地攻陷了他的大脑,他感觉到前所未有地放松。

"怪不得好多人都赶着往郊外跑,确实舒坦啊。"毕衍靠着房门自言自语着,"这次案子结束了一定要请个年假到这儿来蹲两天,啥都不干,就坐在院子里喝着咖啡发呆。"

"早啊,我还准备等会儿上去叫你。"

楼下传来的问候声打断了毕衍美好的遐想,他走上前一步趴在栏杆上向下看去,邹堃背对着他,正弯着腰给院子里的植物浇水。

"堃哥,你也早啊。"

"我习惯了,好多活儿得趁太阳出来前做。"邹堃随口说着,语气听起来十分愉悦,他没转过身去看毕衍,手里的活儿也没停下,"你下次来可以去看看日出,山上有个不错的观景平台,下了山再往东走就是海滩,坐在海滩上喝咖啡可比在我这院子里舒坦。"

"哈哈，说得我都想赶快请假了。"知道自己的胡话被邹堃听到，毕衍有些不好意思地挠挠头，随后又从栏杆后探出了点儿身子，"我们什么时候出发啊？"

"时间还早，先吃早饭吧。"邹堃停顿了一下，听到毕衍的脚步声在楼梯间回荡了，又补了一句，"早去了也是等着，总不能在他浑身湿乎乎的时候问话吧？"

"这倒也是，等他运动完，洗完澡，心情舒坦地哼着歌从游泳馆离开的时候，应该是他最不设防的时候，这时就轮到我们给他添点儿堵啦。"毕衍已经走到一楼楼梯口，能再次与邹堃携手，他十分期待，似乎是为了表达心中那一点点说不上来的愉悦，最后几级台阶他没有按部就班地走下来，而是轻轻一跃，在地心引力的帮助下回到了地面。

邹堃看着他孩子气的举动，微笑着摇了摇头，天色就在他们的一问一答间迅速明亮了起来。用过早餐，出发的时间就到了。这次毕衍乖乖充当了乘客的角色，毕竟秋田市的道路还是邹堃更加熟悉一点儿，他悠闲地靠着座椅，半眯着眼睛观察窗外的景色，他们从绿草茵茵出发，路过高楼大厦，最后又回到绿草茵茵。早高峰时期，路上不可避免有些拥堵，不过因为他们出发得早，到达体育馆的时候才刚过九点。这个时间有课的学生都在教学区，没课的还赖在宿舍没有起床，靠近体育馆的路上看不到什么行人，显得异常安静。游泳池在体育馆二楼，毕衍一下车就准备往上走，却被邹堃拉住了。

"等会儿，现在上去你也进不了馆，"邹堃冲他摇了摇头，"而且若是在外面晃荡被看到了，还会引起张祥平的怀疑。"

"那我们什么时候进去？"这里的构造和运行情况毕衍很不熟

悉，他只能完全依靠邹堃，于是有些不确定地问道，"和学生们一起进去吗？"

"九点半的时候会有工作人员进去打扫卫生，我们可以跟进去，你不是有证吗？"邹堃说着，指了指毕衍的口袋，"那时候张祥平也差不多结束运动，时间刚好。"

仿佛心有灵犀般，邹堃说话的当口毕衍也正准备掏出他的警员证件，于是他收回了伸向口袋的手，选择按照邹堃的安排行动。

"好吧，那我们现在回车上等？"

"你先回车上，"邹堃说着把车钥匙扔给毕衍，自己则朝着和体育馆相反的方向走去，"这次轮到我请你喝咖啡了。"

"哈，那先谢谢堃哥了。"毕衍欣然接受，带着笑意返回了车上。

"咖啡店有些远，这时候可能还要排队，不过我一定在九点半前回来。"邹堃大踏步走得风风火火，他的声音落在身后，甚至没有回头看一眼毕衍打出的"OK"手势。

邹堃说得没错，咖啡店确实耗费了他一些时间，不过还好，他是个十分守信的人，等到毕衍第二次看完手表抬起头，邹堃已经拿着咖啡站在体育馆的台阶前等他了，毕衍连忙跳下车跑了过去，两个人并肩向二楼的游泳馆走去。

"九点二十六分，"毕衍再次看了一眼他的手表，"时间算得可真准。"

"是啊。"邹堃附和了一句，有些心不在焉的样子，显然他的注意力已经到了游泳池里。此刻的体育馆只有他们俩的脚步声在寂静的室内回荡。游泳馆的门已经打开了，一个看起来五十多岁的保洁员正在擦拭着游泳馆内部墙上的白色瓷砖，尽管它们已经很干净了，他还是埋头忙碌着，根本没注意到来人。门口没有保安，毕衍和邹堃很容易就走进了游泳馆，完全不需要用到任何证件。

"看。"毕衍压低了声音对邹堃说道。

游泳馆里空空荡荡，除了那个保洁员，就只有一个刚从水里出来的身影，个子不高，大约一米七的样子，不过常年的锻炼让他身材健硕，步履矫健。此刻他和毕衍邹堃两人隔着一个五十米长的游泳池，正独自往更衣室走去。

"是他，"邹堃显然也不可能错过这个身影，这人就是他们今天赶来的原因，"是张祥平。"

"他应该去更衣室了，我们去门口等他。"要找的人就在眼前，咖啡因的刺激让毕衍越加跃跃欲试。

"走。"邹堃也不再停留，抬脚跟了上去。

因为之前已经踩过点，游泳馆的构造邹堃了然于心，他带着毕衍一路来到男士更衣室门口，两人一人一边面对面，倚靠着门口的墙壁站住了身子。

"更衣室进出都是这一个口，"一阵窸窣声从他们身侧的更衣室传来，随后，他们耳边响起了"哗哗"的水声，邹堃趁着张祥平洗澡的当口对毕衍解释着，"左边这条就是我们和张祥平从泳池过来时的路，右边这条直路通往游泳馆外，一般洗完澡后他们会直接从这里出去。"

"所以我们只要在这儿等就好了。"毕衍点着头表示理解，毕竟现在冲进更衣室也太不礼貌了。

水声还在继续，除此之外没有任何别的声音，两个人陷入略有些尴尬的沉默中，毕衍沉吟了片刻，还是决定先开口打破僵局。

"谈完话后我可能还得借住一晚。"

"你可以随意住,不过今晚可能得换到楼下来,楼上有个同学聚会,房间都被订满了。"邹堃大方地表态,紧接着面上带了点儿笑意打趣道,"不过,这一晚该不是为了看日出吧。"

"日出还是等案件结束了再看吧,我明天想去找一趟汪乐宁。"毕衍转过头有些不确定地看着邹堃,似乎在征求他的意见。

"怎么了?"邹堃不自觉地皱起眉头。

"还记得锦华小区杀人案吗,那个被勒死的受害者?"毕衍停顿了一下,像是特意留给对方回忆的时间,等到邹堃确定地点了点头,他才继续说道,"我们在案发现场周边的女厕里找到了疑似凶器,是一根咖啡色呢料的大衣系带,我在汪乐宁身上见过。"

邹堃几乎没有思考,完全听从直觉地反问道:"汪乐宁那天在省城?"

"对,我上午见过她。"毕衍始终忘不了那一天的巧合。

"那就有了时间证据。第一个轮回呢?"邹堃一边小声说着,一边摸了摸自己的下巴,"你不是已经抓到凶手了吗,他们有没有指认汪乐宁?"

毕衍有些失望地摇了摇头,显然这个问题也困扰着他。

"没有?"邹堃的目光游移了一下,似乎看着自己的脚尖在沉思,随后又抬起头来,"他们和汪乐宁有没有交集?"

"还没有细查,不过吴盼珍……"像是怕邹堃对不上号,毕衍又特意加了一句,"就是那个姐姐,她患有心理性运动功能障碍,我怀疑她曾经看过心理医生,这样的话就会与汪乐宁联系上。"

"是吗……"邹堃拖长了语调,像是思维跟不上情况的变化,"那你运气可真好。"

"什么？"邹堃突如其来的转折令毕衍丈二和尚摸不着头脑，他回过神来急匆匆地问道，"你知道他们之间的联系？"

"哦，那倒不是，"知道毕衍误会了，邹堃连忙摆了摆手，"我不是刚和你说过吗，今天你得搬到一楼来住，楼上的房间被一群聚会的年轻人订完了，如果他们提供的身份证信息无误的话，今晚汪乐宁也会来，你不用等到明天再见她了。"

"什么？！"毕衍的目光再次锁定了邹堃，一阵惊讶过后他眉头紧锁，似乎并不为这个巧合感到开心，"真是太巧了。"

更衣室里水声还在继续，毕衍看了看手表，刚好九点三十五分，距离他们上次看到张祥平已经过去九分钟了，其间并没有人进出更衣室。他又探头朝来时的路看去，游泳馆还没开，打扫卫生的老伯也离开了，时间其实并没有很长，但在一片寂静中他却隐隐有些不安起来。

"怎么这么久？"他换了个姿势，从右边口袋里掏出手机企图再消磨些时光。

"不太对。"邹堃并没有让他娱乐太久，反倒朝更衣室门口走了两步，除了水声，一切都太安静了，安静得让人心里发慌。

"不对，我们进去看看。"经过提醒，毕衍也警惕起来，室内"哗哗"声不绝，却一点儿都听不到有人活动的声音。

毕衍说完，推开面前虚掩着的门率先走了进去，邹堃跟在他身后，蹑手蹑脚地走进更衣室，警惕地站在门边。

小小的更衣室一眼就能望到头，几排涂着灰漆的储物柜立在墙边，一条长凳将过道分成了左右两边，长凳上放着一个塑料盆，里面有一个泳镜，不过泳镜的主人却不见踪影。确实如邹堃所言，更衣室没有别的出口，只在正对大门的那面墙上方有一排小天窗，即使全部敞开也只能供猫咪之类的小动物进出，何况现在气温还很低，天窗紧紧地关闭着，插销从内部锁上。毕衍又往里面走了两步，一道布帘遮住了他的目光，那里应该就是浴室，也是他们一直听到的"哗哗"声传来的地方。

毕衍回头看了一眼邹堃，压低声音说道："你守在门口，我进去看看。"

邹堃没有说话，只是郑重地点了点头。

毕衍迅速掀开布帘一角，不知是不是水温太高的缘故，浴室里升腾着大量雾气，以至于他一时看不清眼前的景象，只是本能地感觉到危险。

"不好……"等他回过神来，立刻知道出事了，浴室最内侧的一个淋浴头正在向外喷洒着热水，可从他的位置看过去，隔间里根本没有人。毕衍迅速朝着那个隔间走去，然后他注意到了地上淡红色的水流。

水流的源头是一个一丝不挂的男人，他脸朝下倒在灰色大理石的地面上，大约一米七的样子，身材健硕，赫然就是刚刚在泳池边见到的那个人，不过此时他已经失去了生命迹象，他的背部不再起伏，一个木制的十字架深深地插在上面。

"出事了！"毕衍见过许多尸体，但这是他第一次充当尸体发现者的角色，而死者偏偏是他刚刚还目击到的活生生的人。巨大的惊愕令他失去了往日的自如，他的太阳穴突突地跳动，脸色煞白走出了浴室，冲着还站在门口的邹堃说道："张祥平死了，是'木'，'五行杀人案'又开始了！"

三十

"什么？！"邹垒的第一反应并不比毕衍好多少，他无意识地伸了伸脖子，像是在回忆毕衍到底说了什么，随后失去焦距的目光渐渐定格到毕衍脸上，"张祥平死了？"

"对。"毕衍已经恢复了镇定，他拿起了手机，"在辖区警方赶来之前，我们得控制住现场。"

可邹垒没有搭理他，他一把推开了挡在面前的毕衍，朝着浴室走去，他必须亲眼确认发生了什么。

和高冉一样，张祥平是被勒死的，尽管他的背后插着一个尖锐的木质十字架，但他真正的死因一定是脖子上那一圈紫红的勒痕，这一点邹垒不需要法医验证就能确定。他环顾了一圈，浴室不大，灰色的瓷砖铺满墙面，没有窗户，也没有通风口，他身后的那幅布帘将浴室和更衣室分隔成两个空间，除此之外，整个浴室没有其他可以进出的地方。邹垒又退出了浴室，更衣室也是一眼就能看遍的地方，仅做通风用的小天窗从里面牢牢地锁着，除了他们一直守着的大门，不可能还有别的出口。可他们俩亲眼看着张祥平活着走进了这间密不透风的更衣室，不过十分钟的时间，没有人进出，也没有任何打斗的声响，张祥平却死在了浴室里。凶手是怎么进来的，又是怎么出去的？他是怎样悄无声息地杀害张祥平的……所有的一切就像浴室里蒸腾起的迷雾，阻碍着他们探寻真相的视线。这个凶手在两任刑侦队队长眼皮底下收割了一条人命，<u>重重疑团砸在两人混沌不堪的脑海中</u>，一时间令他们眼冒金星。

"你怎么看？"毕衍已经联系了辖区警方，他走到还在沉思的邹堃身后问道，"凶手是为了堵住张祥平的嘴？"

"我不知道。"邹堃的目光穿过房间，看着外面被天窗裁剪过的天空摇了摇头，没有丝毫头绪，"到底发生了什么？"

就如毕衍预料的那样，他没有得到任何有用的回答，甚至还有了新的问题——到底发生了什么，他不知道邹堃问的是这个房间里发生的事，还是邹骋和张祥平在职工宿舍发生的事。但他知道自己不必回答，在这一片沉默之中，毕衍觉得他和邹堃已经在互相交流理解了。

整栋体育馆都寂静无声，从外面的游泳池里传进来一股潮湿的消毒水气息，而里面的浴室则弥漫着一股流动的血腥气，这让他觉得自己置身于医院或是体检中心，反正不是充满活力的大学体育馆。

幸好，这种沉默无声的情形没有持续很久，门外传来了纷乱的脚步声，他们的熟人走进了这间有两个活人和一具尸体的屋子。

"怎么又是你？"见到毕衍的第一刻，郑元浩差点儿忍不住把心里的抱怨说出来，可随后他看到了毕衍身后的人影，"堃哥？"

那个身影转了过来，郑元浩更加确定了："堃哥，你怎么在这里？你们俩怎么在一起？"

邹堃神色复杂地抬眼看了郑元浩一眼，没有说话。

郑元浩焦急地叹了一口气，继续一个人的独角戏："现场有人动过吗？"

"我进来的时候淋浴器还开着,为了防止现场被持续破坏,我关了水,其他都保持原状。"谈到案发现场,毕衍终于给了回复。

"先去看尸体吧。"看到郑元浩身后跟着好几个熟悉的面孔,邹堃跳过他的问题,指了指被布帘隔开的浴室说道,"就在那里,死亡情形和省城最近一宗'五行杀人案'十分相似,推测是连环案件。"

"又是'五行杀人案'?"郑元浩没有急着离开,他的目光在毕衍和邹堃之间来往了几个回合,看他们都一副讳莫如深的样子,知道里面这具尸体一定和"五行杀人案"脱不了关系,顿时觉得头都大了。他一边往浴室走一边小声抱怨着:"怎么还没完没了了?"

"不是之前那一宗。"毕衍像是专门为了给他添堵,紧跟了上去。

"什么意思?"郑元浩一个急刹车,转过身来,"不是之前那宗?那不是连环杀人案吗?"

"之前的那个连环杀人案已经破了,这是模仿犯案,也有可能是一个主犯控制了别的从犯,总之动手的凶犯已经和之前的'五行杀人案'不是同一批人了。"其中关节弯弯绕绕,毕衍一时半会儿也解释不清楚,他只能尽量简单地传达着案件的最新情况。

郑元浩的眉头皱得更紧了:"'五行杀人案'已经有模仿者了?到底怎么回事?"

他一边反问着,一边咽下了之后的话——你们专案组到底是干什么吃的,一个案子越查越大,已经跑到我们地界上两回了!

郑元浩虽然没说出来,但毕衍听出了他的言外之意,一时之间脸色有些挂不住,倒是邹堃再次提醒道:"只是可能而已,凶手没有抓到，一切还只是推测。"

"那你们……你们为什么在这里？你们知道受害人的身份？"对上邹堃，郑元浩愤怒的情绪平息了不少，取而代之的更多是疑惑不解。

"不是，"郑元浩再次问到他们为什么会出现在现场这个问题，邹堃无法继续含糊应对，他只好实事求是地说道，"小骋手腕的扭伤你知道了吧，那天，他离家前还未受伤，而那种伤痕又不是由车祸造成的，所以只有一种可能，在他离家后到死亡前这段时间，他与人发生了激烈的肢体冲突，我查到那段时间他还见过一个人，就是里面的死者张祥平，我们来是想找他了解情况，谁知道……"

郑元浩愣了一愣，责备的话到了嘴边还是没有说出来，只好转而询问案情："这次是'水'？"

"不是，你自己进去看吧。"毕衍催促着，郑元浩满脸狐疑又看了他一眼，这才回头往浴室走去，他的同事已经在里面取证了。

郑元浩并没有让两人等太久，不一会儿，他就思虑重重地从浴室里走了出来："上一宗是'金'？新的一轮杀人案又开始了？"

"嗯，"毕衍知道郑元浩已经看到那个象征意义多于凶器本身的木质十字架了，"上一个案件受害者的真实死因也是窒息，虽然身上有刀伤，但脖子上也有一圈勒痕。"

郑元浩像是在考虑毕衍提供的情况和现场的关联，良久才开口道："就算这案子真像你说的那样是'五行杀人案'的模仿案件，你们俩是最早出现在现场的人，案件的目击者，尸体的发现者，甚至是嫌疑人，我马上会安排同事给你们做笔录，但是按规定，毕队，你暂时不能接触这个案子。"

"郑队，这可是'五行杀人案'，是我们专案组的案子。"郑

· 226 ·

元浩的安排显然引起了毕衍的不满。

"可我刚刚听说'五行杀人案'已经破了，这是模仿案，准确地说还是一起疑似的模仿案件，怎么就能说是你们的案子呢？"郑元浩看都不看毕衍，他一边摆弄着手上的一次性手套一边反驳道。

"但是这个案件和省城之前才发生的那一宗手法完全一致。"

"法医还没验证呢，毕队现在就下结论未免为时过早。"

"郑队……"

毕衍还想争辩两句，立刻被郑元浩无情地打断了："毕队不会不知道这是我们辖区的案子吧？我希望毕队可以合理规避自己的嫌疑，避免不必要的麻烦，毕竟你是来找死者的。如果毕队真要插手的话，我们也会向上级领导请示的。"

毕衍刚刚也是一时情急，他并不是真想和郑元浩争论，导致彼此关系进一步僵化。如今郑元浩话已说到这个份儿上，他只好忍气吞声地点了点头，毕竟现在还不能下定论，如果真是他们的案子，等关系捋顺以后再参与进来也不迟，于是他退了一步说道："刚刚是我莽撞了。"

"小林，"郑元浩闻言朝身后挥了挥手，"都见过面的，也不用介绍了，你带他们去做个笔录。"

"毕队，邹老师。"他身后，林凯迅速走了上来。面对两尊大佛，小伙子面带苦笑，先是向两人打了个招呼，随后朝更衣室大门外指了指，做出送客的手势："我们先出去吧，还有些问题要同两位了解一下。"

邹垫先是朝郑元浩点了点头，随后拍了拍毕衍的后背，示意他一起往外走，两人一前一后跟着林凯离开了身后正在忙碌的凶案现场。

"你们大概是什么时候到的?"一走出大门,林凯就急不可耐地问道,虽说是他负责收集线索,但该问哪些问题在凶案现场勘查时郑元浩已经提点过他了。

"九点二十六分,"毕衍答得十分精准,"我刚进游泳馆的时候看过手表,那时候张祥平正好从泳池里出来,往更衣室走。"

"我们事先了解过,他每天固定八点半到九点半会在游泳馆游泳,今天也不例外。"邹堃补充道。

"之后你们就一起来了更衣室?"林凯一边做着记录一边问道。

"我们先是在更衣室门口等他的,毕竟……"毕衍停顿了一下,似乎在找合适的说辞,"虽然都是男人,在这样的情况下'坦诚相见'总还是有些尴尬,我们本来打算等他从更衣室出来后问话,反正更衣室只有这一个出口。"

"所以你们什么都没问到啊,"林凯有些烦恼地咬了咬笔头,"那后来发生了什么?你们是听到声响后进去的吗?"

"恰恰相反,更衣室里一直都只有水声,到九点三十五分,还是没有任何别的声音传来,我和堃哥觉得不对才走了进去。"

"你们一直都在一起吗?"

"对,从到游泳馆开始我们就没分开过,"毕衍一五一十地交代着,"进入更衣室后我们算是分开了一会儿,堃哥守在门口,我进入浴室确认情况。"

林凯听到这里特意在笔记上标注了一下,问:"你就看到了张祥平的尸体?"

"是的,我看到的和你们刚刚看到的情况完全一致,我只是关掉了淋浴器，其他一切都没碰，出来后我就直接联系你们了。"

"我们分开的时间大概也就一分钟，这期间整个游泳馆没有异动，或许你们可以查查监控。"邹堃提议道，"除此之外我们也提供不了什么有用的线索了，目前的情况来看，这就是一起密室杀人案。"

一听到监控，林凯就沮丧起来："刚刚我就问过了，可负责人说更衣室这边太过私密，他们没有安装监控。"

"这倒也是。"毕衍闻言点了点头，随后眉头也纠结成了一个倒八字，"可我们明明看着活生生的人走进更衣室，而且没有打斗的声音——一间密室，凶手到底是怎么进来，怎么行凶，又是怎么离开的呢？"

毕衍靠着墙壁垂头努力回忆着刚刚发生的一切，他知道自己一定遗漏了什么重要的线索。郑元浩暂时解决了更衣室里的问题，推开门加入了他们。

"问得怎么样了？"他一走出来，就冲着林凯问道。

"时间线和发现尸体时的情况都了解了。"

"嗯，没什么事的话你们可以走了，我有你们的联系方式，以后可能还需要你们的配合。"

"那你先忙吧。"好久没有开口的邹堃终于说道。

三十一

这一折腾就到了中午,刚刚发生的案件牵动着毕衍和邹堃的思绪,整个案件因为这一宗密室杀人案而变得更加扑朔迷离,汽车缓缓停下之前,两个人都没有说话。

"那是……?"汽车重新回到了村口的停车场,毕衍微微扬起头,看着正从停车场离开的一群人,"汪乐宁他们?"

确实,顺着毕衍的目光看过去,一群拖着行李、背着背包的年轻人正三三两两往民宿的方向走去,有男有女,打扮休闲,有两个已经走到了停车场外的林荫小路上。他们走得很慢,叽叽喳喳的交谈声拖慢了他们的行程,人群中不时还有一阵阵笑声传来,看起来就是多年老友聚会出游。而人群中间,一个高高瘦瘦的身影格外引人注目,她依旧穿着长大衣,低低的马尾随着她的脚步一左一右地晃动着。让毕衍尤为在意的是她今天换了一件大衣,不再是之前那件咖啡色的了。一个比她略高的男性正挨着她随着人群一起往前走,几次殷勤地想要接过她的行李,但都被拒绝了。

"应该是他们。"

说完,两个人对视一眼,默默地下了车。他们都走得很慢,不远不近地跟在那群年轻人后面,像是事先说好了似的。

等两人来到"一蓑烟雨"的时候,那群年轻人已经在办理入住登记手续了,服务员为他们准备的茶水放在茶几上,除了站在柜台前的一男一女,其他人东倒西歪地坐在沙发上,像是经历了马拉松般的长途跋涉,他们的行李也随意地堆放在一边。

毕衍本没有打算在众目睽睽之下联系汪乐宁,却没想到汪乐宁先看到了他,主动朝他走了过来:"这么巧,毕队,要不是毕队是警察,我都要怀疑自己被跟踪了。"

汪乐宁挑着眉头,看似无辜的眼神里透露出一丝狡黠,她身后,那个一直陪伴在旁的男人犹豫了一下,没有跟过来。

"我倒觉得汪小姐把我当工具人了,"汪乐宁的出现让毕衍暂时从上午的惨剧中抽离出来,他看了看,仍然不死心地盯着那边的男人说道,"挡箭牌?"

汪乐宁愉快地眨了眨眼睛,不置可否。

"欢迎光临,玩得开心。"一旁的邹堃没有加入他们的讨论,随口说了句中规中矩的迎宾词后就转身离开了。

"乐宁,你的房卡!"一直站在柜台前负责办理入住手续的小个子女人忙得差不多了,她转过头来挥舞着手里的房卡朝两人的方向喊道。

"来了。"汪乐宁回头应了一声,并没有立刻过去,反而问道,"等会儿有空吗,等我放完行李出去走走?"

"你不和你的同伴一起?"毕衍朝那些正重新背起行李的年轻男女们努了努嘴。

汪乐宁笑了,嘴角上扬,眼睛轻微地眯了下打量着毕衍,猫一样的表情竟有几分娇媚的感觉:"我的同伴中有几个刚从外地赶过来,虽然是年轻人,但体力应该不如毕队,他们准备先去休息一下。怎么样,一会儿院子里等?"

汪乐宁说完,笃定地站着,歪着头等待毕衍答应,随后就跟着大队伍一起上楼去了。

"呵。"毕衍看着离去的背影笑了一声，听不出是什么情绪，随后也往邹堃为他准备的新房间走去，房间很近，紧挨着邹堃自己的那间屋子。

"毕队，你回来了。"

"哎，你吃过了？"毕衍正准备找些东西吃，他一边埋头找着一边敷衍地回应道。可王珂并没有被打发走，他拍了拍毕衍的肩膀，看起来等了毕衍很久，脸上都是焦急的神色。

"怎么了？"毕衍这才回过头，看到了王珂脸上的表情，绝不像是有好消息的样子。

"汪乐宁有一个哥哥，叫汪乐安。"王珂捧着笔记本电脑呆愣愣地站在毕衍面前，话只说了半句就停住了。

"什么意思？"

汪乐宁竟然有一个哥哥，毕衍脑中一下子闪过很多信息。确实，最近案件进度加快，随着第一宗案件的破获，他忽略了对汪乐宁背景的调查。现在回想起来，在他们锁定吴盼珍、吴飞宇姐弟俩为凶手的时候，似乎有人提过，锦华小区命案的嫌疑人可能对自己姐姐有着变态的保护欲，这种畸形的欲望极易导致性欲倒错障碍，从而造成那样错乱的谋杀现场。

现在，摆在他面前的不是姐弟，而是兄妹，之前的推论仿佛就是为了现在的巧合而量身定制的。如果真正的凶手最初选择利用姐弟俩来为自己杀人，会不会因为她自己就囿于这种畸形的兄妹关系之中呢？

毕衍觉得自己错过了什么东西，他对食物的欲望被暂时压制了，拍了拍身边的椅子，示意王珂坐下，问道："这个人最近的行踪能查到吗？"

王珂没有立刻坐下，他有些古怪地摇了摇头："不能。"

竟然还有王珂找不到的东西？毕衍狐疑地问道："为什么？"

"他已经死了。"

"什么？"毕衍知道王珂为什么不坐下了，他自己都惊得站了起来，"什么时候的事情？"

"2000年，过去八年了。"

"八年……"毕衍默念着这个数字，再次坐了下来，一个已经去世了八年的人，难道还会牵扯到现在的案件中吗？

"为什么突然查到她的哥哥？"毕衍努力将漫天雪花般的碎片信息从大脑中赶出去，他知道王珂不可能心血来潮提起这个已经死亡了八年的人。

"还记得高冉吗？"

"锦华小区命案的受害者？当然记得。"毕衍不知道这两件事有什么关系。

"我之前查到他一直用秘密账户资助一个身患白血病的孩子，当时大家都提出了匿名账户的可疑性，所以我继续追查下去。起初我发现这个账号是2000年创建的，也就是他毕业那一年，一直持续到现在。"王珂停顿了一下，像是要确保毕衍能跟上他的思维，在计算机领域里他总能找到合适的语言，但在现实世界里他却常常无法准确地表达自己。

"毕业那一年开始，或许是某种纪念，倒也正常。"毕衍示意他继续说下去。

"对，所以我就开始查高冉是怎么接触到这个孩子的，毕竟患白血病的儿童并不少，他为什么选择了现在资助的这个，结果我发现这个孩子曾经参加过一个免费试药项目，这个项目是科技大学的医学院开发的。"

王珂已经有些急了，可毕衍还是皱着眉头，一副云里雾里的样子："这也正常啊，高冉是科技大学毕业的，而这个孩子恰好参加过他母校的医学项目，这就是他们的交集。"

"不是的，他们的交集是汪乐安。"

"怎么又扯到汪乐安了？"

"2000年，汪乐安二十五岁，正在科技大学医学院读博，他是这个白血病新药开发研制项目团队的一员。"

"这……"毕衍低头抚了抚下巴，有些拿不定主意，"也不一定吧。"

"这个孩子是汪乐安直接负责的，他生前也有陆续给这个孩子捐款，而高冉开始捐助这个孩子，刚好是汪乐安去世一个月后。"王珂焦急地拍拍放在膝盖上的笔记本，他已经尽量把数字世界里的联系展现在了毕衍面前，剩下的就有待他们去查探了。

"如果是这样的话……"毕衍沉吟着，"汪乐安的死亡原因是什么？"

"自杀，上吊自杀。"

"上吊？"毕衍发现王珂也正因为这两个字而看着他，他知道对方在想什么——高冉脖子上那一圈紫红色的勒痕。而他想到的还要更多一些，毕竟他今天早上才见证了张祥平脖颈间的死亡印记，凶手明明有更简单快速的方法夺取他们的生命，却偏偏选择了最费力且最容易暴露的方式，或许真的和汪乐安有关。如此说来，汪乐安的自杀原因就尤为重要。

"为什么？"毕衍接着问道，他想知道一个有着大好前途的医学生为什么选择走向死亡。

"学术造假被发现，包括抄袭和伪造实验数据，隐瞒这个白血病新药的副作用。他患有抑郁症，现场发现了遗书，也有很多证人证明汪乐安不止一次透露过想要自杀的念头。"

毕衍陷入了沉默，他的手指在膝盖上画着圆圈，若有所思地望向窗外院子的方向，能帮他解开谜题的人此刻应该就在那里等他。

"你中午吃的啥？"毕衍的肚子"咕噜咕噜"叫了两声，他仿佛迅速过滤了刚才的聊天，回到最初的话题上。

"什么？"这回轮到王珂惊讶了。

"吃饱了才好干活儿啊。"毕衍表现得理所当然。

"三明治……呃，还有果汁。"王珂磕磕巴巴地回答着，他一心扑在电脑上，其实并没有注意自己吃了什么，"这里的餐厅会提供，我去帮你要一份吧。"

"不用了，我自己去。"毕衍说着，走出了房间。

汪乐宁已经在院子里的秋千上坐着了，她换下了略显沉重的大衣，穿着牛仔裤和运动衣，看上去比前几次见面时年轻了许多。像刚刚一样，她戴着耳机，一手拿着一杯饮料，另一手则托着手机，放松而悠闲地晃荡着，只是这次没有转头看毕衍的方向，视线专注在大厅里的某个角落。

"在看什么？"毕衍走过去打了个招呼。

"你来啦。"汪乐宁似乎被突然出现的毕衍吓了一跳，手里的手机都差点儿抖落。

"什么东西这么吸引汪小姐啊？"毕衍的好奇心被彻底激起，他歪过身子挡到汪乐宁面前，想从她的角度看向大厅，却立刻被她拉开了。他不得不回过头，汪乐宁正从秋千上站起来："等会儿去哪儿走走？"

"你定吧，我虽然来过一次，不过只住了一晚，完全没在周边活动过。"毕衍随意地耸耸肩，露出个玩世不恭的微笑，"不过最好是清幽安静的地方，这样才不负春光和美人。"

也方便我问话。最后这句，毕衍自然不会说出口。

"那就去后山吧，这个时间应该没什么人。"

"你说了算，不过我先去前台拿份三明治，太饿了。"毕衍说着揉了揉自己的肚子，刑侦工作经常一顿饱一顿饥，胃病几乎是他们所有人的职业病，"对了，为什么不穿你那件咖啡色的大衣了？"

"哪一件？"汪乐宁眨了两下眼睛似乎在回忆着。

"周末那天，在省城遇见你时你穿的那件。"

"哦？"汪乐宁有些疑惑地皱了皱眉头，不过还是回答道，"那件啊，太厚了。"

"它还好吧？"

汪乐宁被问得一头雾水："谁？那件衣服？"

"呵，没什么，收起来了就好。"毕衍说着，大踏步走进门厅里，寻找汪乐宁刚刚视线的焦点。果然，大厅靠西侧的沙发上坐着一个圆脸的年轻男人，毕衍认出他是和汪乐宁一起来的人中的一员，可此刻他丝毫没有度假的休闲感觉，反倒紧缩着身子，举起的左手看似支撑着歪斜的头颅，实际遮住了左半边脸，另一只手则拿着电话低声细语。他上半身前倾，双目低垂，似乎不想让别人看到自己的表情，全身散发着"生人勿近"的气息。

"奇怪。"不过毕衍没有因此停下，他要查探的事情太多了，根本没时间多管闲事，这一点点不寻常的小插曲立刻被他抛之脑后。

第八章 又见密室杀人

三十二

三月下旬，时晴时雨，前两天的冷空气已经悄然消散，阳光重新夺回了天空的掌控权。被风雨打落的樱花瓣留在树下的泥土上，没有离开，那些略带透明的粉色在路边铺染开来，层层叠叠，像给大地涂上了胭脂。蔚蓝的天空向远处延伸，与黛色青山相交在游人视线的深处，身旁则是触手可及的嫩绿枝丫和各色野花，映衬得繁花步道一片勃勃生机，让人赏心悦目。

在这如花美景中，汪乐宁独自走在前面，毕衍并没有与她并肩，一直走在她右后方落后一步的位置。汪乐宁也不等他，只是自顾自地走着，独自享受着午后的悠闲时光，仿佛之前那个邀请毕衍一同散步的人不是她。毕衍也不着急跟上，他在盘算着王珂刚刚告诉他的那些信息，寻找着合适的时机和切入点开始他的话题。

风吹过，枝头一朵落花飘下，恰巧落在汪乐宁的发间。她眼角余光似乎看到什么东西落在自己头顶，摸了两下却没有摸到，有些狐疑地"咦"了一声，撇撇嘴准备作罢。不料一个黑影从后面拂过她的头顶，汪乐宁下意识地伸手去抓，却再次落空，只好转过头去。在她身后，毕衍正将那片花瓣拈在指尖。

"多谢。"

汪乐宁并没有对这一举动多上心，随口道了个谢就继续往前走,倒是毕衍将花瓣从指尖吹落,也不知是看着飘飘荡荡的樱花还是看着汪乐宁的背影,似笑非笑地说道:"这落花可真有灵性。"

"哦,这还有什么讲究?"汪乐宁果不其然放慢了脚步。

"我以前读过一首诗:'连理枝头花正开,妒花风雨便相催。愿教青帝常为主,莫遣纷纷点翠苔。'当时觉得甚妙,真不该让这娇艳的花朵被风吹雨打,零落成泥,"毕衍双手抱在脑后,眯着眼睛似乎在回忆书上的内容,"可这片落花最后竟然能飘落佳人发间,我都不忍责怪风雨了。"

"呵,"汪乐宁瞥了毕衍一眼,有些煞风景地说道,"最后不还是落到地上。"

"那怎么一样,先是飘落在佳人发间,接着又游历了我的指尖,最后才回到大地,完成化作春泥的使命,"毕衍说得一本正经,"花开花落不过一瞬间,就像此时,漫山遍野的花,有的正含苞待放,有的已经随风飘落,唯有这片花瓣能有这样的际遇,多好呀。"

"这山间野花,无人照拂,有些花期可能还不如雪花,至少能飘荡过一个天地间的距离。"汪乐宁说着,竟有了些伤感的味道。

"这花其实也与人相仿,能安然经历萌芽、绽放、败落的一生固然是好,但若熬不过凄风苦雨提前零落,至少拥有过属于自己的瞬间,能留在一两个理解他的人的记忆里也就值得了。"

汪乐宁停下了继续前进的脚步:"毕队好像话里有话?"

话已至此,毕衍也不再兜转,他直视着汪乐宁的眼睛问道:"我听说,你还有个早逝的哥哥?"

汪乐宁皱了皱鼻子,似乎对这个问题感到奇怪,但她一点儿也没有躲避毕衍的视线:"你不是一直都知道吗?"

毕衍愣了愣,一时没有说话,他不知道汪乐宁为什么会有这样的误会。

"'双子贝瑞',"汪乐宁紧皱着眉毛,有些咄咄逼人地问道,"我们第一次见面的时候你送我的见面礼,'贝瑞'是我的英文名,'双子'是因为我和我的哥哥,难道你一点儿都不知道,这个礼物完全是巧合?"

毕衍震惊地站在原地,的确有这样一份礼物,一份他早就忘了的礼物,一份邹堃特意为她挑选的礼物。难道邹堃早就知道了?可他为何什么都不说,静待他自己摸索?这一切和邹骋的死亡有关吗?还是说真的只是巧合?可世上怎么会有这般不可思议的巧合?

此时,他们已经来到了后山的登山道口,那里只有一条石阶小路,与刚刚五彩缤纷花团锦簇的步道不同,大片大片的绿色和褐色从这里起占据了游人的视线。有风从山的那边吹来,带着山里特有的湿气和泥土的清香,让人神清气爽。

"看来你真是什么都不知道。"毕衍的神情不像作假,汪乐宁无奈地撇撇嘴,不再理会他,独自朝着登山道口走去。

毕衍没有时间多想,疑惑与不适还在加剧,他脑海中浮现出一个黑影——一个躲藏在他身侧灌木丛中的黑影,正不怀好意地观察着他们的一举一动,屏息凝神地等待他们的闯入。汪乐宁没有因为他的犹豫而停留,单薄的身影在狭窄的步道上孤身向前,毕衍突然担心起汪乐宁的安全,只好匆匆跟了上去。

"为什么突然提到我哥哥?"周围充满着树叶在风中起舞的"哗哗"声和两人的喘息声,间或传来几声鸟鸣,良久的沉默后,汪乐宁先开了口,"和你最近查的案子有关?"

毕衍舔了舔嘴唇，问道："你们关系怎么样？"

"他或许不是个合格的医学生，但一定是个完美的哥哥。"汪乐宁说着，指了指前方一个人工修建的简易凉亭，她的职业常年把她困在狭小的办公室里，这点儿山路已经让她气喘吁吁了，"你想了解的应该也不止这些，我们去那儿坐着说吧。"

毕衍没想到她会这么配合，立刻点了点头，移步到了凉亭。

"他是自杀？"

"是啊。"汪乐宁细心地脱下运动外套铺在凉亭的长椅上，说话时一直低头盯着自己的指尖，让人看不清她的表情。

"为什么？"毕衍小心翼翼地追问道。

"我哥他有抑郁症。"汪乐宁抬起了头，"那段时间又闹出了学术不端的丑闻，被正在参与研究的项目团队勒令退出，那是一个很有前景的项目，我哥在那个项目上倾注了全部的心血，一时接受不了……"

"是什么方面的问题，论文抄袭吗？"

"不完全是，主要是数据造假的问题，"汪乐宁顿了顿，她把腿一上一下地叠放起来，身体前倾，微微闭上眼睛，仿佛又回到了她逃避多年的痛苦回忆中，"其实那份论文已经过去一段时间了，不知为何突然被重新提起，还在校园网上闹出轩然大波。数据出错是整个团队的事情，可那一次错误全都被推到了我哥一个人的头上。然后他发表过的所有论文都被摆到放大镜下逐一比对，乱七八糟的问题就都出来了。"

"他就是因为学业压力患上抑郁症的吗？"虽然知道再次撕开愈合多年的伤疤会让当事人多么痛苦，但毕衍不得不打破砂锅问到底。与第一宗"五行杀人案"不同，最近的这起模仿案件有一个不容忽视的共同点，受害人都曾在科技大学待过，高冉是学生，张祥平是辅导员，如果再算上邹骋——一共有三个。原本毕衍也考虑过这一切可能是巧合，可随着汪乐宁哥哥的出现，他知道事情没有这么简单。

"那倒不是，学业压力是压倒他的最后一根稻草，在那之前他就患上抑郁症了。"汪乐宁否定了毕衍的猜测，却不肯告诉他正确答案。

"到底是什么原因引起的呢？"毕衍厚着脸皮再次问道，"不方便说？"

这一次，汪乐宁没有配合，她双手交叉抱在胸前，侧头向凉亭外他们的来路看去，整个身体语言都透露出拒绝的意思。

毕衍也没有催她，只是默默在她身边坐下，从衣兜里掏出刚刚吃三明治时留下的纸巾递到汪乐宁手里："他有没有朋友？"

汪乐宁摇了摇头，闪烁着泪光的眼睛努力瞪大，为了防止泪水夺眶而出，她仍然死死地盯着远处的石阶，声音中透露出无法掩饰的恨意："那些天之骄子可没有人愿意和他做朋友。"

毕衍叹了一口气，不再说话，他本想拍拍汪乐宁僵直的后背，安慰她逝者已矣，可最后还是放弃了，他的目光最后停在汪乐宁的脖颈处。

良久，汪乐宁回过头来，红着眼眶直视着毕衍问道："你知道我为什么会学心理学吗？"

"你想研究人性，想知道他们为什么要逼死你哥哥？"

"呵，我才不关心他们。"汪乐宁冷笑了一声，她将一缕被风吹起的刘海重新挽到耳后，说道，"我想知道，人为什么会爱上另一个人，是因为基因、环境、分泌的化学物质，还是根本就是误会。我想知道如果社会反复倡导，我们爱上一个人应该和他的身份、地位、金钱全无瓜葛的话，为什么偏偏要与性别有关。我想知道如果一个人爱上了另一个人，可这个人恰巧和他性别相同，这到底是不是心理疾病。"

说这些话的时候，汪乐宁一直带着似笑非笑的表情盯着毕衍，看得毕衍都不由得躲闪了一下眼神。他想他已经知道了汪乐安抑郁症的原因，不过他必须真正地确定："你哥哥是同性恋？"

"对，"汪乐宁又回到了最初手撑长椅的坐姿，"如果他活到现在，一切都可能会好起来。可惜，八年前，世人异样的目光、背后的指点和刻意的孤立压垮了他。"

"你听说过高冉吗？"想起高冉在汪乐安死后对那个孩子的资助，毕衍不免猜想起两人之间的关系。

"谁？"汪乐宁疑惑的表情不像作假。

"不是什么重要的人，"毕衍摇了摇头，"你哥他……当时有恋人吗？"

"有，"汪乐宁回答得斩钉截铁，"我哥有一阵子病情明显好转，我知道他一定是恋爱了，不过我不知道是谁，他从来没有说过。就在我哥出事前不久，他们应该分手了，这可能才是我哥真正的死因，不过即使到最后我哥的葬礼上，那个人也没有出现过。八年了，不知道那个人怎么样了，有没有去我哥的墓前看过一眼。"

毕衍一边听一边思考着，没能问到确切证据将高冉和汪乐安联系起来让他有些失望，但一个反复被提起的数字突然点亮了他的思绪——八年——邹堃突然离职离开省城似乎也是八年前的事情，最近的死者都或多或少与邹骋有些联系，再加上那盆极度巧合的"双子贝瑞",八年前到底发生了什么事情?汪乐安的死亡,邹堃的离职,到底和现如今的这个连环杀人案有没有关系?

邹堃掌握着太多他不知道的线索,毕衍觉得他或许该回去和邹堃重新聊聊了。他正这样打算着,手机响了,他顺便看了下时间,已经三点了,他们俩竟然已经在外面聊了一个多小时。

"接个电话,"他向汪乐宁点头示意,随后站起来走到凉亭外的步道口接通了手机,"喂,小王,怎么了?"

"出事了毕队,发生了凶杀案!"王珂慌张的声音从电话那头传来,"这次是'水'!"

三十三

一天之内，在他身边发生了两起密室杀人案，而且都与"五行杀人案"有着或多或少的联系，毕衍握着手机好一会儿才反应过来，他交代王珂控制好现场，通知省城专案组人员赶过来。之后，迅速走向了汪乐宁。

"怎么了？"许是看到他神色焦急，汪乐宁站了起来，面带担忧地问道。

"你是什么学校的？"毕衍没有立刻回答汪乐宁的疑问，反而没头没脑地问了一个无关的问题。

"南广大学。"

对了，毕衍突然想到曾在省城乔松路前的商业街见过她，当时她解释自己学生时期常去那里。新的受害者既然不是科技大学的学生，之前的共同点就再次被打破了。毕衍皱着眉头轻抚下巴继续思考着，按照之前的流程，上午的"木"之后，应该先轮到"土"，可如今凶手却跳过了"土"，直接用了最后的"水"。是"土"已经在他所不知道的地方发生了，还是……

毕衍看了看自己脚下的土地和面前的凉亭，又回身看了看汪乐宁，突然打了个激灵，周西平的死状出现在他面前。他不知道自己为什么会产生这样的怀疑，但接完那个电话后，周围所有的风景好像都变了，毕衍看着身边不时窸窣作响的树丛，觉得自己似乎冥冥中逃过了一劫。

"怎么了?"汪乐宁又问了一遍。

"民宿里发生了一宗命案。"

"谁……谁死了?"汪乐宁的声音带上了一丝颤抖。

"余力,和你一起来的同学中的一员。"

汪乐宁的脸色迅速变得惨白:"怎么可能?"

"谁知道呢,不过我们两个倒是都有不在场证明,"毕衍冷冰冰地说着,汪乐宁邀请他出来的画面突兀地跳到他眼前,"我得先赶回去,你自己注意安全。"

"我和你一起走!"汪乐宁在他身后喊着。

"你走得慢。"毕衍不再与她纠缠,快速朝着山下跑去。

与来时悠闲的散步不同,毕衍一路小跑,只用了十分钟就回到了民宿。走进大门的时候他看了一眼手表,三点十分,如果王珂的判断没有错误,距离上一宗密室杀人案才过去了六个小时,他不得不在门口稳了稳心神,等呼吸平复了才走进大厅。

所有人都被集中在登记大厅里,邹堃和王珂也不例外。一个惊魂未定的女子正瑟缩在沙发边缘哭泣着,另外两个女子一左一右围在她身边,正努力安慰着她。而另一边的沙发上,两个男人分别坐在沙发的两头。一个死死盯着脚下的地面,不时用双手摸索脸颊,低垂的头颅几乎要靠到膝盖上,应该就是刚刚在汪乐宁身边鞍前马后的那个人;另一个则一根接着一根猛抽香烟,完全不顾大厅里"禁止吸烟"的标志,面前的一次性杯子里扔满了烟头。还有一个男人并不在前来聚会的群体之中,他正站在王珂旁边说着什么,毕衍见状朝他们走了过去。

"发生什么了?"

"毕队你回来啦，"王珂惊喜地转过头来，一副找到了主心骨的样子，随后他指了指旁边的男人说道，"这是周岩，死者的好友，是他和夏曼丽一起发现的死者。对了，夏曼丽是死者的妻子。"

毕衍这才再次看向这个男人，他眉目犀利，看起来颇有几分严厉，皮肤偏黑，应该是喜欢户外活动的人。遇到这种突发情况，他虽然紧皱着眉头，神情忧伤，但仍能主动配合警察进行调查，至少不像旁边两位那般惊慌失措。毕衍朝着他微微点头致意，随后再次问道："电话里说不清楚，到底发生什么了？"

"是这样的，他们朋友一共八人，包括汪乐宁。今天中午十二点多到达这里，用过午饭后就各自回屋休息了。这期间有人提出不想午休，要组局玩扑克牌，打掼蛋，可还缺一个人。死者余力开了一上午的车，太累了，说回屋休息一会儿再来，他的妻子夏曼丽就单独前往了。几个人玩到两点半，周岩也有些累了，想找余力来换自己，可电话一直打不通，于是他和夏曼丽一起回屋找人。他们的屋子在二楼中间的216，因为插卡才能取电开空调之类的，所以唯一一张房卡在余力那里，夏曼丽敲了很久的门都没人应声，有些担心，就下楼找了邹老师，"王珂说着，有些不好意思地挠了挠头，看起来他当时也在现场，"邹老师得知情况后把备用房卡给了他们，可不一会儿楼上就传来了尖叫，等我们跑上去的时候，发现余力已经死在浴缸里了。"

"死因是溺水？"毕衍想也不想就问道。

"不是，有个通电的吹风机掉在浴缸里，应该是触电死亡。"这次，回答他的是邹堃，不难想象，邹堃应该已经初步踏勘过现场了。

"吹风机……"毕衍露出些怀疑的神色,"是房间里提供的那种吗?凭什么排除意外,定性为杀人事件?"

"确实是房间提供的吹风机,但死者从不用吹风机,"王珂显然已经做好了功课,"夏曼丽说死者因为脱发问题十分烦恼,他深信网络上的各种信息,对吹风机避之不及,所以不可能把放在浴室洗手台抽屉里的吹风机拿出来,这个掉在水里的致命机器一定不是他使用的。"

"这样啊,"毕衍点了点头,似乎被说服了,"不过事发时你们在哪里啊,特别是堃哥,你不介意吧?"

民宿房间的门禁卡只有两张,一张在余力手里,一张备用的在邹堃手里,毕衍自然要了解邹堃当时的动向,排除他的嫌疑。毕竟,那张备用卡使邹堃成了这个案件的第一嫌疑人。

"邹老师一直和我在一起,他们来找门禁卡的时候也看到了,"王珂抢先回答道,随后又红着脸补充了一遍,"我们一直都在一起,可以做彼此的不在场证明。"

"你们为什么一直在一起?"毕衍狐疑地看看王珂,他不记得这两人有什么交情。王珂在毕衍的注视下更紧张了,脸涨得通红,支支吾吾地说不出话来。

"这个一会儿再说吧,"一旁的邹堃拍拍毕衍的肩膀,开口为王珂解了围,"我确实一直和这个小兄弟在聊天,还请他喝了一杯咖啡。"

毕衍又看了看两人,决定先跳过这个话题,他重新确认道:"这个房间的房卡一共就只有两张吗?"

"对,一张是给客人的,一张备用的一直放在我这里,每天阿姨打扫房间的时候从我这儿领,打扫完了重新归还我。因为知道客人们中午会到,所以今天上午阿姨就打扫了房间,在我们回来的时候,就把卡归还给我了。"邹堃眼睛向上方看去,努力地回忆着,"之后备用房卡一直在我这儿,而出事时另一张卡则插在216的取电器上,原则上讲,没有人能进入那个房间。"

"没有别的途径进入房间?"

"没有,"邹堃回答得很肯定,"所有的窗户都从里面锁上了。"

"复制卡呢?"

"不能完全排除,不过这些人都是第一次来,最有可能复制卡片的人就是工作人员,小王帮我做过时间证人了,至于他,"邹堃随后又指了指柜台后被毕衍遗漏了的服务员,"他一直在这儿等待客人,没有离开过,而且所有房卡刷过都会产生电子记录,工作人员都知道这一点,所以不会冒这个险,你们不放心的话可以检查那边的监控。"

听到监控,毕衍点了点头,向外走了几步仰头观察了一圈,随后指了指屋外几个角落问道:"他们住的房间门口也有监控吗?"

"走廊的尽头就有监控,楼梯间和屋外围墙上也有,如果是死者自己开门让凶手进去的话,监控都能拍到。"

"可以提供给我们吧?"毕衍问道,完全没意识到他已经将自己和邹堃做了你我的分别。

"当然可以。"邹堃并没有不悦,回答得异常爽快,"但是我们刚刚已经报警了,不知道……"

"没事,我这趟也算是出公差,专案组的同事正在赶来的路上,我马上会向领导汇报,这极有可能是'五行杀人案'的续篇。"这起案件与上午的案件不同,他并没有牵涉其中,这使得毕衍有底气做出一系列部署。当然,等专案组的同事们赶到后,他一样会接手上午的那宗案件,毕竟,太多的证据表明那可不是一宗单独的谋杀案。

"是啊,一宗死于'水'的密室杀人案。"邹堃说得意味深长。

他话音刚落,大厅门口传来一阵杂乱的脚步声和一个气喘吁吁的女声,声音不大,却让所有陷入焦虑的人都转过身去。刚刚见证身边人被谋杀的震撼让他们变得有如惊弓之鸟,任何风吹草动都牵动着他们的心弦。

"发生什么事了?"汪乐宁终于赶回来了,她头发凌乱,面色绯红,胸口剧烈地起伏着,原本穿在身上的厚运动服也脱下来系在了腰间,看起来就像刚刚经过了一场马拉松比赛。她等了一会儿没听到回答,又喘着粗气问了一遍:"余力怎么了?"

一阵寂静之中,站在毕衍对面的周岩向门口跨了一步,十指交叉握在胸口,语气低沉地回答道:"他死了。"

在来路上已经有了充分心理准备的汪乐宁还是踉跄了一下,她紧紧扶住门框才勉强站稳身体:"怎么会,就这一会儿工夫……"

随后,已经稳定下来的夏曼丽又开始无休止地抽泣,安慰声和叹息声在一片缭绕的烟雾中此起彼伏。

屋外,警笛声由远到近,已经来到了门口,两个警员从车上跳下,大踏步地朝他们走过来。毕衍看看还站在门口的汪乐宁,又看看邹堃、王珂和站在柜台后已经完全无心工作的服务员,面带讽刺地笑了笑:"看来,有不在场证明的人都到齐了,剩下那些悲痛欲绝的人中,到底谁才是真正的凶手呢?"

三十四

"是谁报的案?"刚跳下车的警察还没完全走进门口,声音已经在大厅传开了,"怎么回事?"

"是我。"邹堃迎了上去,可原本站在他后侧的毕衍比他更快来到了警察身边。

"你好,我是省城刑侦队队长毕衍。"毕衍说着递上了自己的证件,"这宗案件与我们专案组近日追查的连环杀人案有很大的关联,我和我的同事会从现在开始接手,我刚向上级汇报过,具体情况等会儿你们领导应该会联系你。"

"什么情况?"稍落后一步的另一个长脸警察没听全毕衍的话,但"连环杀人案"五个字还是触动了他的神经,他惊疑地问道,看起来比之前那个警察要年轻许多。

"好像是省城的队长,"先前那个警察毫无顾忌地把毕衍的证件递给身后的同事,随后对着在他看来依然来路不明的毕衍说道,"按规定,在接到上级电话前,我不能答应你这个要求,希望你能理解。"

"当然。"毕衍语气友好,但身体却没有让开,邹堃等人仍然被他拦在身后。

"在此之前,我想先去看看犯罪现场,根据报案电话,是发生了凶杀案吧?"证件转了一圈又回到毕衍手里,带头的那个警察话音刚落，兜里的手机就响了。他皱着眉头看看毕衍，又看了看自己的手机，扯了扯嘴角示意要出去接下电话，脸上的笑意始终没到达眼底。倒是毕衍的嘴角带着轻松的微笑，看着走出大厅接电话的警察背影，知道邓局已经帮他把障碍扫清了。

"毕队，"带头的警察很快就走了进来，言语间比刚刚多了几分尊敬，"听说你的同事还没赶过来，根据指示我们会在这儿协助调查，有什么安排尽管吩咐。"

"麻烦了，我们确实人手不够，"毕衍的态度也客气了许多，"多谢了，还没问两位怎么称呼。"

"我姓朱。"对方说着伸出右手，与毕衍握在一起。

"朱队，幸会。"毕衍握完手，又看向一直呆立在旁边的长脸警察问道，"这位呢？"

"你好，叫我小顾好了。"

毕衍礼貌地点了点头，随后指了指大厅另一角说道："行，那我们就不多寒暄了，凶案现场在二楼，我们一起上去吧。不过小顾，得麻烦你在这儿维持一下秩序，这几位都是死者的好友，他们一起来这里度假，命案发生时也都在民宿里。"

毕衍说得含蓄，在场的几个警员当然都听懂了他的言外之意，被称作小顾的年轻人点了点头，朝着邹堃他们几个人扬了扬下巴："他们呢？"

"这是民宿老板邹堃，这是我同事王珂，他们下午一直在一起。"毕衍说着，意味深长地看了一眼王珂，又转过头指了指仍然处在呆滞中的汪乐宁，"她也是死者好友，不过案发时我们俩在一起，初步看来都有不在场证明。"

"了解，你们放心去吧。"

"走。"毕衍这才终于后退一步,拍了拍邹堃,"堃哥,麻烦你带路吧。"

就像毕衍之前了解的那样,房间没有其他入口,或许是开着空调的原因,所有窗户都从里面锁上了,除非死者亲手开门让凶手进入屋内,否则,这又是一桩密室杀人案。

毕衍在这儿住过两晚,他熟门熟路地朝着浴室走去,与早上热气缭绕的公共浴室不同,这间浴室的墙壁上虽然还有水蒸气凝结成的小水珠,但空气已经干燥下来。浴缸边的地砖上还有几摊水渍,不知道是不是余力挣扎的时候留下的。毕衍走到浴缸边,终于看清了死者的模样,赫然就是他离开时坐在大厅沙发上拿着手机窃窃私语的那个圆脸男人,原来他就是余力。浴缸里的吹风机早就被人拿出来了,余力身上没有肉眼可见的伤痕,他就这样静静地躺在水中,仿佛随时都会重新睁开眼睛,尽管大家都知道这不可能了。

"东西是我拿出来的,当时还想抢救一下,不过已经没心跳了。"邹堃站在一边解释着。

"奇怪。"毕衍紧皱着眉头,语毕又伸手试了试水温,水还没有凉,凶杀案发生的时间应该没有过去很久,但死者身上却穿着内裤,这让他十分费解,他转过头看着身后的人,"为什么他泡澡的时候还穿着内裤?"

朱队和王珂几乎是一起摇了摇头,一脸的茫然。

"有一种可能,他听到敲门声后穿上裤子去开门,来者是他很熟悉的人,所以他毫不设防地回到浴室,没想到立刻遇袭。"

"是吗……"毕衍对朱队的解释并不满意,他小声嘀咕了一阵再次问道,"你们也会这样吗,在洗澡时特意穿上内裤去开门?

如果是特别熟悉的人，那披个浴袍就行了，如果不熟悉，我肯定懒得开门，就算开了门，有陌生人在屋内，我也不会继续去洗澡啊。"

"每个人的习惯不同吧。"其实王珂心里也觉得朱队的解释有些不对劲儿，但又说不出来，只能给这个情形找了个借口。

毕衍噘了噘嘴，没有继续反驳，算是先放过了这个问题。

"不管是不是死者开的门，如果凶手是从大门进来的，走廊上的监控应该能拍到吧。"朱队也加入了讨论。

"对。"邹堃点了点头，再次强调道，"几处监控都可以提供给你们，不过我觉得不会有什么作用。监控的位置十分显眼，与其说是为了留下视频资料，倒不如说是为了起到震慑作用。凶手大费周章杀人，利用电吹风制造意外的假象，如果不是死者刚好有难言之隐，我们很可能被误导。他的行为显然不是一时激愤，而是预谋已久，不会犯下被监控拍到这种错误。"

朱队显然知道这个民宿老板以前的身份，他不说话，默默退到一旁。

毕衍在浴缸和洗漱台下的电源插口周边迈着小步，来回踱着。显然，邹堃说得很对，这是有预谋的杀人案，那么凶手事先一定来踩过点，甚至模拟过犯案过程，于是他又问道："他们中有哪些人之前来过这里？"

"如果我没记错的话，除了汪小姐，其他人都没来过。"邹堃也知道毕衍有此一问的缘由，于是补充道，"不过所有房间的房型照片在网上都能看到，小骋之前还做了三维建模，方便客户了解房间内部构造，所以，即使不提前踩点，也能做到这一步。"

"这样啊。"刚刚出现希望的新线索被否定，毕衍的思路又陷入了停滞。他知道很多常用的破案手段在民宿里都无法使用，比如指纹比对、DNA采集之类的，毕竟这里过往停留的人太多了，不能指望打扫阿姨清理掉所有痕迹。他们能依靠的就是自己多年来的经验，或者说刑警的直觉。

"下一步我们该怎么做？是查看监控还是询问在场人员？"朱队见现场可供查勘的线索极少，提出了建议。

"分两路进行吧，我和王珂对在场人员例行询问，小王十分擅长网络技术，可以在我问询时提供人物背景等重要资料，所以就麻烦朱队和楼下的小伙子一起检查一下监控了。"毕衍解释着，朝朱队点了点头，随后又转向邹堃，"堃哥，我和小王现在住的那间房能做临时问询室吗？"

"当然。"

"那大厅秩序就由你和工作人员帮忙维持一下吧，等我组员来了再接手。"毕衍话音刚落，又歪着头突然想到了什么似的补充了一句，"那个电子门卡的进出记录也麻烦提供一份给我们吧，虽然知道用处不大，但至少可以了解一下余力他们进出的时间线。"

"没问题。"邹堃的回答一如既往地爽快，"也可以帮你们比对一下之后谈话中各人给出信息的真实性嘛。"

毕衍对着邹堃挑了下眉毛，两人心照不宣地眨了眨眼，露出了会心的笑容。

"先从谁开始呢？"从二楼的凶案现场走出来，王珂跟在毕衍身后小声询问着，他的全套装备都在一楼的房间里，只要知道人名信息，他就能立刻开工了。

大厅挂钟的时间指向四点，毕衍独自趴在走廊的围栏上向下看去，他们离开后，大厅里的人员分布与最初相比发生了微妙的变化，方才的彼此依靠渐渐消失，取而代之的是暗流汹涌。众人都在互相试探着，小心翼翼地维护自己的利益。夏曼丽没有动，她仍然瑟缩在沙发的边缘，面前的茶几上堆满了擦拭眼泪的纸巾。之前坐在她左侧的那个女人也仍然依偎着她坐着，不过身体语言不再像之前那么关心，反倒单手撑头别过脸去，一边咬着手指一边打量着其他人。原本蹲在夏曼丽右侧的女人现在和周岩、汪乐宁站在一起，他们低声交谈着，汪乐宁应该在想办法了解自己错过的一切，她不时摸摸自己的额头，焦躁地将头发一遍遍捋到耳后，显然对目前的情况无法接受。另一个女人倒是平静了许多，毕衍注意到她和周岩挨得很近，身体接触频繁而亲昵，毫不顾忌汪乐宁的存在，应该是一对情侣。之前一直猛抽烟的男人如今正满面愁容地站在大厅门口，没有关注夏曼丽，也没有加入周岩他们的讨论，如果不是被警察阻止，他应该已经在院子里继续抽烟了。而起初在汪乐宁身边鞍前马后的那个人则在沙发旁来回踱步，他的目光时不时地转向汪乐宁，显然很想加入他们的队伍，却又犹豫着鼓不起勇气走过去。

"就从所有谋杀案的第一嫌疑人——死者的妻子开始吧。"毕衍说着，又看了一眼那群各怀心事的好友，问道，"对了，堃哥，你知道他们是怎么分配房间的吗？"

"两对情侣，死者和他妻子、周岩和邱宁各一间，剩下两男两女各一间，"邹堃对"一蓑烟雨"的大部分工作其实都已经甩手不管了，但当毕衍问起的时候，他仍然对人物关系了如指掌，"邱宁你应该看出来了吧，夏曼丽旁边是林菲菲，她和汪乐宁一间，门口站着的许波和那个来回踱步的杨鹏飞一间。"

"谢了。"三言两语间，邹堃已经把毕衍想要了解的信息都梳理好了，毕衍看向邹堃的目光里充满信任，"那我们去房间准备一下，朱队，麻烦你十分钟后带夏曼丽来我房间。"

"好的。"

朱队应声离开，邹堃也转身下楼，216房间门口只剩下了毕衍和王珂两个人。

"可以说了吗？"

"啊？"王珂被突如其来的问题吓了一跳，随后紧张地挠了挠后脑勺。

"为什么案发之前你都和邹堃在一起？"这个问题困扰了毕衍很久，他甚至等不及回到房间再问了。

"我……我……"王珂结巴了一会儿，知道瞒不住，索性一股脑儿说了出来，"我看邹老师房门开着，就想进去拿邹骋的电脑看看。"

"你偷电脑被抓了？"毕衍惊讶得眉毛都飞了起来。

"也……也不算偷，起初是想借的。"

"可以啊，"毕衍一点儿都不生气，反而勾着他的肩膀一起往楼下走去，"看不出来，你还有这个胆子。"

路过大厅的时候，毕衍听到一阵嘈杂，林菲菲操着尖锐的嗓音正在指责警方不体恤当事人妻子，把他们都当成嫌疑人的行为太过粗暴，不过这并没有影响他们的行动。毕衍嗤笑了一声，他知道其他人能处理好这些事，于是继续勾着王珂的肩膀头也不回地往房间走去。

"真是一出好戏。"

三十五

"咚咚咚。"毕衍和王珂两人才坐稳,就听到门口有人小心翼翼地敲门。

"请进。"毕衍连问都不问来人是谁,一边邀请对方进屋,一边示意王珂做好准备。初次参与问话的王珂正襟危坐,一副临危受命的样子,让毕衍觉得十分有趣。

"你好……我是……"

"请坐。"不知道是不是故意,毕衍打断了夏曼丽吞吞吐吐的自我介绍,他指了指桌对面孤零零的椅子,示意她坐下,"临时办公场所,比较简陋,还请见谅,没什么问题的话我们就开始了。"

"没什么问题。"

夏曼丽有些拘谨地坐了下来,她脸庞圆润,五官被发胖的面颊撑开,明亮色调的薄羽绒服裹在身上更显丰腴。此刻她已经止住了哭泣,只是双眼通红,头发凌乱。她拿起面前的水杯,握在手里,想从温热的杯壁上吸取一点儿能量,同时惴惴不安地看着对面的两个陌生人。

"先说说你是怎么发现死者的吧。"

听到这个问题,夏曼丽原本因为擦拭泪滴而被摩挲得通红的脸颊上泛出一丝惨白,她心有余悸地颤抖了一下,才结结巴巴地开始诉说:"我们原本在一起玩掼蛋,差不多两点半,周岩说有点儿累,想找阿力来替他,可是打电话没人接,回房找他敲门也不应,我们以为他睡着了,就找老板拿备用门卡,谁知道一进门……"

想到不久前才看到的那一幕,夏曼丽情绪再度失控,她抽噎着继续说道:"他不在床上,我想他之前说要泡个澡,就去浴室看看,谁知道……谁知道一进去就看到他整个人都沉在水里,双目紧闭,客房提供的吹风机也被扔在水里。周岩后我一步走进浴室,也看到了一切,他把我拉出房间防止破坏现场,然后自己守在门口,让我去找其他人,后面的事情你们都知道了。"

毕衍看着竭力控制情绪的夏曼丽,她的伤心、惊恐不像是装出来的,加上有关吹风机的线索也是她提供的,毕衍在心中盘算着这个女人的可信度。如果这起谋杀案的凶手真是她,她大可不必主动提供关于吹风机这一至关重要的线索,如此一来,余力之死必然被认定意外,她也能安然无恙地全身而退。所以,尽管所有谋杀案的第一嫌疑人不是配偶就是情人,在这宗案子里,这一结论却并不能成立。

"你大概是什么时候离开房间去打牌的?"

"我也不是很确定,我们十二点多到的,各自回房安置了一下随身物品,去的时候差不多一点吧。"

夏曼丽回答得不甚连贯,不过在毕衍听来反而更具可信度,经历巨变,她不可能把每个细节都记得清楚,于是毕衍按部就班地问下去:"你离开时余力在做什么?"

"收拾东西,他出去接了个电话,所以安顿的速度比我慢了些,"夏曼丽努力回忆着,"当时菲菲和许波都在。许波说要打牌,结果菲菲和阿力都说想休息先不去了,所以我们三个一起出的门,菲菲回自己房间了,我和许波就去找邱宁他们,我到他们房间的

· 260 ·

时候邱宁还在做面膜呢,因为实在没人了,所以就把他们俩都拉上了。"

也就是说一点左右,林菲菲、许波和夏曼丽三个人一起离开了死者的房间,那时候死者还活着,并且独自待在屋内,毕衍在笔记本上落了一笔。他看到死者坐在沙发上的时候应该是一点之前,和夏曼丽提到的接电话能对应上。那之后汪乐宁一直与他在一起,自己成了她最有效的时间证人,毕衍执笔在笔记本上又敲了两下,继续问道:"那之后呢?"

"之后我们就借了个棋牌室打牌了。"

"为什么专门借了个棋牌室?"毕衍想到邱宁和周岩这对情侣,既然他们都参加了打牌,完全可以在他们房间里进行。

"许波烟瘾挺重,所以……"

"嗯,"毕衍想到大厅里那个猛抽烟的男人,点了点头,"打牌期间你有没有离开过?"

"没有。"夏曼丽下意识地否认道,但随后又犹豫起来。

"你再想想。"毕衍见状双手环在胸前提醒道。

"我中间去了趟洗手间,顺便去前台买了四瓶饮料,不过都只待了一会儿工夫,没有上楼。"夏曼丽一边摆手一边急切地补充着。

"大概是什么时候?"

"你稍等,我看看,"夏曼丽从衣兜里掏出手机,翻看了一下,然后把手机递到毕衍面前,"你看,我是一点五十五分付的钱。我去洗手间的时候许波也离开了,他回屋拿手机充电器。"

这个信息很重要,毕衍习惯性地转了转手里的笔,再次问道:"其他人呢?"

"我……我不清楚。"夏曼丽还是畏畏缩缩的。

"不急，你慢慢想。"

"对了，我们打了一局牌，差不多一点一刻的样子，邱宁回屋把面膜清洗了一下，也就几分钟的样子。"

"周岩呢？"

夏曼丽歪头看着天花板，想了好一会儿，肯定地说："没有，他一直没有离开过。"

"你和丈夫感情怎么样？"

"啊？"这个问题太出人意料，夏曼丽一时语塞。

毕衍本是随口一问，他已经基本排除了夏曼丽的嫌疑，可夏曼丽脸上闪过的慌张让他提起了精神。要知道，谋杀案的第一嫌疑人除了配偶还有情人。

"有什么不方便说的吗？"

"不是的，我们感情很好。"夏曼丽视线低垂，不敢再看毕衍的眼睛。

"这样啊，"毕衍并不紧逼，他看了会儿自己的笔记本后说道，"多谢配合，那就到此为止吧。"

夏曼丽还在盘算着后续解释，没料到会这么轻松过关，毕衍的话仿佛一条赦令，将她从最后一个问题中解救出来，她连招呼都没有打，连忙站起身离开了房间，关上了房门。

"查到什么了吗？"毕衍回过头看着始终在摆弄笔记本电脑的王珂。

"夏曼丽和余力两个人算是强强联合，"王珂说着，把查到的资料指给毕衍看，"他们俩都是富二代，家境优越，目前看来没有金钱上的烦恼。余力和许波、周岩、林菲菲还有汪乐宁是同学，

· 262 ·

而夏曼丽和邱宁应该是以家属的身份参加这次同学聚会的。不过他们彼此很熟悉了,社交媒体上有很多他们一起出游的合照。"

"能看出谁有杀人动机吗?"

"暂时不行。"王珂看着自己的宝贝电脑,咬着嘴唇摇了摇头。

"虽然他们四个人一直在打牌,但其实除了周岩,其他人都离开过棋牌室,无法排除嫌疑,你去叫邱宁进来吧。"毕衍迅速做了决定。

与夏曼丽不同,这次进屋的女人小巧玲珑,一头知性的短发,有点儿像小了一号的乔茜,脸上已经看不出惊慌的神色,确实和周岩十分般配。案发前的大致经过毕衍已经从夏曼丽那儿了解了,于是他循例问了问几个人之间的关系后,立刻进入了正题。

"打牌期间你离开过吗?"

"有,"邱宁回答得很肯定,应该已经预料到会被问到这个问题,"第一局牌结束后我回房间清洗了面膜。"

"从我拿到的资料看,你的房间就在余力隔壁,你回去的时候有没有发现什么异常?"

原本还十分镇定的邱宁低下了头,含糊地说道:"我急匆匆地回去,没留心别的。"

"是吗?"毕衍皱了皱眉头,"我们只是想确定一下每个人的行动轨迹,给大家一个解释的机会,而不是等到在监控上发现时造成不必要的尴尬。"

邱宁抿了抿嘴,还是一副欲言又止的样子。

"他们夫妻感情怎么样?"

"你怀疑夏曼丽?"邱宁重新看向了毕衍的眼睛,"不可能的,她很爱余力,而且她也没那个脑子。"

"那么余力呢?"毕衍听出了邱宁的言外之意。

邱宁叹了一口气,终于下定决心般说出了实情:"我上楼的时候看到林菲菲和余力在216房间门口争执,不过看到我后林菲菲就回自己房间了,我很确定她没有走进余力的房间。"

"林菲菲?"毕衍又习惯性地敲了敲笔记本,这个信息令他有些惊讶,"她和余力……"

既然已经说了,邱宁也不准备继续隐瞒,索性和盘托出:"对,他们背着夏曼丽在搞暧昧,这之前几次聚会中我就看出来了,不过……不过夏曼丽怀孕了,没有人愿意做这个坏人,把这件事告诉她。"

"夏曼丽怀孕了?"又是一个令毕衍惊讶的消息。

"但她什么都不知道,她满心期望孩子的到来,你们不会因此就觉得她是凶手吧?"邱宁说出了自己之前犹豫的原因。

"放心,我们不会这么草率下结论的,"毕衍想到了夏曼丽离开前惊慌的神情,她应该不像邱宁所说的那样一无所知,"谢谢你的线索,方便帮我叫许波进来吗?"

"你看这个,"邱宁才离开,王珂就邀功般对毕衍说道,"余力名下有一套公寓房,不久前转让给了林菲菲,看来他们不只是暧昧那么简单。"

王珂话音刚落,房间的门再次被推开,毕衍和王珂重新投入询问中。和前面得到的信息一致,许波趁夏曼丽上洗手间的工夫回房间拿了充电器,不过他路过余力房间时,只看到房门紧闭,没有任何异响,林菲菲倒是在自己房间里,因为他听到房间里传出电视的声音,除此之外没有注意到任何异常。

不久,重点关注对象林菲菲就进来了,她确实是个容貌艳丽的女人,身材高挑,打扮时尚,一双丹凤眼极具特色,眼尾上挑,一副精明的模样。

"能说说一点一刻的时候,你和余力在争执些什么吗?"短暂的客套后,毕衍开门见山地问道。

"什么?"林菲菲先是一愣,反应过来后强装镇定,装腔作势地质问着对面的人,连艳丽的容貌都有些扭曲,"这是什么意思,我现在是嫌疑人吗?"

"如果解释清楚的话,就不是了。"毕衍面带微笑给了林菲菲一个下马威,完全无惧她色厉内荏的愤怒。

"我记不清了,去和他借个东西吧。"林菲菲别过头随口说道。

"借东西不该发生争执吧?"这个回答显然不能让毕衍满意,他意有所指地说着,"我们已经知道你和余力的关系了,隐瞒只会增加你的嫌疑。"

"是不是许波说的?他自己问余力借了钱一直拖着不还,还想把屎盆子扣在我头上!"林菲菲想到刚离开的许波,仿佛被踩到脚般跳了起来。

毕衍和王珂对视一眼,一个新的矛盾,这些好朋友之间的关系还真是错综复杂。

"许波前前后后一共向余力借了五十万,说是入股创业,实际却一事无成,最近余力和他爸闹了些矛盾,要资金流转,对许波逼得很紧,"像是为了洗清自己的嫌疑,还没等毕衍再次发问,林菲菲竹筒倒豆子般说出了自己知道的一切,"这些事都是余力亲口和我说的。"

"那你的情况呢?"毕衍似笑非笑地用笔尖指指她,显然没有忘记林菲菲自己的事。

"我真的只是去看看他，"林菲菲知道瞒不住了，"余力怕被其他人发现，才说了两句话就催我离开，我一时脾气上来，和他争执了两句。但是我连他房间的门都没进去，真的！"

毕衍挑了挑眉毛，不置可否："这么说起来，整个下午你都在自己房间，没有任何证人喽？"

"还有杨鹏飞呢，不到一点的时候他就一个人偷偷摸摸地下了楼，我刚刚在外面问过，之后整个下午都没人再见过他。"林菲菲再次企图转移警方的视线。

"是吗？"毕衍也在此时想起了那个在汪乐宁面前殷勤却又木讷的男人，不知道他又有什么故事。

很快，杨鹏飞来到了毕衍面前，与最初在远处观察时留给他的印象不同，毕衍觉得这个男人身上透露出对自己的敌意，这让他有些疑惑。

"今天下午你在哪里？"

"房间里。"

"做些什么，有人可以证明吗？"

"一个人睡觉。"杨鹏飞的回答十分简短，给人硬邦邦的感觉。

"可是有人看到你在一点前离开了房间，却没人看到你回来，你该知道房间门口是有监控的吧？"

杨鹏飞不再说话，沉默地抗拒着。

"整个下午都没有人见过你在哪里，你要是不开口的话，对自己很不利。"毕衍不知道这股敌意从何而来，他只能对杨鹏飞晓以利害。

"我跟着你和汪乐宁出门了。"半晌，杨鹏飞憋红了脸才憋出了一句话。

"什么?"毕衍有些惊讶,但随后立刻在王珂的视线中恢复镇定,"你跟踪我们?"

"一朵花都能聊那么久,汪乐宁怎么会相信你这种人?!"杨鹏飞愤愤地说着,完全不在意自己目前的处境。

这下毕衍知道那股敌意从何而来了,这家伙大概把自己当成了他的竞争对手,还是凭借花言巧语取得领先地位的那种。

"你跟了我们多久?"

"一直到你们上山。"

"我会让外面的警官查一下你的进出时间。"

"哼。"杨鹏飞转过头去,从始至终他都丝毫不在意这场谈话,自然也毫不在意刚刚被谋杀的这个好友。毕衍和王珂又对视了一眼,站起身礼貌送客。

三十六

"你怎么看?"房间里重新恢复了安静,毕衍对比着笔记本和邹堃提供的门卡记录问道,"从记录来看倒是符合。"

"我也说不清,应该不是邱宁。"

见王珂的第一判断和自己一致,毕衍点了点头继续说道:"其余几个人虽然没有说谎,但多少都有隐瞒,夏曼丽明显知道死者有婚外情,许波和死者有财务纠纷,而林菲菲是死者的情人。"

"你刚刚和汪乐宁出去了?"王珂忍不住内心的好奇,随后立刻补充道,"我不是那个意思,那个杨鹏飞……"

"监控对得上就行,不过他来的目的应该只是汪乐宁,没精力酝酿一宗杀人案,主要嫌疑人暂时还是锁定那三个,可这三个人……"毕衍迅速打断王珂的话头,显然不想在这个问题上多做纠缠,他抬头看了眼时间,讯问已经过去了一个多小时,他们找到三个动机,却没有找到对应的手法——凶手是怎样进入死者房间的呢?

毕衍紧皱眉头,企图从字里行间找出端倪破解密室之谜,就在他绞尽脑汁之时,门口又传来敲门声。紧接着,一个高大的人影走了进来。

"不好意思,我看你们的讯问暂停好一会儿了,"来人正是周岩,他语气和缓,举止沉稳,散发出和之前几个人完全不同的气场,"时间也不早了,他们几个都受了惊吓,又累又饿,我想问问我们能不能先回屋休息?"

"这样啊,那夏曼丽准备怎么安排?"

"我们商量过了,让她先和汪乐宁、林菲菲挤一间。"

"行,不过在监控查清之前你们都不能离开,还请理解。"看起来周岩已经迅速成了团队的主心骨,毕衍放心地把这个任务交给他。

"当然。"周岩关上门退了出去。

"走,我们去看看监控吧。"毕衍站起身伸了个懒腰,带头往监控室走去。

新来的两位警官正目不转睛地盯着各自的监控屏幕,邹堃也坐在一旁,他看到毕衍,轻轻摇了摇头,眼神中透露出遗憾——毫无收获。一个小时过去了,216门口来来去去好多人,却没有一个真正进入过屋内,那么凶手到底是怎么躲开摄像头的监控进入房间杀死余力的呢?

视频画面已经接近尾声,所有人都屏住呼吸,等待着结局的到来。邹堃的眉头纠结成一个"川"字,毕衍则扶着邹堃的椅背目不转睛。可惜,没有,直到夏曼丽和周岩拿着备用门卡打开216的大门,全程没有一个人进入过这个房间。

"两点五十四分。"邹堃默念着。

毕衍也在同一时间看向了屏幕的右上角,随着周岩的身影消失在门口,"14:54"这几个数字正无情地闪烁着。他抢过小顾的鼠标,将画面前移到林菲菲出现在216门口时。屏幕上,手舞足蹈的女人压抑着愤怒看着房门在自己眼前被粗暴地关上,毕衍按下了暂停键,一点零九分。

从一点零九分到两点五十四分，一个完全密闭的空间里，凶手神不知鬼不觉地出现，又神不知鬼不觉地消失，只留下了一具仍显温热的尸体。

"不对。"屏幕上夏曼丽正慌张地从216房间跑出来，按照口供，这是她发现尸体后出来向众人求助的时刻，原本还坐在椅子上的邹堃突然站了起来，将沉思中的众人惊醒。

"你想到什么了，堃哥？"毕衍急切地问道，他知道自己一定遗漏了什么，只是需要一点萤火点亮脑海中混沌的黑夜。

奇怪的是，一贯毫不吝啬分享发现的邹堃这时却摇了摇头，重新坐回椅子上："没什么，是我想岔了。"

"想岔了？"毕衍有些奇怪，他企图从邹堃脸上读到一点儿信息，可邹堃只是摇了摇头，保持沉默。

"这到底是怎么回事，没有人进入过那个房间？"朱队也从电脑前转过身来，"你们的问话有什么进展吗？"

这次轮到毕衍摇头了，他确实从谈话中找到了众人隐瞒的一些事情，但即使如此，密室仍然是密室，找不到入口，就找不到杀人凶手。一天之内出现两宗密室杀人案，即使是邹堃这种见惯大阵仗的老刑侦人员也有些头疼吧，毕衍混乱地发散着思绪，为邹堃刚刚失常的表现找理由。

"时间不早了，先吃些东西吧。"邹堃再次站了起来，一边说一边向门口走去，"我让员工准备些晚餐送过来吧。"

"多谢了。"毕衍还没来得及说话，朱队已经先他一步离开了奋战一个多小时的位置。

"这样也好，先休息下，"毕衍看着邹堃离开的背影，示意王珂一起离开，余力紧缩着身子在沙发上接电话的身影再次徘徊在他脑海中,"你帮我查一下余力在一点前的通话记录。"

"没问题。"

两人并肩步入大厅,毕衍一眼就看到汪乐宁神色匆匆地迎了过来。

"你们不是回房休息了吗?"不等她开口,毕衍先掌握了对话的主动权。

汪乐宁嗔怒地瞪了毕衍一眼,仿佛在责怪他明知故问:"林菲菲和夏曼丽在屋里,我实在待不住。"

"你也知道?"毕衍继续反问,看来林菲菲和死者的关系实在算不上秘密。

汪乐宁不再接他的话头,试图夺回发问者的位置:"怎么样,有线索吗?"

"咦?"不待毕衍回答,身后边走边摆弄电脑的王珂发出了奇怪的声响。

"怎么了?"汪乐宁和毕衍异口同声地发问。

王珂抬起埋在屏幕后的脑袋,目光在两人之间游荡了一个来回,犹豫着不知道该不该说。

毕衍也看了一眼汪乐宁,后者显然没有要主动避嫌离开的意思,他顿了顿,不知为何没有出言劝她离开,只是对王珂说道:"没事,你说。"

"你让我查的电话,整个下午余力只接通了一个电话,在十二点四十八分,和他通话的人是周岩。"

"周岩为什么要给他打电话?"汪乐宁说出了在场三人共同的疑惑,周岩就住在余力隔壁,几步路的距离,很多事吼一嗓子就能解决。而偏偏这通电话,余力还特意跑出房间,避开众人在大厅里接听,他们两人之间有什么不可告人的秘密?这个秘密会成为周岩的杀人动机吗?可打牌的四个人中,周岩是唯一一个全程没有离开过的人,他是除汪乐宁之外最没有嫌疑的人,毕衍心中疑云更甚。

"你先回房查一下周岩的情况,我再上楼看一看。"

毕衍说完,急匆匆地朝楼上跑去,端着晚饭的邹堃从他身边走过,他也来不及打招呼,更没空费心搭理跟在他身后的汪乐宁。

浴室的门大开着,经过几拨人的查探,里面的温度已经完全降下来了,地砖上的水渍变得模糊不清,乱七八糟的脚印看得人心烦。

毕衍再次走到浴缸边,因为还没有经过彻底的拍照取证,余力的尸体仍旧静静地躺着,毕衍叹了口气,在浴缸前蹲了下来——这是他和邹堃一起重访"五行杀人案"凶案现场后最新养成的习惯——换个角度看问题,或许能发现新的线索。邹堃的身影再次出现在毕衍眼前,似乎每次两人并肩蹲下,都能找到新的突破口。或许不仅仅是角度问题,人在蹲下后,心脏到大脑的距离变短,供血变得充足,思维也更加活跃。毕衍胡思乱想着,因为自己不合时宜的推理而重新打起了精神,就在此时,吹风机蜿蜒曲折的电线吸引了他的注意力。

"你在看什么?"一边,汪乐宁也蹲了下来,那里原本应该是邹堃的位置。

毕衍没有立刻回答,电线的终点自然是插座,这是一个自带开关的插座,毕衍又想起了邹堃的话,是他进入浴室后关掉了电源,也就是说现在这个插座是关闭状态,无法给吹风机供电。毕衍拿起吹风机再三打量了一会儿,还是没有新的发现。

"有什么奇怪的地方吗？"汪乐宁不死心地追问着。

"暂时没有发现。"毕衍抬起脚准备摆脱汪乐宁，去看看王珂查到了什么，却瞥到了汪乐宁刻意避开尸体的目光。

"穿着呢，不用那么紧张。"毕衍随口说着，刚要走出门口，却猛然觉得被一道闪电击中，一个荒谬的想法出现在他脑中——没有人会穿着内裤洗澡，除非他事先已经知道会有人看到他的尸体，或者说身体。毕衍再次退回浴室，蹲下身看了一眼插座的开关，原本荒谬的想法在他脑海中渐渐成熟。

可是，为什么呢？杀人的手法有了，就等王珂找到凶手的动机了。

"通知所有人去大厅集合。"毕衍没头没脑地对汪乐宁说着，自己则跑向临时办公室，去寻找他的希望之子——王珂。

毕衍已经在低谷太久了，风水轮流转，或许真的到了他转运的时候。正当他冲进屋里的时候，王珂果不其然也有了重要发现，两个人在门打开的瞬间相遇在门槛的分界线处。

"毕队，果然有情况。"王珂顾不上客套，也不退回屋内，几乎把手里的笔记本电脑撑到毕衍脸上，"你看这个女生。"

"这是……？"毕衍没有见过这个女生，她显然不是今天聚会团体中的一员，之前王珂给他看的照片中也没有出现过这个身影。

"这个女生叫刘安雅，曾经是余力的女朋友，在大学时也是这个团体的一员。"

"曾经是？"毕衍敏锐地发现了王珂话中的关键词。

"对，六年前，刘安雅因为一宗意外死了。"王珂解释道，"根据记录，事故发生之前刘安雅本来是和余力在一起自习的，但她中途离开了一会儿，就是那一会儿她不慎从楼道滚落，那里其实是还未投入使用的学生会办公楼,往来人员很少,等余力发现的时候,刘安雅已经死亡了。"

"确定是意外?"这是毕衍首先要排除的问题。

"对,楼道上有监控,刘安雅确实是自己跌落的。"

"她和周岩是什么关系?"

"我本来也没发现,"王珂调整着电脑画面,急切的语气里透露出一丝惊喜,"直到我顺着周岩的社交账号发现了这个匿名博客,你看。"

一直被忽略的动机也出现了,可是,证据呢?

三十七

"折腾了一天,刚刚放我们回去休息,这会儿又叫我们出来,来来去去的,闹着玩吗?"一看到毕衍,林菲菲就从等待的沙发上跳了起来,言语泼辣,情绪高涨,让人很难相信她刚刚失去了十分亲近的秘密情人。

"坐下!"朱队站在一旁不满地呵斥道。

"我们现在是嫌疑人吗,凭什么这样对待我们?"林菲菲还是一副有恃无恐的样子,一边说一边向周围人做出煽动的手势,企图获得他们的支持。幸好,剩下的几个人都被突如其来的意外耗尽了心神,此刻全呆愣愣地坐在自己的位置上,没有力气配合她的表演。

邱宁叹了口气,拉了拉林菲菲的衣角,小声说道:"坐下吧。"

林菲菲环顾四周,除了面无表情的毕衍和两个双手交叉放在胸前的警察,没有人理会她,只好像只泄了气的皮球般颓然坐下。毕衍又扫视了一圈,汪乐宁正身体前倾盯着自己,虽然没有说话,但面部表情写满了焦急——你是不是查到凶手了?

"大家不用着急,之所以把你们都集中到大厅,是因为案件出现了新的证据,需要大家配合比对一下。"

"什么证据?"

"王珂正在准备,等会儿就知道了。"毕衍卖了个关子,引得众人更加坐立不安。

窗外，天色已黑，夜鸟归巢，晚风夹杂着阵阵羽翼的拍打声吹向东头的山中。除此之外，远离市区的"一蓑烟雨"中一片静谧，但在座的几个人心境却跌宕起伏，不似这环境清幽怡人。许波将手伸到裤袋里，摸了好几下才摸出一盒烟，哆哆嗦嗦地点燃一支，放到了嘴边。

"不介意吧？"问的同时，一缕青烟已经从他鼻腔中弥漫出来。

"烦死了！"林菲菲刚在毕衍那儿吃了瘪，此刻自然抓住这缕青烟不放，"识字吗？'禁止吸烟'四个字看不到吗？"

许波抬起头斜瞥了一眼林菲菲，脸上带着不耐烦的神色，但没有反驳，只是闷头朝门外走去。

"人家都有证据了，要不你就招了吧，别害得大家在这儿陪你一起没自由！"林菲菲对着离去的背影不依不饶地喊着。

"你说什么？"许波沙哑的声音里带着怒气，他回过头，任凭指间的香烟徒劳地燃烧着。

"余力说过，那笔钱你是不打算还了吧，五十万，确实超过你们俩的友情了。"

"那你呢，余力花了多少钱买你的友情？"许波朝林菲菲快步走过来，作势要动手，小顾连忙拦到两人中间。被拦住的许波并没有把事情闹大，只是愤愤地把手中半截香烟砸到林菲菲脚下："我早看不惯你了，除了爬床的本事，你还会什么？整天搔首弄姿、狐假虎威，现在余力要有孩子了，不要你了，你自己狗急跳墙杀了人，还想怪我？！……我想起来了，我路过她房间的时候确实听到有电视的声音，但并没有看到她本人，说不定她在余力房间里做些什么呢！余力是不用吹风机，这个狐狸精呢？！"

"你胡说什么？！"林菲菲显然没想到许波会将这件事当众说出来，她先是环顾四周，发现大家都躲避着她的视线，于是又急忙看向夏曼丽，"你不要听他胡说，我下午一直在自己房间！"

"不用着急辩解，你和余力的事夏曼丽应该也知道，可是在我们问询时却避而不谈，这是夏曼丽的杀人嫌疑。"一旁看热闹的毕衍非但不劝，反倒再次给越烧越旺的火堆添了一把柴火。

夏曼丽原本就寡淡的脸色更加惨白，她看看毕衍，又看看林菲菲，要流下泪来。

"别说了，凶手到底是谁？"汪乐宁看不下去了，她揽过夏曼丽坐到自己原本的位置上，越过林菲菲和许波，直直地看向毕衍。

"证据还没准备好，"毕衍摊了摊手，"不过嫌疑人都在这里，杀人动机他们刚刚也自己交代了。"

"到底是什么证据？"一直冷眼旁观的周岩终于也忍不住了，"大家也担惊受怕一天了，能不能回室内休息着，等你们准备好了再来比对？"

"凡走过必有痕迹。"毕衍回答得胸有成竹，"不会很长时间的，还请各位少安毋躁。"

"众目睽睽之下没法戴手套，也算天网恢恢……"一边的小顾忍不住嘀咕了一声，朱队瞪了他一眼，毕衍则假装没有听到，好整以暇地站在原地。

一阵铃声消解了室内令人不安的沉默，毕衍看了看手机，"咦"了一声，仿佛这通电话超出了他的预料，他皱着眉头接通了电话。

"什么？"原本还窃窃私语的毕衍突然提高语调，一屋子人都心惊胆战地看着他。

"刚采集的证据出了点儿问题，我同事快到了，我去带下路，"毕衍神色有些焦急，"他们带了专业工具，要不安排小顾去216守着？"

"行，你去吧。"朱队满口答应下来。

"那我们呢？"汪乐宁还是满腹疑问，可毕衍不理她，只是匆匆离开了大厅。

毕衍离开没多久，大厅里的众人又蠢蠢欲动起来。

"不管你们怎么破案，总不能一直把我们关在这儿吧？"周岩率先发难，"我们这儿还有个孕妇呢！"

"我们都在这儿待了半天了，警察有这个权力吗？"邱宁上前一步用实际行动支持自己的男友。

"是啊，凭什么把我和这个杀人犯关在一起！"有人撑腰，林菲菲终于找回了底气。

"你说谁是杀人犯？！"才平静了一会儿的许波又被激起脾气来。

"别吵了！"汪乐宁满脸愁容，她扶着夏曼丽站起身，说话的语气与离开的步伐都十分坚决，"如果没有正式文书的话，我先带她回房休息了。"

在她的带领下，众人几乎一哄而散，朱队嚷嚷了两句不见成效，索性也就随他们去了。还好并没有人真的离开民宿，大家只是乖乖朝自己房间走去，这是一片混乱中唯一让人省心的地方。

216的房门仍然敞开着，原本应该守在这里的小顾因为大厅的突发情况刚被朱队叫去协防，一个黑影确认了情况，终于蹑手蹑脚地走进了这个房间。

天已经黑了，月亮升起来，惨白的月光从窗帘缝中钻进这间格外阴森的屋子,成了一片黑黢黢中唯一的光明。那个黑影就这样借助着这一缕光,灵巧而小心地佝偻着身子往浴室走去。内有尸体,外有警察,这让他心神焦灼,整个人像一根绷到极致的弦,但他不得不继续前进,拯救他百密一疏的杀人计划。

"啪。"灯亮了,弦断了。

周岩面无血色地站在灯火通明的浴室里,看着守候多时的毕衍和王珂,他的背后传来一阵脚步声,他知道那应该是朱队和小顾——瓮中捉鳖,他早该想到的,可事情发展得太快,以至于他一时失去了判断。随后,他一直挺直的背脊垮塌下来,但脸上却露出如释重负的微笑。

"你们是什么时候发现的?"像是问句,又像是陈述句,周岩闭上眼又重新睁开,一副放弃挣扎的样子。

"你计划得十分周密,我也是刚刚发现的。"

"根本就没有证据,一起完美的杀人事件,对吧?"

毕衍耸了耸肩回答道:"其实我也不知道有没有证据留存,一枚指纹或者一缕发丝,不过,这世上不会有完美犯罪,凡做过,必留痕迹。"

"那他呢,"周岩指了指早就失去生命的余力,"他做过的事呢?"

216发生的事情再次引起了骚动,尽管小顾一直在门外守着,原本回到屋里的几个人还是闯了进来。

"不可能,周岩从来没有离开过!"邱宁上前一步挽住男朋友的手,可周岩脸上颓然失色的表情让她陷入犹豫。她抬起头看向周岩请求道,"你说啊,你一直都在打牌!"

"对,这也是我最初的疑惑,从一点零九分到两点五十四分,没有人进入过死者的房间,这是一间真正的密室。"毕衍没有阻止邱宁的行为,"我一直在想,凶手是怎样在一个真正的密室里制造的杀人案呢?"

"到底是怎么回事?"汪乐宁也忍不住了。

"是你提醒了我。"毕衍指了指汪乐宁,"尽管死者穿着内裤,但你还是本能地避开了视线。"

"那又如何?"

"这说明死者预料到会有人来找他,他本该赤身裸体地待在浴缸里完成这宗恶作剧,但羞耻心促使他穿上了最后一层遮羞布,也为整宗案件留下了最大的疑点。"毕衍说着看向周岩,"我说得没错吧?"

"恶作剧?"林菲菲像是想起了什么,余力是个恶作剧爱好者,以至于她常常要配合他开一些自作聪明的玩笑,"所以他不是真的在洗澡,而是……在等人?"

"对,恶作剧,"毕衍重复着加强了语气,"两点五十四分之前,的确没有人进入过死者的房间,可两点五十四分过后呢?夏曼丽和周岩一起走进了浴室,看到余力躺在掉落着吹风机的浴缸里,随后夏曼丽一个人冲了出去,把你们都叫了上来,可谁说那时候余力死了呢?他不过是躺在浴缸里而已。"

"什么意思?"夏曼丽疑惑地看了一眼周岩,自己明明是和他一起发现尸体的。

"这是恶作剧?可现在……"杨鹏飞也没有反应过来,他指着确实失去了生命的余力后退了两步,仿佛那具尸体马上就会跳起来嘲笑他们。

"这一切本来的确是一宗恶作剧,直到夏曼丽跑出房间后,有个人真的按下了那个插着吹风机电源线的面板开关。"

"为什么？"汪乐宁不似杨鹏飞那般木讷，她受毕衍委托，在大厅里演了一出戏，引导众人离开大厅，给凶手创造毁灭证据的机会。当时在场并且有能力按下那个开关的只有周岩一个人，她重新看向周岩，不可置信地问道："这么多年的朋友了，为什么要这么做？"

"是你？"夏曼丽不可置信地看着周岩，脸上写满了震惊。

"你还记得小雅吗？"良久的沉默后，周岩转过头看着汪乐宁问道。

"谁？"仍然抱着周岩胳膊的邱宁愣了愣神，显然没听过这个名字，可汪乐宁沉默了。

"她是我大学时的同学，你没有见过。"周岩说着，强行把邱宁的手从自己胳膊上掰开，"对不起，你是个好女孩儿，可我偏偏先遇到了她，而她偏偏先遇到了这个人渣。六年了，我常常想如果当时我不是幼稚地把兄弟义气看得那么重，而开口争取，一切会不会不一样。"

"刘安雅？余力以前的女朋友？"许波也想起了这个名字，"你喜欢她？"

"可是她是死于意外啊。"汪乐宁还是不知道周岩为何对昔日好友痛下杀手，尽管她隐约听说过周岩对刘安雅的情愫，但刘安雅已经死了六年了。

"意外？我曾经也一直以为那是个意外，可惜，那不过是另外一宗恶作剧而已。"周岩闭上眼睛，那次余力醉酒后在他耳边吐露的秘密再次浮现在他脑海，"知道那天刘安雅为什么急匆匆地跑下楼吗？因为和她一起自习的余力突然'恶疾发作'失去意识，新建的大楼手机信号不好,她飞奔出去是为了帮他寻求生机,却没想到因为一出恶作剧白白葬送了自己的性命。"

汪乐宁不由得瞪大了眼睛,突然袭来的真相碾轧着她的心脏,让她几乎站不住身子。刘安雅是她的好友,那次意外后,所有人都消沉了很久,但没有人想到事情的真相竟是这样。

"小雅一直全心全意地爱着他,甚至付出了生命的代价,而他却一直不敢说出真相。他把我们所有人都蒙在鼓里,自己则过着养尊处优的生活,娶妻生子,还养着红颜知己,这样的人,难道不该死吗?"

"六年了,你可以把真相说出来,为什么要把自己也陷进去?"邱宁并不了解他们大学里发生的一切,但此刻她仍然倔强地站在周岩身边,站在她的爱人身边,声音里带着颤抖,眼神中带着质问。

"我给了他机会的,"周岩声音沙哑,赤红着双目露出扭曲的微笑,"我给了他这次恶作剧的剧本,他老婆已经怀了他的孩子,一点点惊吓都可能会导致严重后果,他但分吸取了之前的教训,拒绝我的提议,他都不会死,可他欣然接受了。"

"你利用我杀了我孩子的爸爸啊!"

"两年了,我们在一起的两年在你看来算什么?"

夏曼丽绝望的哭喊混杂着邱宁终于忍不住的抽泣,回荡在狭小的房间里,其余人都只能报以沉默。

"对不起。"周岩闭起眼睛,不知道是对谁说的。

第九章 故梦

三十八

月亮静悄悄地爬上每个人的头顶，天色越来越黑，晚风越来越冷，等到那轮弯月彻底主宰漆黑的天空时，喧闹了一天后终归寂静的沙滩上只剩下毕衍一个人。他朝身后阻隔了千家万户烟火气的山丘看了一眼，不见次第渐变的绿，只有惑人心神的黑。他又朝眼前无边无际涌向天边的大海看了一眼，不见晶莹剔透的蓝，只留深不见底的黑。他叹了一口气，顺势躺在细软的沙滩上，全身心地放松下来，然后打开手机，闪烁着微光的屏幕仿佛也成了万千星光中的一员。整个大地都在旋转，耳机里流淌的音乐随着波浪颠簸摇曳，屏幕上的微光随着时间的消逝逐渐熄灭，一阵困意袭来，毕衍闭上眼睛，说不清是刚刚破获的案件还是没有破获的案件让他疲惫不堪。

耳机里多彩的音乐声渐渐远去，苍白的海浪声却离他越来越近，毕衍觉得自己正被流沙裹挟着缓缓流淌进大海，可他不愿意睁开眼睛，他的身体越放松，胸口就越沉重。

就在毕衍昏昏欲睡之时，耳机突然被人摘落，他瞬间从梦中惊醒，一个鲤鱼打挺坐了起来。

"你怎么在这儿？"

惊愕过后，毕衍看清了来人，就是今天下午才和他一起散步爬山的汪乐宁。她又换了一套衣服，轻薄的运动装抵御不了夜半的海风，厚重的大衣又会拖累她翻山越岭的行程，此刻的她正裹着轻薄的深色羽绒服，居高临下地望着他。

"林菲菲和夏曼丽在我那屋休息……"仍是似曾相识的回答，女人叹息似的声音在寂静的黑夜中飘荡，抓挠着毕衍一直平静不下来的心。

"你胆子可真大。"毕衍随口说着，语气里听不出是赞赏还是讽刺。

汪乐宁不说话，索性挨着他坐下来，抱着双腿望向悠远的前方，月光下孤单的海岸线只剩下满目的寂寥和荒凉。

"你们可真奇怪，"毕衍从鼻腔里发出一丝不屑的笑声，"这样一群人居然也能组织起同学聚会。"

毕衍的话让汪乐宁转过头来，她把目光从遥远的星辰中收回，落到毕衍黑得发亮的眼睛上。

"余力并不是你想象中那种彻头彻尾的浑蛋，他大学时投资网店，淘的第一桶金在云南山区小学捐建了一所图书馆。"夜色静静流淌，海水一遍遍涌上海滩又徒劳退去，仿佛陷入回忆的汪乐宁也在无忧无虑的年少岁月中沉浮，"大学时，他算是我们几个的头儿，典型的阿尔法型人格，自信，有主见，勇于承担责任，也喜欢指挥他人，可他最终失了分寸。"

毕衍没有回答，他不知道该说些什么，黑夜正在酝酿崭新的一天，万物都在期待新生的机会，可偏偏人生的烦恼在夜晚也不得安宁，吴盼珍和吴飞宇姐弟俩又横冲直撞进他的脑海，已经破解的案件有时甚至比谜案更牵动他的心。

"那件事后他变了很多，周岩说他不知悔改……"汪乐宁顿了顿，"其实大家都看得出来，小雅的死对余力的打击很大，悲伤也让我们前所未有地团结起来。周岩在之后逐渐取代了余力领头羊的地位，不过他那时候应该还不知道小雅死亡的真相，我们都不知道。"

"可当周岩再次提出恶作剧的提议时，他还是配合了，尽管他曾经害死了自己的女朋友，尽管他知道自己的妻子已经怀孕了……我从没说他是个好人，他曾经被宠坏了，"汪乐宁努力地解释着，"而且就像你看到的，我们这个依靠大学友谊维系的群体已经岌岌可危，他可能不得不答应这次恶作剧，以换取周岩对他的接纳。"

"却没想到断送了自己的性命。"

"我应该看出来的，"汪乐宁双手合拢撑住了自己的额头，"我们大学时真的很亲密。"

毕衍看着这个如今已经分崩离析的团体中的一员，原本身材修长的她抱着膝盖蜷缩成一团，在无垠的天地中显得格外娇小。羽绒服的拉链被她严严实实地拉到最高处，将脖子和小半张脸全都包围在温暖中，只露出一双漆黑的双眸。而此刻，她那双漆黑的双眸正注视着远方，不过毕衍知道，这双眸子刚刚才从他脸上移开。她的眼中仿佛噙着泪，像是将海装到了眼眶中，波光粼粼的，又像是映着漫天星辰，闪烁着忽明忽暗的光。

"林菲菲曾经也是真的仰慕着余力的。"汪乐宁还在一心一意地倾诉着，并不在意毕衍是否给予回应，"她家里很穷，总是在食堂打一份三毛钱的米饭加一碗免费汤，我们以前出去玩的时候，她的那份钱是我们一起分摊的，虽说是分摊，可大家心里都明白，大头是余力担着的。"

"那她和余力……"

"林菲菲心里清楚，余力的家庭是要讲究门当户对的。"

"你们都知道？"毕衍想起下午问话的情形，似乎是所有人一起瞒着夏曼丽。

"心照不宣吧。"汪乐宁也不知道该怎么描述，她有些沮丧，因为自己也是帮忙隐瞒的一员。可是成年人的世界，并不像童话书里的水晶球那样透明，这是大家都知道的道理啊。

他们对视了一眼，仿佛都看见了对方内心深处无以慰藉的痛楚。远方，大海在风声中呜咽。

"那个叫杨鹏飞的男人……是你的追求者？"为了让气氛不再那么凝重，毕衍强迫自己聊起了八卦。

"哈哈，我似乎是他的备胎呢，每当他情感进入空窗期时，就会对我格外殷勤，自我感动式的付出，真是令人困扰的事情。"汪乐宁有些尴尬地笑了笑，"不过，以后也不会聚了吧。"

汪乐宁说完，又低下头去，摆弄着身下细软的沙子，不知道是开心还是难过。

"你们心理学家很难真的爱上一个人吧？"

"啊？"汪乐宁还沉浸在上个话题中，一时没有反应过来。

"真真假假都看得透彻，失去了惊喜浪漫啊。"毕衍不在意地说着，"爱本来就是一时冲动之后的互相感动，可你偏偏要看得透彻。"

"我可不是心理学家，"汪乐宁先是答非所问，随后又正色道，"爱上一个人很简单，可爱对一个人太难了。"

"你在说你哥哥吗？"毕衍想到了那个生命已经画上休止符的年轻人。

"我哥是这样，刘安雅也是。周岩也是，余力、林菲菲、夏曼丽、杨鹏飞还有邱宁，每个人都是。"汪乐宁说着站起身子，拍了拍粘在羽绒服下摆上的沙粒，声音越来越低，似乎每说出一个人名都要耗尽她那一刻的力气，"或许你我也是这样，只是尚未察觉而已。"

毕衍不知道该说些什么，索性也站了起来，和汪乐宁并肩立在不算温柔的晚风中。月色给他眼前的女人笼上一层朦胧的光辉，柔弱将坚硬的外壳打碎，让他止不住在内心滋生出惺惺相惜的爱意。

他们在乔松路外的咖啡店第二次见面时，毕衍就觉得这个看似成熟外向的心理医生有着一抹悲伤的底色，此刻，这抹悲伤满溢出来，似有实体般缠绕在两人周围，浸透了月光。

"走走？"

不知是谁先提议，总之他们俩沉默不语地向着海岸线走去，夜是如此静谧而安详，月是如此清冷而迷人，人是如此寂寞而沉静。

三四月的海风吹到人脸上还带着凉意，但或许是怜惜这对璧人，它收敛了势头，只是微微拂过两人的脸颊。

很快，广阔无垠的大海就在眼前了。海浪安静地拍打着沙滩，仿佛恋人间亲密的吻，温柔地延伸到沙水相间的地方，留下一片潮湿温热后又意犹未尽地退去，等待下一波海浪的来临。白天，碧蓝的海水与蔚蓝的天空连成一片，充满着生命力，而夜晚，漆黑的深渊与墨色的苍穹难舍难分，涌动着漫天星辉。他们俩眺望着海的尽头，天际的最深处，那里是太阳升起的地方，也是太阳跌落的地方。

人们沉迷海边的日出日落，却很少真正欣赏过这日出日落之间幽深寂寥的海与夜。

汪乐宁不想再沉默了,她紧了紧衣服,一边用脚尖在沙滩上画出几道只有自己才能看懂的痕迹,一边问道:"你知道海水为什么是蓝色的吗?"

"为什么是蓝色?可它现在就是黑色的啊。"毕衍还是一贯不按常理出牌,歪着头研究汪乐宁留在沙滩上的印记。

"这倒也是。"汪乐宁也歪了歪头,并不在意毕衍的奇思,"那么白天呢,明明看着是蓝色的,可你把海水捧到手心,就会发现其实一切都是透明的。"

"啊,我知道,"毕衍突然情绪高昂起来,原本低垂的眼睛闪闪发光,"这题我做过,因为海里的小鱼吐泡泡,'blue,blue'(蓝色、蓝色),所以海水就变蓝了!"

"什么?"半晌,汪乐宁反应过来,不由得嗔怪道,"天气已经够冷的了,不用再添油加醋了吧。"

"不是这个答案吗?"毕衍摸摸自己的下巴,一脸的不确定,"这是我小侄女教我的。"

汪乐宁摇了摇头:"我们心理医生可是讲科学的。"

"那是天空的倒影?"毕衍随口胡诌,倒是有了几分诗意,可汪乐宁还是摇了摇头。

"我们看到的颜色,其实都是阳光折射与反射的结果,海水也一样。波长较长的红、橙、黄光,很容易被水分子吸收,而波长较短的绿、蓝、靛、紫光,则大量被海水反射,所以大海在你眼中,才一片湛蓝。"

"所以……?"毕衍摸不清楚汪乐宁究竟想和他说些什么。

"虽然我们看到的是一片蔚蓝,可其实那些红、橙、黄,它们一直都在。"汪乐宁再次长长地叹了一口气，话语里是突如其来的苦涩，"我原本以为，只要不去提那些矛盾，假装一切都好，我们就能把大学时的友谊维持下去。可其实就算眼睛欺骗我们一切都好，那些痛苦还是埋在那里，早晚要浮出水面，图穷匕见。"

"是啊，眼睛看到的不一定是真的，就好像你看到一个人死了，他其实还活着。"毕衍接着汪乐宁的话头，说的是下午的那宗案子，"本以为是省城连环凶杀案的续笔，没想到原来是校园情仇的延续。"

"而有的人活着，其实已经死了。"汪乐宁又接过毕衍的话头，说的却是诗句了。

夜还在加深，可两个人谁都没有提出要离开，他们任由黑夜包裹住此刻脆弱无力的自己，逐渐融入夜的每一个角落。晚风不知疲倦地吹拂，海浪不知疲倦地翻滚，星辰不知疲倦地闪烁，仿佛要在黎明到来前耗尽全部的力气。

"不对！"毕衍突然紧张地说道，打破了刚刚安宁的氛围。

"怎么了？"汪乐宁有些诧异地侧过头去看着他倏然发亮的眼眸。

"有的人死了，其实他还活着；有的人活着，其实已经死了。"毕衍仿佛在说绕口令，可他就在这个瞬间明白了上午那宗密室杀人案的手法，也明白了下午邹堃看到夏曼丽离开房间后突如其来的沉默。那阵沉默的起因并不来自离开的夏曼丽，而是留下的周岩——那一刻邹堃就已经看出作案手法了吧。毕衍闭上了眼睛。

三十九

"你到底在说什么?"一旁的汪乐宁满脸疑惑,丈二和尚摸不着头脑。

"来不及细说,我得回去了。"毕衍朝着来时的方向跑了两步,随后又退回来,看着还在原地的汪乐宁说道,"天太黑了,一起走吧。"

"这一下午倒还有点儿长进。"汪乐宁嘴上奚落着毕衍,脚下还是加快速度跟了上去。毕衍知道她指的是下午自己抛下她独自返回民宿的事,彼时他心中还把汪乐宁认作连环杀人案的首要嫌疑人,恨不能立刻将她绳之以法。而现在,谜团突然解开,毕衍一时竟摸不清自己的心绪。一方面,冤枉了汪乐宁的内疚感让他想要对眼前的人做出些补偿,可另一方面,他又希望自己刚刚的推测全是错误的,因为他无法面对自己推理里的那个凶手。

"回去的路还要走好一会儿,你不准备和我说说吗?"汪乐宁看着陷入异常沉默的毕衍,试图重新开启谈话。

"你和邹骋到底是什么关系?"毕衍知道,无论是要佐证自己的猜测或是推翻它,这都是自己必须确定的信息。

毕衍突然又提到邹骋,这让汪乐宁不知道该从何处作答:"我们什么关系?就是医生和病人啊。"

"那他为什么要给你留下'对不起'三个字?仅仅是因为辜负

了你的治疗，或者担心你因为他的死而受到怀疑吗？"毕衍不接受这样一个显而易见的理由。

"还能是什么原因？"汪乐宁不耐烦地反问道，毕衍态度的突然转变让她感到不适，仿佛自己一下子从海边交心的朋友又成了嫌疑人。

"我们第一次见面的时候我就问过你，他是不是喜欢你？"

"我们第一次见面的时候我就回答过你，他绝不会喜欢我。"

"为什么？"针锋相对的谈话后毕衍不得不追问道，"你凭什么这么确定？"

汪乐宁没有立刻回答，她停下脚步，抿了抿嘴唇，十分郑重地看向毕衍的眼睛，以至于毕衍也不自觉地紧张起来。

"到底是为什么，我想要知道原因。"

"这本是病人的隐私，但……既然毕队这么执着……"汪乐宁顿了顿，像是下定了决心，"邹骋来找我接受治疗，针对的便是他的情感冷漠症。"

"情感冷漠症？"毕衍重复着这个对他来说极其陌生的概念。

"封闭、疏离、冷淡、拒绝与外部世界发生联系，这种人是没有能力爱上其他人的。"

"这种病症是天生的吗？"

"不一定，确实有很多天才生来就有自闭倾向，但邹骋不一样，从他透露出来的幻觉看，他的内心世界非常丰富，但他拒绝与现实世界产生情感依赖，我觉得他的症状是后天引发的。"

"会是什么原因？"

"极端的心理创伤，"汪乐宁遗憾地眨了眨眼睛，"至于更准确的诱因，恐怕只能毕队自己去查了。"

"有没有可能，他也是……"毕衍咽下了那几个字，不由自主地伸了伸脖子，有些紧张地看着汪乐宁。

汪乐宁看着毕衍的表情，反应过来，嘴角带上讥诮的笑容："毕队的意思是同性恋？为什么不说？"

"我不是那个意思……"毕衍尴尬地解释着，他确实没有瞧不起同性恋的意思，只是这个名词脱离了他的日常生活，让他一时之间不知该如何处理而已。

"无所谓，你没遇到过这些人，有这种反应也挺正常，不过这没什么好避讳的。"

"我知道，"毕衍连忙顺着汪乐宁给的台阶表态，他总觉得邹骋的死和这兄妹俩有着密不可分的关联，虽然觉得很不靠谱，他还是忍不住再进了一步，"你哥和邹骋……"

"哈哈，你也想得太多了，邹骋是我的病人，他不是同性恋，情感冷漠症意味着无法产生情感的羁绊，与性别无关。"汪乐宁抚了抚额头，神态似乎放松了些，但随后又严肃起来，"我哥的恋人是当年间接害死他的凶手，我没办法为这种人看病，这一点你应该也理解吧。但我一直想知道那个人是谁，我尽量不去怨恨他当年的逃避，那个悲剧是整个大环境的共同作用，我只是想知道他是个什么样的人，看看他现在的生活，或者再问问他还记不记得我哥了。我不恨他，但也不想让他就这样毫无愧疚地安然生活在这世上，你能明白吧？"

这是一种极其复杂的情感，若是以前，毕衍大体是不懂的。但现在，满怀心事的他竟有了些体悟。他皱着眉点了点头。

海浪的拍打声在耳边远去，视野逐渐被缩小，狭窄的山路出现在两人面前，他们细密的脚步声在灌木与山石中回荡，除此之外，再无别的过客。

"为什么突然离开，下午的案子和之前邹骋的死有关联？"

"那倒不是，不过……"毕衍不知道该怎么回答,"下午案子的手法让我想到了一件事。"

"什么事？"汪乐宁显然不愿意放弃，还在追问着。

虽然夜色已沉，山中寂静，但山路并不像想象中黢黑一片令人恐惧。当地政府显然对这一片旅游山庄的开发投入很大，蜿蜒的山道上，每隔十米左右就有一盏造型别致的小路灯，光线柔和而不突兀，透过绿叶枝丫将夜晚的山林照得一片清亮。如今，他们正好走到一盏路灯下，汪乐宁的整个轮廓都蒙着一层橙黄的光，不知是月色还是灯光明晃晃地映照出她焦急中透露出关心的神情，让毕衍没来由地心动。

"今天上午，我其实还遇到了另一宗密室杀人案。"毕衍犹豫了一会儿，他现在急需一个倾听者，于是还是听从内心，不再遮掩。

"上午？我们还没到的时候？"

"对。"

"是什么样的案子，"汪乐宁犹豫了下又补充道，"方便说吗？"

既然已经起了话头，毕衍也不想再吞吞吐吐，他一边回忆着上午的行程，一边描述着："今天上午，我本来是要去找一个案件相关人员问话，他每天上午都会去游泳，所以我摸清了他的活动时间，准备去游泳池等他，我到的时候刚好见到他离开游泳池，就跟了过去。我亲眼看着他走进了浴室，不一会儿还听到浴室内传出了水声。我想他总要出来，于是待在浴室门口等他，却没想到……水声一直都没停，等我意识到出事了冲进去的时候，一切已经晚了。"

毕衍说着，全程都没有提到邹堃。

"那个人已经死了？"汪乐宁有些紧张地缩缩脖子，仿佛也身处凶案现场，寒风吹过，感觉包围着他们的重重树影显出几分鬼魅，汪乐宁不由自主地加快脚步向毕衍靠了过去。

"嗯，浴室里没有其他可供人进出的通道，而且我在门外也没有听到任何打斗的声音，所以我一直想不通凶手是如何做到这一切的。"毕衍发现了汪乐宁细微的变化，特意放慢脚步若有似无地护在她身侧。

"那到底是怎么回事，你刚刚想明白了？"虽然害怕，汪乐宁还是止不住内心的好奇。

"是啊。"毕衍看着凑过来的汪乐宁。她脸上带着惊惧，眼里又闪烁着期待，仿佛看恐怖电影时用手遮着眼睛又偏偏分开手指留出一道缝的少女。虽然在聊着沉重的话题，她的举动还是让毕衍觉得特别有趣，于是他提示道，"其实是你提醒了我，下午，在他们所有人都以为余力已经死了的那个时间点，他其实还活着，所以……"

"所以，上午，在你以为那个人还活着的时候，他其实已经死了。"毕衍故意留了一个空当，汪乐宁顺着他的话推理下去，果然觉得一切都迎刃而解，"你在泳池见到的那个人根本不是你要找的人，在你到达浴室门口，或者说更早的时候，你要找的人已经死了，所以自然也不会有打斗声，而那个替身的出现只是为了误导你死者的真实死亡时间。"

"对。"毕衍想起关于张祥平游泳的时间线，八点半到，九点半离开,都是邹堃告诉他的,现在想来,这个时间可能被故意延后了,也就是说张祥平真实的离开时间应该早于九点半。而上午他们到体育馆门口的时候,邹堃曾经阻止他立刻进去,还以买咖啡为由独自离开了好一阵,等他回来的时候,毕衍看过手表,是九点二十六分,大概就在那一会儿,张祥平的生命画上了休止符。

"即使是这样,还有一个问题,你不是说你看着他走进了浴室,随后还听到了声响吗?他是怎么离开的?"

这也是毕衍最不愿意再次回忆的地方,就像他刚刚一直没有提到邹堃一样,他不愿意面对这个猜测所带来的必然结果。可他不得不再次回到那个场景,不得不面对一直以来自己最钦佩的人利用了自己这个事实。

"我不是一个人去的。"

"什么意思?"汪乐宁没有听明白。

"我不是一个人去的,"毕衍重复道,"但等我发现浴室里情况有变的时候,却是一个人冲进了浴室,浴室和更衣室之间隔着一道拉帘,如果那个替身当时躲在更衣室的柜子里的话,我不会发现他。"

"可是他还是出不去啊,一直躲在柜子里早晚会被发现呀!"汪乐宁还是充满疑惑,随后毕衍落寞的表情让她瞬间明白过来,"守在外面的那个人,是他放走了替身?"

"应该是这样的,这是唯一的解释。"

"那个人是邹老板?"

毕衍有些惊讶地挑起眉毛:"你怎么知道的?"

"中午的时候,我看到你们一起回来的。"汪乐宁想了想又补充道,"邹骋他爸爸的事,我也有所耳闻,他曾经是省城的刑侦队队长，说起来还是你的前辈。"

"也是我的老师。"毕衍说着，又想起了那些以一个人为榜样而奋不顾身努力的过去，一粒石子刚好出现在他面前的山路上，在橙黄的灯光下泛着亮闪闪的白光，毕衍不耐烦地将它一脚踢飞。

"你现在回去……是要同他对质吗？"汪乐宁看着那道延伸到草丛里的弧线，小心翼翼地问道。

"我不知道，没有掌握杀人动机，也没有证据，而且……"毕衍欲言又止，最终还是没有说出更加让他忧心的猜测。与下午那宗刚好碰上了"水"的案件不同，这宗明显采用了"木"字凶器的案件并不是一宗单独杀人案，如果案件成立的话，那么锦华小区的"金字杀人案"应该也是邹堃犯下的。更可怕的是，案件并没有结束，邹堃一直在用模仿吴氏姐弟和嫁祸汪乐宁的方法迷惑警方视线，说明他还在谋划着更多的案件，如果毕衍猜得没错，"土"和"水"两宗案件应该已经在谋划之中，说不定就要付诸行动了。

可是，为什么呢？

高冉和张祥平，分别是科技大学的学生和教员，他们都和邹骋有过交集，莫非他们都与邹骋的死有关？可直至今日，邹骋的死亡现场没有找到任何他杀的痕迹，为何邹堃会首先找上高冉呢？邹骋以天才少年之姿进入科技大学，毕业后却衣锦夜行，几乎与现代社会脱离了联系，莫非也与今日下午的案件一般，是大学时的隐秘旧闻导致了今天的一切？毕衍不由得又侧过头看了一眼汪乐宁，邹堃总是有意无意地将犯罪嫌疑引到这个女人身上，以他的缜密程度，汪乐宁不可能是随意选择的嫌疑人，难道将这些案件串联起来的线索就在汪乐宁身上？

汪乐安的名字出现在了毕衍眼前，汪乐宁的哥哥，科技大学博士生，八年前在自己的实验室里自杀身亡。那时候，邹骋、高冉、张祥平三人也都在科技大学，还有一个隐藏在迷雾中的汪乐安的同性恋人，这个人不是邹骋，不是高冉，应该也不是张祥平，他会是谁呢？

毕衍隐隐约约地觉得，如今这一连串猎杀与八年前邹堃的离职和汪乐安的自杀密不可分，可八年前到底发生了什么，以至于八年的时间都不能抹平伤口，反而要到今天再起波澜呢？

毕衍迫切地想回去，回到"一蓑烟雨"，回到邹堃面前，将自己的疑问一股脑儿地问出。即使到了这时候，他还是没有办法把邹堃当成杀人凶手看待，失望、愤怒、不甘、怀疑以及恐惧，在他心中五味杂陈。

四十

邹堃消失了。

毕衍回到"一蓑烟雨"后,整个院落并没有如他预想般落下沉重的漆黑幕布,相反,白天时毫无存在感的小灯串一闪一闪地亮了起来,阻挡了夜空的黑暗,聚集了一天尚未爆发的缤纷色彩终于在此刻落到了庭院里。他的组员们已经赶到了,虽然错过了案件,可大家没有任何怨言,毕竟案件已经顺利告破。因为忙于赶路,几人都饥肠辘辘,此刻他们正围坐在院落里的餐桌前默默地吃着晚餐。食物的香味儿扑鼻而来,夹杂着组员们压低的交谈声,熟悉的氛围冲击着毕衍的五感,让他得以暂时放下心中的焦虑。一贯少言的王珂也暂时丢下电脑融入人群中,一边享用工作餐,一边慢腾腾地回应着其他人对于新增案件的好奇和关心。

毕衍见状不欲让他们扫兴,他先是环顾了一下四周,却发现人群中没有邹堃的身影,于是又看了看邹堃的房间,棕色的大门紧锁着,窗户里没有透出一丝光亮。

"见到你们老板了吗?"毕衍朝最外侧一个脸熟的民宿员工走过去,那个小伙子朝他摇了摇头。

"会不会回屋休息了?"跟在一旁的汪乐宁说道,"毕竟累了一天了,外面又都是年轻人。"

"哎,毕队,你回来啦。"眼尖的乔茜朝他挥了挥手,"吃过晚饭了吗?"

"随便糊弄了两口,你好些了?"毕衍原本还担忧着她的身体,不过看她现在轻松利落的样子,知道应该已经没事了。

"都好了,谢谢关心。听说毕队刚刚以一人之力破了整个案子啊……"乔茜说着,发现毕衍身边还站着个姑娘,又补了一句,"盒饭还有很多,要不要再一起吃点儿?"

"谢谢。"汪乐宁礼貌地点了点头,她看到前几天在咖啡店见过的那个女孩儿也在人群中,此刻,对方显然也发现了她的存在,远远朝她挥了挥手,放下手中的盒饭就跑过来,一副不拘小节的样子。

"见过这儿的老板吗?"毕衍暂时无法融入这和谐的氛围,他拧着眉头,朝围坐在桌前的几人问道。

"你说邹老师?"

"是啊,"毕衍这才想起来自己并不是在座唯一上过邹堃课的人,"你们到后见过他吗?"

"见过,就是他招待我们的啊,"乔茜有些疑惑地左右打量了一番,"咦,奇怪,人呢?"

"你们说那个来找过你的大叔啊,"周青已经来到了两人跟前,她虽然没上过邹堃的课,但也是见过邹堃的,"他挺早就回屋了。"

"是吗……"毕衍皱着眉头,心中掠过不好的预感。

"要不我们去看看?"乔茜和周青不知道发生了什么,但与毕衍一路走来的汪乐宁却从毕衍脸上读到了不安。

"嗯。"毕衍不欲多言,朝着院落南首的主屋走去。大门已然落了锁,毕衍敲了很久都没有人应门。

"奇怪,我看着他进去的啊,"周青喃喃自语着,随后脸色一变,"不会又出事了吧?"

"不行,我们闯进去看看!"高弋峰也被吸引到了门前,他知道毕衍一天之内经历了两宗密室杀人案,这扇打不开的门和进入屋里的邹堃让他迅速警觉起来。

"不必了,"毕衍站在门口花了很长时间才接受这个结果,不过随后他就释然了,既然自己能通过下午的案件破解上午的迷雾,邹堃也一定想到这个结果了,或者说邹堃坐在录像前欲言又止的时候就已经想到了,"他应该已经离开了。"

"什么意思?"乔茜和高弋峰面面相觑,不知道毕衍在说些什么。毕衍没有回答,故事太长,他不知道该从何说起。是从两人携手破解"五行杀人案"开始,从高冉和张祥平开始,从上午两人探访科技大学开始,还是从自己对邹堃的盲目信任开始呢?

才短短几天的工夫,毕衍就已经把邹堃从曾经尊敬的师长变成了并肩作战的战友,而邹堃却利用自己构建了完美的不在场证明,设计了对张祥平的谋杀案。或许,谋杀案开始得更早,他对自己的利用也开始得更早,从他们第一次探访真正的"五行杀人案"时,这些灵感就已经在他天才般的大脑里构筑出一幅地狱图纸了。

在邹堃眼里,一直努力跟在他身边寻求真相的我又算什么呢?毕衍陷入深思。

毕衍看着紧闭的棕色大门,面无表情,不远处闪烁的灯光刺进他的眼睛,案件的线索越来越清晰,邹堃的形象却越来越模糊。

"你利用我杀了我孩子的爸爸啊!"夏曼丽绝望的哭喊回荡在毕衍耳边。毕衍又想到了上午那具一丝不挂的尸体,那个木制的十字架深深地插在尸体上面,也深深地印刻在他脑海里,他闭上了双眼。

"其实有件事，或许我应该早点儿告诉你。"

汪乐宁的声音在耳边响起，毕衍有些惊讶地转过头来："什么？"

"今天上午那件事，就是你刚刚路上和我说的那个案件，是不是发生在我哥生前就读的大学——科技大学？"

"你怎么知道？"这下，毕衍更惊讶了，他虽然和汪乐宁大致说了案发经过，但关于地点、人物，都是含混带过的，绝没有提到过科技大学。

"邹骋在接受治疗时曾经多次有意无意地询问过我哥的事情，我当时以为他听说过我哥的传闻，对这些传闻特别感兴趣才来打听的。"汪乐宁不知道该从何说起，只好边说边厘清思路，"可是后来我发现并不是这样，他似乎是对我哥哥的死很感兴趣。"

"什么意思？"周青没有听明白，忍不住插嘴道。

"第一次见面的时候你也问过我，邹骋是怎么找上我的，你还记得吗？"汪乐宁没有理会周青，她实在不想再从头面对一次哥哥的悲剧。

"当然，不过你说得很含糊，是你一个在网络公司供职的病人推荐他来的。"毕衍还记得汪乐宁当时的回答。

"对，因为当时……"汪乐宁停顿了一下，寻找着合适的词句，"一切发生得太突然，我认为这些事和邹骋的死没有关系，出于对病人的保护，有些事我没有说。但后来我因为好奇问过那位工程师，人的确是他推荐的，但用他的话说，他似乎是被邹骋一步步引导着说出我的名字的，当时他的想法和你一样，他以为邹骋是要追求我，所以并没有和我多说。"

"你的意思是,他主动来找你是因为你哥哥的死?"

"对,就像如今邹骋的自杀疑云一样,当年的事情或许并不是那么简单,他的那句'对不起',有可能不是留给我,而是留给我哥哥的。"

"当年?什么时候?发生了什么事?"乔茜也着急起来。

毕衍的表情越来越凝重,高弋峰一伙人站在一边却听得云里雾里,于是他提议道:"继续在这儿讨论也没有意义,还是进屋看看吧。"

他的话音刚落,一直在大厅里忙碌的店员也被吸引过来了。

"你们……你们聚在这里做什么,找老板吗?"他有些好奇地问道。

"是啊,有没有别的办法进屋?"尽管店员已经知道了的他身份,毕衍还是习惯性地掏出了警员证,"我们联系不上他,但现在必须得进去看一看。"

"这事啊,"店员一副如释重负的样子,从口袋里掏出了一串钥匙,一边开门一边说道,"老板走之前交代过,你们有什么需要的话让我尽量配合。"

"他走了?去哪儿了?"高弋峰追问道。

"这我可不知道,老板很信任我们,他有事出门,就会把店交给我们打理,通常他的私事我们也不会多问。"店员说着,原本有些骄傲的语气又低沉下来,"你们知道的,特别是他儿子出事后,他比以前忙了许多。"

深色的大门在毕衍他们面前打开,他按亮电灯,迫不及待地走了进去。房间里的一切和他第一次来时相比并无变化,朴实的装修,简单的陈设,一尘不染的家具,唯独缺少了桌面上的美食和桌边坐着的那个男人。刚刚闯入这房间的一群不速之客迅速在房间里翻找起来：厨房里餐具不多，都洗得干干净净；客厅转角处的书架上放满了电脑技术方面的书籍，一样码得整整齐齐；垃圾桶里有些无关紧要的生活垃圾，主人走得匆忙，并没来得及处理；崭新的冰箱里还放着中午的剩饭剩菜，几罐啤酒和几包咖啡豆。

"没有发现。"几个人依次向毕衍汇报着。

"你看这个，"不一会儿，王珂从邹骋已经空置的房间里走了出来，手里赫然拿着毕衍那天见到的笔记本电脑，"这是邹骋的电脑吧。"

"太好了。"毕衍快步迎了上去，他想起了高冉和张祥平两名死者死亡时共同的特征——脖颈处的勒痕。当时，他以为这是凶手无法抑制的施虐欲造成的，这个凶手想要模仿"五行连环杀手"，却又无法控制自己的行为，单纯的刀伤并不能让他满足，所以不得不用畸形的方式勒死了受害人。

这个结论还是他和邹堃共同讨论出来的，或者说是他在邹堃的一步步引导下得出来的，当时邹堃是怎么说的呢？"在居民区里杀人，还选用这种耗时耗力的方法，会造成极大的变数……明明用刀就能解决问题，但凶手宁愿冒险也要勒死受害者，很明显，刀并没有满足他的需求，那根皮带或者别的什么类似的凶器，才是他真正的目的。"

可现在真相渐渐在毕衍眼前展开，这不是无条理型罪犯的施虐欲望造成的伤痕，而是在邹堃拷问死者时留下的。他自己也不知道当年的真相，所以不得不先用刀伤控制住死者，然后用皮带勒住死者的脖颈逼问当年的真相。为了不让警方起疑，才有了对

"五行杀人案"的模仿，有了"开膛手杰克"混淆视听的信件，有了心理医生控制患者的那一套说辞。所有的一切不过是为了掩盖自己真正的动机，拖慢警察的步伐，完成他的计划。

可他的计划又是什么呢？

毕衍又看了一眼王珂手里的笔记本电脑，里面应该有着他想知道的真相，这么重要的线索，邹堃会因为走得匆忙而遗漏吗？还是说张祥平已经给了他想要的真相，他不再需要隐瞒？毕衍觉得，邹堃选择丢下一切提前逃离的原因只有一个——他已经找到了下一个受害者，而这个电脑，是他留给自己的自白。

这是一场赛跑，邹堃已经出发了，毕衍还没有头绪。他看了看身边关切地看着自己的队员，好在他还有整个团队，而邹堃只有一个人。这一局胜负未料。

四十一

最初的混乱过后,专案小组镇定了下来,所有人的目光都集中到了王珂身上,或者说王珂手里的笔记本电脑上。

"打开看看?"王珂不确定地问道。

"嗯。"毕衍在客厅的餐桌旁坐下,他想起他初次拜访时,这张桌上飘散着食物的香味,整齐地放着一碗鲜绿的豆苗,一碗红烧肉,一碗紫菜蛋汤和一碟花生米,可他停止回忆,重新向桌面看去时,胡桃色的桌面上空无一物。毕衍叹了口气,拍了拍旁边的座位:"都到这边来看吧。"

几个人应声依次在桌边坐下,那台神秘的电脑在众人瞩目中发出悦耳的开机音乐。

"这是……?"

根本用不上王珂发挥他精湛的电脑技术,清爽的桌面上赫然摆放着一个word文档,文件名叫"遗书"。

"邹老师他……不会吧?"乔茜的脸色一下变得惨白。

"打开看看。"毕衍也有一瞬间的慌乱,但他立刻镇定下来,在看到文件内容前,一切都还不能下定论。

邹骋的电脑运转得很快,几个人目不转睛地盯着瞬间打开的文档,生怕被别人多看去了几个字。

"'对不起,爸爸。'什么意思?"周青忍不住读了出来,她还在挠头，毕衍却心下一沉，剩下的几个人你看看我，我看看你，也都沉默着不说话。

"这是……这是邹骋的遗书？那他就是自杀的，他不是'五行杀人案'的受害者，但是……"但是这份遗书他的父亲邹堃难道没看到吗？为什么他还会一口咬定儿子不是自杀，还和毕衍一起研究"五行杀人案"？剩下的话被周青咽回了肚子里，她看了看毕衍的脸色，不敢再发出声音。

于是，就在这样压抑的沉默中，大家一起看了下去。

  对不起，爸爸。
  这句话并不是为了今天我所做的决定而说的。
  自杀这个决定已经在我心中酝酿了很久，自从知道了真相后，我终日彷徨，夜不能寐，我自以为是地运用自己引以为傲的电脑技术伤害别人，而后又被人利用彻底杀害了他，这是我没有办法说服自己继续假装一切如常地生活下去的理由。但你千万不要认为这是你的错，走到这一步，全是我少年得志、行事鲁莽而犯下的过错，如今这一步也是没有选择的选择。今天的一切只是为了偿还那些曾经被我伤害过的人，以命抵命罢了。这句"对不起"，其实已经迟到了八年，在你为我离开你最爱的刑侦队伍的那一刻就应该说了。
  八年前，当我惊慌失措地给你打电话求援时，一切就已经错了。不，在我自认为正义地暴露别人的隐私时就已经错了，而那一天，是我万劫不复的开始。我应该去自首的，如果当时我能鼓起勇气面对自己闯下的祸事，而不是向你求援，利用你对我的爱掩盖罪行，真相会在那时就大白于天下。你不会离开耕耘多年的岗位，我不会被人利用有口难言，罪魁祸首不会逍遥法外，汪乐安不会枉死，关心在乎他的人也不会这么多年都沉浸在自责与痛苦中……可错了就是错了。

在你帮我把汪乐安死亡现场的所有人为痕迹抹除后，真相如你所料被深深掩埋，你失去了工作，我也远离了学校，我们搬到郊外，逃开一切是非。我知道你希望帮助我忘记过去，重建生活，可我夺去了别人的一生啊，我又有什么权利继续正常地生活呢？我不可自拔地陷入了对汪乐安的追忆中，看他的博客，读他的论文，挖掘他的过去，体会他生命中的点点滴滴。他真的是个好儿子、好哥哥、好学生，甚至好爱人，我挖掘得越深，痛苦与愧疚就越深，原来我的时间在八年前的那一刻就已经断裂，陈旧的冰冷将我埋葬，我还在呼吸，可呼出的气体却已经腐臭了。

多么可笑啊，他生前，因为爱而被人害死，而如今，害死他的人却读懂了他的爱。

我最近越来越害怕黑夜，偏偏这个冬季的黑夜又特别漫长，以至于我常常怀疑自己还能不能等来第二天的阳光。我开始出现幻觉，听到不存在的对话，看到异世界的景物。我偷偷去见汪乐安的妹妹，把这些幻觉讲给她听，企图通过建立与她之间的联系，减轻我难以抑制的负罪感。可没有用，那个人是被我亲手害死的，这罪恶注定要把我压垮。

几年了，这些幻觉并没有好转，反而愈演愈烈。我知道这一切总得有个尽头，与其等我疯狂到失去理智，再次伤害别人，不如让我提前终结一切，让八年前的罪孽同我一起消失。

那个不该由你守候的秘密你已经背负了八年，把它和我一起埋葬吧，爸爸，反正我也决定走了，而你还有足够的能量活着。

窗台上的那盆虎皮兰还好吗？我想它会长好的，因为我已经把植株上腐烂的部分全都剪除，剩下的是一个完全崭新的个体，没有沾染一丝一毫过去的不堪。那天在打理这盆虎皮兰的时候我就想过，要是人也能这样就好了，把不堪回首的记忆当成腐坏的根、茎、叶片一样彻底抛弃，然后重新植根在泥土里，恢复成最初未被污染的模样。可惜人类不行。其实植物也不能，你和我说过，用这种方式重生的金边虎皮兰会失去金色的纹路，退化成原始的全绿个体。你看连植物都是这样，只有彻底抛弃尘世前缘，才能重生。可惜植物比人聪明，它们能舍弃所有从头再来，人却不能。

不要为我难过，这个冬天太难熬了，可是春天就要到了。

对不起，爸爸。

"邹骋是自杀，这份遗书邹老师应该早就看过了。"乔茜神色凝重，打破了萦绕众人的沉默，"可是为什么？邹老师他……他到底做了什么？"

他到底做了什么,这也是毕衍想问的。八年前,他为了儿子到底做了什么?八年后,他为了儿子又做了什么?

"遗书中所说的汪乐安就是你哥哥吧?"毕衍转过头看向汪乐宁,虽然是问句,但他心里清楚,不可能是同名同姓的另一个人了,"他的自杀有没有疑点?"

"不知道,"汪乐宁脸色惨白,茫然地看着电脑上的那封遗书,脑子里一片空白,"哥哥他……他得抑郁症很久了,我真的不知道。"

"当时没有查过?"

"没有,有很多证据都显示哥哥是自杀的,所以警方根本没有介入。"

"你和我说过,你哥当年的爱人绝不可能是邹骋,那这句话是什么意思?"毕衍避开了汪乐宁流泪的双眸,指着屏幕中间的一句话,有些咄咄逼人地读着,"'多么可笑啊,他生前,因为爱而被人害死,而如今,害死他的人却读懂了他的爱'?"这句话也是许多人心头的疑惑。

"虽然不知道哥哥的爱人是谁,但一定不是邹骋。"汪乐宁强忍着夺眶而出的泪水坚定地回答着,"我看过哥哥的情书,里面称呼他的爱人为'李哥',这个名字和邹骋没有半点儿关系。"

"那这个'李哥'呢,你们从来没和警方提起过?"毕衍语气放缓,不知不觉温柔起来,他从桌上的纸盒里抽出两张纸巾递给汪乐宁。

"那个年代,爸妈根本无法面对这样的恋情,这是不可以对外人说的丑闻,又怎么会告诉警方呢?"汪乐宁噙着泪水,泛着红血丝的眼睛里透出浓浓的恨意,单薄的身姿摇摇晃晃,仿佛八年前早已死亡的哥哥在她面前又死了一次,"我哥哥他……竟然是被人谋杀的吗?"

没有人能给她准确的答案,事情已经过去了八年,所有线索都灰飞烟灭。而如今,邹骋自杀,似乎与这件事有牵扯的高冉、张祥平相继被杀,知道真相的邹堃又无影无踪。毕衍知道,共同破解"五行杀人案"之后,他和邹堃再次踏上了同样的旅途——追逐下一个知道真相的人,唯一不同的是,他是想知道真相,而邹堃是想掩盖真相。以邹骋对电脑技术的熟稔程度,当年汪乐安的学术造假风波极有可能就是他带头引发的,挖掘数据,网络造势,将一丝微风酝酿成一场风暴,这场风暴裹挟着所有人走向了完全不同的命运,最终又消弭于无形。

不对,毕衍脑子里再次闪过高冉和汪乐安的简历。

"这个孩子曾经参加过一个免费试药项目,这个项目是科技大学的医学院开发的。"

"2000年,汪乐安二十五岁,正在科技大学医学院读博,他是这个白血病新药开发研制项目团队的一员。"

"这个孩子是汪乐安直接负责的,他生前也有陆续给这个孩子捐款,而高冉开始捐助这个孩子,刚好是汪乐安去世一个月后。"

这整件事情中还有一个孩子,他是汪乐安和高冉的交集。现在想来,如果真如邹骋遗书中所说,汪乐安是被谋杀的,那么高冉在汪乐安死后继续捐助这个孩子极有可能是出于内疚,也就是说他与汪乐安的被杀脱不了干系。高冉显然不是汪乐宁口中的"李哥",但他极有可能知道"李哥"的身份,这一点邹堃应该已经发现了,所以才有了锦华小区的谋杀案,那么他应该也已经知道这个孩子的存在了。

如果这个孩子还在世的话……

毕衍想着,立刻对王珂说道:"帮我查下那个孩子的信息,那个得了白血病的孩子,他现在在哪儿?"

"他在一家福利医院。"王珂说着,随后不自觉地"咦"了一声,疑惑地皱起眉头。

"怎么了?"此刻,周围几个人的注意力都在王珂身上,自然没有放过他小小的举动,异口同声地问道。

"我刚查到的,你们看,"他说着,修长的手指指向电脑屏幕,"这里显示他今天出院了!"

"莫天明,今天出院了?"毕衍默念着孩子的名字,时间之巧让他不得不产生怀疑,"他的家人呢?"

"莫天明的母亲很早就离开他们父子俩改嫁了,他父亲没有固定工作,我也查不到他们的居住信息……以他打零工的收入,可能租住在老式居民楼里,不见得有正规记录,得花些时间才能查到他们的行踪。"

"没事,既然带着一个病人,一定无法完全消失,找出他们只是时间问题。"高弋峰在一旁宽慰王珂,"先查下他母亲的信息,即使改嫁,我不信一个母亲能完全放下自己的亲生骨肉。"

"是啊。"毕衍心不在焉地应着,确实,只要假以时日,他们一定可以查出真相,可现在最缺的就是时间,"还是要快,我们明天启程拜访孩子的母亲。"

"收到。"忙碌了一天的王珂毫无怨言地接下了任务。

"今天大家都累了,回去休息吧,明天还有硬仗要打。"毕衍叹了一口气,无奈地从邹骋客厅里的椅子上站起身,他的目光再次触及桌面上属于邹骋的笔记本电脑。

几天前，他曾在这台电脑上看到"五行杀人案"的全部档案和来自邹骋对案件的推测，从那一刻起，他就认定了邹骋是"五行杀人案"的受害者。现在看来，这一切都是邹堃布的局，他痛恨当年利用邹骋犯下杀人案的真正凶手，认为儿子的自杀是这个凶手导致的，所以他给主动送上门的毕衍设下陷阱，决定重启八年前的案子，借助"五行杀人案"的掩护来向当日真正的凶手复仇。不知是不是巧合，邹骋在遗书中再三悔恨自己当年自以为是的正义感和小聪明，而这又恰巧是"五行杀人案"的凶手选择受害者的标准，或许冥冥之中自有天意吧。

虽然还有很多细节没有查清，但一直在毕衍心中徘徊的疑问终于在这一刻有了答案——八年前，邹堃为了儿子，将一宗谋杀案伪装成自杀案；八年后，同样为了儿子，他将一宗自杀案伪装成谋杀案；而现在，他还在制造更多的谋杀案。

第十章 正面交锋

四十二

第二天清晨，日头初升，薄雾未散，露珠尚且挂在嫩绿的草尖上时，毕衍就出发了，他要去拜访莫天明的母亲——黄梅。幸好，黄梅虽然改嫁，仍然记挂着自己的儿子，并没有远走，这使得毕衍的行程简单了许多。因为今天他们要找的人是一位女性，所以他和乔茜搭档前往，目的地是秋田市近郊的陆河镇。这是一片稍显老旧的镇区，因被一条形似"6"字的河流围住而得名，老镇离正在新建的高架桥不远，等交通枢纽落成后应该会焕发生机，不过现在，这片土地仍然沉寂无声。

毕衍驾驶着车辆在薄雾中行驶了大约一个小时，先是平坦宽敞的城市坦途，逐渐变成坑洼狭窄的乡间小道，最后，车辆在越过一个低矮的小山丘后终于驶入了陆河镇。这里的路面年久失修，每隔一段路就会出现零星凸起或者凹陷，偶尔还有一两条野狗蹿过，毕衍小心地躲避着这些障碍物。薄雾渐渐低沉，路面不免湿滑，幸好这条路上车辆很少，所以虽然他不熟悉路况，但也开得顺利，不多久就到了目的地。

这是一片被河流山谷环绕的村庄，大大小小的屋子散乱地坐落在低矮的天地间，有些屋前院后连成一片，其乐融融；有些则独立成幢，气派非凡；有些粉墙黛瓦，充满江南风情；有些则油漆凋落，给人日暮西山之感。毕衍在一排连成片的二层楼农屋前停下脚步，再次看了看手机上的地址，对应上斑驳的水泥墙上绿底白字的门牌号——陆家村12号，确认无误后他敲了敲门。

大门其实并没有关上，拦在他面前的是一扇关上的纱门。

"谁啊？"一个操着方言的女人声音出现在门后。

"你是黄梅吗？"毕衍说完就有些后悔，眼前的女人看起来五十岁上下，显然不符合莫天明母亲的年龄。

"你们是谁？"眼前的女人反问道，她隔着纱门和毕衍、乔茜两人对视，既不说是也不说不是，只是警惕地打量着来人。

乔茜先于毕衍一步掏出了证件："你好，我们是省城刑侦队的办案人员，有些情况要找黄梅了解一下，麻烦配合。"

听到刑侦队的一瞬间，女人的表情一下子变了，她从里面打开纱门，随后带着打探的表情小心翼翼地询问道："她犯什么事了吗？"

"没有，只是有些情况要找她了解，她不住这儿吗？"乔茜仍然一板一眼地问着，"你认识她？"

"我是她大姑子，"女人说着指了指屋后，"她在地头呢，我带你们去吧。"

"麻烦了。"毕衍说着，跟上了女人矫健的步伐。

与其他村落一样，这里家家户户屋前屋后都有几块面积不大的田地，耕种着一些常见蔬菜，数量不多，自给自足而已。如今已是早春季节，零星分布的田地将积聚了整个冬天的活力释放出来，一时间绿油油、红灿灿的，十分热闹。顺着田埂往屋后走，很快毕衍就看到了今天他要找的那个女人。

"阿梅，有人找你！"远远地，这个女人就朝黄梅挥手喊道。

"谁啊？"黄梅从田地里直起腰来，敲了敲后背后快步朝他们三人走来。

"警察。"

随着女人洪亮的声音飘荡到黄梅耳边,她的脚步明显顿挫了一下,再前进时速度放缓了许多。

"你好,我们是省城刑侦队的办案人员。"乔茜再次开门见山做了自我介绍,因为要了解的是黄梅的前夫和儿子的情况,考虑到大姑子在场会影响黄梅,乔茜又转头对带她前来的女人说道,"多谢了,麻烦你回避一下。"

年近半百的妇女看看黄梅,又看看乔茜,不甘心地咕哝了一句,转身离开了。

"你好。"随着自己大姑子的身影逐渐消失,黄梅的情绪有些忐忑,她将刚干完农活儿的手在罩衣上擦了擦,想伸出来,又犹豫着要缩回去,乔茜微笑着一把握住了她的手。

"我们这次来是想了解一下你前夫的事,你知道他现在住哪儿吗?"

"不知道。"黄梅想也不想立马摇了摇头,反应太快,反倒显得十分可疑。

"那你儿子呢?"乔茜继续问道,"我们知道他有白血病,没有良好的医疗设施会很危险,希望你配合。"

"我不知道。"黄梅还是斩钉截铁地否认,但她视线游离,整个人畏畏缩缩的。

"你没去见过儿子吗?虽然离婚了,但是你有孩子的探视权吧。"毕衍见状取代了乔茜。

"没……没见过,好久没见过了。"

"那你有没有你前夫的联系方式?"

"也没有。"

"这就奇怪了，"毕衍紧盯着黄梅的眼睛，不给她逃避的可能，"既然是好久没见了，就是说之前肯定见过，你又不知道前夫的联系方式，又不知道他住哪儿，也不知道儿子在哪儿，你都怎么见儿子啊？"

黄梅低头看着自己的衣角，十根手指搅在一起就是不说话。

"其实你有没有见过儿子，刚刚离开的那个女人会知道吧，毕竟要离家赶到市里去，一来一回至少要一天。"毕衍再次施压，他知道黄梅有事瞒着他，这让他更加急切地想知道原因，"如果你真不愿意说，我们就只能去问问你大姑子了。"

听到毕衍的话，黄梅明显有些张皇失措，她眼神中透着急切，像一条离水的鱼一般，嘴巴徒劳地开合着，但就是不发出声音，不知是在犹豫还是在做最后的抵抗，毕衍见状作势要走。

"扑通"一声，毕衍感到自己的裤腿被人拉住了，他诧异地回过头，眼神对上同样诧异的乔茜，发现黄梅竟然跪在他脚边，扯住了他的裤腿，仿佛只有这样才能拉住她业已脱轨的人生。

"你这是做什么，先站起来再说……"毕衍第一次遇到这种情况，躲也不是劝也不是，一时竟不知道该如何处理。黄梅低着头，让人看不见表情，但她身体剧烈地颤抖着，毕衍知道她正在无声啜泣，可她还是不说话。

"你快起来，"愣在一旁的乔茜也伸出手企图扶起跪倒的黄梅，"有什么事好好说，这样不能解决问题。"

"都是我的错，是我生下了有病的娃娃，是我离开他们自己过起了好日子，孩子他爸是个好人，他真是个好人，你们不要抓他！"黄梅终于忍不住了，对着面前的两个人哭号起来，整个人瘫伏在地，但仍没有松开抓住毕衍裤腿的手。她的内心藏着令她惧怕的秘密，混杂着对苦难半生的绝望，终于在此刻爆发。

"我们不是要抓他，今天来只是了解一下情况。"他们俩合力也没能把黄梅扶起来，毕衍干脆蹲下了身子。自"五行杀人案"开始，毕衍发现自己每次解决问题前都逃不开蹲下这一步骤，他忍不住苦笑了一下。

黄梅显然不相信他的话，仍不松手，只是持续地抽泣着。

毕衍知道，他们之前对黄梅的推断错了，这绝不是一个抛弃了丈夫和孩子的女人。虽然不知道他们曾经的家庭经历过怎样的巨变，以至于她选择了离开，但这个女人心里不仅有着对这一决定的内疚、悔恨、痛苦，还有着对孩子和前夫深沉隐秘的爱。

"既然我们能来找你，就是已经掌握了部分证据，现在我们找不到莫向群、莫天明父子，我只能告诉你他们的处境非常危险，"毕衍循循诱导着眼前的女人，声音温柔而又充满威严，"而且他们能躲避多久呢？我们今天已经找上门了，对他们的其他社会关系也会同时展开排查。莫向群一个人东躲西藏或许还能撑一阵子，但你儿子莫天明呢，他的身体条件能撑多久？"

"你们不要搞我儿子，他是无辜的！"听到自己孩子的名字，黄梅原本畏缩的眼神里透露出一股子狠厉，"千错万错都是父母的错，他做错了什么？！"

"我们当然知道你儿子是无辜的，但是莫向群呢？"毕衍还不知道这位父亲到底做了什么，但从黄梅的语气中听来，他很可能做了一些不可告人的事情，"他在哪里？"

黄梅抬起头，用通红的眼睛一遍又一遍地审视着毕衍，似乎内心还在挣扎着。

"你也不希望你的儿子被牵连吧?"乔茜适时柔声劝告道。

黄梅的视线转移到乔茜脸上,良久才回答道:"你有娃了吗?"

"嗯,"乔茜点点头,"下半年就要上小学了。"

"那比天明要小些。"黄梅喃喃着,又低下头去看着膝下的一片黄土地,她还在说着无关紧要的话,但毕衍知道她就要进入正题了,"都说'世上只有妈妈好',可他不一样,他为了孩子真的付出了一切,是我不中用……"

"我们会体恤他的难处的,"乔茜握着黄梅满是老茧的手,"大家都是做父母的人,这份心意我们能理解。"

"我不知道他做了什么,但我希望警察同志真的能理解,"黄梅终于站起身,她看着毕衍和乔茜,一改畏缩村妇的样子,壮起胆子郑重其事地说着,"无论他做了什么,都是为了孩子,请你们……请你们不要伤害他。"

"我答应你。"毕衍也郑重其事地许诺道。

"他在省城的新世纪国际医疗中心。"

"什么?他在省城?是什么时候去的?"毕衍狐疑地看着黄梅。

"才搬过去的,昨天我去看过他们,可是向群有事,我没看到他。"随后黄梅又补充道,"但他一定不会离开,孩子在哪儿他就会在哪儿。"

黄梅的话让毕衍更加止不住怀疑,他知道这个医疗中心是省城最好的私人疗养会所,其实就是私人医院,服务对象多是富家子弟或者名人明星,保密性和医疗水平都很高,但同时价格不菲,绝不是莫向群可以负担的。

黄梅像是看出了毕衍的疑虑,她再次说道:"孩子搬过去前他来找过我，只说有个人赞助了孩子以后的全部医疗费。"

"他有没有说是谁？"

"没有，他说完就匆匆走了，但我知道，天下没有这样的好事，你们今天来找我时我更确定了。"黄梅搓着双手，神情悲切，"他来找我，不仅仅是为了告诉我孩子在哪儿，也是希望……希望万一他出事了……"

"他什么都没说吗？"乔茜语气急切地打断了黄梅的回忆。

"没有，他只说对方是个大好人，给他的钱足够孩子安稳活下去。他一直都这样，不愿意拖累别人。"黄梅摇了摇头，眼里又泛出泪珠，"我劝过他，我们苦了一辈子还不知道吗，没有天上掉馅饼的事……可他说，我们苦了大半辈子，兴许老天爷也看不下去了……是我不好，我该劝住他的，老天爷眼里怎么看得到我们这些人呢……"

毕衍从黄梅断断续续的叙述中猜到了一些情况，那个好心人应该就是邹堃，以邹堃的经济实力，确实可以帮助莫天明尽量舒适地活着，可他到底为什么这样做呢，难道也和高冉一样是出于内疚吗？这到底是天上掉馅饼，还是等价交换呢？

毕衍又看了一眼眼前悲切的妇人，知道她已毫无隐瞒，自己心中的疑虑怕是要到省城的新世纪国际医疗中心才能解开了。

四十三

这是一片名副其实的公园式建筑,小桥流水、亭台楼阁,白云在碧波中荡漾,小鸟在楼阁间起舞,身处此地,没有人会联想到压抑、拥挤、充满消毒水味道的医院。

毕衍到的时候恰逢午后,院区里的病人大多在午休,探病的人一般会避开这个时间,所以整个医院更显静谧,几乎只有他和乔茜的脚步声回荡在绿意盎然的廊道间。

"你说邹堃为什么会突然捐助这对父子?"一片宁静中,毕衍突然开口问道。

"什么?"乔茜还沉浸在明媚春光中,愣了一秒才反应过来,"可能和高冉一样吧,这个孩子应该和汪乐安有着较为亲密的关系,他们这么做都是因为汪乐安。"

"这是一部分,"毕衍沉吟了一下,"我觉得还有一部分原因。"

"你指什么?"

"他需要一个帮手。"毕衍回答得十分干脆。

"帮手?"乔茜皱起了眉头,她抿了抿嘴唇,并不接受毕衍的看法,"邹老师再怎么样,也不会利用一个病人的父亲去杀人吧!"

"我不是这个意思。"毕衍知道乔茜理解错了,连忙将自己关于昨天上午张祥平被杀案子的推论解释给她听。从最初两人刚到体育馆门口时邹堃为了行凶借买咖啡离开,到之后在游泳馆通过误导自己那个离开的人是张祥平来制造不在场证明，再到最后趁自己冲进更衣室内的淋浴间时放走替身……毕衍将大致的推论一点点铺开在乔茜面前，虽然暂时还没有证据，但所有的细节都合上了。

"你的意思是……"乔茜也听懂了毕衍的意思，要完成这一系列操作，邹堃一个人可做不到，为了迷惑毕衍，他必然还需要一个人来当张祥平的替身，"莫向群就是那个替身！"

毕衍点了点头，没有再多说什么，这是一着险棋，在自己面前杀人，然后利用自己做时间证人，可以创造最强有力的无罪证据，毕竟还有什么人证比现任刑侦队队长更有用呢？可万一被发现呢？

其实邹堃心里明白，这个杀人手法只能唬住毕衍一时，早晚会被发现，可他还是这样做了，因为他已经走到绝路，不得不赌这一把。这一推测让毕衍对目前案件千头万绪的状态更感焦灼。

"到了。"乔茜侧头看了看房间号，停住了脚步。

"进去瞧瞧吧。"毕衍说着敲了敲门。

不多久，门内就传来了"踢踢踏踏"的脚步声，可门没有立刻打开，毕衍能感觉到门后有人透过猫眼打量着自己，正在犹豫要不要开门。

"莫向群吗？我们是刑侦队的，来找你了解些情况。"毕衍拿出证件正对着猫眼，先是自报家门，随后又语气严厉地提醒道，"我知道你在里面，不用紧张，但是也别做傻事，请配合我们的工作，就当为了孩子。"

或许是最后一句话起到了作用，门在两人面前缓缓打开，一个头发花白但身形结实的男子出现在门后，他应该就是莫向群，从身形看来确实是从事体力劳动的样子，不过外貌完全不似三四十岁的壮年男子，脸上的皱纹似乎比邹堃还要多。

"你好。"毕衍率先伸出了自己的右手。

"你好。"面前的男人声音低沉，也慢慢伸出手和毕衍握在一起，他的手心微微有些出汗，不知是出于紧张还是室内空调太热。与此同时，他的头一直低着，视线不知是注视着地面，还是注视着两人握在一起的手。

"你是莫天明的父亲莫向群吧？"

"嗯。"男人老老实实地回答着，他还是低着头，眼神闪烁，肩膀僵直，回答的声音仿佛是从喉头硬憋出来的，让人几乎听不见。

"你该知道我们是为什么而来吧？"毕衍见状，知道这个男人不是撒谎作假的老手，索性先发制人，唬他一下。

不知是不是这种"坦白从宽，抗拒从严"的态度唤醒了莫向群，他终于极不情愿地抬起了头，先是小心翼翼地观察了一下毕衍和乔茜的表情，似乎想说些什么，但吞吞吐吐两三次后还是硬着头皮摇了摇头。

"要不这样说吧，你哪儿来的钱供莫天明住到这儿的？"毕衍耐着性子继续问道，"这里一天的费用应该比之前公立医院一个月的费用都高吧？"

莫向群还是不说话，他拦在门口，既不离开也不和对面两人有眼神接触，只是愣愣地站着，眼神飘向远处的蓝天白云，仿佛放空了思想。毕衍对他说的话都从他身边飘过，无法对他起到作用，他的这种抗拒态度倒是出乎毕衍的意料。

"还不肯说吗？那我再具体一点儿，邹堃为什么给你们这么大一笔捐助?"毕衍索性捅破了最后一层窗户纸。

闻言,莫向群将飘散在远处的眼神收回,再次看了一眼毕衍,这一次,他的眼神中除了闪躲还多了一丝怨恨,不过和之前一样,他还是不言不语。毕衍想起了之前询问黄梅时的情形,她也是徒劳地抵抗到最后一刻才肯坦白,这一点上这对夫妻还真是相像。

虽然对这对父子抱有同情,但一想到科技大学游泳馆里的那宗命案,以及消失在黑暗中准备伺机而动的邹堃,他实在没有办法继续保持菩萨心肠。

"邹堃是个非常危险的人,如果再不找到他,放任他在外面继续他的计划,对他自己、对你或者你的孩子来说都会成为一颗隐形炸弹。我劝你和我们合作,不光是为了破案,也是为了你和你的孩子着想。"

先前,提到孩子这一招儿对黄梅是十分有效的,可对上莫向群后,这一招儿却失去了效力。他只是自顾自地摇了摇头,像是对毕衍的话十分不认同,同时反驳道:"他是个好人。"

毕衍一时语塞,他知道面前这个看似瘦小脆弱的男人在用属于自己的方式笨拙地保护着救命恩人,看来无论自己说什么都不可能打动莫向群了。邹堃似乎就是有着这样让人依附的能力,自己之前不是也对他信任有加吗?

"那么你和我们解释一下,3月17日上午九点半,你在哪里?"既然莫向群一心要保护邹堃,毕衍只能从他自己的问题上开始突破,"老实交代吧,你抛下自己的儿子去了哪里?"

"我在科技大学。"再次出乎毕衍的意料,莫向群的声音里带着颤抖,却丝毫没有隐瞒。

"在做什么?"

"杀人，我在游泳馆杀了那个叫张祥平的辅导员。"莫向群颤抖的声音竟然在这样骇人的自白中平静下来。

这个回答实在令毕衍和乔茜震惊，他们眉头紧锁对视了一眼。

"为什么要说谎？杀人可不是小罪，"乔茜有些着急地向前一步，声音也不自觉地变大了，"你知不知道做伪证也是犯法的，你要是被抓了，孩子怎么办？"

"说说你的动机。"和乔茜不同，毕衍很快镇定了下来，"张祥平和你无冤无仇，你为什么杀他？"

"有仇，"莫向群简短地回答道，"他害死了汪医生。"

"汪医生，你说汪乐安？"乔茜再次提高了声音，莫向群的态度令她不安。可这次莫向群不再回答，仿佛刚刚的自白耗尽了他的力气，他又恢复到之前沉默着抵抗的状态。

"爸爸，是谁啊？"

门内突然传来一个虚弱的声音，莫向群毫无表情的面部这才出现一丝变化。

"没事，是爸爸的朋友。"他先是回头安抚了一下儿子，随后又警惕地看了毕衍一眼，仿佛害怕他将自己刚刚说的告诉儿子，"我会跟你们回去，不要吓到孩子。"

"是邹叔叔吗？"

孩子的声音里带上了一丝兴奋，但莫向群的脸色却因为这个问题更加惨白。

"我们是邹叔叔的朋友。"毕衍威慑性地瞪了莫向群一眼，随后拨开一直挡在面前的他，走进了病房。

"你好。"病床上的男孩儿看起来十分瘦小，与他的年纪远不相符，看到来人，他羞赧地笑了笑，苍白的脸上显出了点儿红晕，似乎很开心。因为病情而日日夜夜被囿于病床上，他格外盼望了解外面的一切，包括似乎认识邹叔叔的陌生人："邹叔叔没来吗？"

"是啊，他有些忙，所以让我们来看看你。"男孩儿不谙世事的模样让毕衍的内心涌起一阵不安，他觉得自己似乎在利用男孩儿的天真，但还是硬着头皮问了下去，"这两天他来的时候没和你提过我们吗？"

"没有，我有好几天没看到他了。"男孩儿有些烦恼地嘟了嘟嘴。

"还是午休时间呢，你怎么又不好好休息？"站在门口的莫向群终于赶了过来，作势帮孩子拉起被子，阻止毕衍继续与他交流。

"他平常怎么和你联系，打电话吗？"

莫向群的脸色一变，可终究没来得及拦住自己儿子脱口而出的话。

"对呀，他一有空就会给爸爸打电话的。"

毕衍给乔茜使了个眼色，乔茜见状立刻领会了他的意思，轻轻坐到床边，和莫天明攀谈起来，毕衍则上前两步拦住莫向群的肩膀，看似熟稔地和他说道："让他们聊一会儿吧，你就别太担心了，走，我们出去抽根烟。"

莫向群眉头紧锁，心中阴云密布，他当然不愿离开，可没法拒绝毕衍的话，被半推着朝房间外面走去，就在两人将要踏出病房大门时，莫向群的兜里突然传来了手机的铃声。

"是你的手机？"不知道为什么，毕衍心中一动，直觉告诉他这个电话是邹堃打来的。在这一点上，莫向群的猜测似乎与他一致，他用手紧紧捂着口袋，涨红着脸毫不退步，一点儿要把手机拿出来的意思都没有。两个人就这样僵持着，手机持续地在莫向群兜里嘶吼，乔茜和莫天明也不再聊天，四个人的目光都聚集在莫向群的上衣右侧口袋上。或许是房间里的气氛太诡异了，连一直毫无戒心的莫天明也有些忐忑起来，他小心翼翼地环顾了一圈众人，然后低声问道："爸爸，怎么了，你怎么不接电话？"

"可能是有什么小孩子不能听的秘密吧。"电话铃声终于归于寂静，四人中，毕衍最先反应过来，他再次搂过莫向群向屋外走去，才出房门就朝他伸出了右手，"交出来吧。"

莫向群像一尊石像，不抵抗也不配合，可就在这时，手机又响了起来，连他也不由得有些纳闷儿。

"交出来吧，是找我的。"毕衍看着面带疑惑的莫向群叹了一口气，然后举起了双手，"邹堃的本事你不会不知道吧，他一定知道我来找你了，不信你拿出来听听，我保证不抢。"

这句话似乎打动了莫向群，毕衍话音刚落，他就半信半疑地把手机从兜里掏了出来，一边警惕地盯着毕衍的动作，一边接通了手机。

"邹老板，我知道了。"

随后，在毕衍一副"我早就告诉你了"的表情下，手机被递到了他手上。

四十四

"堃哥,好久不见。"

"小毕啊……"

两人在电话里的开头仿佛日常叙旧,但谁都知道这段电磁波承载着巨大的暗涌,电话那头传来邹堃的一声叹息,随后又是沉默。莫向群不情不愿地瞪着毕衍,毕衍则紧紧抓住手机,仿佛这样就能抓住邹堃的命脉。

"我知道你一定会找到这个孩子的,只是没想到会这么快。"邹堃的话音终于再次从电话那头传来,"在录像里看到只有夏曼丽一个人从死者房里走出来的时候,我就知道离你破解杀人手法的时间不远了,那么,我杀人的事也就瞒不住了。"

"是啊,本来我对你毫不怀疑,可谁知道发生了一起完全脱离你控制的杀人案,偏偏又与你的手法异曲同工,这就是'天网恢恢,疏而不漏'吧。"毕衍的声音里包含着愤怒和不甘,"如果不是发生了这起案子,你准备利用我到什么时候?"

"还差最后一个人了,杀了他,我就会自首。"

"也就是说你还要拖着我再背上一条人命?"

"对不起,是我对不起你,"邹堃的声音中确实透出悔意,"你就当这是一个父亲不得不走的歧途吧。"

"放手吧堃哥,"虽然内心带着愤怒,但毕衍还是真心把邹堃当成前辈尊敬的,他只能透过话筒苦苦劝告着,"八年前的事已是歧途,如果当时你带邹骋自首,他也不会走上末路。如今你又要踏上另一条歧途,注定只能再次通向末路啊。"

"小骋不在了,这是我唯一也是最后能为他做的事了。"

"我相信小骋绝不希望你为他去杀人!"

"是啊,他被我保护得太好,所以也太天真、太懦弱了。可惜你没见过他,在没有发生那件事之前……"邹堃顿了顿才继续说道,"他不是后来这样胆小自闭的,他年少轻狂、意气风发,是我生命中最大的支撑,可那些人利用了他,污染了他,害了他一辈子。小毕啊,你还没有结婚吧。有些事,即使孩子没想,父亲也要为他去做,这就是为人父的责任。"

听到邹堃这样回忆儿子的过去,毕衍一时不知该怎么回应:"包括杀人吗?"

"不要为难莫向群,和你一样,他不过是我的一枚棋子罢了,他没有杀人,也不知道我的计划,最多算是一个临时演员。"邹堃没有正面回答毕衍的问题,他的语速越来越快,像是准备结束这段对话,"这通电话过后,我会把这个手机放进微波炉,你们也不用费力侦查了。"

"等等,"毕衍忍不住提高了嗓门,他试图做最后的挽留,"你到底想做什么?八年前到底发生了什么?!"

"你马上就会知道了。"

简短的回答后,听筒里传来无情的"嘟嘟"声,毕衍愤怒而又无奈地瞪了莫向群一眼,把手机扔到他手里,与此同时,他自己的手机响了起来。他看了一眼手机,又看了一眼转身离开的莫向群,心里再次涌起一股不安。

"喂，邓局。"

"放下手头的事，马上回来。"电话才接通，邓中原就毫不拖延地下达了命令。

"出什么事了？"邹堃的话还在耳边——"你马上就会知道了"，这个命令让此刻的毕衍不由得脊背发凉。

"何氏制药集团总经理的孩子被人绑架了。"

"什么？绑架案？"毕衍一时想不到邓中原要他放下"五行杀人案"回去追踪绑架案的原因，有些疑惑。

"对，你们案子的最新进展高弋峰已经向我汇报过了，绑架者就是你正在找的人。"

"邹堃？！"毕衍难以置信地摇了摇头，"怎么可能？"

"以最快的速度回来，我在办公室等你。"

电话被挂断，毕衍叫上仍然坐在床边的乔茜，飞速赶回单位。当乔茜听说邹堃绑架了一个儿童时，也是一脸惊疑。

"这……不太可能吧，邹老师不是这种人……"

"邓局不会胡说，一定是掌握了证据。"

"可是为什么呢，绑架一个集团总经理的孩子，邹老师并不缺钱啊！"

毕衍沉默了很久，才低沉地回答道："如果那个孩子的父亲就是汪乐安当年的恋人呢？"

乔茜瞪大了双眼，一时忘记了呼吸。是的，这便是整个计划的最后一步，向当年杀死汪乐安的真正凶手复仇。一个医药专业的博士生，一个制药集团的继承人，邹堃终于找到了当年案件的凶手，他的最后一个目标。

警灯在车顶上闪烁，随着阵阵呼啸的警笛声，他们的汽车在柏油马路上飞驰而过。毕衍知道，他和邹堃走向了最后的对决，这是两任刑侦队长之间的较量，是对与错、白与黑、规则与混乱、法制与私刑的交锋，对他来说，这是一场只能赢不能输的决赛。

"我帮你去停车吧，邓局在大会议室等你。"毕衍的车还没驶入单位大门，门口的保安已经急匆匆地给他传达了邓局的最新指示。

"知道了。"毕衍跳下车，三步并作两步地往大会议室跑去。他推门进入的时候，会议已经开始了，除了专案组临时抽调的人员，几个刑侦领域的熟面孔也在会场，会议室的上空仿佛被一团浓得吹不散的乌云笼罩，每个人都一脸严肃，正襟危坐。

邓中原似乎正在做会前动员，看到毕衍进来他顿了顿，示意毕衍坐下："就差你了，那我们现在开始。场面话我就不多说了，我想大家都知道为什么会被突然召集到这里。小高，你来汇报一下目前掌握的案件情况，之后其他人做补充。"

"好的。"高弋峰头发凌乱，像是刚刚经历了一场混战，他朝刚落座的毕衍点了点头，翻开了笔记本，"今天上午十一点四十二分，警局接到报案，报案人是何氏制药集团总经理李烨，也是何氏制药集团实际掌舵人何所贤的女婿，他报案称自己的女儿李芸甜被绑架了。经查证，在上午十点三十分的时候，绑架者就已经发了一条信息给李烨，但因为他当时在开会，所以没有注意到。会议结束后他才发现那条信息是绑架者发给他的，距离李芸甜被绑已经过去了一个多小时。短信里有李芸甜的照片，还有绑架者的诉求，要求李烨向媒体公布八年前科技大学一宗自杀案的真相。我们接到报案后立刻和孩子所在的幼儿园联系，今天他们刚好和其他几个幼儿园一起组织迎春表演活动，幼儿园人员混杂，有很多家长和校外人员，直到孩子的父亲联系李芸甜的老师时，他们才发现孩子不见了。也就是说绑架者提前了解过幼儿园的活动安排，但目前没有发现共犯。邓局已经第一时间布置了警力对幼儿园及周边地区进行搜查，还没有发现有用线索，初步情况就是这样。"

"确定绑架者是邹堃？"毕衍双手交叉撑在桌面上，他已经好几晚没有休息好了，如今眼圈乌青，表情更显凝重。

"是的，他一点儿都没想隐瞒自己的身份，幼儿园里的监控中到处都有他的身影。"

"能分析出他离开的路线吗？"

"暂时还没有头绪，孩子是被迷晕了抱出幼儿园的，之后就失去了他们的踪迹。"

"我知道这个案子和你们正在追查的'五行杀人案'有关联，你给我说说八年前到底发生了什么，为什么邹堃如此大动干戈，不惜绑架杀人，而且这次还是针对一个六岁的孩子？"邓中原打断了他们的对话，直接对毕衍提问。

"还不能确定，"毕衍有些惭愧，知情人要么自杀了，要么先一步被邹堃除去，以至于他步步落后，始终赶不上邹堃的步伐，"我猜测八年前科技大学一个叫汪乐安的博士生的自杀案有疑点，他可能是死于谋杀，而真正的凶手就是这个被绑架的孩子的父亲——李烨。"

"那邹堃这是在做什么，为民除害吗？！"邓中原猛地拍了一下桌子，在座的人谁都不敢说话。

"邹堃的儿子应该被人利用，成了杀害汪乐安的帮凶，而邹堃替儿子掩盖了这宗谋杀案，这也是邹堃八年前突然辞职的原因。

但他没想到自己的儿子虽然免于刑罚，却逃不过心中愧疚，在3月5日自杀了。邹骋的死是整个事件的导火索，从那一刻起，邹堃就利用我们正在查探的'五行杀人案'设计了一系列复仇计划，先是高冉，再是张祥平，他的最终目的就是要找到当年杀害汪乐安的真正凶手，如今，他应该是找到了。"

"你有什么提议？"邓中原深深地吸了一口气，像是在平复自己的心情。

"首先，去李烨家里和工作地点布防，同时继续查探邹堃离开的路线，发布照片进行通缉，还有，如果家属同意的话，在各大媒体上发布孩子的相片。一个五十岁的男人带着一个没有活动能力的孩子，一旦出现，目标非常明显。"毕衍说着，语气一变，"不过，我们在座的人就算没有和邹堃共事过，至少也听过他的名字，了解他的事迹，清楚他的能力。他曾经是我们当中最优秀的人，了解警方所有手段，也精通罪犯的犯罪手法，我认为他已经做好伪装，隐藏起来的可能性极大，通过上述常规手段很难抓到他，我们更多的是要寄希望于那则短信。他已经杀了两个人，现在孩子在他手里，目前没必要正面违抗他的意志，应该劝李烨坦白八年前的事。"

"单位布防交给一队，继续跟进幼儿园周边环境的事还是由二队负责。毕衍，你对邹堃最了解，负责带专案组去李烨家里布防，同时，劝说他们同意发布孩子照片以及自首这两件事也都交给你，有情况随时向我汇报。"

"知道！"

会议桌边同时传来三声有力的应答，邓中原再次环顾了一圈众人，最初的慌乱已经过去，所有人都调整好了状态整装待发，他一颗悬着的心稍稍回落,朝众人点了点头。

"等等,"眼看就要散会,毕衍又想到了新的情况,他郑重地说道,"以邹堃一贯的手法,他要伤害的是间接害死邹骋的人,我觉得这个孩子只是他的工具,真正有危险的人是李烨。他现在的诉求是公开八年前的真相,一旦如愿,他势必会向李烨下手,我建议派出特警对李烨一家进行保护。"

"就按你说的办。"

四十五

"有没有我女儿的消息,有没有找到她啊?"

毕衍一组人才走进李烨的豪宅,他的妻子,也就是李芸甜的母亲何思悦就冲了上来,一把拉住毕衍的衣角,几乎站不住身子,就要跪下了。

"已经知道绑架者的信息了,我们正在加大搜索力度,一定会确保你女儿的安全。"毕衍连忙扶住眼前这个头发凌乱、双眼通红的女人,一边语气柔和地回答着,一边给乔茜使了个眼色。

乔茜立刻上前一步扶过这个伤心过度的女人:"李太太,能不能带我去李芸甜的房间看看,我们还需要一些李芸甜的日常照片,如果穿着打扮和今天一样,那就最好了。"

"我带你上去。"何思悦又看了一眼毕衍,强忍着悲伤抹了抹眼泪。乔茜的要求让她终于找到了可以暂时寄托情感的事情,使她得以从惊慌失措中找回一丝清醒。

"麻烦了。"乔茜回头朝毕衍点了点头,就跟在何思悦身后向楼上走去,二楼楼梯口还能看到一个小男孩儿的身影,他好奇地探出半个身子,低头看着一楼莫名多出来的陌生人,似乎还不知道自己的孪生姐姐被人绑架,正生死未卜。此刻,他看到自己的母亲往楼上走,调皮地晃了晃脑袋,敏捷地退了回去。

毕衍目送两个女人的身影消失在二楼楼梯口,向前一步与早就站在一边等待他的李烨握了握手:"看来你夫人还不知道你收到的那条信息吧?"

李烨闻言脸色突变,他尴尬地搓了搓手:"警方说先不要声张,我就先没说。"

"是吗?"毕衍一边说着,一边打量站在自己眼前的这个男人。

毕衍自认见过不少英姿飒爽的帅气男人,但与眼前这位相比,都不由得黯然失色。他剑眉星目,鼻梁高挺,五官如雕刻般立体生动,尽显成熟魅力。说话时嘴角左侧一个梨涡时隐时现,一头短发还带着天然卷,又给他原本成熟俊朗的外表增添了一丝稚嫩感,使人心生亲近。成熟与稚嫩,世故与天真,这两种完全背离的感觉在他身上却完美融合,让人不得不感叹造物主的偏爱。他大概是刚从单位赶到家,风尘仆仆,一身浅灰色的西装还未换去,就这样笔挺地站在客厅中央,真是"皎如玉树临风前"。此刻他被毕衍诘问得面露狼狈,眉头委屈地皱起,丰密的睫毛掩盖住玛瑙似的眼眸,优美的唇形紧紧抿成一条线,让人不忍心多加苛责。这样一个人,难怪汪乐安最后走上绝路也不愿意说出他的身份。

可毕衍毕竟不是别人,他又逼近了一步:"你夫人已经上楼了,现在可以和我们说说了吧,绑架者给你留的那条短信到底是什么意思?"

"我也不知道。"李烨重新睁大的眼睛里闪烁着惊惶。

"情况紧急,我们就不要兜圈子了吧。"

"我真的不知道,刚开始我还以为是谁的恶作剧。"

"谁的恶作剧?汪乐安的吗?"短信中并没有提到自杀者的具体姓名,毕衍之前的推理也都基于猜测,没有确凿证据。他在此刻突然说出汪乐安的名字,就是为了试探李烨的态度,证实自己的猜测。果然，李烨并没有令他失望，在听到汪乐安名字的那一刻，虽然竭力抑制自己的真实情绪，但面部还是止不住地抽搐，左手按住胸口剧烈喘息，右手挣扎着从西服口袋里拿出一瓶药丸，吞服了几粒，然后跌跌撞撞地坐到沙发上。

"对不起，我有心脏病。"过了好久，李烨才缓过神来，苍白的脸色却始终没有恢复。

"没事，你不用为这件事道歉。"言下之意，李烨真正应该道歉的事他还没有坦白，"我们查过，八年前科技大学的自杀案涉及的人员名字就叫汪乐安，彼时他正在科技大学医学院读博，说起来那时候你就在何氏制药集团了吧，你真的一点儿都不知情吗？"

"毕队长到底是来帮我们从歹徒手中救回孩子的，还是来审问我的女婿的？"李烨正在躲闪之际，一个威严的声音从门外传来，毕衍回过头去，一个大腹便便的男人正朝他们走来，这人和李烨一样西装笔挺，不过长相就普通了许多。他头发花白，打理得一丝不苟，个头不高，但走起路来步履坚定，应该就是何氏制药集团真正的主事人何所贤。

"爸……"李烨这才仿佛找到了主心骨，急着要站起来。

"你坐着别动了，身体要紧。"何所贤的声音轻柔了一些，转而又看向毕衍，"我没认错吧，毕队长？听邓局说派了专案组最精干的人员来我这儿，我本来放心了很多，可一进门却听到你们在审问我女婿，这情况不对吧？"

"您好，"毕衍的问询被打断，他只好朝何所贤礼貌地点点头，"我的同事们都在努力搜寻信息，但救回孩子仅仅依靠我们警方的力量是不够的，您应该也知道，绑架者发给李烨的短信中明确提出了要求……"

"我们怎么能相信绑匪的话呢？那些都是穷凶极恶之徒，为达目的什么事情做不出来？"

毕衍的话再次被粗暴地打断，他面色不变，心中却有些不悦："以我们对绑架者的了解，只要满足他的要求，他就绝不会伤害孩子。"

"这么说你们已经知道绑匪是谁了？那还不去抓？"何所贤大大方方地在沙发上坐下，跷起了二郎腿。

"我们已经布置了大量警力在外搜捕，不过凡事还是要做两手打算，万一绑架者躲着不露面，那么八年前的真相是唯一能保住您外孙女生命的东西。"

"哼，什么真相？你知道我们何家走到今天这个地位，得罪了多少人，又有多少人对我家产业虎视眈眈吗？不过是有心人编造的谎话，怎么毕队长还当真了？"何所贤对毕衍的话很不以为然，"退一万步讲，我们市民所依赖的警察什么时候走到了要和绑匪做交易的地步？"

"当务之急是确保孩子生命无忧……"

"不用说了，我女儿、女婿逢此大变，身体心理早就濒临极限，有什么事你们直接问我吧。"何所贤说着掏出一根烟来，又朝李烨挥了挥手，"你也上楼去休息吧，陪陪思悦。"

"爸……"李烨吞吞吐吐似乎还想说什么。

"还不上去？！"何所贤见李烨还在犹豫，恨铁不成钢地催促道，李烨闻言果真站起身离开了。

"何老爷子，您这是在给我们增加工作难度啊。"

"可别这么说，给你们增加难度的是绑匪，而不是我，我也是受害者。"何所贤句句在理，让人完全找不到反驳的理由，"我知道你们要做布置,请便吧。"

何所贤说着就真的不再管他们,而是坐在沙发上一边抽烟一边像模像样地看起报纸来,这个外孙女的失踪似乎完全没有在他心里引起波澜。此刻,乔茜拿着几张照片从楼上走了下来,她一手拿着照片在另一手的掌心轻轻拍打着:"李太太刚刚给我提供了几张照片,和孩子今天的打扮比较相似。"

"交给王珂立刻对外发布。"

"好的。"

乔茜拿着照片朝王珂走去,毕衍看着坐在沙发上不动如山的何所贤,知道暂时无法有新的收获,叹了一口气也在沙发上坐下,静静等待邹堃的下一步动作。他知道,这一切都只是开始,李烨一家的缄默使得他再次落后于邹堃。像是知道毕衍遇到了瓶颈,他的手机突然在此刻响了起来,所有人的神经都在这一瞬间绷紧,毕衍小心翼翼地掏出了自己的手机,仿佛稍有不慎就会错失这个电话。

"连上了吗?"毕衍压低声音问道,他早就和王珂说过,除了监控李烨家的电话,自己的手机也是重要目标之一,邹堃极有可能直接联系自己。

王珂朝毕衍伸出了一只手,随后逐渐收拢手指,先是大拇指,随后小拇指、无名指,就在食指收回的一瞬间,毕衍接通了电话。

"碰壁了吧?"电话那头传来邹堃熟悉的声音,不知是不是装了反侦查设备,声音听起来有些空旷,还夹杂着杂音。

"是啊,堃哥,你在哪儿呢?"

"你不是正在查吗?"邹堃"呵呵"两声,声音里甚至有些愉悦。

"李芸甜怎么样了?"毕衍看到何所贤原本镇定自若的神态变得焦急,一边抬手示意他不要出声,一边开门见山地询问李芸甜的现状。

"她很好,不过为了防止她反应过激伤害到自己,我不得不用一些镇定药物,时间长了不免伤害到孩子,"邹堃说得不慌不忙,似乎一点儿都不担心被定位到,"你不妨告诉李烨,他越早满足我的要求,孩子受到的伤害就越小,否则,再拖下去,就算孩子得救了,可能也会留下不可挽回的后遗症。"

"孩子是无辜的,我向你保证,无论有多么困难,八年前的事情我一定会查个水落石出⋯⋯"

"没用的,"邹堃打断了毕衍的话,"当年所有的证据都是我亲手抹去的,指纹、影像,还有所有的知情人,我亲手毁掉了所有可以定罪的证据,只有他的自白了。"

"堃哥,不要一错再错,如果用孩子的生命博弈,只会留下更大遗憾!"

"看来他们是铁了心要把秘密永远封存喽,"邹堃冷笑了一声,"其实我也料到了,八年前,李烨担心他的秘密会影响他迎娶何氏独女青云直上,所以杀了自己的爱人;八年后,何所贤担心女婿的丑闻曝光会影响公司股价导致市值蒸发,所以放弃被绑的外孙女。不是一家人不进一家门啊。"

"我们还在劝说,总之你不要伤害孩子,虎毒不食子,相信李烨一定会以孩子为重。"毕衍挖空心思拖延着这场对话,王珂已经朝他做出了快要成功的手势,每拖延一秒,定位的准确性就会多一分,救回孩子的可能性也就大一分。

"时间快到了吧?"电话那头传来邹堃意兴阑珊的声音,"如果李烨不怜惜自己女儿的生命,我也不会怜惜,我已经杀了两个人了,又何必在乎再多一条人命。"

"邹垩!"尽管毕衍在电话这头提高了嗓门,可迎接他的只是一片静默。

"查到了吗?"何所贤再也坐不住了,几乎是扑向了王珂的位置,或许这个外孙女在他心目中比不上他的商业王国,但血浓于水,他的关切之情还是溢于言表,而此刻王珂脸上兴奋的表情为他注入了一支强心剂。

四十六

"马上通知凤凰岭周边警力全员出动,把邹堃和李芸甜的照片发下去,在所有主干道上设立排查点,注意人质安全,这一次务必要把邹堃找出来!"

下午三点三刻,距离李芸甜被绑已经过去了五个小时,毕衍他们终于得到了第一个有力线索,邹堃的这个来电尽管经过重重伪装,但最后还是被查明来自凤凰岭山脚下的一个公用电话。一时间周围警力倾巢而出,布下天罗地网只等邹堃出现。

"是不是找到绑匪了?"守在一旁的何所贤蠢蠢欲动,似乎想要动用自己的社会力量解救外孙女。

"还不能确定,不过我劝您相信警方的力量,安心等待,不要做蠢事。"毕衍闻言,看向何所贤的目光略带警告的意味。

"安心,你让我怎么安心?一个穷凶极恶、背负命案的歹徒,不仅绑架了我的外孙女,还想诬陷我的女婿……"

毕衍没工夫听他说完,直接转过身对一旁待命的几个人说:"我现在出发去凤凰岭,高弋峰、刘辉和我一起,王珂、乔茜留守,有任何事第一时间联系我。不要忘了,按照邹堃对'五行杀人案'的模仿,'金'和'木'已经结束,下一个就是'土'。吴氏姐弟的'土字杀人案'选取的地点就是凤凰岭,情况十分危急,我希望大家严阵以待,这个节骨眼儿上谁都不能放松警惕,一定要把李芸甜安全地带回家！"

"收到！"

响亮的声音在四周响起，毕衍再次环顾一下客厅，表情严肃地走出了屋子。他现在一点儿都不担心邹堃声东击西转而攻击李烨，一来邹堃之所以大费周章绑架李芸甜，很明显是要留着李烨的命揭露真相，二来这座别墅已经武装到了牙齿，邹堃无论多么神通广大，都不会在这种情况下以卵击石自绝生路。可他十分担心李芸甜，邹堃已经走到了穷途末路，人命对他来说只是完成复仇计划的工具，谁也不知道他最后会做出怎样的选择。

千万不要一错再错，毕衍在自己心中默默告诫着邹堃。

就在毕衍赶来的时候，凤凰岭派出所的干警们已经到达了那个拨出电话的电话亭，这个电话亭就在山脚下，正对着一条蜿蜒曲折的山路，正是周西平出事前攀登过的那条。片警小张就是在这儿接触到了他人生中第一宗非自然死亡的尸体，仔细算着距离那天才过去一个半月，距离山脚下的那个电话亭还有一百米的时候，小张已经抑制不住胃部的一阵阵痉挛了。

"对不起。"在警校里就表现平平的小张此刻更显稚嫩，一脸苍白地强忍着胃部上涌的酸水向所长林向东道歉。

"这孩子，"林向东皱了皱眉头，还是咽下了已到嘴边的责备，一马当先走了上去，"你就在这儿观察有没有可疑人物吧，伍林，我们俩过去。"

"知道。"说话的是一个虎背熊腰的大汉，他声音浑厚，和林向东一左一右向电话亭包抄过去，原本身材匀称的林向东在他的对比之下竟显得有几分瘦弱。

这是一个十分老旧的电话亭了，隐藏在一棵面目狰狞的歪脖子树下，山脚下常年的风吹雨打腐蚀了亭外原本鲜艳的色彩，油漆剥落，锈迹斑驳，但坐落在此地却丝毫不显突兀，反而恰到好处地融入周围破败孤寂的环境中。一个写着"正在维修"的木牌挂在电话亭外，不知道是电话亭年久失修的象征，还是出自邹堃的设计，反正现在电话亭里空空如也。透过有着蛛丝网般裂纹的玻璃看去，只能看到原本应该待在电话机旁的听筒此刻正悬挂在半空中，弹簧般一圈圈的电话线因为重力的关系被一点点拉直。

"怎么回事？"伍林并不像外表看起来那般鲁莽，他没有冒进，而是戴上搜查用的手套，站在电话亭右侧等待林向东发号施令。

"进去看看。"

门被打开，随着风的涌入，原本已经不再晃荡的听筒再次在狭小的电话亭中摆动，林向东和伍林的视线也一起集中到了这个小小的听筒上。

"咦？"林向东不自觉地眯了眯眼睛，"那是什么？"

小小的电话亭里待不下两个人高马大的成年男子，伍林自觉地站在门口，林向东又走近了两步，这才看清了听筒上惹人注意的东西——那是一部手机，正牢牢地和听筒绑在一起，出音孔正对着听筒的收音处。

"晚了，"林向东回过头来，一脸遗憾地看着伍林，"通知队里吧，我们晚了太多，人应该早就不在这儿了。"

"什么意思？"被挡在门外的伍林很快就从林向东让开的空间里看清了电话亭的状况，随后立马意识到发生了什么。

"这个电话亭不过是一个声音中转站罢了，真正发出指令的手机拨通的是这个被绑在听筒上的手机，而电话被接通的那一刻起，绑架者应该就拿着真正的手机离开了，他完全不需要待在这个电话亭里发号施令。"

"是啊，我们的布防恐怕都晚了。"伍林叹了一口气，他们还可以对电话亭继续搜查，但这一切其实对破案起不到任何作用了。绑架者的身份信息众所周知，指纹之类的信息就失去了意义。从听筒上绑着的手机上或许能获取绑架者当时使用的手机的真正号码，可是那个手机显然在拨通那个电话后就已经完成了它的使命，现在应该躺在某个垃圾桶里等着被人发现了吧。

林向东和伍林都很沮丧，但接到消息的毕衍却毫不在意，这一切都在他意料之中。邹堃了解新型信息技术，也知道毕衍身边高手如云，他见识过王珂的本事，没有绝对把握是不会主动联系毕衍的。所以毕衍从接通电话的那一刻起就知道，即使定位到拨出电话的位置，等他们赶到的时候，邹堃也一定已经逃之夭夭了。从一开始他就没有在这条线上抱什么希望，但他必须演这一场戏，而且必须在李烨家的客厅里演好这一场戏，让邹堃以为全部警力都在朝凤凰岭的方向拥去，从而放松警惕，安心地回到自己真正的巢穴。

至于那个巢穴的位置——

毕衍在和同事赶往李烨家的路上，他就想过，如果是自己策划了这宗绑架案，他会怎么做。第一个进入他脑海的就是监控，对，是监控。如今自己的身份已经暴露，而搜寻自己的警力众多，自己唯一的优势就是处于暗处，隐匿在这个城市不为人知的角落里。只有将警察的一举一动都置于自己的监控下，把敌明我暗的优势扩大，才能确保立于不败之地。

邹堃以前是一名优秀的刑侦人员，他一定也处理过类似的案子,知道李烨家的客厅会成为处理绑架案的临时指挥部,那他就必然会和自己一样,将监控的地点选择在这个客厅。所以还没到达李烨家的时候,一个"螳螂捕蝉,黄雀在后"的计划就已经在毕衍心中酝酿好了。邹堃和王珂都没有让毕衍失望,邹堃果然将监控布置在了李烨家客厅的背投大电视下,王珂也找出了这个监控,顺藤摸瓜查到了信号发送的地点。随后,邹堃的来电给了毕衍带队离开的借口,但他不能将真正的线索透露出来,只能任由凤凰岭周边的同行们奔波劳累,因为他不知道这局棋盘上还有没有邹堃的其他棋子。得益于曾经的工作经历,邹堃的人脉极广,反侦查能力出类拔萃,毕衍的任何大意都有可能导致行动失败。

毕衍挂断了手中的电话,此刻,他正站在市中心最热闹的商业广场前,身边跟着刚刚紧急调派过来的特警队精英,这里才是他和邹堃真正的战场。如今,他们两人一个在自认为安全的角落里养精蓄锐,一个在高楼林立的广场摩拳擦掌,从侦查"五行杀人案"开始,两人之间的明暗关系终于在此刻调换了位置。

"应该就是那栋公寓楼,甲单元1602。"王珂指向紧挨着商业广场的一栋高耸大楼,所有人的目光都顺着他的指尖看去,那里看起来是一座可以拎包入住的酒店式公寓。

"大隐隐于市,不愧是邹堃。"毕衍说着,下达了出发的命令,除了两个在广场留守的特警,其余一行人都向邹堃藏身的公寓走去。他们身着便服四散开来,看似随意,实则互相呼应,已经形成了一张紧密的抓捕网。

"你在正门守着,你去后门,你,还有你,你们两个再巡逻一下,确保没有其他窗户之类的逃生出口遗漏,然后去监控室待命,一旦发现目标立刻联系我,"毕衍选了几个人在一楼留守后,率先走进了电梯,"其他人跟我上去。"

很快,一行人就站在了1602房间的门口,他们井然有序而又悄无声息地贴墙站着,队伍中一个皮肤黝黑、身材壮实的特警走了出来,先是附耳听了听门后的动静,然后朝众人摇了摇头,示意没有听到任何声响。

"开门。"毕衍用口型传达着命令,拥挤的走道里安静得只剩下压抑的呼吸声。那名黑壮的特警闻言立刻压低身子,从口袋里掏出几样工具,三下五除二打开了面前紧锁的大门。

"不许动!"原本静止在门外的特警们异常迅捷地进入了屋内,几乎是一瞬间就控制住了房间里的每个角落,毕衍也握着枪扫视屋内。

"没有人。"

整齐的汇报声回荡在原本就不大的公寓内,这个房间被打扫得窗明几净,完全看不出有人生活过的痕迹,唯有餐桌上放着一台合上的笔记本电脑,如果毕衍没猜错的话,这就是李烨家监控的终端。

"难道是我猜错了?"毕衍眉头紧锁。

"是不是还没回来?"王珂不确定地问道。

"不可能,我们出发时他应该已经启程返回这里了,凤凰岭到这儿的路程并不比我们远。通缉令已经下达,在户外多待一秒对他来说就多一分危险,既然他在这儿安装了监控,就一定会藏身于此,根据我们的动向策划下一步的行动。"毕衍摇了摇头,面色凝重,"是我失误了,他不只监控了李烨家,一定也黑进了这里的监控,我们一进门就被发现了。不过他一定还在这幢楼里,通知下面的同事提高警惕,我们挨家挨户搜,我就不信他能上天遁地。"

"等等，这是什么？"

已经一脚踏出门外的毕衍因为身后的声音回过头来，从正低头查看笔记本电脑的王珂脸上读到了惊恐，他心中一沉，快步走到桌边。与预想中应该出现的李烨家客厅画面不同，电脑屏幕上正跳跃着鲜红的数字，在一点一点地倒数，而电脑连接着两条不起眼的电线，消失在一个硬纸板盒下。旁边的特警见状立刻上前小心翼翼地掀起了那个被众人忽视的硬纸板盒，电线尽头，一个四四方方的红色塑料盒出现在了众人面前。

"是炸弹！"他回过头神色紧张地对众人说道，"暂时不能确定威力，不过有平衡装置，看起来十分专业，不好移动。"

"会不会是假的？"王珂还抱着一丝不切实际的幻想。

"除非拆开排查，否则不能确定。"站在炸弹旁的特警脸色严肃，"这种自制炸弹威力不会很大，但是考虑到安全，建议疏散整栋公寓楼住户。"

"联系拆弹专家，同时马上疏散人群！"电脑上剩下的时间还有九分多钟，毕衍立刻下达了疏散指令。他知道没有时间等拆弹人员了，这栋公寓楼一共二十八层，要想疏散全部住客就必须全员投入，他不知道这个炸弹是不是真的，他只知道邹堃在和他赌，赌注是在场所有人的性命。

"还愣着做什么，王珂，你立刻去找管理员播放广播，楼下留两个人控制疏散的人群，这里分十二个人上楼，其余人逐层往楼下疏散住户，注意公共厕所、杂物间等地方是否有昏迷的孩子，快！"毕衍说完就往外跑去，他要赶在邹堃浑水摸鱼离开之前去一楼堵住对方，但离开前他还是不忘提醒道，"从现在起计时八分钟，八分钟后无论发生什么事，全员楼下集合，一个都不能少！"

四十七

　　眼下的情形出乎所有人的意料，但幸好在场的特警都训练有素，最初的紧张与诧异过后，众人立刻按照分配的任务行动起来，呼喊声、拍门声与撤退的脚步声在楼道此起彼伏，而引导疏散的广播声也在楼层间传播开来。毕衍进入公寓楼的监控室里，原本当值的保安已经全部疏散了，他站在排成一面墙的屏幕前，目不转睛地寻找着邹堃的身影。这个炸弹的出现在他意料之外，但他知道，自己的出现一定也在邹堃意料之外，所以邹堃不得不在仓促之间留下了这枚炸弹。只要邹堃想要浑水摸鱼，就一定会留下蛛丝马迹，所以即使脑袋上真的悬着一颗炸弹，毕衍仍然不愿意轻易放弃这次机会。

　　屏幕上一片混乱，牵着孩子的家长，互相搀扶的老人，连外套都没来得及穿上的年轻夫妇，所有人都面带惶恐，匆匆忙忙地在逃生通道上奔跑着。毕衍屏住了呼吸，全神贯注地寻找，他不能放过任何一个身影，因为擅长反侦查的邹堃可能伪装成当中任何一个人。

　　"特别注意人群中单独逃生的人。"毕衍在对讲机中交代着。

　　"是否需要筛查带着孩子的人？"

　　对讲机那头传来了短暂的停顿，随后，毕衍的声音再次传了出来："不用，带着一个昏迷的孩子目标太过明确，他不会犯这样的错误,很可能会扔下孩子自己走。"

说完这些话,毕衍心中一阵苦涩,他最尊敬的师长、交付全部信任的战友、曾经默默关注追随的目标,如今却成了一个十恶不赦的人,一个为了逃生可以不顾一切代价,甚至抛下无辜孩子的恶魔。与此同时,一股紧迫感也在他心中升起,留给他们的时间不多了,无论是救回小女孩儿的时间还是抓住邹堃的时间。那个炸弹像是一个隐喻,悬在他的头顶上"嘀嘀嗒嗒"地倒数着。

"报告,七号发现一个可疑人物,在五楼最西边公共厕所这里。"

西边的公共厕所在监控上看不到,这个最新报告让毕衍的注意力暂时从屏幕上转移出来,不过他并没有因此放松神经,反而因此绷得更紧,他总觉得邹堃不会这么简单暴露身份。可除此之外,这个明显背离人群独自行动的人还能是谁呢?毕衍一边搜索着五楼的监控,一边下达指令:"先不要轻举妄动,描述一下体貌特征。"

"一米七六到一米七八之间,头发花白,身材壮硕得有些不协调,怀疑是伪装,戴着黑框眼镜,蓄一圈胡须,看不出真实年龄,不过走路的时候一瘸一拐极不自然,符合目标特征。"毕衍之前和他们介绍过邹堃膝盖受伤这个细节,所以汇报的特警特意指出了这一点。

确实很奇怪,毕衍思忖了几秒钟,明知有炸弹却不随人群离开,即使一瘸一拐也要躲避警方的视线,这实在不是正常人的举动。但是——毕衍总觉得答案不可能这么简单,这个人的身高、发色甚至步态都和邹堃本人太过相似,既然这样又何必要用眼镜、胡须这些拙劣的伪装来掩饰身份呢,不是更加让人起疑吗?难道这也是邹垫战术的一部分，故意露出破绽？

"八号已经就位。"

"九号已经就位。"

"是否行动，请指示。"

时间在一分一秒地流逝，对讲机里的声音一遍遍催促着毕衍做出决定，搅乱他原本就难以捋清的思路。来不及多想了，毕衍只好强迫自己甩开满脑子的疑惑，宁可抓错不可放过。

"各单位注意，目标身上可能携带致命武器，小心他提前引爆炸弹，行动！"

毕衍话音刚落，五楼的男厕立刻被包围起来，上下靠近楼层的几名特警都聚集到了这里，几个身影悄无声息地潜入厕所间，他们弯下腰从门和地砖之间的缝隙里寻找可疑人物藏身的地方，随后靠近窗边的一个隔间大门被粗暴地踢开。

"救命！"

躲在隔间里的男子甚至没来得及看清发生了什么就被按在了地上，他发出一声惨叫，挣扎着从地砖上抬起头来，发现几个黑洞洞的枪口正对着他，立刻又瘫软下去。

"别动！"

"别开枪，别开枪……"

"不是他。"几名特警面面相觑，眼前这个瘫软在地苦苦求饶的男子显然不是邹垫。

"带下来，他脱不了干系。"毕衍叹了一口气，面上露出疲惫的神色，但随后又恢复了波澜不惊的状态，用异常冷静的声音说道，"还有五分钟，所有人立刻归位，不要松懈，目标还在楼里。"

邹垫还在楼里吗？毕衍不知道，虽然他这样安慰着队友，但

· 354 ·

自己已经动摇了。刚刚那出闹剧不会是偶然，用这样一个明显的目标吸引众人的视线，只有一种可能——声东击西，毕衍心中一紧，立刻拨通了王珂的电话。

"毕队……"

王珂还没来得及说话，毕衍急切的声音就从电话那一头传来："管理员在你旁边吗？"

"在。"王珂知道情况紧急，立刻简单明了地给予回答。

"这幢大厦还有没有别的出口？"

"没有了。"王珂打开了免提，短暂的停顿后，毕衍听到了管理员否定的回答。

"你再想想，在五楼附近，可能是已经废弃的通道！"毕衍进一步提示道。

"五楼附近……"

"货梯、管道、防火门，有没有？"毕衍知道自己不该催促，但时间在归零，他的头上已经冒出了细密的汗珠。

"我想起来了，是通风管道！这幢公寓和商业广场在建造时是一体设计的，原本有长廊相连。建成后这一半儿交付给我们做成了酒店式公寓，为了避免闲杂人等，我们封闭了公寓和广场的所有连接通道，但是通风管道不能封闭，商业广场一共是六楼，六楼以下公寓内所有的通风管道都是和商场相连的。"

"来不及了，毕队！还有不到四分钟，我们根本不知道邹堃是从哪一层离开的，你不能上楼了！"管理员话音刚落，王珂就急切地劝阻着。

"人员疏散得差不多了，你在这里控制现场，我去商场，他一定还没有离开！"毕衍说着，飞快地冲出了监控室。

很快，毕衍就再次站在了人来人往的商业广场上。考虑到炸弹的威力不会很大，为了避免恐慌，他们并没有大肆疏散商场人群，只是将广场中心围了起来。现在已经临近下班时间，广场边人流激增，毕衍站在喧哗热闹的人流中，只觉得天地都在旋转。随后他安下心来，将全部心神投入一张张陌生的面孔上，嘈杂的人声退去，潮水般的人流消失，毕衍眼中只剩下了一个个留待筛选的目标。

一个西装笔挺、皮鞋锃亮、头发梳得一丝不苟的中年男人正夹着公文包从警戒线旁离开。太招摇了，不是他，毕衍摇了摇头。

一个裹着黑色长羽绒服、围着围巾、头发花白的老者不紧不慢地在广场踱步，他好奇地探头看着商场，手中拿着一个保温杯。也不是他，邹堃不会这样浪费时间，毕衍确认后重新开始观察其他人。

一个穿着单薄、鸭舌帽低低地遮住了半张脸的男人正背着双肩包企图从毕衍身后跑开，毕衍迅速上前两步抓住了他的胳膊。

"干什么？"鸭舌帽男子企图甩开被钳制住的右手，发现一时竟然无法挣脱，他惊诧而又害怕地看着毕衍。

"对不起，认错人了。"也不是他，毕衍轻声道歉，然后迅速开始搜寻下一个目标。

那个戴着鸭舌帽的男人不悦地看了毕衍两眼，重新往离开商场的人行道跑去，绿灯已经亮了有一会儿了，被毕衍这么一拖延，他害怕自己又要多等一个红灯。他的前方，一个打扮不起眼的中年男子正搀扶着像是自己母亲的老妇人慢腾腾地往马路那头走去。尽管绿灯已经开始闪烁了，这两人却才走到了马路中间，那个中年男子不免加快了步伐。毕衍突然发现他黑色的裤腿上沾染了些灰色的东西，很像是灰尘的印记，与身边打扮得光鲜亮丽的老妇人格格不入。他身处的广场并没有这样年久失修的地方，而老妇人身上并没有沾染同样的东西，也就是说这个男人很可能刚刚独自从布满灰尘的地方经过，比如那个通风管道。

"站住！"毕衍本能地喊了出来，随后立刻冲了出去。

与此同时，已经快到马路那头的男人突然抛下老妇人撒腿就跑，突如其来的变故使得还在马路中央的人群不约而同地停下脚步左右环顾，老妇人受到惊吓，跌跌撞撞往前走了两步后一下子摔倒在地，周围的人群顿时混乱起来。

像是故意和毕衍作对，人行道前的绿灯在此时跳成了红色，车流开始缓慢地移动，车水马龙中，毕衍一边艰难地往前追踪，一边对着对讲机大喊："目标在广场西侧，灰色运动上衣，黑色休闲裤，已经过了马路，正在往朝阳路跑去！"

可他没有等到期盼之中的增援，"轰"的一声巨响在他身后响起，已经开始移动的车流又停顿下来，广场边正往家赶的人群纷纷驻足寻找声音的来源，毕衍被重重阻碍拦住，往前跑了几步之后还是只能眼睁睁地看着邹堃的背影再次在自己眼前消失。他放心不下广场的情况，犹豫再三还是选择放弃追踪已经消失了踪影的邹堃，回头跑向公寓。幸好，炸弹的威力并不大，人群疏散也很及时，拆弹部队做了紧急防爆措施，公寓虽然受到了一定程度的破坏，但损失被控制在最小范围内。

"那个蠢货呢？"刚刚丢失目标，毕衍说话间也带上了几分火气。

才被逮捕的男子被押送到毕衍面前，蹩脚的伪装显得滑稽又可恶。他还没从被枪口指着的危机中缓过神来，刚刚的爆炸声让他哆嗦得更加厉害，如今他站在毕衍面前，一点儿也不知道发生了什么，只觉得三魂去了六魄，完全靠特警架着才能站稳身子，慌乱的眼神在室内乱飘。

"你和邹堃是什么关系？"毕衍不想与他纠缠，索性开门见山。

"什么？什么邹堃？我真的什么都不知道啊……"男子涕泪横流，不像是说谎的样子。

毕衍厌恶地皱皱眉头："为什么在人群疏散的时候躲去厕所？"

"我知道错了，我不该搞传销的，我也是被人骗的，对不起，对不起……我不敢逃了，我跟你们回去……"男子哭哭啼啼，断断续续地求饶着。

"好像是个通缉犯。"一旁架着男子的特警忍不住说道，"以为我们是去抓他的。"

"是真的。"一旁的王珂递上了自己的手机，上面是刚刚查到的在逃经济犯名单，上面的头像赫然就是眼前这个男子除去了胡子的样子。

"说！你是怎么发现我们的？"还架着他的特警严厉地问道。

"是……是有人打电话告诉我的，他说警察发现了我的踪迹，假借炸弹疏散人群，实际是要抓我！"男子像是找到了救命稻草般解释着，"我的手机，不信你看我的手机，就在我兜里。"

毕衍和王珂对视了一眼，一切都契合得天衣无缝，他们不需要再去查看男子的手机了。没有人想到邹堃选择这个公寓还有这一层深意，也没有人知道邹堃到底在多早前就开始谋划这一切了，他们只知道自己又输了一局。

第十一章 土和水的终章

四十八

"市中心商业广场发生爆炸了!"

"什么原因呢?"

"不是煤气泄漏,不是电路自燃,竟然是一个男人留下了一枚炸弹!"

"这胆大包天的男人是谁呢?"

"就是前两天被通缉的那个绑匪,全城警察都出动了,结果连人家一个照面都没打上,这个人此刻还在外晃荡呢!"

"既然是绑匪,那绑架的是谁呢?"

"是省城数一数二的家族企业何氏集团老板的小外孙女。"

"绑架这么个大集团老板的外孙女,仅仅为了求财?"

"呵呵,可不是这么简单,你知道那个男人是谁吗?以前省城刑侦队的队长,可厉害了!《海岸线屠夫》这部电影看过吧,根据实际案件改编的,杨文还因为这部电影拿了影帝,电影里他演的那个警察的原型就是这个队长,也就是现在的绑匪。"

"那他为什么要绑架个孩子啊?"

"因为这孩子的父亲,何氏集团的继承人李烨。"

"那个上门女婿?他怎么了?"

"他杀了人。八年前,为了做这个上门女婿,他杀了当时的爱人,还伪装成对方抑郁症自杀的样子,就这样逃避了法律的制裁,开开心心过起了人上人的日子……"

"不会吧？要娶何家女儿，和现女友分手就是了，何必杀人呢？"

"你还不知道呢，这李烨的性取向有问题，他当年的爱人是个男人！"

"什么？这怎么可能，他不是……不是好好地结婚了，还生了对双胞胎吗？"

"就是啊，你说这事要是被何所贤知道了还了得？别说娶不到他的宝贝女儿，可能以后都没有出头之日了，为了权势富贵，他就一不做二不休，手起刀落，直接把当时的情人给杀了。后来这事被这队长知道了，可是事情已经过去了八年，找不到证据能证明这件事，如愿以偿的李烨现在和何氏成了一条绳上的蚂蚱，单凭一个退休队长的能力不能拿他怎么样，所以这退休队长只好绑了李烨的女儿，胁迫他们说出真相。"

"可真不得了呢，那又为什么要投下炸弹呢？"

"还能为什么呀，何氏集团怕继承人的负面新闻引发集团震荡，自然不肯出来承认这件事，警察又全员出动解救人质，要以一人之力对抗黑白两道，怕是无可奈何了吧。"

"唉，你说这些警察，怎么好坏不分呢？"

"但你换个角度想想，虽然李烨是很可恶，可说到底，孩子是无辜的啊。"

"这个退休队长不会真的伤害孩子吧？"

"不好说，我有个亲戚在新区支队上班，听说这个队长已经杀了好几个人了，锦华小区那宗谋杀案你知道吧，先前说是'五行杀人案'里的一个，现在查明就是这个队长干的。"

"怎么回事啊，这么大的仇怨？"

"听说这队长的独生子死了，死亡原因就和八年前的案子有牵连。"

"原来是这样……"

……

随着邹堃的再次逃脱，一连串真假难分的消息迅速在省城的街头巷尾传播开来，仿佛一颗颗重磅炸弹，投入了原本风平浪静的湖面，炸得沉闷的省城一时间水花四溅，热闹非凡。不过这热闹只对岸边的看客而言，他们原本还处在"春眠不觉晓"的懵懂中，如今却仿佛一下子迎来了热烈的夏天，阵阵热浪吹得他们愈加兴奋，全身血液都要沸腾，一个个争先恐后地寻觅着八卦小料的气息。而对毕衍他们而言，这可不是什么热闹，如果说他们本来还在春寒料峭中带着希望缓慢前行，这些消息却再次把他们打入了三九寒冬，那是从骨子中透出来的不安和寒冷，害得毕衍他们不得安宁。

那些消息最初是在一个比较冷清的本地论坛上出现的，只半天工夫，这则消息已呈燎原之势在网络上传播开来，并且迅速弥漫到现实生活中，衍生出越来越多的版本，流言如脱缰野马般控制不住了。而在这些似真似假的消息中，处处都潜藏着邹堃的身影，可当他们顺藤摸瓜再查下去时，却又处处都看不到实质的踪迹，省城警队的气氛越来越压抑。

毕衍还没来得及调整战略重新部署工作，以便化压力为动力，扭转被动局势，邹堃的电话又来了。不过这次，电话没有再打给他，而是直接打到了李烨的手机上。

"喂？"李烨在毕衍的示意下接起电话，尽管身边警员林立，他的声音还是不自觉地带着颤抖，让人很难相信这种人会杀人。

"你还想见到自己的女儿吗？"电话那头开门见山。

"你不要伤害甜甜！"李烨略微提高了些声音，但话音中还是没有底气。

"那你准备什么时候自首？"

"自首？自首什么事情？"李烨一边反问着，一边向站在身边的毕衍求助，毕衍正焦急地向他打着手势，要求他想办法拖延时间。

"呵，我再给你半天时间思考，是要自己的富贵，还是要女儿的命。"

语毕，不等李烨给出回答，电话立刻被挂断，只留给众人无情的"嘀嘀"声。

"怎么样？"毕衍一个箭步跨到王珂身边，却只看到了他失望的表情。意料之中，与王珂相比，毕衍倒没有特别失望。他知道经过上一次的交锋后，邹堃只会更加谨慎，不会再留给他们任何线索。

"你到底做了什么事？"身后，李烨妻子何思悦的质问声传来。

"你不要听他胡说，那个人就是个疯子。"

"疯子？你以为我是傻子吗？你以为我们何家全是傻子吗？"何思悦的声音变得歇斯底里，她从原本坐着的沙发上一跃而起，冲到了李烨面前，"你给我去自首，我不管你喜欢男人还是女人，不管你来何家是出于什么目的，也不管你杀了谁，我帮你联系报社，你马上都给我说出来！"

"思悦，你冷静点儿……"

李烨话音刚落,一个响亮的耳光声在屋内响起。

"冷静!你凭什么叫我冷静!李烨我告诉你,甜甜有什么事,我和你同归于尽!"

这个耳光出乎所有人的意料,李烨当即就愣在了原地,俊美的脸颊上迅速泛起鲜红的手掌印,随后,不知是委屈还是气愤,他的脸色涨得通红,掩盖了脸上的掌印。这曾是何思悦珍爱的面容,可这次,这一变化没有让何思悦产生半点儿怜悯,相反,她再次揪住了李烨的衣领:"你听到了吗,现在就去自首!"

眼看何思悦情绪越来越激动,毕衍准备上前劝解,一个威严的男声先他一步到达:"闭嘴!这两天你们闹得还不够吗,还要让别人看笑话吗?"

"爸!"

"我让你闭嘴!"何所贤盛怒的声音之后是茶杯被重重地放到桌上的响声,"上楼去,不要在这里丢人!"

何所贤的话让何思悦暂时停止了对李烨的攻击,但她并没有依言上楼,而是倔强地站在原地怒视自己的父亲,胸口剧烈地起伏着。

"你们是不是真的要牺牲甜甜?"

"是不是我说的话也不管用了?"何所贤语气比刚开始缓和了一些,但依然带着不容置疑的威严感,"上楼去,剩下的事我来处理,绝不会让甜甜出事。"

何思悦还想说些什么,但终究在自己父亲严厉的目光下选择了沉默,扭头走上了楼梯。

"你也上去。"何所贤看都没看李烨,但所有人都知道这句话是对谁说的,李烨不声不响地迈开了脚步。

"等等，"毕衍拦住了李烨，"何总，这样恐怕不合适吧？"

"不合适？"何所贤嘴角挂着一抹冷笑反问道，"毕队没有看到那个绑匪对我的家庭产生了多大的伤害吗？我的外孙女被人绑架，我的女儿遭遇巨大打击，我的女婿被人污蔑，我的公司也遭到了巨大的危机，我现在只想让我的家人冷静一下，团结起来共渡难关，毕队竟然觉得不合适？"

"李烨是这件绑架案的核心人物，绑架者一而再再而三地对他单独提出条件，无论这件事是真是假，他都应该留下来配合调查。"

"不知道从什么时候起，一个匪徒说的话也值得被重视了，我昨天就不该相信你们。忙到现在毫无头绪，对受害人倒是有诸多要求，还在市中心引发了一起爆炸，不可笑吗？"

客厅的警察们闻言，脸上都出现不忿的神色，但没有人说话。毕衍皱起眉头，脸上闪过一丝阴霾："确实是我们工作失误，一直考虑被害者的情绪而忽视了事情的源头，所以要从现在开始弥补。首先就要知道绑架者的作案动机，我可以确定在他没有达到目的之前不会伤害孩子，不过时间流逝飞快，还请两位配合，不要延误了时机。"

何所贤眯起眼睛上下打量毕衍，看了大概有一分钟，什么都没说，重新坐回了沙发上。

"请坐吧，李先生。"毕衍再次说道，"不如你先带我们回忆一下你和汪乐安的关系。"

李烨此刻反倒镇定下来，他先看了看何所贤，又看了看毕衍，言辞恳切地说道："我们认识，但只是合作伙伴的关系，不是很熟，那些传言之前我也没有听说过，如果我们真有什么苟且，这件事不可能等了这么多年才被爆出来。"

毕衍点了点头,他始终盯着李烨每一个细微的表情,若不是提前从邹堃那儿了解了故事的另一个版本,他完全看不出眼前这个男人在撒谎。

"你们合作过哪些项目?"

"嗯……"李烨皱起了眉头,连带高挺的鼻子也微微一动,一副在认真回忆的样子,"真记不得了,科技大学医学院是我们的常年合作伙伴,不光是他,他的学弟、学长很多我也认识。"

"这么多人,李总倒还记得汪乐安。"

"就是因为那件事,"李烨眨了眨眼睛,有些惋惜地说道,"那么年轻有为,眼看就要学成毕业踏入社会,没想到……对了,如果我没有记错的话,他去世前参与的是一个针对白血病开发的新药项目。"

"这样啊,"毕衍从对方的言谈举止中完全发现不了破绽,只好换了个角度问道,"网上的那些信息你也看到了吧,你有什么想法?"

"树大招风,恐怕这件绑架案是有人故意针对何氏,绑架甜甜,拉我下水,趁乱搞垮何氏。"

毕衍没想到李烨会把整件事往商业竞争上推,不由得重新审视面前这个看似青涩的男人:"看来我们还要排查一下何氏的竞争对手和你们的股东,不过当务之急是稳住绑架者,降低他的防备,保护你女儿。"

"是啊,我想在律师在场的情况下做一份假的认罪录像,把女儿换回来……"

"不行!"李烨的话被何所贤迅速打断了,"只要你认了罪,不管是真是假，一旦流传出去就再也说不清了！"

"我们会保证这份录像只用来和绑架者交易，绝不会流传出去。"

"保证，拿什么保证，录像到了绑匪手上你们还管得了吗？"

"何总，我想有件事您可能还没有搞清楚，我们在这儿不是为了帮您保住何氏，而是要救回您外孙女。"毕衍强行按捺住自己的烦躁，语气中带了点儿警告的意味，"我们不是您的阻碍，也请您不要成为我们的阻碍。"

"爸也是为了我好……"李烨企图打圆场。

"那是当然，不过绑架者的下一通电话随时会到，在此之前我们必须做出决定，我希望你立刻联系律师做好认罪录像。"

"爸，你看……？"

李烨小心翼翼地看向自己的老丈人，可惜何所贤并没有被打动，不过他也没有再次反对，只是重重地"哼"了一声拂袖离去。直到这时，一直都表现得极其温顺的李烨眼中才出现一丝阴鸷，不过，这丝阴鸷转瞬即逝，等到毕衍再次看向他时，一切又变得风平浪静，仿佛刚刚的变化只是毕衍自己的幻觉。

四十九

暮色渐深,晚风吹拂,一弯明月已经悄悄浮上天际。今晚月色很好,气温怡人,六点过后,小区里的灯火星星点点亮了起来,天上的月冷清中带着雅致,地上的灯则充满温暖的烟火气,天上人间,交相辉映,让人沉醉。可小区东南方这座独栋别墅里的人却丝毫没有赏月的雅兴,他们个个正襟危坐,如临大敌,沉默而紧张地等待着即将降临的电话。邹堃说给李烨半天时间思考,那就必然不多不少只有半天,随着夜幕降临,倒计时已经开始了。

果然,没多久,一阵尖锐的手机铃声就划破了笼罩四周的寂静,尽管有了心理准备,李烨还是惊得一下子从沙发上跳了起来。不过还好,毕衍已经给他做了一下午的心理建设,他很快在毕衍的眼色下重新稳住了阵脚。

"按照我们下午商量好的回答,不用掩饰你的慌张恐惧,尽量打听甜甜的下落,拖延时间。"

"知道了。"铃声响过三声后,李烨深吸一口气,接通了电话,"喂……"

"想好了吗?"邹堃言简意赅,似乎在电话那头掐着秒表计时。

"只要甜甜没事,我愿意认罪。"李烨的声音听起来比上午镇定了许多,他照着毕衍教他的方式一板一眼地回答着,"我已经做好了认罪录像，但是我要先确定甜甜的安全才能把录像给你。"

"我看到录像，你就能看到你女儿，告诉毕衍别耍花招儿了。"

"至少让我听听孩子的声音。"

李烨还在努力拖延，可邹垫并不打算让他如愿："孩子很好，明天见。"

语毕，听筒里又只留下了电话被挂断的"嘟嘟"声。

"怎么……怎么样？甜甜还好吧？"虽然已经从毕衍那儿了解了可能会遇到的各种情况，但突然挂断的电话还是让李烨不安，"'明天见'是什么意思，去哪里见？"

"你做得很好。"毕衍上前拍了拍李烨的肩膀，一副成竹在胸的样子，但目光还盯着刚刚被挂断的电话，显然心里并没有底，随后他转过身对身后的同事交代道，"让外面放哨的弟兄们提高警惕。"

"你的意思是他就在周围？"

说完这话，李烨脸色更加苍白，而毕衍只是微微摇了摇头，不再搭理他，快步朝门外走去。他眺望着远处无边的黑暗，本该温柔的月亮在他看来如獠牙般散发着锐利森冷的光，在月光照耀不到的角落里则更加危机四伏。邹垫既然说了"明天见"，就一定有了周密的安排，他没有通过电话告诉李烨该怎么做，一是三言两语说不清楚，二是怕李烨有意拖延暴露自己的位置，那他一定有别的途径联系李烨。如果是我会怎么做？最直接有效的方式就是将信息投放到警方的包围圈里，引起他们的注意，让警方帮自己传话。

毕衍静静地等待着。

可谁知一直等到天色完全变黑，家家户户灯火逐渐熄灭，周边监视的同事们都换了一圈岗，小区始终风平浪静，毕衍还是没能等到他想要的线索。

"明天你还有一场仗要打，早点儿上去休息吧，有消息我会立刻联系你。"毕衍把坐在沙发上开始忍不住打哈欠的李烨劝上了楼，自己却还在客厅来回踱步，他不敢休息，心中始终七上八下，准备再出去巡逻一圈，防止线索又被自己遗漏。

"毕队，你也休息一会儿吧。"刚刚轮值赶到现场的周青看不下去了，斜跨一步拦在了毕衍面前。

"我再出去看一圈。"

"你都忙了一天了，"周青并不让路，倒是话锋一转，"再说了，这么多兄弟都在呢，你也该学会信任队友了，不是只有你毕队才能干工作的。不就是巡逻吗，谁去不一样呢，等会儿我去看一圈。"

毕衍闻言乐了，紧绷了一天的神经也舒缓下来："你这是夸奖我呢，还是批评我？"

"批评多一点儿吧，邓局都说过，要学会放手，给新人成长的机会。你总是这样事必躬亲，对我们的发展特别不利。"

"是啊，毕队，你休息一会儿吧，这都撑了一天了，明天还要指挥行动，有什么事安排我和周青去就是了。"一旁的刘辉也帮上了腔。

毕衍抬头再次看了一眼挂在天边的月亮，月色依旧温柔，世事却无常。他叹了口气，点点头："那我就在沙发上睡会儿，有什么情况立刻叫醒我。"

其实毕衍最后那句话十分多余，他和衣在沙发上躺下，思绪却一直在游走，丝毫无法松懈，整个人像一块铁板般紧绷着。他知道,明天的行动将成为他职业生涯中迄今为止最大的挑战。邹垫对他和他所带领的整个专案组的了解是这次行动难以跨越的障碍,不光是专案组,邹垫还了解警方所有可能采取的措施——跟踪、监控、布防……在这种情况下邹垫仍然安排了这次见面,那他必然有万无一失的计划,一个出乎所有人意料的计划,这个想法让毕衍寝食难安。时间"嘀嘀嗒嗒"地流逝,毕衍尽力逼迫自己放空思想休息一会儿,但混乱的思绪让他不时惊醒,他想干脆保持清醒梳理已有的线索,却又昏昏沉沉提不起精神。他只能假装自己在安然地休息,不想辜负周青和刘辉故意压低了声音的交谈声,就这样半梦半醒熬了大半夜,一直到天蒙蒙亮的时候才终于入睡。

"毕队,收到绑架者的信息了。"

"收到什么了?"毕衍刚刚进入梦乡,迷迷糊糊间听到门外的动静,一时分不清梦境与现实。

"绑架者传来信息了,要安排李烨行动吗?"刘辉又强调了一遍。

"什么?!"毕衍混沌的脑海被闪电劈开,他一下从沙发上跳起来,一边拍打自己的脸庞一边问道,"人在哪里?"

"正在接受问话,是个送早餐的。"刘辉知道毕衍的意思,立刻回答道。

"外卖?怎么联系的?公用电话?"毕衍追问道,"信息是怎么传达的?"

"都不是,直接去店里点的早餐,指名送到这儿来的。外面兄弟搜查的时候发现了这张纸。"刘辉说着,将一张纸递到了毕衍手里。

"这是……"毕衍低头看了看纸上的文字,随后将纸握在手中轻轻地摩挲着,"那个人呢,身形外貌能不能匹配?"

"就是个外卖员,没见过这么大阵仗,受了惊吓,现在问什么都不能确定,再加上邹堃的易容技巧……"

"嗯。"毕衍点了点头,重新看向手里的纸,上面寥寥几个字仿佛一份邀请函,轻描淡写地掩盖了背后的凶险莫测:"诚邀李烨、何思悦夫妇于今早八点乘坐九十七路公交车向西行。"

"你有什么想法?"半晌,毕衍闭上双眼问道。

"肯定要去,可邹堃对咱们全队人员都了如指掌,一旦露面必然被他认出,我觉得毕队你还是留在这里指挥,派特警队面生的同事保护李烨前去交接比较好。"

"可这纸条……"毕衍的视线仍旧集中在那几个字上,"为什么要扯上何思悦,明明邹堃一直以来针对的都是李烨啊?"

"难道当年的案件这个女人也有份儿?"

"不像。"毕衍想了想之前何思悦的表现,摇了摇头。

"也可能是为了加大我们的行动难度,毕竟多了一个女人,又要多费一份心。"

"也有可能吧,"毕衍压下心中的疑问继续说道,"八点是上班高峰,密集的人流会加大跟踪保护的难度,却方便邹堃隐蔽起来监视我们的行动,而九十七路公交车驶往城郊,越往西越空旷,跟踪保护也就越容易被识破,而且不知道邹堃会安排李烨在哪里下车,总之你先通知沿途派出所做好部署,我和特警队王队长联系一下,调几个有经验的人配合行动,另外把临近时间的那几班九十七路司机换成自己人,我们只能随机应变了。"

"那我去通知李烨夫妇。"刘辉也不啰唆,马上开始准备。

"行。"语毕,毕衍并没有立刻投入行动,而是往一楼的洗手间走去。他拧开水龙头,也不调试温度,任由冰凉的自来水拍打到自己脸上,随后长长地吁了一口气。这是他和邹堃的第二仗,他抖擞起精神,重新回到了战场。

等他回到客厅的时候,李烨已经立在沙发旁等他了,一副坐立不安的样子。他的状态甚至比毕衍更差,脸色苍白虚弱,顶着一双熊猫眼,嘴角因为上火生出了溃疡,下巴处也冒出了乌青的胡楂儿。即使这样,这个男人还是极其引人注目。

"大致情况刘辉和你介绍过了吗?"毕衍走到沙发旁坐下,顺便拍了拍身边的位置示意李烨坐下,仿佛自己才是这里的主人。

李烨忙不迭地点了点头,楼上传来何思悦下楼的声音,她静静地在毕衍和李烨两人对面坐下,眼圈通红,肿得几乎只剩下一条缝。

"这次行动的危险性你们也应该知道了,警方会派出最精锐的力量保护你们,但你们也要配合,所有行动必须听从指挥,绝对不能自作主张。"

"这点我知道,是……是哪位同志负责保护我们啊?"李烨问道。

"这是特警队的王队,他负责确保你行动时的安全。"毕衍指了指站在门口的一个壮实汉子,对方也转过身来点了点头,"一会儿会有几名特警便衣一路保护你们,不过现在不方便向你们透露他们的身份。邹堃的反侦查经验非常丰富,稍有不慎,他就会从你们的表现中识别出我们的人,希望你们理解。"

"知道知道,"李烨表现得非常配合,随后又恭维道,"还是你们经验丰富。"

"这是给你交接用的录像,"毕衍不和他客套,而是将一个公文包递到他手上,"中途邹堃可能会指示你们将包、衣裤等随身物品全都换掉,但是只要录像还在你身上,我们就能监控到你的位置。"

"知道。"李烨还是乖巧地点点头,随后看向一直都没有发出声音的妻子,欲言又止。

"这是给你准备的新手机,只要邹堃通过电话联系你,我们就能监听到,并且追踪他的位置。"毕衍说着把手机放到公文包里,又将一个小小的耳机帮李烨和何思悦戴好,"你们俩可以通过这个设备和我对话,记住,无论发生什么都不能摘下这个耳机,哪怕行动失败,否则没人能保证你们的安全。"

"有没有可能就我一个人前往,你们找个女警装……装成我老婆的样子?"李烨吞吞吐吐几次后,还是说出了一直想说的话。

"你说的方案我们考虑过,但邹堃的行事风格一向严谨,我们还不知道一路上会发生什么事,替身被识别出来的可能性太大了。"

"不用说了,我可以的,我会配合你们的行动,不能冒险让孩子出事。"一直沉默的何思悦表态道,随后她又看向李烨,"之前的事我已经忘了,当务之急是把甜甜救回来。"

一切安排就绪,看到李烨夫妇的状态,毕衍稍稍放了点儿心,沉静如一潭死水的屋内只剩下时钟"嘀嘀嗒嗒"的声音,这声音始终牵动着众人焦灼的心,有条不紊地往八点走去。

五十

"出发吧。"

七点三刻，毕衍下达了最后的指令，此时屋外阳光灿烂，不过风吹在身上还是凉飕飕的。李烨和何思悦并肩走出别墅大门，未知的前路给两人的内心带来极大的压迫感，恐惧不安令他们不得不暂时放下龃龉，重归于好。和他们一起接收到这个指令的，还有十几名通过遴选的特警队员，他们已经在沿途就位，融入这个还带着寒意却又热火朝天的清晨。毕衍则坐镇这个临时指挥中心，看着李烨夫妇一步一步走向第一个目的地——九十七路公交站台。

和毕衍预测的一样，早高峰的公交站台十分拥挤，站台前的机动车道上车水马龙，而站台后的人行道上人流穿梭，每当一辆车进站，人群就会大幅度地流动起来，从四面八方聚集到车门处，每个人都想上车抢占一个好位置。李烨一手拉着何思悦，一手将公文包死死护在胸前，淹没在人群中，他不时看看手表，又探出头去寻觅公交车的踪迹，才几分钟的工夫，他的头上已经冒出汗来。何思悦也很紧张，浑身僵直一动不动，神情焦躁，虽然两人都是轻便的日常打扮，在人群中还是显得格格不入。

"现场没有发现目标。"对讲机里传来一个低沉的男声。

"明白，继续监视。"毕衍耐心地等待着，这是预料之中的事，邹堃当然不会这么容易被发现,但是不论邹堃现在藏在哪里,他要达到目的就必须现身,所以即使现在满眼迷雾,毕衍知道只要他们跟紧李烨夫妇,就早晚会发现邹堃的踪迹。

九十七路公交车迟迟没有进站,可李烨的手机却振动起来,他忐忑地从公文包里将手机拿出来,一条未读信息跃入眼帘:"上下一班四十三路车。"

"怎么办?"李烨一下子慌了神,他把信息内容展示给更加慌张的何思悦看,同时眼神飘忽,仿佛在人群中寻找外援。幸好,就在他收到这条信息的同时,王珂的电脑屏幕上也同步出现了信息内容,随后,毕衍沉稳的声音从他耳机里传出来:"不用紧张,按照他说的做,我们的人会保护你。"

"哦,好,好的。"果不其然,他才把手机收好,四十三路公交车就进站了,李烨夫妇被人流裹挟着挤上了车。他们身侧,一名便衣一直如影随形地守护着,另一名便衣则始终站在距离两人五步左右的地方,一旦有突发情况立刻能给予支援。随着四十三路公交车起步前行,一辆一直停在路边的私家车也缓缓启动,跟了上去。另一辆原本等候在九十七路公交车必经之路上的车子则在接到命令的第一刻立马掉转车头,追了上去。

四十三路公交车不急不缓地沿着规定的道路行驶着,可指挥室里的人个个都仿佛热锅上的蚂蚁,忙得团团转。邹堃的一则短信不过短短几个字,已经将他们之前的布控全部打乱,就是之前完全不了解邹堃的同事也不敢再掉以轻心了,毕衍更是加倍小心地投入这场战斗中。

"原路段所有人手撤回,由王队长调配,依然和之前一样,每隔三个站台安排一名特警同志接手,来不及重新就位的另换人手,另外后续车辆应该都赶不回来了,还请王队重新安排,然后把人手安排情况给我,时间紧急,辛苦王队了。"

"我马上安排。"

"四十三路公交车行车路线发给二号车了吗?"毕衍看着王队匆匆离去的背影,头也不回直接对身后的王珂问道。

"已经发过去了。"

"二号车能不能就位?"毕衍拿起对讲机,和正在变换方向全力追赶的二号盯梢车联系。

"当前路段正在施工,是单行道,无法掉头,我准备从东边绕过去,预计会在桃园路路口赶上目标。"

"一号车呢,到桃园路换班有没有问题?"毕衍没有立刻回复二号车,而是再次和一号车核对情况。

"没有问题。"

肯定的回答让毕衍松了一口气:"桃园路路口有个加油站,可以在那里换班,你们做好沟通,有任何问题及时联系我。原本在九十七路公交车更后段的车辆无法准时就位,后续路段车辆更新的情况我会第一时间通知你们。"

"收到。"

"注意安全。"毕衍安排完布控的事情,立刻关心起车上的情况,"车上有没有异状?"

对讲机那头没有传来人声,取而代之的是两下短促有力的敲击声,毕衍便知道一切安全。这是他们事先安排好的暗号,可以在不方便对话的场合交流沟通。一切都安排妥当,毕衍才重新来到王珂身边,此时他的后背已经微微汗湿了。

"这辆四十三路公交车的监控能接过来吗?"

"已经在联系了,马上就好。"

"嗯,"毕衍满意地点了点头,"刘哥,帮我查查这个司机的情况。"

"收到。"刘辉比了个"OK"的手势。

"对了,刚刚那条信息能查到什么线索吗?"毕衍又转头看向王珂。

"是虚拟号码,我还……"

"没事,一件一件来,"毕衍并不纠结于这条短信,迅速投入下一步的调查,"先把四十三路公交车的路线图调出来给我看看。"

"行。"王珂修长的手指在键盘上敲击了几下,一条线路立刻清晰地出现在影像底图上,随后他皱起眉头看着毕衍,有些担忧地说道,"这条线路是往北的,凤凰岭那儿。"

"又是凤凰岭?"毕衍眼皮一跳,刚刚才压下去的烦躁又攻占了心头。

"是啊。"王珂心里有不好的预感,"这次好像是'土'……"

毕衍知道王珂的弦外之音,依照"五行杀人案"的顺序,邹堃为李烨安排的命运极有可能与土有关。

"不对。"毕衍食指弯曲着在桌子上重重敲了一下,结束了沉默的思考,"太明显了,那里一定不是邹堃的目的地。"

"你的意思是他还会变换方向?"

"对,一定会变,只是不知道以什么方式,"毕衍垂下眼睑盯着桌面,随后快速地对王珂说道,"再往北边,把线路放大,让我看看道路沿线的情况。"

电脑屏幕上,一张卫星影像图在毕衍眼前展开,原本让人眼花缭乱的各色线条随着王珂鼠标的滚动逐渐变得清晰,道路、河流、山岭、村庄——展现，而四十三路公交车的线路则在这之间穿梭。

"不是这里，还得往北，"毕衍的食指戳着屏幕，恨不得直接上手操作，"也不要太偏北，到不了凤凰岭那片，差不多是城乡接合部的地方。靠近市区的地方监控太发达，邹堃不会这么傻，再往城郊又太过空旷，很难找到既能藏身又能监控全局的位置，他一定会找城乡接合部鱼龙混杂的地方再下指令。"

"我知道了。"王珂重新调整了画面的位置，影像图终于放到了毕衍想要的地方，蜘蛛网般交错纵横的小巷子占据了两人的视线。

"就是这里了，"毕衍嘴角露出一丝胜券在握的笑意，随后拿出对讲机，"王队，立刻调配人手去牛家村站附近布控，我怀疑目标会在那里出现。"

对讲机那头传来肯定的答复，而指挥室里，李烨所在的那辆四十三路公交车的监控也出现在屏幕上。李烨面色仍然没有恢复，一副病恹恹的样子，正和何思悦并肩站着，随着拥挤的人群左摇右晃。他们身边的乘客有的在听音乐，有的在看手机，有的则看着窗外发呆，都在忙着自己的事情，司机也没有任何异常，看起来不会构成威胁。

"二号车就位。"

对讲机里又传来最新汇报，虽然邹堃突如其来的指令打乱了毕衍最初的计划，不过现在看来，一切都在朝好的方向发展。

"他会不会要求李烨继续更换车次？"刘辉还是有些担忧。

"不会，"毕衍笃定地摇了摇头，"为了躲避我们的监控，他无法时刻跟着李烨他们，频繁更换车次反而对他不利。"

"毕队,公交公司把这个司机的简历发来了,老司机了,一直开这条线路,没什么问题。技术人员也查过他的财务情况,一切正常,应该只是运气不好。"

"嗯。"毕衍的目光仍然盯着监控屏幕,四十三路公交车刚好驶进了一个站台,车上一个伪装成房产经纪的特警完成任务,三步并作两步下了车,而站台上等候多时的一对中年夫妇则接过接力棒,一前一后上了车,与他们一起上车的只有一个挎着布包的老妇人。

"要不要联系司机,提醒他配合我们的行动?"

"不要,"毕衍摆了摆手,"我们的人手能控制住场面,目前还不知道邹堃选择这辆车有没有特殊原因,也不了解这个司机的心理素质,还是按兵不动,以免节外生枝。"

四十三路公交车仍然在慢条斯理地行驶着,毕衍他们却没有这份悠闲,所有布控人员的心都悬在半空中,七上八下难以平静。随着车辆渐渐北行,喧嚣的城市也渐行渐远,沿途的车流越来越少,宽敞的柏油马路被狭窄的水泥路取代,跟踪的车辆几乎已经找不到合适的掩体了。而车上的情况也不容乐观,李烨夫妇仍然十分安全,他们已经找了个座位并排坐下,可是旁边的乘客只剩下稀稀拉拉的几个,有心人几乎一眼就能分辨出隐藏其中的监控人员,伪装成夫妇才上车的那对便衣也有些不自然了。

"不用慌,就要到牛家村了。"毕衍通过对讲机提醒着,车上的监控人员连忙振作起精神,尾随的私家车拉远了距离尽量隐蔽起来。

下一站就是牛家村,如果他的猜测没错,新的信息就要传递到李烨的手机上了。时间一点一滴流逝,所有人的目光都聚集到了这辆四十三路公交车上,眼看它慢慢减速驶入站台,一秒钟仿佛变得有一刻钟那么漫长,车上的便衣夫妇停止了交谈,王珂握住鼠标的指尖因为用力变得苍白,刘辉俯在屏幕前忘记了呼吸,而毕衍几乎听到了自己的心脏在怦怦作响。

所有人都看着这辆公交车缓缓停下,没有人下车,一个带着孩子的农妇上了车,然后车子又平稳驶出了站台,朝着最终的目的地驶去,除此之外什么都没有发生。

"怎么回事,难道我猜错了?"

毕衍正在疑惑,对讲机里也传来了王队的声音:"怎么办,要调回牛家村的人手吗?"

"先别动,后面几站有我们补充上车的同志吗?"

"有,之前安排的人员都还在。"

"好,再等等。"毕衍紧皱眉头,一时猜不透邹堃的想法,只能静观其变。他再次看向那张影像图,这一带确实是打游击战最好的地方了,星罗棋布的农屋,四通八达的小道,熟悉地形的人可以完美藏身其中,而突然闯入的外来者则会立刻露出马脚。错过了这站,再往后就接近荒凉的山脚,四野无人,一眼看得到天边,根本没有藏身的地方。

"他到底想怎么办?"毕衍绞尽脑汁思考着,忽然听到对讲机里一阵骚动。

"那是什么,车尾冒烟了?"

"停车,立刻停车,保护目标!"

随后传来一个孩子惊慌失措的哭声。

毕衍连忙看向四十三路公交车的监视屏,车子已经彻底停在路边了,车厢内浓烟四起,李烨夫妇正被保护着向车外移动。

"糟了!"毕衍心下一沉,知道情况再次脱离了他的掌控。毕衍没有猜错,邹堃的确选择了这个区域作为中转站,可他没有料到邹堃提前在车上安装了遥控装置,选择了远离站台的地方迫使公交车停车,从而完美地避开了自己布下的天罗地网,而且,守护在李烨夫妇身边的警方力量全都暴露了。

五十一

滚滚浓烟遮蔽了毕衍的视线,他神情凝重,只能通过对讲机里传来的只言片语判断现场的形势。

"老板安全。"大约过了三分钟,对讲机里才传来正式汇报,"车辆上的人员已经全部安全撤离,周围没有发现可疑目标,接下来怎么办,请指示。"

接下来的行动恐怕由不得我指示了,一股无力感涌上毕衍心头,他强迫自己振作起来,先安排特警保护李烨夫妇撤离现场,然后再研判形势:"离开车辆,先到路边去。"

可邹垫根本没有给他重整旗鼓的时间,毕衍话音刚落,李烨的手机就收到了一条新消息,那条信息也立刻被同步到了毕衍眼前的屏幕上:"往西走进村,还想见到你女儿的话,就让那对夫妇回去,还有后面那辆黑色尼桑,村里的路太窄了,不适合这些车子。如果还有其他人跟着的话,我会立刻撕票,希望你是真的关心女儿。"

字字句句出现在李烨的手机上,却分明是冲着毕衍来的,毕衍咬紧牙关,握成拳的手重重地砸到了桌面上。

"怎么办?"李烨身边的特警显然也看到了这条信息,他们一边护着李烨朝四面观察寻找可疑人物,一边通过对讲机询问道。

"你们身份已经暴露,不要跟上去了。"毕衍只说了一半儿就停了下来。

"让老板自己过去？"

对讲机那头的特警问道，毕衍没法回答，他犹豫着彻底陷入了两难，目前可见的防护措施都已经被邹堃识破，失去了战略作用，而后备力量还没来得及赶到现场，他只剩下一个办法——拖。

"牛家村布控人员还要多久可以赶到？"

"最近的人员赶到现场大概还要十分钟。"

"必须加快，每晚一秒变数就多一分，"村庄狭窄的道路和复杂的地形限制住了人员转移的速度，却成了邹堃行动的助力，毕衍一边给队员们施加压力，一边又给李烨下达指令，"想办法拖延，先不要出发，等我命令。"

可毕衍没能如愿，距离上一条短信才过去一分钟，李烨的手机又响了起来，这一次，他收到的是一条视频。

"甜甜！"看到视频的一瞬间，何思悦的尖叫声通过对讲机传到了每个人耳中，她痛苦地捂住了自己的嘴，随后一边拍打着自己的老公，一边忍不住抽泣起来，"怎么办？快点儿想办法呀！"

"怎么了？"正在安排人手转移的王队不知道视频内容，那声惊叫让他不知所措，"孩子出事了？"

"不是，孩子暂时没事，加快转移。"毕衍看着视频里昏迷的孩子和屏幕左下角明晃晃的刀，知道这是邹堃对自己的警告，但他仍然没有下达指令让李烨夫妇离开。他想到了上次追捕邹堃的情形，在市区的中心商场，邹堃是独自逃离的，也就是说孩子并不在他身边。这次行动也是这样，邹堃不可能将一个累赘带在自己身边，这是提前录好的视频，只是用来威胁警方配合他的行动罢了。这个孩子是邹堃唯一的筹码,不会被这样轻易毁掉,毕衍相信只要自己这里稳住阵脚,再拖延一会儿,邹堃必然会露出马脚,到时候形势就能朝着对他们有利的方向发展。

他一边打算着,一边对一旁的王珂下达指示:"把视频转给信息组,让他们尽全力分析。那个孩子不在邹堃身边。"

"你的意思是……有第三个人?"

"对,我们要分两路行动了,一路拖住邹堃,一路找到孩子。"

"嗯。"王珂用力点了点头,终于在笼罩了一上午的黑暗中找到了一丝光明。

然而王珂才轻松了一秒钟,他们的打算仍然没能如愿,因为李烨的手机第三次响了起来:"不要再拖延了,现在过马路,或者永远放弃你们的女儿。"

"甜甜!"何思悦的心态彻底崩溃了,她一下子甩开被便衣紧紧握住的手,不管不顾就要向马路对面冲过去,幸好被两名特警及时拦住,才没有立刻脱离掌控。可她并没有就此放弃,反而发起狠来,转身就和原本保护她的警务人员缠斗到一起。

"你走,你快走啊!她是你女儿!我警告你,她有任何事,何家都不会放过你!"何思悦一边拉住身旁两名便衣,一边声嘶力竭地冲李烨喊着。她虽是一介女流,但如今被逼到极致,竟然爆发出超乎寻常的力量,再加上两名特警也不敢真下重手,所以一时之间落了下风,真的让何思悦拖住了手脚。

"走啊,还不走!"

何思悦还在喊叫着,李烨则握着手机急得在原地转圈,犹豫几秒后,他抬腿向马路对面走去。

"别跟过去!"何思悦还在抗争,她泪流满面,仅凭意志做着最后的斗争。刚刚的爆发耗尽了她的能量,她已经跪倒在地上了。

"现在怎么办,要不要下重手控制住老板,把人追回来?"

"防控人员移动到哪里了?"毕衍没有立刻回答,他听着现场的哀号,重新问道。

"还有三分钟,正在全力移动。"

"算了,让他们去吧,"听到汇报后毕衍重重地叹了一口气,"现在动手现场就完全失控了,邹堃已经知道了我们的意图,也提高了警觉,一再强行拖延只会导致他放弃行动,如果真的伤害到孩子,我们的行动就没有意义了。"

"可是目前的支援力量都不能跟去保护老板,后续力量又没有跟上……"

"这里不是最终战场,我们还有机会,不如先给邹堃一点儿甜头,何况我们的人还有三分钟就能进场,一切还可以挽救,强行留住李烨夫妇的话,会发生什么就不能保证了。"

毕衍还在解释着,李烨夫妇已经穿过马路,他们的背影逐渐消失在众人眼中。

"有没有新的信息?"毕衍先向王珂确认,得到否定的答复后又通过耳麦对李烨嘱咐道,"尽量稳住你夫人的情绪,我们的人还没赶到,在村落里邹堃和我们一样没法完全掌控你的行踪,你可以减缓步伐,等待增援。"

"我知道了。"李烨的回答中透出敷衍,之前的唯唯诺诺消失一空,毕衍皱了皱眉头,心脏没来由地漏跳了一拍。

"接下来该怎么办?"何思悦抹了抹眼泪,她听到李烨还在和警方交流,企图恢复镇定投入寻找女儿的行程中。

"没有其他信息了,继续往西走吧。"李烨非但没有减缓步伐,反而加速朝前走去，将何思悦甩在了后头。

"你要去哪里？"虽然心中仍有芥蒂，可李烨是她现在唯一能依靠的力量，何思悦小跑两步企图追上去，却被前方乱草丛里的一个黄色布偶吸引住了注意力，"那是什么？是不是甜甜的小熊？"

何思悦的语气惊疑不定，还带着一丝恐惧。李烨闻言也注意到了何思悦的目标，他如释重负，仿佛没有嗅到危险的气息，紧锁的眉头反而就此放松了下来，声音里带上了一丝不易察觉的急切："对对，就是这个，顺着这个找，这是他留给我们的线索。"

"他？绑匪？"何思悦越加害怕。

"李烨，你在干什么？"毕衍听到动静却什么都做不了，只能在指挥室里干着急，"我让你拖延行程，你现在是在做什么？"

"对不起，毕队，谢谢你们一直以来的帮忙，但被绑架的是我的孩子，我不能只顾着自己的安全任由她受伤。"李烨说得大义凛然，他脚下不停，将毕衍一大早递给他的耳麦摘了下来，扔到草丛里。

"他这是在做什么？"王珂也听到了耳麦被扔掉的声音，"他疯了吗，他要自己去救女儿，这也太危险了！"

"不太对，"毕衍摇了摇头，"他太反常了！"

"谁？你说李烨？"王珂转头看着毕衍。

"他不像是要去救女儿，倒像是……倒像是急于要摆脱我们的监控。"

"不会吧？"王珂的声音听起来毫无底气，"他没有扔掉公文包，何况我们还有个监控。"

王珂说着指着屏幕上仍在移动的小红点，那是他们以防万一留在李烨外套上的定位器。

"出事了，跟我走！"毕衍看着影像图上快速移动的红点，终于知道了从刚刚起就笼罩在他心头的阴霾是什么，他迅速跳上了已经在门外待命的一辆车，"立刻和我一起去现场，李烨不是去救人，他要杀人！"

汽车朝着现场飞驰而去，毕衍神色焦急，而王珂还云里雾里，不知道到底发生了什么。

"你发现什么了，毕队？"坐上了超速行驶的汽车，王珂才满脸疑惑地问道，"李烨要杀谁？"

"李烨和邹堃私下里一定还有别的联系瞒着我们，否则以李烨这两天表现出来的行事态度，他不可能脱离我们的保护独自去救女儿。"

"你的意思是……？"王珂也有些回过味儿来，他寒毛直竖，竟有些头晕目眩，不知道是因为毕衍话中隐藏的意思，还是因为窗外急速后退的景色。

"邹堃手里一定还有别的筹码，极有可能是李烨杀人的证据或者可以证明李烨性取向的东西，总之这份材料才是真正会击溃李烨的筹码，也是李烨脱离我们保护的真正原因。"像是懊恼自己的疏忽，毕衍紧握双拳捶了两下身侧，对着司机催促道，"能不能再快点儿，我很担心，李烨会假借正当防卫的理由选择杀人灭口！"

"我们还有机会。"王珂颓丧的眼神中突然透出光来。

"你有想法？"

"不管怎么样，他们肯定有接头交换材料的地方，找到那个地方，我们或许还有机会。"

"呵，好小子！"毕衍脸上也露出一丝笑意，当局者迷，高度紧张的情绪让他一时陷入困境，而王珂的提示让他重新找到了自己的节奏，"那个影像图，再让我看看！"

五十二

这是一片典型的老式村落，砖石结构的房屋大多是二层楼，像野草般从地里长出来，胡乱地排列着。时近中午，阳光照在层层叠叠的屋顶瓦片上，反射出细碎的光芒。村屋中间夹着狭长的弄堂，和这些房子一样排列得歪七扭八，乍一看处处都是断头路，走到前头又发现四通八达。青壮年都在外打工，老人家也不爱在冷天出门，村子里几乎没有人声，只有房前屋后的野花野草好奇地看着两个突然闯入的陌生人。

李烨走得很急，他脚下这条石子铺就的弄堂弯弯曲曲，延伸到看不清辨不明的远方，他的视野也被禁锢在两侧的村屋之间，但他并不害怕，甚至隐隐有些期待。他终于摆脱了警察的监视，离自己的目的地越来越近，八年前那个夜晚的记忆又向他袭来，可他一点儿都不后悔，自然也不会害怕，那种重新主宰自己命运的兴奋感再次包围了他，这一次甚至比之前还要强烈，因为他骗过了全世界的人，包括警察和他的敌人。

所有人都以为他是冒着巨大的危险去交换女儿的，可实际上，他才是真正掌握着致命材料的那个人。

没有人知道，其实在女儿被绑架前他就见过邹堃了。当时这个男人居高临下地看着他，而他浑身无力任人宰割，身边是一个随时准备将他吞噬的土坑。他知道这一切终将发生，高冉死的时候他还以为是意外，但等到张祥平的死讯传来，他便知道八年前的幽灵再次缠上了他，虽然不知道是谁，但是从那一日起，他就做好了准备，直面往事的准备。他追查了当年每一个参与者的社会关系，所以当那个男人毫无表情地将他推入土坑，准备将八年前的一切埋葬的时候，他认出了这个人，他听到自己用恐惧却依然充满力量的声音挽回了原本不可逆转的死期。

"我有你儿子杀人的证据，你杀了我，这个证据就会立刻曝光！"

填土的动作果然停住了，但只停了一瞬间，随后纷纷扬扬的黄土又像雪花似的向他袭来。

"我有视频！"

他知道邹堃不信任他，但他有十足的把握，这是他曾经操纵人心的经验，也因为他确实握有保命的视频。他见缝插针地用力高喊着："那天，真正动手的是张祥平，但骗汪乐安喝下安眠药的人却是你儿子邹骋。高冉和邹骋我都不担心，他们不知道真相，只是被天真的正义感利用罢了，但为了防止张祥平事后勒索我，我提前在汪乐安的电脑上安装了监控，将当晚发生的所有事情都拍了下来！"

"小骋是被你们这些人利用的，他以为他在帮你！"邹堃在杀人时依旧毫无波澜的表情突然变得狰狞，仿佛下一刻就会扭断他的脖子，但他并不害怕。

"是帮张祥平，你我都知道，邹骋和高冉是被张祥平欺骗诱导的！"李烨的声音带着诱哄的味道。

"继续说。"

"汪乐安在第一次学术不端的传闻出现后意识到有人侵入了他的系统,于是开始摒弃网络,小心翼翼地保护起他的电脑,却不承想这一举动使他看起来更可疑。而张祥平只需要在此时推波助澜,比如,告诉他们汪乐安为了报复项目团队勒令他退出的事,可能盗取了新药数据,但实验室数据失窃是重大事故,张祥平自己在不确定的情况下不敢也不想把事情闹大。况且汪乐安的精神状况很不好,所以张祥平可以主动申请为学校偷偷地清除掉汪乐安电脑里的数据,然后再旁敲侧击,让他那两个正义感爆棚的学生想到给汪乐安下安眠药就行了。但这只是我的猜测,高冉已经死了,真正的凶手张祥平也死了,还有谁能证明这一切呢?"黄土已经不再被抛下,李烨逐字逐句地说着,"视频里有张祥平、高冉,还有你儿子邹骋,唯独没有我!"

"真正的凶手是你。"回荡在耳边的声音仿佛来自地狱,完全不带感情,"汪乐安会那样神经质地保护电脑,是你提示了他,而张祥平会受制于你,是因为他走错了一步棋。最开始你以何所贤女婿的身份许诺他荣华富贵,他便找上了当时最具人气、一呼百应,自认正义而又听话的学生会主席高冉帮你寻找汪乐安学术不端的证据,高冉没有那个能力,他找上了小骋,而小骋……他虽聪明,却因为我的溺爱而狂妄自大,又因为对我的崇拜,幼稚地想要行侠仗义,所以加入了他们。那时张祥平想的只是利用传言将汪乐安囿于无限自证中而无暇纠缠你。这本不是什么大事,等事情平息了再平反就是,却没想到你几日之后又以汪乐安枕边人的身份告诉张祥平,汪乐安找到了自己被诬陷的证据,已经怀疑到了他身上,要去报警。收受贿赂,利用学生,策划霸凌,栽赃嫁祸,一旦东窗事发,张祥平的职业生涯就算完了。一步错步步错，张祥平急红了眼，而你利用他的恐惧和贪婪，威逼利诱，引导他策划了之后的一切。李烨，你真的很擅长玩弄人心。"

"这只是张祥平的一面之词，他面对死亡时的攀咬，可我有全部过程的视频。"

李烨默默地等着，连呼吸都变得小心翼翼。半响，就像出现时一样，这个男人无声无息地消失了，从那一刻起，李烨就知道，他们还会重遇。如今，他正怀揣着这份资料前往重遇的地点，不过他当然不会交出视频，八年前他就知道这个视频将成为他的保命符，现在他要用这份视频充当诱饵，引出最后一个知道当年真相的人，然后除掉这个人。

"是……是不是那里？"

耳边再次响起怯懦的女声，将回忆中的李烨唤回了现实，穿过村庄，他们眼前出现了一条黑黢黢的隧道。

"就是这里了。"李烨脸上露出一丝不易察觉的期待，随后他转身拉住了何思悦的手，低头温柔地拂过她的脸颊，"思悦，你别去了，里面太危险。我相信警察马上就能找到这里，你看到他们了就立刻朝隧道呼叫，也能起到威慑绑匪的作用。"

"就是这里了。"与此同时，毕衍脸上也露出了紧张而又期待的神情，他在影像图上锁定了这个隧道，一个黑暗、冷清并且可以屏蔽信号的地方，新的指令通过对讲机传递到了所有布控人员耳中。

"立刻赶往李烨下车地点西北方向的文兰路，再往北有个废弃的隧道，交易地点就在那里，具体位置已经发给你们了，全员移动！"

"你来了。"

李烨的眼睛还没能适应隧道里的黑暗,一直在黑暗中等待的邹堃就已经看到了他,一如既往的平淡声音在隧道里回响,混合着他自己一高一低的脚步声,让李烨的心跳也不规则起来。

"东西我都带来了,还有我的认罪视频,我不会骗你,也没必要为了伤害你儿子死后的名节而搭上暴露自己的风险。你把女儿还给我,我把东西给你,从此我们两不相欠。"李烨高高举起双手,尽量让自己显得人畜无害,而邹堃的身影也在不远处显露出来。

"东西你还有备份?"

"我说没有你也不会相信啊,"李烨苦笑了一下,"但是备份绝对安全,我只想能平安地走出去,只要你放我一条活路,视频就绝对不会被第三个人看到。"

"如果我公布你的认罪视频呢?"

"那晚的情形你应该听邹骋讲过,我当晚根本没有出现,我录这个视频只是表示我和你交易的诚心,为什么非要争个鱼死网破呢?"

"因为是你利用了他们!"邹堃平淡的声音起了波澜,音量也越来越大,"看起来让汪乐安陷入抑郁泥潭的是那些师生,药倒他的是我的儿子,套上那根绳索的是张祥平,可实际上操纵这一切的背后黑手却是你!为了你的荣华富贵,连和你关系这样亲密的人你都不放过,可真是心狠手辣啊!"

"人往高处走,我想过要和他好聚好散,可是他不给我这个机会。若不是被他缠得没办法了,我也不会出此下策……他疯了!他给我一个礼拜的时间断绝和何家的关系,否则就要去找何所贤摊牌！你知道何所贤是什么人吗？如果被何所贤知道我和汪乐安的关系，不要说我和他女儿的婚事，我的一生都会被毁掉……汪乐安没有给我别的选择！"李烨一边说一边往前走，直到两人之间只剩下两三步的距离了，他才从兜里掏出一个U盘，"八年前的事就让它过去吧，还有这些视频，是我和解的诚意，我真的没想到那件事会让你儿子……"

"你没想到？"邹堃摇了摇头，嘴角带上讥讽，"桩桩件件都在你的计算之中，你才是真的算无遗策。"

"你儿子的事真的是意外，说到底，我只是买通了张祥平，伪装自杀后的收尾工作也是交给他的。汪乐安有抑郁症，那段时间又负面消息缠身，他的自杀不会引起任何人的怀疑，就这样顺其自然地结案，不会牵扯到你和你儿子，可张祥平收了钱却没有把事情办好……"

"那是因为你告诉张祥平，汪乐安找到了对他不利的证据，他知道汪乐安一死，电脑将会成为最重要的证物，如果那个证据存放在电脑里，那他的全部努力就白费了，所以他才再次利用了小骋，编了那套谎言，让他帮忙清除电脑里的信息。却没想到小骋回头了，他在清除数据前一贯有备份的习惯，可这次备份的数据干净得让他起疑，所以他回去找汪乐安，却只看到了吊在天花板上的尸体和张皇失措的张祥平。"

"所以，真正害死邹骋的人是张祥平啊，他看到邹骋突然出现，便把汪乐安的死全怪到了邹骋头上。他对邹骋说，'药是你下的，数据是你清除的，甚至之前学术造假的风波也是你闹出来的'，邹骋这才慌了阵脚，以为汪乐安真是被自己逼上绝路的，于是找上了你，由你抹去了所有人为的痕迹，亲手坐实了这宗自杀。"

"可是后来,风波平息之后,小骋想明白了事情的真相,他醒悟过来了,却再也没能走出来。"

"是啊,这一切都是张祥平造成的,如今他也死了,你也算为邹骋报仇了。"

邹堃不语,李烨又往前了一步:"给你,警察应该就要来了,你快走吧。"

不知是不是黑暗影响了李烨的判断,U盘从他手中抛出,没有丢到邹堃手里,反倒落到了地上。

"就像我们之前说的那样,一笔勾销,可以吧?!"

李烨又试探着问了一下,可是邹堃仍旧沉默着,良久,他抬起头深深地看了李烨一眼,目光晦暗,没有给出答案。随后,像是下了极大的决心,他撑着酸疼的膝盖俯下身去,另一只手缓缓伸向了地面上的U盘,整个人毫不设防地暴露在李烨面前。

刺痛感从邹堃的侧腹部传来,可他毫不意外,反而如释重负地叹了口气,仿佛这才是他一直在等待的时刻。紧接着,他紧紧揪住了李烨的衣领,强迫他和自己对视。

"是你逼我的!"李烨早就失去了之前翩翩公子的模样,他双目赤红,青筋暴起,仿佛索命的厉鬼,拼命挣扎着想从邹堃铁钳般的手掌下脱离,却始终无法成功,于是泄愤般又朝着邹堃的腹部猛扎了几刀。血喷溅出来,模糊了他的视线,也侵占了他的思绪。邹堃没有反抗,也没有放手,只是用全身的重量牵制住他。邪恶彻底占据了李烨的脑子,以至于他完全没有发现邹堃的反常。

"我让你放手!"李烨再次发出歇斯底里的号叫,明明他才是施暴者,却表现得像濒死的野兽。

邹堃终于撑不住了，他缓缓滑倒，躺在血泊中，可一双眼睛还是死死地盯着李烨。摆脱了他控制的李烨脱力般依着隧道墙壁坐下，他把刀丢到邹堃身边，然后从胸口口袋中掏出速效救心丸，随手倒了一把猛地吞下。看到这一切，邹堃勾了勾嘴角，才终于闭上了眼睛。

"警察来了，警察来了！"何思悦的声音从隧道口传来，零乱的脚步声开始在隧道里回荡，毕衍一马当先冲了进来，可是一切已经晚了。

"堃哥！叫救护车！赶紧叫救护车！"毕衍仿佛看不到倒地的李烨，他一边喊着一边跑向血泊中的邹堃，小心翼翼地将人扶起。

"来不及了。"

气若游丝的声音飘忽在毕衍耳边，他又急又气，却无能为力，将这么多天的疑问一股脑儿地抛出："为什么？为什么要杀人，为什么要绑架孩子，为什么要走这条路？"

"来不及了，你先听我说，"邹堃用力睁开眼睛，指了指身后一处墙壁缝隙，随后将掌心里一个被鲜血浸透的U盘放到毕衍手上，"摄像头……在那儿，证据都拍下来了，李烨……杀人灭口，那个孩子的位置……在纸条上……"

邹堃断断续续的声音还没结束，一声尖叫从何思悦那儿传来，原本已经被警察保护起来的李烨突然摔倒在地，抽搐起来。

"是你做的？"毕衍不知道还能说些什么，甚至不知道还能做些什么，巨大的悲痛将他淹没。

"毒……换了他的药。"邹堃的嘴角泛起血沫，他忍不住咳嗽了两声，郑重其事地看向毕衍，"对不起，这一路……真的对不起。"

"不要和我说对不起,你不欠我的,但你做的那些错事必须付出法律的代价!"

"是啊,"邹堃无力地摇了摇头,"可惜,来不及了。"

"你不能死,撑住,救护车马上就要到了!"明知道眼前的人是一系列恶性案件的始作俑者,可毕衍恨不起来,他呼喊着,徒劳地想要留住怀抱中的生命,"你做了这么多,不想看到结局吗?"

"已经是结局了。"

"不是!"毕衍疯狂地摇着头,两人携手的画面飞速倒退到相遇那天,"那天,在'一蓑烟雨',你为什么要给我那棵'双子贝瑞'?"

"就让这一切结束吧。"邹堃没有回答,他笑着闭上眼睛,耳边响起一阵欢乐的喧闹声,他仿佛看到,童年邹骋的身影在隧道尽头出现,灿烂耀眼。

毕衍脸上,泪水顺着脸颊滴落到逐渐冷却的鲜血中,渗入大地。

第十二章

再见

五十三

"毕队。"

"见到我你似乎一点儿也不惊讶。"毕衍拾级而上,满眼都是洁白墓碑间裹着黑色风衣的女子。

"我该惊讶吗?"汪乐宁笑了笑,原本眯着的细长眼眸微微张开,棕色瞳仁微缩,笑意并未到达眼底,"清明要到了,毕队也来探访故人吗?"

"故人……"毕衍玩味着这两个字,不再说话。

风吹过柏树,发出"沙沙"的声音,像一首献给亡者的歌。乐音在薄雾中流动,流动到汪乐宁面前的墓碑上,给原本死气沉沉的"汪乐安"三个字增添了一丝生气。

"最近,我一直在想,堃哥要我带上那盆'双子贝瑞'的理由。"

"原来那盆小花不是毕队帮我挑的啊。"汪乐宁仿佛毫不在意这个一直困扰着毕衍的问题,她掉转视线,重新看向身前那块墓碑,微微欠身,将手中一把素雅的雏菊放到墓碑前的空地上。

"你知道是为什么吗?"毕衍站在汪乐宁身旁,执着地追问着。

"邹老板行事谨慎,走一步想三步,毕队同他在一起那么久都猜不到,我又怎么知道呢?"汪乐宁说着,从包里拿出一张纸巾,温柔地擦拭着墓碑。

"前几天你在哪里？"

"哪几天？"汪乐宁慢悠悠地反问道。

"李芸甜被绑架那几天，3月18日、19日、20日三天。"

"小女孩儿已经被安全解救了吧？"不知为何，汪乐宁突然答非所问起来。

"对，她被堃哥安置在新世纪国际医疗中心一间空置的套房里，仿佛只是做了一场梦，没有受到不可逆的伤害。"

"那你也该派人查过我的行踪了吧，与那个小女孩儿是否有交集呢？"

"我想听你自己说出来。"

"为什么？"汪乐宁终于不再逃避，而是郑重地看向毕衍，"事到如今，这一切还重要吗？"

"或许真的不重要了，"毕衍自嘲地笑了笑，视线转向脚边的一粒石子，"可我还是想知道，事情走到今天这个地步，真的都和你无关吗？"

"和我无关。"汪乐宁脱口而出，轻松的态度和毕衍的忧郁凝滞形成鲜明对比，紧接着像是觉得好笑一般扯了扯嘴角，"我已经回答了，可这是毕队要的答案吗？还是毕队心里已经有答案了？那又何必再来讨不自在呢？"

毕衍沉默不语，事件发生后的第一时间，他就安排周青查明了汪乐宁那三天的行程，井井有条，没有一丝混乱，按部就班得仿佛是为了方便查案人员而特意安排的——汪乐宁有充分的不在场证明，可毕衍就是不甘心，他甚至不知道自己到底是希望眼前的人和一连串杀人事件有关，还是完全无辜的。

"邹老板是帮他儿子报仇，也是帮他儿子赎罪，你觉得他会在最后关头牵扯到我吗？一个他想要赎罪的对象？"汪乐宁见毕衍低头不语，又补充道。

毕衍不再纠结于她的不在场证明，而是顺着"双子贝瑞"的话题，将事情从头梳理起来："邹骋给你留的'对不起'那三个字，你从最初就知道原因，为什么向警方隐瞒？"

"毕衍，你该不会是喜欢我吧？"

汪乐宁突然间的答非所问让毕衍心里一惊，他不自觉地向身侧女人看去。汪乐宁站得笔直，体态近乎僵硬，一点儿都没有开玩笑的意思，白皙的脸庞有一半都藏在黑色风衣竖起的领子里，披散的发丝在风中舞动，唇色因为寒冷几近消失，倒是鼻头有些微微发红。

"呵。"

毕衍游离的思绪尚未复位，又听汪乐宁轻笑了一声，与那声愉快的笑声不符的是她的表情，仿佛墓间吹过的风，遥远而冰冷，让毕衍混沌的大脑感到一丝寒意。

"确实有那么几个瞬间，汪小姐是讨人喜欢的。"毕衍调整了情绪，从出现起便凝结着沉重的表情有了变化，恢复了些许往日里玩世不恭的风采。

"这才是毕队嘛，刚刚我都以为自己是在和邹老板说话了。"汪乐宁挑了挑眉，"毕队有没有发现，你最近越来越像邹老板了？"

"没想到你和邹老板倒是很熟悉。"

"不然怎么会有那株'双子贝瑞'呢？"

毕衍没想到汪乐宁会主动提起自己的嫌疑，不过他很快回过味儿来:"你的意思是邹堃从一开始就在利用你来转移警方的注意力?"

"难道不是吗?他需要争取时间完成自己的计划,自然要树立一个靶子吸引你的注意力。"

"可是那株小花并没有引起我的注意,真正让我起疑的是汪小姐你自己。"

"哦?我做了什么吗?"汪乐宁无辜地眨了眨眼睛,"除了我的职业?"

"不知道是不是我们太有缘了,在我探案的过程中,汪小姐总是在恰好的时间出现在恰好的场合,而且……"毕衍顿了顿,"初次见面时汪小姐桌上那本《盲刺客》……"

"因为开篇出现的死因吗?"汪乐宁像是也在努力回忆着,"我没想到毕队也会对这类作品感兴趣,不过现在说来确实有些巧合。"

"那不知道汪小姐还记得我们在省城见面时,你给我讲的那则脑筋急转弯吗?"

"那个女公安局局长的事?"

"是啊,真是让我受益匪浅。"毕衍意有所指地加重了后四个字的读音,"事后想想,我总觉得汪小姐是在暗示我些什么,任何人都不该有针对女性的刻板印象,公安局局长当然可以是女性,冷血连环杀手也可以是。"

"冷血杀手?毕队未免有些太高看我了,"汪乐宁笑着摇了摇头,"你觉得是我操纵了这一切?"

"'五行杀人案'的凶手吴盼珍患有心理性运动功能障碍。"这次,答非所问的人成了毕衍,他还在继续抛出一直困扰他的疑点。

"那倒确实是我的业务范畴,但她并不是我的病人。"

"可是负责她案例的心理医生刚好也参加了1月1日省城的心理学研讨会。"

"或许你可以找那个医生谈谈。"汪乐宁回答得不紧不慢。

毕衍当然已经找过那个医生了,可惜毫无收获,但他不准备停止:"还有那天你穿的大衣,大衣的腰带和之后一宗谋杀案的凶器很像。"

"如果毕队稍微关注一下女性服装的话,就会发现所有大衣的腰带都很像。"

"是啊,我想那件大衣应该也完好无损地躺在你的衣柜里吧。还有一件事,"毕衍想了想,又说道,"我问过周岩,提议去'一蓑烟雨'聚会的人是你。"

"那场谋杀也算在我的头上了吗?"

"不是,那是意外,超出你计划的谋杀。"毕衍正色敛容,回答得很笃定。

"那从什么时候开始是我操纵的谋杀呢,'五行杀人案'还是后来的模仿案?"

"不如你听听我的猜测。"

"洗耳恭听。"汪乐宁脸上露出小动物般天真而又好奇的神情。

"最初找上你的是邹骋,像他在遗书中说的那样,他被困在八年前的误杀中无法挣脱,最后决定找你坦白一切,获得救赎。"

"你的意思是,从那时起,我就计划诱导他去自杀?"

"不是,"毕衍深深看向汪乐宁的眼睛,摇了摇头,"如果是这样,你也会在堃哥的复仇名单上。"

山间的风似乎小了一些，太阳在雾气中影影绰绰，汪乐宁不再说话，和她在日照下逐渐被缩短的影子一起静静地等着。

"邹骋的死是他人生悲剧的终结，却是另一场悲剧的开始。因为'对不起'三个字，邹堃找上了你，他提议为你哥哥还有他儿子开始一场复仇。为了确保成功，这场复仇的开端需要完成两件事，一个是为邹骋的自杀安上他杀的疑点，你们找上了'五行杀人案'；另一个是为动手的人寻找一个靶子，邹堃找上了你。所以才有了后来那么多的巧合——你案头的书、送给你的花、你讲的谜题、穿过的衣服，包括你再次出现在'一蓑烟雨'，主动约我走走，在聊天中向我透露你哥的经历，应该也是为了迷惑我，只是你们没料到，会发生那样一场谋杀。"

"是啊。"汪乐宁几不可闻地叹了口气，"我是说那次聚会，没有人想到会演变成这样失控的情况。"

"邹堃看穿了周岩的手法，"毕衍没有理会汪乐宁，自顾自地说下去，"他知道我联想到上午谋杀案的手法不过是时间问题，所以被迫提前转移，就此，他开始正面参与，而你……"

毕衍想到了那晚海边月色下笼罩着朦胧光辉的女人，柔弱又坚硬，若有若无的悲伤余韵唤起他的柔情："在沙滩上那段时间，你不仅是为了消除之前累积的嫌疑，也是为了拖住我的步伐吧。"

"其实有那么几个瞬间，毕队也是讨人喜欢的。"

毕衍没承想会听到这样的回答，一时不知该怎么接话。山间原本若有若无的雾气突然升腾起来，群鸟飞过天际，黛青色的山脊在远处渐渐消融成一条优美的曲线。毕衍觉得周围的风在一瞬间停息了，要不怎么彼此的呼吸声都变得那么清晰？

"可惜，尚能连接现实的推测到这里就结束了，在之后的案件中，汪小姐到底扮演了什么角色，我一无所知。"

"如果有机会的话，再一起喝一次咖啡吧，"汪乐宁笑了笑，抬起手将散乱的发丝收拢，"说不定那时候我会告诉你。"

汪乐宁说完，转身绕过毕衍，在逐渐浓重的迷雾中翩然离去，顾长的身影再次消失在远处的迷雾中。

图书在版编目（CIP）数据

出走的春天 / 以太著. — 成都：天地出版社，2024.6
ISBN 978-7-5455-8217-8

Ⅰ.①出… Ⅱ.①以… Ⅲ.①推理小说－中国－当代 Ⅳ.①I247.5

中国国家版本馆CIP数据核字（2024）第030024号

CHUZOU DE CHUNTIAN
出走的春天

出 品 人	陈小雨　杨　政
作　　者	以　太
责任编辑	吕　晴　柳　媛
责任校对	马志侠
封面设计	今亮后声 HOPESOUND · 张张玉　白今
责任印制	王学锋

出版发行	天地出版社
	（成都市锦江区三色路238号　邮政编码：610023）
	（北京市方庄芳群园3区3号　邮政编码：100078）
网　　址	http://www.tiandiph.com
电子邮箱	tianditg@163.com
经　　销	新华文轩出版传媒股份有限公司
印　　刷	北京文昌阁彩色印刷有限责任公司
版　　次	2024年6月第1版
印　　次	2024年6月第1次印刷
开　　本	880mm×1230mm　1/32
印　　张	13
字　　数	303千字
定　　价	56.00元
书　　号	ISBN 978-7-5455-8217-8

版权所有◆违者必究

咨询电话：（028）86361282（总编室）
购书热线：（010）67693207（营销中心）

如有印装错误，请与本社联系调换

喜马拉雅策划出品

《出走的春天》(网络原名《轮回间》) 精品有声剧
欢迎扫码收听

内容简介

秋田市发生了一起严重的车祸，电脑天才邹骋葬身火海，他死前没有任何征兆，警方将此案定性为自杀。这样的说法让其父邹堃难以接受，他怀疑儿子是被谋杀的。邹堃曾是一名经验丰富的刑警，八年前，他突然辞职，此后的行踪鲜有人知。

省城刑侦队队长毕衍怀疑这起案件与他正在调查的连环杀人案有关，他打开邹骋的电脑后，竟然发现了大量有关连环杀人案的信息！

邹堃随即配合警方展开调查，共同寻找真凶。而邹堃似乎也有不为人知的秘密……

欢迎收听更多精彩有声作品

《四叶草》
一场为爱复仇的猫鼠游戏

《必须犯规的游戏·重启》
危机四伏的逃生游戏再度重启

《天下刀宗》
百万人日夜追更的武侠故事

以戏为剑文学，分享人类思想

天喜文化